소설의 귀환과 도전적 서사

주체·윤리·사랑·혁명의 귀환에 대하여

지은이 나병철(羅秉哲, Na Byung-Chul)은 연세대학교 국문학과를 졸업하고 같은 대학교 국문학과를 졸업하였다. 수원대학교 국문학과 교수를 거쳐 현재 한국교원대학교 국어교육과 교수로 있다. 저서로는 『소설이란 무엇인가』, 『문학의 이해』, 『전환기의 근대문학』, 『근대성과 근대문학』, 『한국문학의 근대성과 탈근대성』, 『소설의 이해』, 『모더니즘과 포스트모더니즘을 넘어서』, 『근대서사와 탈식민주의』, 『탈식민주의와 근대문학』, 『소설과 서사문화』, 『가족로망스와 성장소설』, 『영화와 소설의 시점과 이미지』, 『환상과 리얼리티』가 있으며, 역서로는 『문학교육론』(제임스 그리블), 『문화의 위치』(호미 바바), 『포스트모더니즘 이후의 정치와 문화』(마이클 라이언), 『해체론과 변증법』(마이클 라이언), 『중국문화 중국정신』(C .A. S. 윌리엄스)가 있다. 주요논문으로는 「탈식민주의와 정전의 재구성」, 「탈식민과 환상」, 「식민지 근대의 공간과 탈식민적 크로노토프」, 「청소년 환상소설의 통과제의 형식과 문학교육」 등이 있다.

소설의 귀환과 도전적 서사—주제·윤리·사랑·혁명의 귀환에 대하여

초판 인쇄 2012년 7월 10일 **초판 발행** 2012년 7월 20일
지은이 나병철 **펴낸이** 박성모 **펴낸곳** 소명출판 **출판등록** 제13-522호
주소 서울시 서초구 서초동 1621-18 란빌딩 1층
전화 02-585-7840 **팩스** 02-585-7848 **전자우편** somyong@korea.com **홈페이지** www.somyong.co.kr

값 29,000원
ISBN 978-89-5626-736-4 93810

소설의 귀환과 도전적 서사

주체 · 윤리 · 사랑 · 혁명의 귀환에 대하여

Return of Novel and Provocative Narrative

나병철

소명출판

머리말

　이 책이 '귀환'을 주제로 삼은 것은 우리가 잃어버린 것에 대해 말하기 위해서이다. 귀환하는 것은 잃어버린 것들이다. 우리 시대는 인간적인 것들을 잃어버린 시대이다. 우리는 사랑과 윤리, 혁명, 그리고 윤리를 미학적 원리로 한 소설을 잃어버렸다. 이런 시대에는 인간적인 것에 대한 소망이 귀환의 형식으로 말해질 수밖에 없다. 가령 우리는 사랑과 혁명을 소망하는 것이 아니라 그 잃어버린 것들이 되돌아오길 소망한다.

　우리는 고향을 그리워한다. 그러나 고향을 잃어버린 사람들에게는 귀향의 소망이 귀환한다. 즉 내가 고향으로 돌아가는 것이 아니라 고향에 대한 기억과 열망이 내 사유 속으로 돌아오는 것이다. 노발리스는 모든 철학이 고향으로 돌아가려는 충동이라고 말했다. 그러나 이 말은 단순히 향수를 뜻하기보다는 그 그리움의 기억이 새로운 창조를 낳을 때 의미가 있다. 그 점에서 향수와 고향에 대한 욕망은 구분된다. 돌아갈 고향이 없을 때는 '고향에 대한 욕망'의 귀환이 철학이 되는 것이다. 이 욕망의 귀환은 고향으로 돌아가는 것이 아니라 고향에 대한 충동을 새로운 세계에 대한 열망으로 바꾸어 놓는 것이다. 이는 오디세이에서 아브라함으로의 전환(레비나스)이라고 할 수 있다.

아브라함이 떠돌아다닌 곳은 약속의 땅인 동시에 미지의 세계였다. 그곳은 고향 같은 본질적인 장소이면서도 전혀 새로운 곳이었다. 우리는 오디세이가 가졌던 고향에 대한 충동을 그 같은 아브라함의 방식으로 실현해야 한다.

따라서 우리는 귀환의 주제를 통해 새로운 소설, 새로운 주체, 새로운 윤리에 대해 말하려고 한다. 이 새로운 주체와 윤리의 출현은 '기억에 의한 혁명'의 형식을 취한다. 여기서의 기억은 베르그송이 말한 순수기억이며 의식이 아닌 무의식의 기제에 속한다. 순수기억은 정적이지만은 않으며 심연으로부터 솟아오르는 욕망의 기제를 포함한다. 그때문에 이 존재론적 기억은 과거가 아니라 현재와 미래와 관련된다. 가령 새로운 윤리는 잃어버린 유토피아에 대한 순수기억에 의존해 현실의 모순을 넘어서려는 것이다. 또한 오늘날 탈식민적 주체의 출현이 가능한 것은 식민지 이전 공동체의 시간을 존재론적 기억으로 갖고 있기 때문이다. 말할 것도 없이 2000년대의 촛불집회는 1980년대 이전 광장에 대한 무의식적 기억이 되돌아온 것이다. 마찬가지로 박민규가 21세기에 새로운 소설을 쓴 것은 90년대 소설뿐 아니라 7,80년대의 소설들을 잊지 않기 때문일 것이다.

이처럼 잃어버린 것에 대한 순수기억은 새로운 창조의 원동력이 된다. 물론 유토피아나 '좋았던 시절'을 기억한다는 것은 단순히 그 때로 되돌아가는 것이 아니다. 순수기억이란 단순한 과거의 회고가 아니라 현재의 존재의 핵심을 이루는 무의식의 요소이기 때문이다. 그처럼 잃어버린 것에 대한 순수기억이란 화해된 삶을 욕망하는 무의식이며 그것을 현실화하려는 것은 일종의 혁명이다. 혁명이란 억압된 욕망의 귀환을 현실화하는 행동에 다름이 아니다. 이 귀환인 동시에 혁명인 것을 우리는 '순수기억의 혁명'이라고 부를 수 있을 것이다.

루카치는 선험적 고향상실을 말하며 소설을 총체성을 잃어버린 시대의 서사형식으로 논의한다. 소설은 상실된 총체성에 대한 동경으로 삶의 낯선 영역(실재계)을 탐색하는 초유의 탈규범적 미학이다. 여기에는 귀환의 충동과 혁명적 창조의 욕망이 접합되어 있다. 그런데 그 점은 소설이 미학적 근거로 삼는 윤리에서도 마찬가지이다.

윤리는 결코 엄숙한 초자아의 명령이 아니다. 라캉과 주판치치는 윤리를 억압적 상징계에 의해 변질된 욕망을 넘어서는 순수욕망에 연관시킨다. 순수욕망은 실재계에 위치한 대상 a에 대한 욕망이다. 대상 a란 자아의 잃어버린 행복의 한 부분인 동시에 미지의 실재계에 놓인 대상이다. 윤리란 행복으로의 귀환의 충동이면서 변질된 일상을 넘어서는 혁명적 욕망인 것이다. 이런 윤리의 형식은 총체성에 대한 열망이면서 혁명적 창조의 모험인 소설의 서사형식에 상응한다. 소설과 윤리는 상실된 것에 대한 충동으로 일상을 넘어서려는 욕망이자 서사이다. 소설이 현실의 이야기라면 윤리는 내면의 미시적 이야기이다.

'기억의 혁명'의 형식은 역사적 변혁운동에서도 발견된다. 변혁운동이란 잃어버린 유토피아에 대한 기억에 근거해 새로운 현실에서 모순을 넘어선 이상사회를 실현하려는 행동이다. 흥미롭게도 소설, 윤리, 변혁운동은 기억의 혁명이라는 비슷한 파동에 의해 움직인다. 이들 셋은 유사하게 과거(기억)로 향하는 듯하면서 앞으로(혁명) 나아간다. 변혁운동이 거시적 파동이라면 윤리는 미시적 동요이다. 그리고 그 둘 사이에서 소설의 서사적 모험이 전개된다.

그 때문에 소설의 운명은 윤리는 물론 사회운동과도 연관이 있다. 소설이 위기에 처한 시기는 윤리가 위기에 처한 시대이기도 하다. 또한 그때는 사회운동의 열기가 침체된 시기이다.

오늘날은 어느 때보다도 '소설의 종언'이 실감나는 시대이다. 우리는 이런 소설의 위기가 윤리의 상실이나 혁명의 종언과 무관하지 않다고 생각해야 한다. 하지만 소설은 규정적 미학을 갖지 않는 탈양식적 특성으로 인해 지금까지 매번 위기에서 돌아왔다. 소설은 습관적인 일상세계에 대해 자기갱신을 요구하는 것을 내용으로 한다. 그런데 소설은 형식적으로도 매번 자기 자신을 갱신하면서 위기에서 돌아온다. 이 책은 오늘날에도 그런 소설의 귀환이 가능한지, 어떤 방식으로 소설이 되돌아올 것인지 살펴보았다. 소설의 귀환은 윤리가 회생되고 변혁운동이 귀환한다는 암시이다. 바로 그 점이 우리가 소설의 귀환을 주제로 삼은 핵심적인 이유이다.

아이러니한 것은 소설이 위기에 처한 지금 오히려 서사의 욕망이 폭증하고 있다는 점이다. 물론 오늘날 일상에 흘러넘친 서사적 열망은 아주 작은 이야기들로 표현되고 있다. 마치 스케일이 큰 대서사와 소설의 윤리적 상상력이 부서져서 여기저기 떠돌고 있는 듯하다. 문제는 이 작은 이야기들이나 권력이 만든 이데올로기적 서사들에서는 '잃어버린 것에 대한 열망'이 충분히 표현되지 않는다는 점이다. 그것들에는 기억과 향수는 있지만 창조와 혁명이 없다.

우리가 '순수기억의 혁명'이라고 부른 소설, 윤리, 역사적 대서사의 특징은 '사건'을 포함한다는 점이다. 사건이란 우리의 습관적인 세계에 구멍이 뚫린 것을 말한다. 사건은 잃어버린 것에 대한 열망을 일깨우고 그것에 근거해 존재와 세계를 갱신하게 만든다. 사건이 일어나야만 우리는 사랑을 할 수 있고 윤리에 대해 생각하고 변혁적인 사고를 할 수 있다. 그런 사건을 통해 우리에게 충격을 주고 세계와 존재방식을 갱신하려는 서사를 도전적 서사라고 부를 수 있을 것이다.

따라서 우리가 소망하는 소설의 귀환은 도전적 서사의 귀환이기도 하다. 도전적 서사는 소설뿐만 아니라 영화, 드라마, 시사프로(PD수첩),

일상의 작은 이야기들을 통해서도 나타날 수 있다. 변혁적 대서사가 도전적 서사를 포함함은 더 말할 것도 없다. 사건을 담고 있는 이런 다양한 서사들은 우리의 윤리적 힘을 증대시켜준다. 그렇게 함으로써 예술·지식·사랑마저도 상품화하는 자본의 운동에 대항할 수 있게 해준다. 도전적 서사의 확대는 윤리의 회생과 혁명의 귀환을 가능하게 한다.

도전적 서사의 귀환이 더 긴급한 것은 주체의 귀환과 연관되기 때문이다. 오늘날의 비판적 담론의 위기는 주체의 무력화와 무관하지 않다. 윤리의 회생과 혁명의 귀환 역시 결국 주체의 문제이다. 그런데 주체는 되살아나야 하지만 예전과는 다른 모습으로 귀환해야 한다. 위압적인 주체도 해체된 주체도 아닌 대안으로서 우리의 결론은 서사적 주체이다.

과거에는 이성적인 의도의 주체를 중시했으며 탈구조주의는 그런 의식적 주체를 해체했다. 그러나 우리의 '기억의 혁명'이라는 프로젝트를 위해서는 둘 다 불충분하다. 이성적 주체는 현실을 비판하고 미래를 향한 기획을 세운다. 하지만 그 기획을 수행하는 과정에서 원래의 주체는 불가피하게 수정되고 해체된다. 그런 수행적 과정을 무시하고 주체가 세운 목표를 강요하면 역사적 기획은 의도와는 달리 억압적이 된다.

그에 반해 해체적 주체는 수행과정에서의 미시적 행위자를 강조한다. 탈구조주의의 경우 주체란 기껏해야 사건이 일어난 후에 사후적으로 출현할 뿐이다. 그런 후사건적 주체의 개념은 우리를 목적론에서 벗어나게 하지만, 이번에는 어떻게 역사적 기획을 시작할 것인지가 문제이다. 주체 없는 출발이 가능할 수 있을까. 사건은 아무런 의도 없이 우발적으로 일어나는가.

역사적 기획이란 사건을 일으키려는 것이지만 사건은 주체가 의도한 대로 발생하지는 않는다. 오히려 사건이 일어남으로써 그 과정을 통해 주체가 생성된다고도 볼 수 있다. 그러나 잠정적으로라도 주체를 설정해야 사건의 가능성이 높아지며 우발성에만 의존하지 않게 된다.

따라서 우리는 사건과 주체의 선후관계를 단정할 수 없게 된다. 사건 이전에는 주체보다 조금 미흡한 기획자가 작용하며 사건 이후에는 보다 성숙한 주체가 출현한다. 그러나 이 전과정이 인간과 세계의 상호작용이며, 그 사건 전후의 행위자는 연속된 주체적 요인으로 움직인다. 주체적 요인과 세계의 교섭이란 사건의 가능성을 높이고 실제로 발생하도록 하는 윤리적 역능(힘)의 증대 과정이다. 여기서 주체의 윤리적 역능은 사건 이후에 더 성숙되지만 반드시 후사건적으로만 부각되는 것은 아니다. 이 같은 사건을 전후로 한 복잡한 인간과 세계의 상호작용을 우리는 서사라고 부를 수 있다.

이처럼 서사의 개념을 상정하면 주체를 둘러싼 딜레마가 해결된다. 주체는 이성적인 것만도 해체적인 것도 아니다. 인간과 세계의 교섭과정에서 주체는 이성적인 동시에 탈이성적으로 작용한다. 서사적 과정에서 그 이중적 흐름은 아이러니, 대화, 전복 등의 수사학으로 나타난다. 아이러니, 대화, 전복은 서사적 과정에서 사건이 일어나는 순간을 표현한다. 우리는 그런 사건과 연관된 서사적 과정의 표현을 마르크스와 데리다, 네그리에게서 살펴보게 될 것이다.

서사적 주체가 가장 큰 규모로 표현된 사회적 사건이 바로 변혁운동이다. 반면에 가장 작은 스케일로 나타난 개인적 사건은 사랑이다. 우리는 사랑이야말로 서사적 사건이며 축소된 변혁운동임을 확인하게 될 것이다.

사랑은 가치적 상승의 경험이지만 사랑을 한다고 단번에 행복한 이상적인 삶이 오는 것은 아니다. 사랑이란 모든 게 거기 있는 세상(상징계)에서 거기 없는 것(실재계)과의 관계이다(레비나스). 그 같은 일상과 탈일상, 합리성과 탈합리성의 양가적 관계 속에서 사랑의 사연과 이야기가 나타난다. 그리고 그 끝없는 교섭의 서사적 과정에서 삶에서의 가치적 상승이 일어난다.

이런 사랑의 사건을 레비나스는 타자의 윤리라고 말했다. 타자의 윤리를 둘만이 아닌 사회 전체에서 실현시키려는 것이 바로 정치적 혁명이다. 혁명이란 모든 사람에게 불어 닥친 사랑의 사건이다. 또한 사랑이란 둘만의 혁명이다.

정치에서든 사랑에서든, 서사는 가치의 상승을 통해 주체의 귀환을 가능하게 해준다. 새로운 주체는 이성적인 동시에 탈이성적이다. 그리고 그런 주체의 이중성은 우리의 존재의 이중성에 상응한다. 우리의 존재는 합리성과 탈합리성, 상징계와 실재계, 그 안과 밖의 양가성 속에 놓여 있다.

그 이중적 영역을 황단하며 상승을 경험하는 것이 바로 서사적 주체이다. 그중에서도 역사적 주체가 거대서사의 차원이라면 사랑과 윤리의 주체는 미시서사의 차원이다. 상대적으로 미시서사의 차원이 중요해진 오늘날 윤리와 정의에 대한 고조된 관심은 우연이 아닐 것이다.

윤리를 주체의 회생의 핵심 조건으로 볼 때 서사적 주체의 대표는 청년이다. 청년들의 윤리적 시계는 가장 뜨거운 한낮이기 때문이다. 오늘날의 청년들의 고통은 실업 때문만은 아니며 보다 중요한 것은 윤리와 연관된다. 그리고 그런 청년들의 윤리적 상처는 우리 모두의 상처이다.

청년의 고통은 한낮인 윤리적 시계와 아직 새벽인 인생의 시계의 불일치 때문이다. 청년은 고통에 대처하는 데 미숙하기 때문에 그에 대한 대응이 순수할 수밖에 없다. 그런 고통에 대한 순수한 윤리적 대응은 우리 사회의 가장 순결한 부분이다. 따라서 '아프니까 청춘'이 아니라 '아픔에 반항하니까 청춘'인 것이다.

그와 같은 맥락에서, '청년들의 사랑과 연대'는 사회적 역동성의 지표이다. 청년들의 사랑이 뜨거워질 때 연대의 열망과 사회운동의 열정도 고조된다. 이처럼 사랑은 정치학에 연결되며 정치적 기획은 사랑에 근거한다. 미시적 열정과 거시적 기획, 즉 사랑과 정치를 연결하는 것이 바로 윤리이다.

정치적 혁명도 사랑처럼 단번에 완결되지는 않는다. 혁명은 사랑과 똑같이 모든 게 현존하는 세계(안)에서 아직 오지 않은 것(밖)과의 관계이다. 그것은 목표나 계획을 실천하는 일이 아니라 미래에 와야 할 것과의 끝없는 관계이다. 물론 혁명은 사랑과 달리 목표를 세운다. 그러나 그 목표는 항상 그대로 실현되지 않으며 완전히 실현될 수 없는 것과의 무한한 관계가 계속된다. 그런 사건을 통한 끝없는 과정이 바로 역사적 변혁의 서사이다.

오늘날은 사랑을 상실한 시대이다. 사랑을 상실한 시대에는 변혁운동도 일어나지 않는다. 가난과 억압은 참을 수 있지만 사랑의 상실은 가장 비참한 삶을 경험하게 한다. 그렇기에 이제 새롭게 우리에게 올 혁명은 사랑의 정치학으로 나타날 것이다. 그것은 우리가 잃어버린 것으로부터, 그 잊지 못하는 것으로부터 올 마지막 '순수기억의 혁명'이다.

이 책은 기억의 혁명을 통해 도전적 서사가 귀환하는 과정을 살펴보았다. 그것은 소설, 주체, 윤리, 청년, 사랑, 혁명의 귀환이기도 하다. 이 항목들은 상실된 것이기 때문에 '귀환'이라는 우리의 주제에 합류했다. 그러나 '귀환'은 우리의 주관적인 희망이 아니라 모든 사람의 갈증이기도 하다. 오늘날 베스트셀러의 목록에 오른 책들과 우리의 주제가 일치하는 것은 우연이 아니다. 가령 『정의란 무엇인가』, 『아프니까 청춘이다』, 『근대문학의 종언』 등을 말한다. 사람들을 사로잡는 이 주제들은 우리 시대의 가장 목마른 삶이 영역이다. 이 책은 그런 주제들을 베스트셀러들 보다 훨씬 더 도전적인 방식으로 다루었다. 즉 샌델의 정의를 넘어선 윤리에 대해, 아픔에 반항하는 청년에 대해, 그리고 문학과 소설의 귀환에 대해서이다. 이 목록들을 관통하는 우리의 결론은 '서사적 주체'의 문제로 요약될 수 있을 것이다.

우리는 가장 소중한 것들을 잃어버린 시대에 살고 있다. 그러나 상실의 시대는 귀환의 시대이기도 하다. 그것이 인간이 숨기고 있는 최고의 비밀일 것이다. 우리는 잊을 수 없는 것들에 대한 충동으로 삶의 모든 영역에서 움트는 도발적인 징조를 감지한다. 그것을 느끼는 사람들은 소설의 종언에 대해 결코 절망하지 않을 것이다. 우리가 상실한 것들을 기억(순수기억)하는 한 그것들은 끝없이 돌아올 것이므로.

이 책은 소설과 문학의 위기가 우리의 삶의 위기를 알리는 숨은 신호라는 생각에서 쓰여졌다. 따라서 그에 대한 대응은 비단 소설뿐만 아니라 삶의 전 영역에서 탐구되어야 했다. 그 논쟁과 탐구과정에서 많은 도움을 준 선생님들과 학생들에게 고마움을 전한다. 또한 이 책을 정성껏 만들어주신 소명출판 박성모 사장님과 편집부 여러분께도 깊은 사의를 표한다.

2012년 5월
나 병 철

차례

제3장 윤리의 회생

제4장 청년의 회생

제1장

소설의 귀환

1. 소설의 죽음과 귀환

　오늘날은 어느 때보다도 문학의 위기를 실감하는 시대이다. 지금 우리
가 경험하는 문학의 위기는 주로 소설의 위기이다. 왜냐하면 모든 문학
과 예술 중에서 소설은 가장 최근에까지 살아남았던 양식이기 때문이다.
　물론 그동안 문학과 소설의 위기는 여러 차례 있어왔다. 그리고 그때
마다 소설은 다시 살아남아 귀환했다. 소설은 원래 생성적 미학으로서
형식적 이탈과 열린 형식으로의 회귀를 반복하는 자기지양의 장르이
다.[1] 그런데 이 탈규범적 미학의 양식 자체가 위기 때마다 매번 되돌아
온 것이다.

1　루카치, 김경식 역, 『소설의 이론』, 문예출판사, 2007, 83쪽.

첫 번째 소설의 위기는 모더니즘의 등장이었다. 아도르노가 말했듯이 모더니즘은 예술이 불가능한 시대의 예술이다. 실제로『율리시즈』와『피네건의 경야』에서 보듯이 서구의 모더니즘과 아방가르드는 소설의 해체를 가져왔다.

그러나 소설은 해체된 이후에도 '해체 자체'를 소설화하는 모습으로 귀환했다. 우리 문학의 경우 그 증거는 매우 명백하다. 먼저 이상의 소설에서 보듯이 한국의 모더니즘은 서구 모더니즘처럼 급진적으로 해체적이지 않다.[2] 한국의 주변부 모더니즘은 기존의 소설형식으로는 감당할 수 없는 고통의 표현이었으며, 식민지 자본주의로 인한 분열의 기록으로서의 소설이었다. 이는 소설을 넘어선 소설의 귀환이라고 할 수 있다.

뿐만 아니라 소설은 이상 이후에 채만식의『태평천하』로 전통형식과 혼성되며 귀환했다. 또한 해방 이후에는 소설의 숨통을 트이게 하는 소설『광장』(최인훈)이 쓰여졌다. 이상, 채만식,[3] 최인훈의 소설은 되돌아온 동시에 새로워진 소설이었다.

서구문학의 경우 누보로망(1960년대)은 또 한 번 소설의 죽음을 예감하게 했다. 누보로망은 1인칭도 3인칭도 아니며, 이는 문학의 특징인 인간적 시점(1인칭, 3인칭)의 포기이다. 실제로 누보로망 작가 노브 그리예는 소설로부터 '기계의 시점을 사용하는 영화'로 눈을 돌렸다. 그러나 소설은 제3세계 문학에서 다시 귀환했다. 우리문학에서 보듯이 197,80년대는 리얼리즘의 시대였으며 리얼리즘은 소설의 본령으로의 회귀이다.

---

2 이상의 모더니즘은 해체적이라기보다는 분열의 기록이며, 분열을 통해 모더니티의 이면을 드러내는 문학이다. 이런 주변부 모더니즘의 특징에 대해서는 신형기,『분열의 기록』, 문학과지성사, 2010 참조.
3 채만식의 30년대 후반 이후의 소설의 귀환을 위한 다양한 시도에 대해서는 최유찬,『문학의 모험』, 역락, 2006 참조.

메타픽션 역시 소설의 죽음과 함께 등장했지만 이후로도 소설은 다시 회생했다. 메타픽션에서 작가가 직접 등장하는 것은 오히려 작가의 죽음을 암시한다. 그러나 현실과 허구, 실제와 가능세계의 경계를 허무는 탈근대적인 사유는 그 어마어마한 충격을 흡수했다. 오늘날 우리는 메타픽션의 자기해체에 더 이상 놀라지 않는다. 경계가 무너진 세계에서는 작가의 죽음은 물론 소설의 죽음도 경악스럽지 않기 때문이다. 박민규의 『죽은 왕녀를 위한 파반느』나 구병모의 『위저드 베이커리』 같은 메타픽션은 오히려 소설의 귀환은 암시한다.

마지막으로 소설의 종언을 알린 것은 가라타니 고진의 문학의 종언이다. 고진의 진단은 후기자본주의와 탈근대, 세계화, 그리고 테크놀로지의 발전과 연관이 있다. 이런 상황들은 아주 피할 수 없는 조건들을 수반한다. 그래서 이번의 소설의 종언은 문학이라는 환자에게 내리는 매우 냉정한 진단처럼 들린다.

그러나 이번에도 소설은 다시 돌아왔다. 포스모던적 상상력과 리얼리즘이 결합된 박민규의 소설들이 그것을 보여준다. 『지구영웅전설』은 전지구적 자본주의 시대의 소설의 귀환이다. 「그렇습니까? 기린입니다」와 「아, 하세요 펠리컨」은 IMF 이후 강화된 신자유주의 시대의 소설의 귀환이다.

이 소설의 귀환에 대해 회의하는 사람이 있을 것이다. 그러나 적어도 부분적으로는 부인할 수 없는 소설의 귀환이다. 그 이유는 다음과 같다. 소설의 죽음은 제1세계적 상황 및 자본주의의 급속한 발전과 연관이 있다. 반면에 소설의 귀환은 역사의식의 회생 및 제3세계적 조건과 관련된다. 여기서 역사의식은 반드시 이념적인 리얼리즘만을 말하는 것은 아니다.[4] 나중에 살펴보겠지만 역사의 장과 만난다는 것은 라캉이 말한 실재계와 접촉하는 일과 다르지 않다. 즉 역사와 대면하는 순간은 잃어버린 진정한 것에 대한 욕망이 고양되는 시점이다. 그런 맥락에서 한 때 역사를 잃어버렸던 제3세계에서처럼 사회역사적 변화의 요구가 들끓을 때 소설은 회생한다.

이 조건들은 궁극적으로 사회적 역동성의 회복 및 변혁의 욕망과 연관이 있다. 『광장』은 4.19와, 197,80년대 소설은 그 시대의 사회운동과, 그리고 포스트모던 리얼리즘은 촛불집회와 관련이 있다. 예컨대 「아, 하세요 펠리컨」[5]과 촛불집회는 아주 비슷한 상상력을 공유하고 있다.

따라서 우리는 잠정적으로 이렇게 말할 수 있다. 소설은 언제라도 또 다시 귀환할 것이다. 그것은 사회가 살아 있음을, 꿈틀거림[6]을 증명하는 것이기 때문이다. 소설이 귀환할 때 우리는 살아있는 인간으로의 복귀를 느낀다.

그렇다고 해도 소설의 영향력은 어쩔 수 없이 줄어들 것이다. 영화와 이미지 매체가 상당부분 그 역할을 대신하기 때문이다. 예컨대 『지구를 지켜라』와 『웰컴 투 동막골』, 『괴물』은 예전의 소설의 역할을 대신한 영화일 것이다. 아마도 소설의 위력은 절반이나 삼분의 일로 줄어들 것이다. 그 점에서 오늘날의 위기의 징후는 영화나 TV드라마가 소설을 대신하는 역할을 충분히 하지 못하기 때문이기도 하다. 여기에는 제작비와 자본, 시청률 등의 문제가 있다.

그러나 소설은 다시 사람들의 마음을 사로잡기 위한 노력을 계속해

---

4 여기서 리얼리즘, 모더니즘, 포스트모더니즘에 대한 가치평가를 하는 것은 아니다. 다만 모더니즘은 다소 난해하고 엘리트적인 반면, 상대적으로 리얼리즘 형식이 보다 큰 영향력을 지닐 가능성이 있다고 할 수 있다. 또한 모더니즘이 정적인 시대의 문학이라면 리얼리즘은 역동적인 시대의 양식이다. 물론 새로 나타난 소설은 단순한 리얼리즘이 아니라 실험적 소설의 충격을 흡수한 새로운 양식이라고 할 수 있다.
5 오리배 세계시민연합으로 나타난 다중(multitude)에 대한 상상력을 말한다.
6 김승옥 소설 같은 모더니즘조차도 꿈틀거림을 소망한다. 예컨대 「서울 1964년 겨울」에서 대학원생 안은 '나'에게 '꿈틀거리는 것을 사랑하냐'고 묻는다. 물론 모더니즘은 꿈틀거림에 대한 향수이다.

야 한다. 시대의 변화에 걸맞게 변신해야 하고 새로운 매력을 개발해야
한다. 소설의 귀환이란 원래로의 복귀가 아니라 새로운 소설의 등장이
기 때문이다. 그 점에서 포스트모던 상상력과 리얼리즘의 혼성은 우리
시대 '소설의 귀환'의 중요한 방법을 암시한다.

2. 귀환과 새로운 창조

  소설의 운명은 자본주의의 발전과 함수관계에 있다. 그렇다면 소설
은 늘상 위기에 처하고 자본에 대항하기 위해 매번 새롭게 되돌아오는
장르일지도 모른다. 물론 자본주의와 소설의 관계, 그리고 소설의 위기
와 귀환의 조건은 복잡하고 미묘하다.

  그런데 흥미로운 것은 소설의 내적 형식 자체가 귀환의 미학을 포함
한다는 점이다. 소설은 한마디로 귀환에 대한 소망으로 새로운 창조를
모색하는 미학이다. 루카치는 총체성에 대한 열망으로 영혼을 입증하
려 길을 나서는 양식이 소설이라고 말했다. 여기서 미학적 탐색의 에너
지는 잃어버린 총체성에 대한 충동에서 나온다. 소설은 그런 충동을 추
동력으로 하는 예술[7]이거니와 잃어버린 과거로 귀환하는 것이 아니라
새로운 창조를 통해 상실한 것을 되찾으려 모색한다.

  근대세계는 자본주의가 발전하면서 많은 인간적인 것들을 잃어버린
시대이다. 자본주의적 근대화와 함께 우리가 상실한 것은 진정한 주체

---

7 루카치는 이점을 선험적 고향상실성이라고 말하고 있다.

성, 사랑, 윤리 같은 질적 가치들이다. 그 중에서 가장 냉담하게 버려진 가치는 윤리이다. 지금 우리는 윤리적 무감각과 함께 스스로도 느끼지 못하는 깊은 수렁에 빠져 있다. 자본주의에서 윤리가 방기되는 이유는 윤리란 가장 상품화되기 어렵고 교환가치라는 양적 가치로 환원되기 힘든 것이기 때문이다. 자본주의가 모든 것을 교환가치로 가볍게 녹여 버리는 시대에 윤리는 가장 무겁고 낡은 것이 되었다.[8]

지식, 사랑, 예술마저 상품화되면서 윤리는 마지막 남은 질적 가치가 되었지만, 아무에게도 환대받지 않는 폐품으로 남겨졌다. 그러나 원래 윤리는 지금 우리가 생각하는 무거운 책임이나 금기 같은 것이 아니었다. 우리가 잃어버린 윤리는 가장 아름다운 가치를 지닌 '인간의 비밀'[9] 이다. 윤리란 타인과의 조화로운 화음 속에서 나를 표현하는 것을 말한다. 그것의 핵심은 자연과도 같이 아름다움이다.

지금과 달리 전통세계에서는 윤리가 학문이자 시였다. 예컨대 도(道) 나 인(仁)같은 것을 말한다.[10] 그 같은 전통세계의 덕목이 아니라도 윤리 는 타인과의 관계나 공동체적 삶을 자연과도 같은 상태로 만들려는 아름다움이다. 자본주의가 빼앗은 것은 그런 아름다운 윤리이며, 소설은 바로 그것을 회복하려는 미학으로 탄생했다.

우리는 윤리의 자리에 민중들이 꿈꾸던 공동체, 고향, '우리 것', 혹은 루카치의 총체성을 대입할 수 있다. 윤리란 총체성을 소망하는 영혼에 다름이 아니다.[11] 총체성을 잃어버린 시대에 그것을 지향하는 영혼은

---

8 윤리가 무거운 책임감으로만 느껴진다는 것은 그 시대가 윤리적으로 문제적인 시대임을 반증하는 셈이다.

9 나카자와 신이치, 김옥희 역, 『예술인류학』, 동아시아, 2009, 232쪽.

10 특히 동양사상은 서양사상과는 달리 윤리학이 중심이 되었는데, 그것은 자아와 타자의 관계를 사유의 영역으로 삼기 때문이다. 반면에 서양사상에서는 주체를 중심으로 대상을 파악하는 인식론이 중심이 되어 왔다.

11 현대의 윤리란 잃어버린 인간적인 것을 되찾아 조화된 삶을 이루려는 지향일 것이다. 여

버려진 채 남겨졌다. 소설은 그 잃어버린 총체성을 지향하는 영혼, 윤리를 입증하는 미학이다.

그러나 우리가 상실한 영역으로 귀환하는 것, 잃어버린 것을 되찾으려는 것은 단순히 그곳으로 되돌아가는 일이 아니다. 우리가 잃어버린 것은 되돌아갈 수 없는 과거의 영역에 남겨져 있다. 반면에 우리가 귀환하려는 곳은 미래의 영역이다.[12] 미래의 영역이란 미지의 공간이다. 라캉 식으로 말하면 잃어버린 것은 상상계(혹은 기호계)이며, 귀환의 소망, 잃어버린 것에 대한 충동은 실재계 영역을 향한다.

소설이 잃어버린 것에 대한 동경으로 인해 영혼(윤리)을 입증하며 미지의 실재계로 나아가려는 지향, 그것이 바로 역사의식이다. 실재계의 영역에서 잃어버린 것을 되찾는 일은 현실(상징계)을 변화시켜야만 가능하다. 그런 현실의 변화과정이 바로 역사이다. 제임슨이 말했듯이 실재계적 경험이란 역사 그 자체[13]인 것이다.

앞에서 암시했듯이, 소설이 역사의식을 회복해야한다는 것은 거창한 정치학을 지녀야 한다는 뜻이 아니다. 잃어버린 것에 대한 욕망, 실재계적 충동, 그 무의식 자체가 소설의 본령이며, 그것이 거시적 지평으로 표면화된 내용이 바로 역사의식이다. 따라서 대문자 역사가 드러나지 않더라도 상실된 진정한 것에 대한 충동, 그 실재계에 접촉하려는 욕망이 나타난 소설에는 역사의 망각이 없다.

예를 들어보자. 「삼포 가는 길」(황석영)에서 정씨는 근대화 과정에서 고향 삼포를 잃어버린다. 이제 정씨는 남은 생을 고향에 대한 향수에 젖

기서 영혼은 이성과 감정, 욕망, 그리고 생명까지 포함하는 개념이다.

12 벤야민도 잃어버린 낙원에 대한 동경으로 미래로 나아가는 과정을 비슷하게 말하고 있다. 벤야민, 이태동 역, 「역사철학테제」, 『문예비평과 이론』, 문예출판사, 1994, 293~306쪽; 임철규, 『왜 유토피아인가』, 민음사, 1994, 391쪽, 407쪽.

13 Fredric jameson, *The Ideologies of Theory*(University of Minnesota Press, 1988), 104쪽.

은 채 살아갈 것이다. 그러나 불원간 그의 고향에 대한 동경은 새로운 삼포를 향한 탐색으로 전이될 것이다. 정씨는 고향을 잃는 순간 자신이 걸어가야 할 척박한 현실에 직면하게 되며, 이제는 미래의 어느 곳에 존재할 삼포를 향해야만 한다. 그 같은 실재계와의 조우를 통해 이 소설은 근대인의 역사적 운명을 드러낸다.

「고향」(현진건)에서는 잃어버린 것에 대한 충동으로 윤리적 내면을 입증하는 서사가 더욱 분명하게 드러난다. 이 소설에서 지식인 '나'는 고향을 잃은 민중적 인물의 이야기를 들으며 그의 표정에서 조선의 얼굴을 발견한다. 그 순간 그는 '내'가 어렸을 때 멋모르고 불렀던 〈아리랑〉 노래를 부른다. 이때 잃어버린 조선의 민요가 다시 돌아오지만, 그 노래는 지금부터 되찾아야할 상실된 삶의 가치들을 말하면서 귀환한다. 나는 식민지 조선의 타자인 그와 교감함으로써 앞으로의 삶을 통해 상실된 것을 되찾아야 할 '윤리적 내면'을 발견[14]한다.

이런 서사적 특징은 근대화 과정에서 민족적 자주성을 잃은 제3세계의 경우에 분명하게 드러난다. 그러나 루카치가 말했듯이 '선험적 고향 상실'은 서구소설에서도 마찬가지로 나타난다. 예컨대 발자크의 『고리오 영감』에서 라스티냑은 고리오 영감의 불행을 목격하며 어딘가에 다른 세상이 있다고 생각한다. 라스티냑은 '하나님이 계셔서 우리를 위해 더 좋은 세계를 만들어 놨을 거'라고 말한다. 그러나 그는 더 이상 신이 우리를 돌보지 않는다는 사실을, 그리고 상실한 '더 좋은 세계'는 우리 스스로 찾아야 함을 또한 알고 있다. 그가 자본주의 도시 파리와의 대결을 선언하는 것은 그 잃어버린 세계를 되찾으려는 모험의 시작이다. 그 같은 과정에서 라스티냑은 윤리적 내면을 입증하는 최초의 근대인이 된다.

---

14 이런 점에서 근대소설의 존재 가치는 단순한 '내면의 발견'이 아니라 '윤리적 내면의 발견'에 있다고 할 수 있다.

잃어버린 것을 되찾으려는 모험은 역사적 현실과 별 상관이 없는 듯한 소설에서도 발견된다. 예컨대 「달려라 아비」(김애란)는 자본주의적 가족로망스를 반전시킨 또 다른 가족로망스를 보여준다. 프로이트의 가족로망스는 부모에게 서운함을 느낀 아이가 진짜 부모는 더 고귀한 사람이라고 상상하며 복수하는 내용이다. 이 가족로망스는 아버지에 반항하면서도 더 부유한 아버지를 선망함으로써 오이디푸스 구조의 중심으로 되돌아가려는 욕망을 담고 있다. 반면에 「달려라 아비」의 경우 욕망의 방향은 정반대이다. 이 소설에서 무능한 아버지에 대한 복수는 세상바깥으로 경계를 넘어 달리는 아버지를 상상하는 것이다. 여기서 아버지의 무능은 부유하지 못함이 아니라 더 잘 달리지 못함이다. 달리는 아버지의 상상은 무능한 아버지에 대한 '복수를 넘어선 복수'이다. 이 경우의 복수란 경계를 넘어 달리는 탈주의 무의식의 표현인 셈이다.

프로이트의 가족로망스는 결국 아버지의 이상화이며 이는 오이디푸스 내부에서의 타협이다. 반면에 '달리는 아버지'는 어머니와 사랑할 때 단 한 번 '달리기'를 했던 아버지의 이상화이다, 이 '달리는 아버지'의 상상은 앙티 오이디푸스적 유대의 소망이다.

두 개의 가족로망스는 서로 다른 욕망의 표현이다. 전자가 중심에 있는 부유한 아버지를 닮고 싶은 욕망으로 회귀한다면, 후자는 아버지마저 달리는 청년으로 되돌리고 싶은 욕망을 내비친다. 이 후자의 욕망은 자본주의적 욕망의 구조에서 해방되려는 비오이디푸스적 무의식의 표현이다. 오이디푸스화된다는 것은 식민화되는 것을 의미하며 우리는 식민주의적 근대화 과정에서 원래의 비오이디푸스적 욕망[15]을 잃어버

---

15 비오이디푸스적 욕망이란 자본주의적 근대화 이전에 우리가 갖고 있던 이상적 삶에 대한 소망을 말한다. 여기에 대해서는 나병철, 『가족로망스와 성장소설』, 문예출판사, 2007, 124~219쪽. 참조

렸다. 이 소설은 환상을 통해 그 잃어버린 (비오이디푸스적) 욕망의 귀환을 상상함으로써 현실의 불행과 고통을 견디는 힘을 얻고 있다.

그런 비오이디푸스적 상상력의 귀환은 1990년대 성장소설의 나르시시즘적 인물들의 세계를 넘어서는 계기가 된다. 나르시시즘적 인물들을 그리는 성장소설들(장정일, 배수아의 소설)이 소통의 부재와 윤리의 파국을 드러냈다면, 이 작품은 윤리적 내면을 회복한 성장소설의 귀환이자 새로운 소설의 탄생이다. 즉 이 소설은 잃어버린 비오이디푸스적 상상력의 회복을 통한 윤리적 내면의 귀환과 청년의 귀환을 암시한다.

3. 소설의 결집의 힘과 도전적 서사
―근대사회에서 소설의 특별한 위치

소설은 모든 예술 중에 최후까지 생존한 장르일뿐더러 예술을 넘어선 특별한 역할을 수행해온 양식이다. 소설은 아름다움에 대한 소망으로 우리를 위로할 뿐 아니라 훨씬 더 중요한 역할을 한다. 즉 소설은 예술이자 사상이며 역사적 진실이자 윤리이다. 그처럼 소설에 초유의 막중한 역할이 부여된 것은 유독 근대에 두드러진 특징이다. 그 이유를 알기 위해서는 자본주의적 근대와 소설 간의 미묘한 함수관계를 이해해야 한다.

자본주의적 근대는 진정한 공동체를 잃어버린 시대이다. 루카치 식으로 표현하면 이 시기는 총체성을 상실한 시대이다. 또한 들뢰즈의 용어로 말하면 자본주의란 탈코드화된 흐름의 사회이다. 탈코드화된 사회는 '견고한 모든 것을 대기 속에 녹여버리는'[16] 자본주의 시대의 중요한 특징이다. 자본주의는 양적인 가치만을 지닌 교환가치(화폐)의 흐름 속에 질적 가치를 용해시키는 체계이다. 양적인 교환가치는 결코 진정한 공동체를 이루지 못하며, 질적 가치들을 교환가치의 흐름 속으로 빨아들이는 자본주의는 총체성을 잃은 사회가 된다.

그런 총체성을 상실한 세계에서 사람들을 결집시키기 위해 질적 가치들을 만들어낸 것이 바로 이데올로기이다. 총체성을 대신해서 사람들을 끌어 모으는 근대의 대표적인 이데올로기(그리고 서사)는 **민족주의**이다. 민족주의는 과거의 공동체처럼 사람들을 결집시키는 근대의 중요한 발명품이다. 그러나 민족주의를 통한 공동체 의식과 총체성의 회복은 **상상적으로만** 가능하다.

총체성을 회복하기 위한 또 다른 방법, 즉 모종의 질적 가치를 회복하려는 시도가 바로 소설이다. 물론 소설의 총체성을 위한 모험역시 원환 같은 공동체로 되돌아가게 하지는 못한다. 그러나 소설은 아직 총체성을 회복하려는 영혼이 남아 있음을 입증함으로써 사람들을 열광시킨다. 루카치는 이를 내포적 총체성, 혹은 서사형식을 통한 총체성의 창조라고 말했다. 하지만 이는 아직 총체성의 회복이 아니며 오히려 여전히 탈코드화된 흐름을 보여주는 형식이다. 중요한 것은 소설의 탈코드화가 자본주의의 양적인 흐름(탈코드화)을 질적 가치로 바꾸려는 **역전된 탈코드화**라는 점이다. 뿐만 아니라 소설은 거짓 코드화를 만드는 이데올로기마저 해체해 진정한 질적 가치를 추구하는 흐름을 생성시킨다. 소설은 탈코드화의 흐름 속에서 진정한 가치를 통해 개인화된 사람들

---

16 마르크스, 이진우 역, 『공산당선언』, 책세상, 2005, 20쪽.

을 결집시키며 총체성을 향한 끝없는 과정을 드러낸다.

소설이 추구하는 진정한 질적 가치는 총체성의 회복이라고도 할 수 있다. 그러나 앞서 살폈듯이 이는 과거의 총체성으로의 회귀가 아니라 미지의 영역(실재계)에서의 모험이다. 이 미지의 실재계 영역에서 총체성을 회복하려는 운동을 입증하는 것이 소설의 내적 형식이다. 루카치는 이를 영혼을 입증하려 길을 나서는 서사[17]라고 말했다. 우리는 총체성을 회복하려는 실재계 영역에서의 이 영혼의 모험을 윤리적 사건이라고 부를 수 있을 것이다.

윤리란 무엇인가. 스피노자는 윤리를 자연과 합일되는 신에 대한 사랑이라고 불렀다.[18] 자연과 사람, 신과 인간이 합일 된 상태를 총체성이라고 할 때, 신이 부재한 시대의 윤리란 총체성을 회복하려는 모험에 다름이 아니다. 그 모험은 자본주의가 점령한 영역에서 이탈한 실재계에 접촉할 때만 가능하다. 그런 실재계 영역에서의 영혼의 모험이 윤리적 사건이며, 그것을 통해 영혼을 증명하는 형식이 소설이다.

영혼이란 총체성을 회복하려는 윤리적 내면에 다름이 아니다. 소설이란 그런 영혼을 입증하려는 실재계적 모험인 동시에 윤리적 모험이다.[19] 이런 새로운 개념의 윤리는 상실된 것을 되찾으려는 욕망과 배치되지 않는다.

윤리를 책임으로만 간주할 때 사람들은 결코 윤리에 환호하지 않는다. 그러나 **실재계 영역의 윤리란 욕망과 모순되지 않는다. 즉 그것은 상**

---

17 루카치, 김경식 역, 『소설의 이론』, 문예출판사, 2007, 103쪽.
18 스피노자, 강영계 역, 『에티카』, 서광사, 1990, 58쪽, 359~360쪽.
19 윤리가 실재계적 영역의 사건이라는 점은 여러 논자들에 의해 암시된다. 예컨대 칸트는 물자체(실재계)를 도덕의 차원으로 보고 있으며, 스피노자는 역능의 영역을 말하고 있다. 또한 바디우는 실재계와 연관된 진리의 윤리를 논의한다. 레비나스가 말한 윤리의 근거인 무한의 차원 역시 실재계적 영역이라고 할 수 있다.

실된 것을 되찾으려는 무의식으로서 대상 a(라캉)[20]에 대한 리비도적 욕망과 같은 벡터를 지닌다. 그처럼 윤리와 욕망의 모순이 소멸되게 함으로써 소설은 감동을 제공하고 사람들을 열광시킨다. 가령『고향』(이기영)이나『인간문제』(강경애)에서 주인공들의 사랑의 욕망과 윤리적 지향은 별개의 것이 아니다.

욕망과 윤리의 일치는 주인공이 일상현실에 발을 딛고 있어 진정한 가치의 추구가 간접화되는 경우에도 마찬가지이다. 가령『고리오 영감』에서 라스티냑의 출세욕은 부르주아적 욕망의 방식인 듯하지만 실상은 '더 좋은 세계'에 대한 소망과 상충되지 않는다.[21] 라스티냑은 윤리에 접근한 욕망을 보여줌으로써 동시대 사람들을 흥분시키는 살아 있는 인간이 된다. 이로써 소설은 아이러니하게도 개인주의적 **탈코드화된 흐름** 속에서 사람들을 하나로 끌어 **모은다**.[22] 그 같은 다른 어떤 것으로도 대신할 수 없는 초유의 **결집의 힘**이 소설의 첫 번째 특징이다.

이처럼 총체성을 상실한 시대에는 총체성이나 공동체 의식이 아니라 탈코드화된 흐름에서의 **윤리적 사건**이 사람들을 결집시킨다. 이 때 사람들이 모이는 공간은 자본주의의 '내부와 외부 사이'의 위치이다.[23] 이곳은 습관적인 세계와 미지의 실재계 사이의 공간이다. 왜냐하면 그곳이 바로 영혼을 입증하려는 소설의 윤리적 사건이 일어나는 장소이기 때문이다.

---

20 자아가 상징계에서 잃어버린 것으로서 욕망의 원인이 되는 실재계적 요인을 라캉은 대상 a라고 부른다.
21 반면에『보바리 부인』에서 보바리 부인의 애욕은 윤리와 모순되며 이 소설은 사람들을 결집시키는 힘을 지니지 못한다.
22 이것이 가능한 것은 탈코드화된 흐름 속에 사람들의 총체성에 대한 열망이 잠재하기 때문이다.
23 실제로 이곳에 사람들이 모일 때 우리는 그 공간을 광장이라고 부른다. 또한 소설은 이처럼 '사이의 공간'에 사람들을 결집시키는 점에서 사회체계의 내부에 사람들을 끌어 모으는 민족주의의 역할과 구분된다.

소설은 단지 총체성의 회복을 시도할 뿐만 아니라 현실세계와의 연관 속에서 그 모험을 시작한다. 이 일상적 현실세계에서의 모험은 한순간 실재계에 접촉하는 과정으로 전개된다.[24] 소설의 사건이란 그런 윤리적 모험의 과정에서 습관적인 일상세계에 구멍이 뚫린 상태를 말한다. 물론 실제 현실에도 균열과 구멍이 있으며 그곳으로부터 고통스러운 타자가 나타난다. 그러나 소설은 그 잘 보이지 않는 균열과 그곳에서의 타자들의 잠재적 만남을 보이게 만든다. 그렇게 함으로써 실재계와의 접촉을 알리는 것이다.

이 사건이라는 파열을 통한 실재계와의 접촉(사건)에는 두 가지가 있다. 먼저 윤리적 모험에서 구멍이 생기는 것은 대개 윤리와 배치되는 현실의 모순 때문이다. 이 경우 주인공은 자신의 내면을 입증하는 대가로 상처와 고통을 경험하게 된다. 또 다른 경우는 창조적 행위나 변혁의 흐름 속에서 실재계와의 접촉이 이루어질 때이다. 창조와 변혁 역시 일상세계의 파열지점에서 나타난다.

두 경우 모두 소설의 사건은 습관적인 세계(상징계)에 충격을 주면서 변화를 촉구하게 된다. 물론 소설은 어떻게 변화해야 한다는 해답을 명시하지는 않는다. 그러나 어떻게든 구멍은 메워져야 하고 사건의 순간 이미 그런 요동이 시작되므로 소설은 질문의 방식으로 현실을 뒤흔든다.[25] 그 순간은 물밑에서의 사람들의 잠재적 네트워크[26]가 동요하는 순간이기도 하다. 루카치는 이 과정을 여행은 끝나고 길이 시작된 형식이라고 설명했다.[27] 우리는 질문의 방식으로 현실의 변화를 촉구하는 이

---

24 아이러니, 풍자적 희화화, 환상, 변혁적 서사 등의 미학적 방법은 모두 실재계와 접촉하는 방식들이라고 할 수 있다.
25 신형철, 『몰락의 에티카』, 문학동네, 2009, 5~6쪽에서도 비슷한 생각이 논의되고 있다.
26 이 잠재적 네트워크는 사람들의 무의식 속의 총체성에 대한 열망이라고 할 수 있다.
27 루카치, 『소설의 이론』, 앞의 책, 94쪽.

소설의 사건을 **도전적 서사**라고 명명할 것이다. 이것이 소설의 두 번째 특징이다.

총체성에 대한 열망으로서의 **윤리적 사건**과 질문과 충격의 방식으로서의 **도전적 서사**는 서로 연결되어 있다. 그것은 둘 다 우리의 일상에 구멍을 내는 사건이다. 일상의 구멍을 통해 실재계에 접촉하는 순간 소설의 주인공은 영혼(총체성에 대한 열망)을 입증함으로써 우리를 결집시킨다. 또한 그 순간 소설(사건)은 충격과 도전의 방식으로 사람들을 동요시키고 새로운 삶에 대해 생각하게 한다. 이 두 가지 위력을 통해 소설은 실재계(역사 그 자체)와 접촉하는 순간 우리를 역사의 장에 위치하게 한다.

흥미로운 것은 소설의 이 두 가지 특징이 자본주의 사회 자체에서도 발견된다는 점이다. 자본주의와 소설은 둘 다 탈코드화된 흐름을 드러낸다. 그러나 양자 모두 탈코드화 속에서 사람들이 흩어지지 않도록 결집시키는 방법을 창안한다. 소설은 영혼을 입증하는 윤리적 사건을 통해, 자본주의는 이데올로기와 각종 권력장치를 통해서이다. 또한 양자 모두 습관적인 세계에 충격을 주고 기존의 삶을 변화시키는 도전적인 사건을 창조한다. 소설은 타성에 젖은 현실에 구멍을 내는 방식으로, 자본주의는 일상의 상상력을 초과한 잉여향락[28]의 방식으로이다.

이처럼 소설과 자본주의는 서로 놀랍도록 닮았다. 즉 탈코드화 속에서 사람들을 결집시키고, 습관적인 세계를 초과하는 도전적인 충격을 주는 점에서이다. 그 두 가지 측면은 서로 연결되어 있다. 자본주의와 소설은 끊임없이 일상세계를 넘어서는 충격을 제공함으로써 탈코드화

---

28 잉여향락이란 기존의 상징계에서의 쾌락을 넘어서는 쾌락을 말한다. 자본주의는 테크놀로지의 발전을 통해 우리에게 잉여향락을 제공한다. 그러나 그 잉여향락에는 윤리적 요소가 없기 때문에 실제로는 상징계를 넘어서지 못한다.

흐름 속의 사람들을 하나로 끌어 모은다.

그러나 자본주의와 소설은 서로 상반되는 벡터 속에서 움직인다. 자본주의는 사람들을 교환가치의 드라마인 자본주의 이데올로기 속으로 끌어 모은다. 반면에 소설은 우리를 자본주의를 변화시키려는 역사의 공간으로 끌어들인다. 전자는 질적 가치를 양적 가치로 바꾸는 운동인 반면 후자는 양적 가치를 질적 가치로 전환시키는 흐름이다.[29]

또한 자본주의가 일상에 충격을 주는 잉여향락은 교환가치인 상품의 형식으로 되돌아온다. 반면에 소설의 도전적인 윤리적 사건은 교환가치화의 흐름을 보다 인간적인 삶으로 되돌리려는 모험이다. 양자 모두 끊임없는 자기갱신의 형식이지만 전자는 자본주의 자신으로 향하는 반면 후자는 역사의 장으로 나아간다.

이제 자본주의와 소설이 근대의 가장 강력한 두 가지 벡터임이 자명해졌다. 그 둘이 근대의 핵심적인 요소인 이유는 양자 모두 근대의 자기갱신의 형식을 닮았기 때문이다. 또한 그 둘 모두 탈코드화된 근대의 공간에 사람들을 끌어 모으는 데 성공하고 있다.

그 때문에 자본주의와 소설은 근대의 공간에서 길항하면서 공존한다. 한 순간 자본주의가 급속히 발전하면 그 비인간화에 지친 사람들을 위해 소설역시 부흥한다(1970~80년대). 그러나 각자의 반대방향의 벡터로 인해 그 둘은 서로 경쟁적인 적수가 된다. 자본주의는 소설마저도 상품화하기 위해 유혹적인 방식으로 문화영역을 점령한다(1990년대 이후). 오늘날의 소설의 위기는 자본주의가 소설마저도 용해시켰음을, 전체적으로 자본주의를 비판하는 벡터가 약화되었음을 반증하는 것에 다름이 아니다.

---

29 페터 지마, 서영창·김창주 역, 『소설과 이데올로기』, 문예출판사, 1997, 23~34쪽.

그러나 소설 역시 반격을 준비할 것이다. 그리고 이번에는 자본주의 자신이 개발한 테크놀로지도 여기에 합세한다. 소설은 영화, TV드라마, 인터넷, 각종 이미지 매체들과 함께, 새로운 도발적인 서사로 귀환할 것이다.[30] 그리고 끊임없이 자본주의적 일상에 구멍을 내어[31] 윤리적 내면을 입증하는 서사로 사람들을 열광시킬 것이다.

4. 가라타니의 '문학의 종언'에 대한 반박

자본주의와 소설의 또 다른 공통점은 다른 것을 자신 속에 용해하는 병합의 힘이다. 자본주의는 모든 질적 가치들을 양적 가치로 전화시키는 최초의 사회적 기계이다. 반면에 소설은 시, 수필, 철학 등 모든 지적 형식들을 소설적 배치 속에 편입하는 최초의 예술이다. 자본주의는 다양한 사물과 사람들을 교환가치화의 운동 속에 끌어들인다. 반면에 소설은 자본주의 사회의 모든 텍스트와 사람들을 소설적 사건 맥락에서 재배치한다.

양자의 차이는 자본주의가 차이를 동일화하는 반면, 소설은 사물과 사람들의 차이를 되살린다는 점이다. 자본주의는 모든 질적 가치와 사물, 사람들을 화폐로 계산될 수 있는 것으로 동일화한다. 반면에 소설은

---

30 소설이 영화와 함께 도전적 서사의 위력을 발휘한 대표적인 예로 『도가니』를 들 수 있다.
31 소설이 일상에 구멍을 내는 방식이란 이데올로기 때문에 보이지 않던 균열을 드러내면서 가상공간의 형식으로 더 확대해서 보여주는 것이다. 또한 사람들을 결집시키는 것은 윤리적 내면을 입증함으로써 총체성을 열망하는 사람들 사이의 잠재적 네트워크를 고양시키는 작용이다.

병합된 텍스트들(시, 에세이 등)의 자율성을 회생시킬 뿐 아니라, 상품화된 사물과 사람들의 고유한 가치에 대해 질문한다.

이런 상반된 벡터 속에서 자본주의가 마지막으로 용해시키려는 것은 바로 소설이다. 반면에 소설은 자본주의 사회에서 창안된 테크놀로지들마저 병합하려 한다. 자본주의는 소설적 핵심이 빠진 베스트셀러 상품을 만들어낸다. 반면에 소설은 새로운 테크놀로지로서 영화기법을 도입하고 누보로망을 창안한다.

소설의 위기는 이 마지막 단계에서 나타났다. 자본주의는 소설마저 상품화하는 데 성공한 반면, 소설은 새로운 테크놀로지의 도입에서 한계에 부딪힌다. 오늘날 베스트셀러는 많아졌지만 소설다운 소설은 위축되었다. 반면에 소설은 뉴미디어와 인터넷을 병합하는 데 실패하고 서로 경쟁적 관계에 놓이게 되었다.

그러나 희망이 사라진 것은 아니다. 소설이 병합할 수 없는 새로운 테크놀로지들은 결코 자본주의의 전유물이 아니다. 인터넷 등의 새로운 테크놀로지들은 자본주의 사회에서 태어났지만 또한 자본주의를 넘어서는 잠재력을 지니고 있다. 신기술들은 자본주의의 산물이면서도 자신을 배태한 사회를 해체하는 미결정성의 위치에 놓여 있다. 즉 신기술들은 결코 자본주의 자신도 독점할 수 없는 요소들이다. 소설은 이 어디에도 병합될 수 없는 테크놀로지들 및 신매체들과 동맹을 맺어야 한다. 즉 소설은 영화, TV, 인터넷 등과 손잡고 도전적인 서사를 통해 자본주의적 일상에 구멍을 내야 한다.

사정이 그렇다면 이제 소설이 도전적인 서사를 독점하던 시대는 지나갔다. 그만큼 뉴미디어의 영향력이 커졌으며, 영화, TV, 인터넷이 소설의 역할의 상당부분을 대신할 것이다. 이처럼 뉴미디어와 연관해 소설의 우위가 없어졌음을 말하는 점에서, 가라타니 고진의 '소설의 종언(문학의 종언)'[32]은 부분적으로 수긍된다.

그러나 가라타니의 소설의 종언은 이제까지 여러 번의 소설의 위기와는 달리 회생불가능한 역사적 운명을 말하는 듯하다. 그의 말은 역사적 장르로서의 소설의 역할이 끝났다는 것이다. 이제 이 우울한 선언에 대해 다시 생각해 보자.

소설의 귀환을 말하는 우리의 입장에서 보면 가라타니의 논의는 근본적인 문제점을 포함하고 있다. 가라타니는 메이저 장르로서의 소설의 역할은 끝났고 이제 주변적 기능(오락)으로만 남겨졌다고 말한다. 그러나 우리는 도전적 서사로서의 본질적 역할이 변화되지 않은 채 소설이 귀환할 것을 기대한다. 다른 매체에게 부분적으로 역할을 넘겨주겠지만 소설 역시 신매체와의 연합 속에서 예전처럼 선전할 것이다. 설령 소설이 상품화되었다 하더라도 상품으로서 상품의 세계에 구멍을 낼 수 있을 것이다. 그것은 〈웰컴 투 동막골〉이나 〈괴물〉 같은 상업영화가 전지구적 자본주의에 윤리적 질문을 던질 수 있는 것과 같은 이유에서이다.

또한 만일 소설의 힘이 위축되었다면 우리는 문화 영역에서 뭔가 그것을 대신할 것을 찾아야 할 것이다. 소설의 위기는 윤리의 위기이며 문화 영역에서의 그런 위기는 사회적 비판세력의 위기에 상응하기 때문이다. 그런데 가라타니는 이에 대한 문제의식이 없다.

그 대신 가라타니는 소설이 상상적으로 대신하던 역할을 이제는 현실에서 직접 할 수 있게 된 점을 든다. 예컨대 한국에서 예전에는 학생운동이 노동운동을 대신했는데 이제는 노동운동이 현실에서 가능해졌다는 것이다. 가라타니에 의하면 소설이란 예전의 학생운동과도 같은 것이다.[33]

---

32 가라타니 고진, 조영일 역, 『근대문학의 종언』, 도서출판 b, 2006, 62쪽.
33 가라타니, 위의 책, 49쪽.

그러나 지금의 노동운동은 1970~80년대의 학생운동이나 노동운동과는 의미가 다르다고 할 수 있다. 예전의 사회운동은 사회전체를 결집시키는 비판적 운동이었고 그 점에서 소설의 문화적 역할에 상응했다. 그러나 지금의 노동운동은 복수적 사회운동의 한 부분이며 전 사회를 결집시키지 못하는 점에서 예전의 소설의 역할에 상응하지 않는다. 소설이 역동적이었던 시기에는 사회운동도 역동적이었고 소설이 위기에 처한 지금은 비판세력 역시 위축되어 있는 셈이다.

그처럼 소설과 사회운동의 역할은 상응한다. 명시적으로 비판적이지 않더라도 윤리적 질문을 던지는 소설은 사회를 역동적으로 만들기 때문이다. 양자의 차이는 소설이 우리의 무의식을 움직이는 문화영역[34]인 반면, 사회운동은 무의식적 소망을 직접 현실에서 실천하는 행동이라는 점이다.

따라서 노동운동이 예전(1980년대)처럼 모든 사람의 마음을 결집시키지 못하고 소설 역시 위축된 지금은 자본주의적 예속화가 심화된 시기이다. 자본주의와 지배권력은 예속화의 방식을 유혹의 전략으로 바꿈으로써 사람들의 마음을 성공적으로 빼앗고 있는 것이다. 그에 따라 거기에 대응하는 새로운 소설(문화운동)과 새로운 사회운동이 요구되고 있다. 뒤에서 논의하겠지만 우리는 포스트모던 리얼리즘과 촛불집회가 하나의 방법이라고 생각한다.

새로운 문화적 대응에 침묵하는 가라타니의 근본적인 문제점은 그가 제1세계의 지식인이라는 점에 있다.[35] 그로 인해 그의 역사인식에는 핵심적인 오류가 잠재해 있다. 그 점은 이미 역사적 장르로서의 소설과 네

---

34 가라타니는 이점을 현실적으로 불가능한 것을 대신하는 상상적 기능으로 말하고 있지만 이는 타당한 설명이 아니다.

35 가라타니가 말하고 있는 어소시에이션에 접근하는 위로부터의 운동은 근본적으로 제1세계의 지식인의 입장에 근거한 것이다. 가라타니, 『근대문학의 종언』, 앞의 책, 236~237쪽.

이선(민족)의 관계에 대한 그의 논의에서부터 나타난다.

가라타니는 『일본 근대문학의 기원』에서 근대소설과 네이션의 관계에 대해 흥미로운 논의를 제시한 바 있다. 근대소설의 언문일치는 근대 민족국가의 형성에 중요한 역할을 했다. 그런데 언문일치란 근대 이전의 분장한 얼굴(신분)을 벗어던진 맨 얼굴의 출현에 상응한다. 즉 한자가 형상의 언어라면 언문일치는 형상을 벗은 맨 얼굴의 언어인 것이다. 맨 얼굴은 무엇인가를 의미하는데 그 무엇인가가 바로 '내면'이다.

한자~형상의 언어와 대면하는 것은 형상으로 분장한 얼굴을 대하는 것처럼 형상을 통해 의미를 읽는 것이다. 반면에 언문일치의 글을 읽는 것은 맨 얼굴의 사람을 대면하는 것처럼 의식이 내면을 향하며 의미를 형성하는 과정이다. 이처럼 형상 대신 내면을 통해 의미를 얻는 것은 근대라는 제도(에피스테메)의 형성과 연관되어 있다.

형상은 미리 정해져 있는 외부의 근원적 심급과 연결되어 있다. 반면에 내면이란 개인의 이성과 감각(감정)이라는 내부적 형식을 말한다. 언문일치의 글을 읽는 것은 누군가의 내면을 읽는 것이다. 맨 얼굴을 대면하는 순간 역시 어떤 외부의 지배적 층위에서 벗어나 그 자체로 의미를 읽는 순간이다.

언문일치의 글을 읽을 때 우리는 누군가와 교감하는데 그것은 내면이라는 동질성의 기반에 근거한 것이다. 또한 개인의 내부의 감각으로 누군가의 맨얼굴을 대면할 때도 우리는 어떤 외적 지배도 없는 상태에서의 교감을 경험한다. 이 같은 내부라는 동질성의 감각형식이 출현함으로써 근대라는 내면의 공동체가 형성된다. 즉 언문일치와 맨 얼굴의 출현은 동질적인 내면들끼리 교감(공감)하는 근대적 공동체를 형성하는 기반이 된다. 다만 언문일치와 맨 얼굴은 서로 교감할 수 있는 한계를 지니고 있는데, 그 동질적 교감의 경계가 바로 네이션일 것이다.

그런데 근대적 공동체로서 네이션의 기반인 내면의 동질성은 형식적인 동질성일 뿐이다. 아직 아무런 내용도 채워지지 않은 이 형식적 텅 빈 동질성을 앤더슨은 상상적 공동체라고 불렀다. 상상적 공동체는 상상계적 차원(라캉)에서 동질성을 확인할 수 있는 공동체이지만 실제 현실에서는 결코 진정한 공동체가 아니다. 상상적 공동체에 상응하는 역사적 장르인 소설 자체가 바로 그런 양면성을 암시한다.

소설의 언문일치는 텅 빈 형식적 동질성을 강화하여 상상적 공동체의 형성에 기여한다. 그러나 소설은 또한 진정한 공동체가 상실되었음을 드러내면서 총체성을 회복하려는 내면의 모험을 보여준다. 소설의 이 후자의 측면을 우리는 윤리적 내면(영혼)의 입증이라고 말한 바 있다. 소설에서 윤리적 내면의 입증은 「고향」(현진건)에서 보듯이 흔히 고통 받는 타자의 얼굴[36]과 대면하는 순간 나타난다. 또한 그런 소설의 언어는 언문일치인 동시에 일상적 언어와는 구분되는 미학적 방언이기도 하다.

요컨대 소설은 내면의 발견인 동시에 윤리적 내면의 입증이기도 하다. 또한 소설은 맨 얼굴의 출현인 동시에 타자의 얼굴과의 대면이기도 하다. 마찬가지로 소설의 언어는 언문일치이면서 미학적 방언의 언어이기도 하다. 이 같은 소설의 양가성은, 네이션이 상상적 공동체인 동시에 진정한 공동체를 향한 내면(영혼)의 모험의 장소인 점과 연관된다.

그런데 가라타니는 이 양가성 중에서 전자의 측면만 주목하고 있다. 물론 가라타니 역시 근대적 내면을 비판하고 공격한다. 특히 그는 내면의 기원에 대해 묻지 않고 자족하는 주체(내면)에 대해 비판한다. 그러나 그는 근대문학의 특징은 내면에 있으며 포스트모더니즘(1980)이 나타나기 이전 전도된 내면에 대항한 문학은 소세키뿐이라고 말한다.[37]

---

36 레비나스가 말한 타자의 얼굴도 이와 유사하다. 강영안, 『타인의 얼굴』, 문학과지성사, 2005, 178~181쪽.

소세키 이외에 근대 안에서 내면을 넘어선 문학에 대한 가라타니의 입장은 모호하다. 반면에 우리의 생각은 윤리적 내면을 입증하는 문학은 근대문학(소설)이면서 그 자체에 내면을 넘어서는 계기를 포함한다는 것이다. 그처럼 근대문학은 그 자신 안에 이미 탈근대와 탈식민을 내포한다. 그리고 그 점은 가라타니가 주목하지 않는 제3세계문학에서 가장 잘 나타난다.

네이션의 양가성 중에서 내부의 동일성의 측면만 강조하는 것이 바로 민족주의일 것이다. 가라타니는 실제로 소설이 이제까지 내셔널리즘의 기반이었다고 말한다.[38] 이는 앤더슨의 '상상적 공동체'에 대한 순진한 해석이다. 실제로 보다 더 중요한 것은 네이션과 연관된 소설의 양가성일 것이다. 즉 소설은 민족적 동질성(민족주의)의 기초인 동시에 총체성이 상실된 타자성(이질성)을 통해 진정한 공동체(총체성)에 대한 소망을 표현한다. 소설의 후자의 측면은 오히려 민족주의를 해체하면서 탈중심화된 민족의식을 드러낸다. 그것은 단순한 내면이 아닌 윤리적 내면(영혼)을 통해, 동질적 맨얼굴이 아닌 타자의 얼굴을 통해, 그리고 언문일치를 넘어선 미학적 방언을 통해 표현된다.

가라타니 역시 소설이 도덕적·정치적 과제를 짊어진다는 점을 소홀히 하지 않는다. 그러나 그는 상상적 공동체(민족주의)의 기반과 도덕적 과제의 측면이 모두 네이션의 동일성을 강화하는 것으로 설명한다. 반면에 우리는 도덕적 과제의 측면이 네이션의 동일성이 아닌 디세미-네이션(산종)의 측면[39]을 보여주는 것이라고 생각한다. 네이션(nation)의 디세미-네이션(dissemination)이란 총체성을 상실한 상태에서 잃어버

---

37 가라타니 고진, 박유하 역, 『일본 근대문학의 기원』, 민음사, 1997, 242~243쪽.
38 가라타니, 위의 책, 62쪽.
39 호미 바바, 나병철 역, 『문화의 위치』, 소명출판, 2002, 277~332쪽 참조.

린 총체성을 지향하는 과정에 다름이 아니다. 우리는 그것이 바로 소설이 윤리적 내면을 입증함으로써 사람들을 결집시키는 방식이라고 설명했다. 소설의 윤리적 역할이란 그처럼 동일성[40]을 해체하는 동시에 사람들을 결집시키는 것이다.

잃어버린 것에 대한 열망을 미래의 형식으로 드러내는 점에서, 그런 윤리적 내면의 입증은 식민지를 경험한 제3세계 소설에서 명확하게 나타난다. 따라서 식민지 시대 우리 소설들은 가라타니와 우리의 입장의 차이를 분명하게 보여준다. 예컨대 「고향」의 한 부분을 보자.

> 「썩어 넘어진 서까래, 똘똘 구르는 주추는! 꼭 무덤을 파서 해골을 헐어 젖혀 놓은 것 같더마. 세상에 이런 일도 있는기오? 백여 호 살던 동리가 십년이 못되어 통 없어지는 수도 있는 기오, 후!」
> 하고 그는 한숨을 쉬며, 그 때의 광경을 눈앞에 그리는 듯이 멀건히 먼 산을 보다가 내가 따라준 술을 꿀꺽 들이키고,
> 「참 가슴이 터지더마, 가슴이 터져.」 하자마자 굵직한 눈물 뒤 방울이 뚝뚝 떨어진다.
> 나는 그 눈물 가운데 음산하고 비참한 조선의 얼굴을 똑똑히 본 듯싶었다.[41]

'그'의 얼굴에서는 단순한 내면이 아니라 건널 수 없는 심연이 읽혀진다. 그 말로 표현할 수 없는 신산스러운 표정이 바로 타자의 얼굴이다. 그러나 '나'(지식인)는 그 이질적 타자의 얼굴과 교감함으로써 조선의 얼굴을 발견한다. 또한 '그'의 사투리와 '나'의 서술(언문일치체)의 교감으로서 미학적 방언은,[42] 타자성으로서의 ('음산하고 비참한') 조선의 얼

---

40 동일성의 유지는 대부분 억압적 권력에 의해 행해진다.
41 현진건, 「고향」, 『조선의 얼굴』, 문학과비평사, 1988, 234쪽.

굴을 표현한다. 여기서 민족의식은 민족주의적 동일성이 아니라 잃어버린 총체성에 대한 열망을 통해 드러나고 있다. 그처럼 타자로서의 조선의 얼굴을 발견함으로써 진정한 공동체에 대한 열망을 느끼는 순간은, '나'의 윤리적 내면이 입증되는 순간이다.

가라타니는 과거와 달리 오늘날에는 네이션의 동일성이 완전히 뿌리를 내렸다고 말한다.[43] 그러나 「고향」의 '그의 얼굴' 같은 타자의 얼굴은 여전히 도처에서 발견된다. 가령 21세기에 쓰여진 박민규의 소설을 보자.

> 책을 덮고 기지개를 켜는 순간, 이상하리만치 불길한 예감이 드는 것이었다. 세계가, 너무 고요했다. 그리고 시계(視界)의 가장 먼 곳에 떠 있는 눈부신 한 척의 오리배를 나는 보았다. 마치 빈 배와 같은 움직임이었다.
> 남자는 죽어 있었다.
> (…중략…) 남자는 온화하지도, 슬프지도 않은 이상한 미소를 짓고 있었다. 마치 주둥이의 페인트가 벗겨진 오리배의 표정 같았다.[44]

> 이렇게 사는 것은 어떻습니까? 환하게 웃으며 호세는―아, 그래요… 그렇게 물으니 뭐 … 저로선 어떻다고는 하겠지만, 그게 그러면… 그래서 또… 그건 아닌지 어떤지… 그렇잖아요―정도의 표정으로 〈아무 말도〉 하지 않았다.[45]

위에서 자살한 파산자(중소기업사장)의 표정은 세계가 고요해지게 만

---

42 그의 사투리는 내면 지향적이지만은 아니며 그와 교감하는 '나'의 언어 역시 마찬가지이다.
43 가라타니, 위의 책, 55쪽.
44 박민규, 「아, 하세요 펠리컨」, 『카스테라』, 문학동네, 2005, 134쪽.
45 박민규, 위의 책, 44쪽.

드는 타자의 얼굴을 보여준다. 그 표현할 수 없는 얼굴의 의미는 미학적 방언인 은유('페인트가 벗겨진 오리배의 표정')로 표현되고 있다. 이 파산자의 얼굴은 (두 번째 예문에서) 끝없이 더듬거리는 오리배 세계시민연합 호세의 표정과 다르지 않다. 두 사람은 비슷하게 '어떻다고 말할 수 없는' 미결정적인 타자의 얼굴을 보여주고 있다. 그들은 세계화 시대의 자본주의의 파산자들이며 제1세계 지식인은 보지 못하는 3세계의 타자들이다.

박민규의 소설은 세계화 시대에도 여전히 '그의 얼굴'이 발견됨을 보여주고 있다. 그리고 조선의 얼굴은 아직 음산하고 비참한 표정을 벗어나지 못했음을 알려준다. 지구적 자본주의 시대에 상상적 공동체로서의 네이션은 확립되었을지 모르지만 진정한 공동체(총체성)는 여전히 잃어버린 상태에 있다. 그런 네이션의 타자성을 드러내는 것은 민족주의가 아니라 탈식민주의이다. 박민규는 탈식민으로서의 민족의식을 통해 소설의 윤리적 과제를 실행하면서 문학의 종언에 반박하고 있다.

가라타니의 잘못된 역사의식은 네이션의 타자성의 측면을 주목하지 않는 데 있다. 네이션의 타자성이란 자본주의적 근대에 의해 동일화될 수 없는 이질적 문화를 말한다. 네이션은 자본주의적 근대에 의해 가능해지지만 제3세계에서는 또한 바로 그것(자본주의)에 의해 이질적 문화가 위협받는 상황에 놓인다. 자본주의적 근대를 수용하면서 그 위기의 상황을 인식하는 것, 그리고 그 모순의 지점에서 이질적 문화의 회복을 꾀하는 것이 바로 네이션의 타자성이다. 그런 네이션의 타자성은 실상 서구적 근대를 수용하며 고유문화를 주체화하는 과정(혼성성)을 통해 드러난다.[46] 그런데 그 같은 타자성을 회복하려는 과정은 진정한 공동체를 향한 윤리적 모험으로 나타난다. 이 네이션의 타자성은 소설을 통

---

[46] 서구적 근대를 타자로 자신의 안에 포함한다는 점에서도 타자성이다. 혼성성이란 그런 타자성의 주체성과 다르지 않다.

해, 그리고 제3세계의 타자의 얼굴을 통해 경험된다.

이런 상황은 지구적 자본주의의 시대인 오늘날도 마찬가지이다. 오늘날 모든 나라가 자본주의화되었지만 강대국의 권력에서 완전히 해방된 네이션은 많지 않다. 여전히 (강대국의 은밀한 지배 속에서) 진정한 공동체가 상실된 오늘날 네이션의 동일성이 확립되었다면 그것은 타자성이 은폐되기 때문이다. 즉 지구적 자본주의의 네트워크에서 파산한 사람들의 얼굴들이 감춰지기 때문이다. 그처럼 네이션의 타자성을 보지 못하는 점은 가라타니 역시 비슷하다.

> 그러나 오늘날에는 이미 네이션=스테이트가 확립되어 있습니다. 즉 세계 각지에서 네이션으로서의 동일성은 완전히 뿌리를 내렸습니다. 그 때문에 옛날에는 문학이 불가결했지만, 이제 그 동일성을 상상적으로 만들어낼 필요는 없습니다. 사람들은 오히려 현실적이고 경제적인 이해에서 네이션을 생각하게 되었습니다.
>
> 현재, 전 세계의 네이션=스테이트가 자본주의적인 세계화(globalization)에 의해 '문화적으로' 침투해 있지만, 그것에 대한 반발이 있다고 해도 이전처럼 노골적인 내셔널리즘은 등장하지 않습니다. 경제적으로 불리한 것이 있으면 맹렬히 반발하겠지만 말입니다. 현재 세계화에 대한 강한 반발의 기반이 된 것은 내셔널리즘도 문학도 아닌, 기독교의 원리주의 같은 것입니다.[47]

가라타니는 과거의 문학(소설)과 오늘날의 경제를 대립시키고 있다. 그에 의하면, 소설이 상상적 공동체를 만든다면 경제는 현실적인 네이션들의 이해관계를 만든다. 물론 오늘날 실제적이고 경제적인 이해에

---

47 가라타니, 위의 책, 55~56쪽.

따라 네이션들이 움직인다는 가라타니의 말은 전적으로 옳다. 그러나 그것은 지구적 차원에서 전 세계가 자본주의화 되었으며 그 모순을 지양하려는 움직임이 약화되었음을 보여주는 것에 다름이 아니다. 근대의 역사는 한편으로 자본주의화를 통해, 다른 한편으로 그 모순을 비판하는 운동을 통해 발전되어 왔다. 이 양가성 속에서 전자가 경제이며 후자가 소설(문화운동)과 사회운동이다. 소설이 상상적이고 경제가 현실적인 것이 아니라 둘 다 절실하게 현실적인 운동인 것이다. 다만 문화영역으로서의 소설은 무의식을 움직이며 경제와 사회운동은 현실을 움직인다. 소설과 사회운동의 약화는 현실을 움직이는 한쪽 운동의 쇠락과 지구적 자본주의의 전성기를 암시한다.

문학의 종언과 더불어 가라타니는 문화적 침투의 문제 역시 별 의미가 없어진 것으로 말한다. 그러나 군사적 전쟁이 힘들어진 오늘날이야말로 은밀한 문화적 전쟁의 시대라고 할 수 있다. 문화적 전투는 무의식을 지배하는 전투이다. 오늘날 지구적 자본주의를 지키는 또 다른 군대는 문화적 전사들로서 할리우드의 아메리칸 히어로들(슈퍼맨, 배트맨 등)이다. 그들이 세계화된 지구를 지키는 동안 지구적 자본주의도 지켜진다. 하지만 만일 문화 다양성이 회생한다면 사정은 달라질 것이다. 즉 전 세계의 네이션들에서 타자들의 소설, 영화, 애니메이션이 일제히 부활한다면, 문화 제국주의의 멸망과 함께 지구적 자본주의도 흔들릴 것이다. 물론 자본주의가 한순간에 망하지는 않겠지만 반대쪽 벡터에 의해 모순과 비인간성이 지양될 것이다.

지구적 차원에서 자본과 제국의 질서를 옹호하는 것이 아메리칸 히어로라면, 제3세계 내부에서 신자유주의를 장식하는 것은 신데렐라 드라마이다. 아메리칸 히어로는 지구를 지키는 영웅들의 이미지로 제3세계 타자들을 보이지 않게 만든다. 그와 비슷하게 신데렐라는 왕자와의 연애로 양극화의 비극을 감춘다. 화려한 시뮬라크르들[48]에 의해, 우리는 무덤 같은 고향을 떠나온 사람(유랑인), 페인트가 벗겨진 오리배의 자살자(파산자), 말을 잃고 끝없이 머뭇거리는 사람(보트피플)을 보지 못하는 것이다.

그러나 지구화 시대에는 자본주의와는 다른 방식의 세계화도 가능할 것이다. 그리고 이번에는 '보이지 않는 사람들'이 전면에 나선다. 오리배 세계시민연합이 암시하듯이, 이름다운 오페라의 화음을 들려주는 다중들[49]의 연대가 그것이다. 첫 번째 세계화가 자본과 권력을 앞세웠다면 두 번째 세계화는 사랑과 화해의 힘을 보여줄 것이다.

'보이지 않는 사람들'의 세계화가 너무 환상적이고 상상적인 것이라면 그에 대응하는 실제 현실에서의 오페라의 화음을 들려줄 수도 있다. 과거의 변혁운동과는 달라진 21세기의 촛불집회가 바로 그것이다. 촛불집회는 결코 '경제적인 불리함에 대한 반발'이 아니다. 또한 강대국의 권력에 대한 내셔널리즘적 저항도 아니다. 그것은 문화적인 저항이며 경제(자본)나 권력의 차원이 아니라 문화적 자율성을 표현하는 유대의 퍼포먼스이다. 모두들 다르면서도 하나로 연대하려는 소망, 이는 단순한 민족의식이 아니라 화해의 표현으로서 새로운 유대형식의 실험이다. 즉 촛불집회는 자본과 권력에 의한 질서가 사랑과 화해의 유대로 바뀌어야 함을 주장하고 있다. 그렇게 함으로서 지구적 자본주의와는 반대 방향의 벡터의 존재를 입증하고 있다. 이는 윤리적 내면을 입증함으로써 진정한 공동체를 향한 열망을 보여주는 소설의 기획과 다르지 않다.

---

48 시뮬라크르는 연출인 동시에 현실인 후기자본주의 시대의 이미지를 말한다.
49 다중이란 과거의 민중과 달리 노동자뿐만 아니라 파산자, 비정규직, 여성 등을 포함하는 탈중심화된 집합을 말한다.

21세기의 윤리적 실험으로서 촛불집회에서는 자본주의적 세계화에 대항하는 새로운 유대의 소망이 표현되고 있다. 가라타니는 세계화에 대한 반발이 이슬람 원리주의 등에서만 나타나고 있다고 말한다. 그러나 근대적 네이션이 확립되지 않은 이슬람의 반발은 한계가 있으며 그 방식(테러)도 바람직하지 않다. 세계화에 대한 대응은 반드시 그 질서를 경험한 사람들에 의해서만 가능하다. 그 중에서 자본과 권력을 앞세운 사람들이 아니라 그에 의해 보이지 않게 된 타자들에 의해서 실행될 수 있다. 그리고 마치 모든 민족국가의 동일성이 확립된 듯 말하고 있는 시선이 아니라 그런 시선에 의해 은폐되고 있는 (네이션의) 타자성에 의해서 가능할 것이다. 앞에서 우리는 네이션의 양가성이 소설의 양가성에 상응함을 말한 바 있다. 그것은 지구화 시대에도 다르지 않다. 오늘날 지구적 차원으로 확대되었지만, 민족주의를 넘어서서 네이션의 타자성을 지향하는 소설의 역할, 그 역사적 장르로서의 운명은 아직 끝나지 않았다고 할 수 있다. 다만 화려한 이미지들에 의해 제3세계의 어둠이 감춰지고 소설의 역할이 지워지고 있을 뿐이다.

만일 지금 한국이나 제3세계에서 소설이 무력화되었다면 그것은 역사적 운명이 아니라 역사에 빚을 진 상태를 암시한다. 역사의 부채를 갚는 것은 자본주의적 예속화에서 벗어나 사람들을 역사의 장으로 이끌 때 가능하다. 또한 윤리를 회생시키고 사랑의 힘을 부활시킬 때 실현된다. 그 같은 일들은 과거와는 달리 소설과 다른 서사매체(그리고 인터넷)와의 동맹을 통해서만 가능하다.

5. '상상력'을 넘어서는 가상공간의 '은유적 정치'

소설의 귀환의 핵심 중의 하나는 다른 가상공간과의 동맹관계이다. 오늘날 소설은 혼자서 보다는 다른 매체와 연합할 때 더 위력을 발휘한다. 다른 매체들이란 영화나 인터넷인데 이것들은 일종의 가상공간들이다.

예컨대 『도가니』(공지영)라는 소설은 영화로 만들어진 후 모든 사람이 '권력의 도가니'에 대해 분노하게 만들었다. 또한 인터넷은 수많은 사람들의 네트워크를 통해 사회를 동요시켰다. 『부러진 화살』 역시 비슷한 정치적 효과를 발휘했다. 두 경우에서 소설(수기), 영화, 인터넷은 서로 협력하며 미학의 정치화를 보여주었다.

그러나 이 가상공간을 통한 정치적 힘은 없었던 네트워크를 새로 형성한 결과가 아니다. 그 반대로 소설이나 영화, 인터넷은 사람들 사이에 잠재하는 물밑의 네트워크를 대신 확인해준 역할을 했다고 할 수 있다. 만일 그런 잠재적 네트워크가 없었다면 분노와 비판의 목소리가 한 순간에 확산되지 않았을 것이다.

물론 근대는 탈코드화된 시대이다. 그러나 물밑에서는 끝없이 연대가 시도되고 있는 것이다. 루카치는 그것을 총체성을 열망하는 영혼이라고 말했다. 물밑의 연대란 상실된 총체성을 소망하는 보이지 않는 네트워크이다. 현실의 억압이 심해질수록 우리의 영혼은 무의식적으로 그 물밑의 잠재적인 연대를 감지한다. 또한 소설의 윤리적 모험은 그 보이지 않는 그물망을 동요시켜 순식간에 사람들을 결집시킨다.

물밑의 네트워크는 사람들이 일상에서 눈빛과 침묵으로 확인하는 연대망이다. 울분의 감정을 담론화할 수 없기 때문에, 그리고 권력의 억압과 규율화 때문에, 일상에서는 사람들 사이에 미처 표상할 수 없는 것들이 잠재한다. 소설과 영화, 인터넷 등의 가상공간은 그 표상할 수 없는 것들을 은유나 비꼼 등으로 대신 표현해준다. 그것은 물밑의 그물망을 대신 확인하고 고양시키는 일이기도 하다.

그런 작용이 가능한 것은 일상에서의 자본과 권력에 대한 예속에서 벗어나 사람들이 가상공간에 자유롭게 접속할 수 있기 때문이다. 우리는 소설과 영화를 보면서, 그리고 인터넷에 접속하면서, 일상의 예속화에서 벗어나 가상공간에 은유로 표현된 것에 공감을 표시한다. 소설과 영화는 허구의 형식이기에 은유로 표현된 물밑의 진실에 대해 검열이 매우 어렵다. 또한 인터넷에서는 익명성을 통해 일상에서의 속박에서 벗어나 표현의 자유를 얻는다. 가상공간이 물밑의 진실과 네트워크를 표현할 수 있는 것은 그 때문이다. '도가니'나 '부러진 화살'은 은유를 통해 일상에서 말할 수 없는 것들을 말하게 해준다. 이처럼 가상공간이 은유로서 대신 표현해주는 물밑의 운동을 은유로서의 정치라고 부르기로 하자.

라이프니츠는 신이 다양한 가능세계(가상공간) 중에서 적절한 것을 선택해 윤리적으로 조화된 세계를 생성한다고 말했다. 물론 현대에는 그런 신은 더 이상 존재하지 않는다. 오늘날의 후기자본주의 사회는 오히려 신 대신 인간이 가능세계/가상공간을 통해 세계를 연출하는 시대이다. 예컨대 유전자공학을 통해 생명체를 조작하거나 '트루먼쇼' 같은 시뮬라크르[50]를 만드는 경우이다. 현대의 권력자들은 그처럼 테크놀로지를 통해 과거의 신의 역할을 대신한다. 예컨대 신만이 알고 있던 일들을 지금은 감시장치를 통제하는 권력자만이 보고 있다. 다만 신과 다른

---

50 연출인 동시에 현실인 것을 말함.

점은 윤리적인 조화의 능력이 부재하다는 점이다.

소설이나 영화, 인터넷 같은 가상공간이 긴요한 것은 바로 그 때문이다. 이 가상공간들은 자본과 권력이 하지 못하는 역할, 즉 윤리적인 교정과 조화의 기능을 한다. 예전에는 신이 미리 가능세계의 선택작용을 통해 조화된 세계를 만들었다.[51] 그러나 지금은 인간이 만든 가능세계(가상공간)가 신의 부재로 인한 부조화를 교정하는 기능을 한다. 가상공간은 사람들의 물밑의 네트워크를 대신 표현하여 부조화된 현실을 변화시키려는 욕망을 고조시킨다. 또한 사건을 통해 윤리적 무의식을 고양시켜 사람들을 결집시킨다.

가상공간과 연관된 이 '은유적 정치'의 개념은 보이지 않는 저항의 그물망을 전제로 한 것이다. 흥미롭게도 보이지 않는 권력(푸코) 만이 있는 것이 아니라 '보이지 않는 저항'도 있는 것이다. 은유적 정치와 보이지 않는 저항의 연대는 비가시적 권력이 우세해진 오늘날의 특징적 현상이다. 그러나 은유적 정치의 뿌리는 이미 식민지 시대부터 있어 왔다.

식민지란 국가를 상실한 공간이다.[52] 식민지에서는 국가(國歌)도 국기도 표상할 수 없다. 그런 식민지에서도 피식민자의 네이션이 존재했을까. 우리는 식민지 시대에도 네이션이 물밑의 네트워크로 존재했다고 생각해야 한다.

식민지에서는 태극기도 애국가도 표현할 수 없었다. 그러나 물밑에서는 모든 사람이 태극기를 들고 애국가를 불렀다. 그런 태극기와 애국가는 보이지도 들리지도 않기 때문에 국가를 형성할 수 없었다. 그러나 그 표상할 수 없는 것들[53]을 통해 사람들은 네트워크를 형성할 수 있었

---

51 오늘날의 메타픽션 작가의 위치는 이 신의 위치와 비슷하다. 그러나 윤리적 조화의 능력이 완전하지 않아서 선택과 배열에서 머뭇거리는 것이 신과 다른 점이다.
52 식민지의 국가는 총독부라고 할 수 있다.
53 이 표상할 수 없는 태극기는 실제 태극기의 국가주의적 요소를 넘어선다. 그 이유는 이 경

다. 같은 세상을 열망하는 사람들끼리 수면 밑에 또 다른 세계를 갖고 있었던 것이다. 이 보이지 않는 네트워크는 아무런 무기도 갖지 않은 채 총독부에서 해방되길 소망했기에 그만큼 비폭력적이었다. 그러면서도 사람들은 무기를 든 사람들만큼이나 강력하게 해방된 공동체를 열망했다. 스쳐가는 눈빛으로, 술자리에서의 이야기로, 열차나 화장실의 낙서 등으로 그것이 표현되고 있었다.[54] 아무도 말하지 않았지만 그 물밑의 네트워크의 존재는 소설에서 은유를 통해 계속 확인되고 있었다. 그런 네트워크가 위치하는 곳은 무의식이라는 실재계였거니와, 타자의 자리인 실재계[55]와 연관된 해방의 (순수)욕망[56]은 윤리적이었다. 이제 이 보이지 않는 물밑의 네트워크를 **은유로서의 네이션**이라고 부르기로 하자.[57]

은유로서의 네이션은 은유적 정치처럼 가상공간(소설)을 통해 '말할 수 없는 것'을 은유로 표현한다. 예컨대 「만세전」의 묘지, 「고향」의 아리랑, 「낙동강」의 낙동강 젖꼭지 등이다. 1919년 이전 조선 사람들은 공동묘지에 대한 불만[58]을 말하면서 무의식 속에서는 생매장당한 역사에

우의 표상할 수 없는 것이란(국가가 아니라) 해방된 윤리적 공동체를 표현하기 위한 요소들이기 때문이다.

54 윤해동, 「식민지 근대와 공공성 : 변용하는 공공성의 지평」, 윤해동 · 황병주 편, 『식민지 공공성』, 책과함께, 2010, 43~47쪽 참조. 윤해동은 이런 일상의 예들을 은유적인 준공공 영역으로 설명하고 있다.

55 실재계란 상징화될 수 없는 영역을 말한다.

56 라캉은 순수욕망을 윤리라고 말하고 있다.

57 나병철, 「식민지 근대의 공간과 탈식민 크로노토프」, 『현대문학이론연구』 제47집, 2011. 12, 151~178 참조.'은유로서의 네이션'은 윤해동이 앞의 논문에서 말하고 있는 '은유적인 식민지 공공 영역'과 맥락을 같이 한다. 윤해동은 공공성에의 틈새적 침투, 매스미디어에서의 수용자 공공성, 일상의 술자리에서의 이야기나 유언비어 같은 준공공 영역 등의 예를 들고 있다.

58 1912년에 공동묘지에 대한 묘지규칙이 생긴 후 조선인들은 선산에 묻힐 수 없게 된 데 대한 불만이 고조되었다. 그들은 공동묘지에 대해 불평했지만 실제로는 조선인의 삶을 과거(선조)로부터 분리시키는 식민화에 불만이 있었다. 물론 선조를 매장한 곳에 자손을 매

대한 울분을 토로하고 있었다. 「만세전」은 그 입 밖으로 꺼낼 수 없는 것을 '묘지'라는 은유로 대신 표현하고 있다. 또한 「고향」은 지식인과 민중의 만남으로서 네이션의 네트워크를 '아리랑'을 통해 (소설과 민요의 만남으로) 보여준다. 마찬가지로 「낙동강」은 잃어버렸지만 되찾아야 할 모국의 토지를 '낙동강 젖꼭지'[59]의 은유로 표현한다. 이 소설들에서의 소설적 은유들은 물밑에 생성된 '은유로서의 네이션'의 표현이다.

우리에게 은유로서의 네이션이 형성된 것은 1919년 이후였다. 본격적 근대소설이 시작된 것 역시 1919년부터였다. 은유적 네이션과 근대소설의 출발이 일치하는 것은 우연이 아니다. 우리는 3.1 운동을 통해 물밑의 네트워크를 확인함으로써 근대의 공간에 들어서게 된다. 소설 역시 그 물밑의 네이션을 은유로 표현할 능력을 갖춤으로써 비로소 '근대적'이 될 수 있었다. 소설과 네이션의 긴밀한 연관성은 바로 여기에 있다. 즉 소설이 중요한 것은 그처럼 네이션의 실재계적 측면, 즉 무의식 차원의 네트워크를 표현해주기 때문이다. 무의식 차원의 은유적 네이션은 국가권력(총독부)과 자본에서 해방되기를 소망하는 윤리성을 지니고 있었다.

가라타니 고진은 소설이 민족국가(nation-state)가 완성되기 전에 상상적으로 네이션의 동일성을 표상했다고 말한다.[60] 세계 각지에 민족국가가 뿌리를 내린 지금 소설의 중요성이 적어진 것은 그 때문이다. 그러나

장하려는 주장은 과거의 관습에 얽매인 것일 수도 있다. 「만세전」의 이인화가 형과 갓장수를 비판한 것은 그 때문이다. 그러나 조선인의 무의식 속에서 묘지제도는 식민지를 은유하는 악몽으로 떠돌고 있었다. 「만세전」은 그 아무도 말하지 않는 무의식을 '묘지'라는 은유로 표현하고 있다. '묘지'는 1910년대 조선인들이 함께 겪었던 무의식이었으며, 그 무의식의 네트워크로부터 만세의 열망이 솟아올랐던 셈이다.

59 낙동강 젖꼭지는 라캉이 말한 대상 a이다. 은유로서의 네이션은 대상 a로서의 네이션이기도 하다.
60 가라타니 고진, 『근대문학의 종언』, 앞의 책, 55쪽.

소설은 없는 것을 상상하기 위해 필요한 담론이 아니다. 소설이 표현하는 것은 단순히 상상적인 것이 아니며 오히려 현실보다 더 현실적인 측면이다. 가라타니의 생각과는 달리, 국가 없는 식민지에서는 그 절실한 **현실성**이 한층 더 부각된다. 식민지 소설은, 일상에서는 잘 보이지 않지만 피식민자에겐 더없이 절실하게 현실적인 것을 표현한다. 그 현실적인 것이란 모든 수모와 고통을 견디게 하는 존재의 조건으로서의 네이션이다.[61] 우리는 그것을 은유로서의 네이션, 즉 물밑의 네트워크라고 말했다. 만일 그것이 없다면 식민지인에게는 네이션이란 없다.[62] 소설은 보이는 현실보다 더 절실한 그 보이지 않는 현실을 표현한다. 그것은 네이션의 **실재계적 차원**, 그 윤리적 측면이다.

식민지인은 '없는 네이션'을 단지 상상하고 있었던 것이 아니다. 국가의 상실이 네이션의 부재를 뜻하진 않았다. 또 민족운동의 시기에만 섬광처럼 네이션이 나타났다가 사라진 것도 아니다. 네이션은 항상 물밑에 형성되어 있었지만 다만 그것을 입 밖으로 표현할 수 없었던 것이다. 즉 그때는 허용되는 세계와 표상할 수 없는 공간이라는 두 개의 영역이 있었던 것이다. 그렇기에 식민지인은 총독부가 지배하는 세계와 수면 밑의 세계라는 두 겹의 삶을 살고 있었다.

식민지인의 물밑의 네이션은 국가(총독부)와 자본에 저항할 수밖에 없었으며 그 점에서 윤리적이었다. 그런 윤리적 특성이 국가와 자본을 통합하면서 그에 맞서는 제국/민족국가의 네이션과 다른 점이다. 『로빈슨 크루소』 같은 제국의 소설과 「만세전」 같은 식민지 소설의 차이도 거기에 있다.

---

61 여기서의 네이션은 민족이념이기 보다는 해방된 공동체(대상 a)를 열망하는 대상 a의 부분대상이다. 즉 네이션은 대상 a를 환유하는 부분대상으로 작용한다. 대상 a의 환유와 부분대상으로서의 네이션에 대해서는 주체를 논의하는 곳에서 다시 설명하기로 한다.
62 식민지인에게는 국가가 부재하며 민족주의는 상상적인 것이기 때문이다.

물론 식민지인에게도 네이션은 양가적이다. 민족담론은 민족주의(동일성)와 은유적 네이션(타자성)의 이중성을 지니고 있었다. 그러나 식민지 소설은 국가(총독부)와 자본에 대항하는 윤리적 무의식을 은유화했거니와, 그 보이지 않는 네트워크가 바로 식민지인의 은유적 네이션이었다. 그것의 표현을 위한 소설의 '상상'과 '은유'의 방식은, '없는 것'을 생각하기 위한 것이 아니라 표상 불가능한 **실재계적** 요소를 표현하기 위한 것이었다. 이 일상에서의 보이지 않는 네이션의 네트워크야말로 실재계와 연관된 우리의 존재 조건이었다. 눈에 보이는 사회운동 역시 그 일상에서의 항시적인[63] 네트워크의 존재를 전제로 했다.

해방된 공동체를 소망하는 물밑의 네트워크는 민족국가가 형성된 후에도 여전히 중요했다. 다만 은유적인 네이션은 다양한 행위자들의 은유적 정치로 변화되었다. '묘지'와 '아리랑'의 은유가 '도가니'와 '부러진 화살'로 변주된 것이다. 물론 은유적 네이션이나 은유적 정치는 똑같이 해방된 공동체를 열망하는 물밑의 운동이다. 우리는 국가를 회복한 후에도 진정한 탈식민을 이루지 못했고 해방된 윤리적 공동체의 생성은 요원했던 것이다. 그런 상황에서, 국가와 자본이 후진화된 대신 그에 대항하는 물밑의 네트워크가 역동적이었던 셈이다. 우리는 식민지와 독재정권을 경험한 대가로 해방된 공동체를 열망하는 은유적 정치가 더 활발할 수 있었다.

그런데 가라타니는 후진자본주의 국가에서는 희망을 발견할 수 없다고 말한다. 그 이유는 네이션이란 국가와 자본이 선진화된 사회에서 역동적이 되기 때문이다. 가라타니는 네이션에 호수적 교환을 회복한

---

63 민족해방운동과 사회주의운동이 더 적극적으로 저항을 표현하지만, 은유로서의 네이션은 (실재계와 연관된) 항시적인 네트워크인 점에서 우리의 근본적인 존재 조건이라고 할 수 있다.

공동체를 상상하는 능력이 포함되어 있다고 말한다. 네이션은 국가와 자본을 종합하면서 그것을 지양한 공동체를 상상하는 고도의 건축물이다. 따라서 네이션이 호수적 공동체를 상상하는 능력은 오히려 국가-자본이 네이션에 의해 종합되는 선진자본주의 국가에서 기대할 수 있다.[64]

우리의 논의는 그와 정반대의 것을 주장한다. 즉 후진 사회에서 해방된 공동체에 대한 열망이 더 고양된다는 것이다. 그 이유는 국가와 자본의 제도 내에서 모순을 수정하는 능력이 약한 대신 제도 바깥에서의 물밑의 정치가 활발해지기 때문이다. 그것을 입증해 주는 증거가 바로 소설과 인터넷 같은 가상공간이다. 가상공간은 물밑의 네트워크를 은유를 통해 표현해줌으로써 우리가 '은유적 정치'라고 부른 것을 고양시킨다. 제도권의 정치가 무능한 대신 해방된 공동체를 열망하는 물밑의 운동이 역동적이 되는 것이다. 이 물밑의 정치야말로 가라타니가 호수성이라고 부른 것을 강력히 요구한다. 가상공간은 그 보이지 않는 저항을 표현해주고 서사적으로 고양시킨다. 우리 사회에서 소설과 영화, 인터넷이 활발한 것은 우연이 아니다.

가라타니는 민족국가 형성이 미진할 때 소설이 그것을 대신 상상하는 기능을 한다고 말한다. 그러나 우리는 가상공간이 제도권 정치가 하지 못하는 정치적 기능을 함을 주장하고 있다. 소설과 인터넷은 결코 정치의 상상적 대체물이 아니다. 그 가상공간들은 상상을 넘어 현실을 변화시키려는 실제적인 정치적 기능을 한다. 그 정치적 능력이야말로 가라타니가 말한 호수적 공동체에 대한 소망이 핵심적 무기이다. 가라타니의 말과 정반대로 국가와 자본이 후진적인 곳에서 해방된 공동체에

---

64 가라타니 고진, 『문학의 종언』, 앞의 책, 236쪽.

대한 열망이 더 고조되는 것이다.

가라타니가 말한 선진자본주의에서는 오히려 호수적 공동체의 상상력이 적어진다는 것이 우리의 결론이다. 그 이유는 국가와 자본의 모순을 수정하는 기능이 선진화된 대신 그것들을 근본적으로 지양하려는 상상력이 왕성하지 못하기 때문이다. 한마디로 타자의 위치가 활성화되지 못하는 것이다. 이점을 보지 못하는 가라타니의 논리적 모순은 자본-네이션-국가의 관계를 설명하는 모델에서 기인된다. 이제 그 관계를 보여주는 가라타니의 보르메오의 매듭[65]을 살펴보자.

6. 가라타니의 보르메오의 매듭의 문제점

가라타니는 앤더슨의 '상상적 공동체' 논의에서 '상상력'을 핵심어로 가져온다. 가라타니의 논의에서 상상력은 여러 가지 역할을 한다. 먼저 상상력은 소설에서처럼 '없는 네이션'을 상상하는 기능을 한다. 민족국가의 동일성이 확립되기 전에 오히려 소설이 활발한 것은 그 때문이다. 또한 상상력은 현실적으로 국가-자본을 네이션을 통해 종합하는 역할을 한다. 그 점에서 선진자본주의 국가일수록 네이션의 상상력은 더 활성화되어 있다.

상상력의 보다 창조적인 기능은 잃어버린 호수적 공동체를 상상하는 것이다. 그처럼 네이션은 호수적 공동체를 상상할 수 있기 때문에 국

---

[65] 가라타니의 보르메오의 매듭은 라캉의 것을 변형시킨 것이다.

가와 자본을 지양할 수 있다. 물론 네이션이 상상하는 것은 과거의 공동체와는 다르다. 즉 네이션은 자본을 경험하면서 자유롭게 된 개인을 근거로 호수적 공동체를 상상한다. 그처럼 국가와 자본을 지양하는 끝없는 과정에서 이제 더 이상 국가조직이 필요하지 않게 된 단계가 어소시에이션이다. 어소시에이션이란 완전히 현존할 수 없고 끝없이 다가갈 수 있을 뿐인 일종의 유토피아이다.

네이션이 국가와 자본을 종합하고 지양하는 과정은 동시적으로 진행된다. 자본–네이션–국가의 매듭이 완결될수록 호수적 공동체의 상상이 더 활발해지는 것은 그 때문이다. 그래서 가라타니는 선진자본주의 국가에 기대를 거는 것이다.

그러나 우리는 국가 없는 네이션이 얼마든지 가능함을 살펴보았다. 즉 식민지의 경우 물밑의 네이션을 통해 해방된 공동체를 열망하게 된다. 여기서 물밑의 네이션이 국가와 자본을 지양하려는 소망은 제국/민족국가에 비해 오히려 더 강렬하다고 할 수 있다. 그 이유는 식민지인은 타자의 위치에 있을 수밖에 없기 때문이다.

가라타니와 우리의 차이는 어디서 기인된 것일까. 가라타니는 호수적 공동체에 대한 상상력을 오성과 감성의 종합(칸트)으로 설명한다. 반면에 우리는 해방된 공동체에 대한 열망을 대상 a의 위상학(라캉)으로 논의하고 있다. 이제 이점을 비교해 보자.

가라타니는 상상력의 근거인 오성과 감성에 각각 국가와 시민사회(자본)를 대응시킨다. 네이션은 상상력을 통해 국가와 자본을 통합하는 한편 양자의 문제점을 넘어서 공동체(어소시에이션)로 나아간다. 여기서는 오성과 감성을 매개하는 상상력이 매우 중요하다. 그런 상상력을 통해 '종합'과 '지양'이 나타나는 것이다.

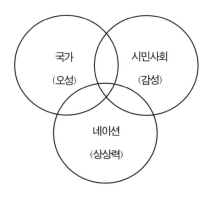

가라타니의 보르메오의 매듭은 역사 속의 공동체·국가·자본이 근대 공간에 모여 있는 점에서 흥미롭다. 물론 공동체는 해체되었으며 네이션은 상상적 공동체이다. 하지만 그처럼 상실된 공동체를 상상할 수 있기에 제4양식인 어소시에이션으로 갈 수 있다.

그런데 네이션은 미래로의 출구일 뿐 아니라 현재의 국가와 자본을 종합하기도 한다. 그처럼 국가와 시민사회를 상상적으로 통합하는 방식을 흔히 우리는 이데올로기라고 부른다. 물론 이데올로기는 허위적인 공동체이다. 이데올로기보다 더 좋은 방식은 국가와 자본의 모순을 국민(네이션)의 정치적 참여로 수정하는 것이다. 이 두 가지 방식은 선진 자본주의 사회에서 매우 발전되어 있다.

그러면 그 과정에서 호수적 교환의 상상력은 어떻게 출현하는가. 국가와 자본을 지양하는 이 상상력은 통합의 과정과는 근본적으로 다른 방식을 필요로 한다. 그것은 법과 제도로 된 상징계를 넘어서는 상상력이 요구되기 때문이다. 그 같은 상상력을 위해서는 국가와 자본을 종합하는 과정에서 틈새가 나타나고 그 위치에서 타자가 출현해야 한다. 그런데 가라타니에게는 그런 타자에 대한 논의가 없다.

타자의 위치는 표상할 수 없는 실재계에 접촉하는 위치이다. 라캉은 상징계에 동화될 수 없는 분열된 존재를 진정한 주체라고 말했다. 라캉의 분열된 주체가 바로 우리가 말하는 타자의 위치일 것이다. 라캉은 그런 분열된 존재가 갈망하는 실재계적 대상을 대상 a라고 불렀다. 대상 a는 쾌락원리를 넘어서는 순수욕망의 원인(cause)이기도 하다.

대상 a란 상징계에 진입할 때 상실된 것이 **실재계**에 나타난 것이다. 그것은 개인적 차원에서는 어머니의 '젖가슴' 같은 것이다. 그러나 집합적 차원에서는 사람들이 잃어버린 윤리적 공동체라고 할 수 있다. 예컨대 우리는 식민지적 상징계를 경험하면서 민중적 공동체를 잃어버렸으며, 이때의 실재계적 대상 a는 '낙동강 젖꼭지' 같은 것이다. 우리는 '낙동강 젖꼭지', 그 해방된 공동체에 대한 열망을 은유로서의 네이션이라고 불렀다. 은유적 네이션은 표상할 수 없는 해방된 공동체(대상 a)를 열망하는 사람들의 표상이다. 즉 열망의 대상은 해방된 공동체이며 네이션은 그것의 표상일 뿐이다. 그리고 그런 네이션의 구체적 은유가 '낙동강 젖꼭지'이다.

잃어버린 공동체의 미래형 회복인 점에서 대상 a는 가라타니의 어소시에이션과 비슷하다. 또한 은유로서의 네이션에도 지성(오성)과 감성의 요소가 있다. 해방된 공동체에 대한 열망은 감성적이지만 그에 접근하려면 사회 모순에 대항하는 지성이 필요하다. 하지만 결정적인 것은 은유적 네이션이 가라타니의 '선진적' 네이션과 달리 타자의 위치에서 생성된다는 점이다.

물론 가라타니에게도 타자의 개념이 없는 것은 아니다. 가라타니가 이론적 근거로 삼는 칸트는 철학에 처음으로 타자를 도입한 사람이었다.[66] 칸트가 상정한 타자란 오성으로 파악할 수 없는 물자체이다. 칸트

---

66 가라타니 고진, 송태욱 역, 『트랜스크리틱』, 한길사, 2005, 87쪽.

는 물자체 속에 반증해오는 미래의 타자를 함의함으로써 주관적 동일성을 넘어선다. 칸트가 순수 실천이성을 통해 윤리에 대해 말할 수 있었던 것도 타자의 영역, 물자체를 상정한 때문이다. 칸트의 윤리란 타자를 목적으로 대해는 것이며 그것은 물자체의 영역이다. 칸트의 윤리는 가라타니의 호수적 관계와 다르지 않다. 우리는 윤리를 통해, 그리고 호수적 관계를 통해 어소시에이션으로 갈 수 있다.

이 지점에서는 가라타니와 우리 사이에 차이가 없다. 칸트의 물자체란 라캉의 실재계이다. 라캉은 실재계적 대상 a에 대한 순수욕망이 윤리라고 말했다. 칸트의 윤리와 라캉의 순수욕망은 근접해 있다. 또한 가라타니의 어소시에이션과 우리의 해방된 윤리적 공동체 역시 비슷하다.

그러나 가라타니에게는 종합의 상상력이 윤리적 상상력으로 전환되는 계기에 대한 논의가 없다. 어떻게 이데올로기가 해방의 윤리로 전복되는가. 그것은 종합의 단계에서 보르메오의 매듭이 스스로 풀리는 균열이 발생하기 때문이다. 동일성 논리를 지닌 국가와 자본의 발전은 이질적 타자들의 희생을 대가로 한다. 더욱이 국가와 자본이 타 민족을 식민화할 때 균열은 더 심각해진다. 수많은 탈식민주의 논의들[67]은 모두 그런 균열과 틈새에 대한 설명이다.

그런데 가라타니는 그런 타자의 이론 대신 보르메오의 매듭이 보다더 완전한 모델에 눈을 돌린다. 자본―네이션―국가의 매듭이 긴밀할수록 네이션의 상상력이 활성화된다고 생각하기 때문이다. 이는 오성(국가)과 감성(시민)이 발달한 사람이 실천이성(윤리)도 훌륭하다는 논리와도 같다. 네이션의 상상력, 그 실천이성은 자유의지에 의한 것이다. 그러나 그것은 대다수의 사람들을 위한 것이 아니라 소수의 엘리트의 입

---

67 예컨대 호미 바바에 의하면, 식민권력은 실행의 과정에서 양가성에 의해 균열이 생기며 피식민자의 모방 역시 균열의 틈새를 경험한다.

장일 뿐이다. 그런 엘리트 이론가의 자유의지는 결코 역사적 흐름을 입
증하지 못한다. 그 때문에 보르메오의 매듭이 단단해질수록 오히려 스
스로 풀리는 다른 모델이 필요한 것이다.

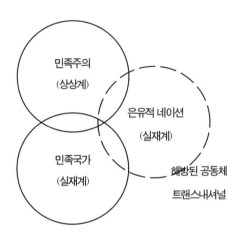

위에서 국가의 위치에는 자본의 고리가 겹쳐 있다. 그래서 입체적으
로 보면 가라타니의 매듭에 실재계(은유적 네이션)가 걸쳐 있는 모델이
생겨난다. 은유적 네이션(은유적 정치)은 균열의 틈새에서 대상 a에 대한
열망으로 국가와 자본을 변화시킨다. 그런 끝없는 과정을 통해 해방된
공동체(대상 a)에 접근하면서 국가를 넘어서게 된다(트랜스내셔널).

여기서 중요한 것은 국가와 자본의 매듭이 단단해질수록 오히려 더
균열(점선)이 발생한다는 점이다. 식민지 시대의 국가의 자리에는 총독
부가 있었으므로 균열의 발생은 필연적이었다. 그런데 민족국가를 형
성한 후에도 결코 균열은 사라지지 않았다. 후기자본주의와 신자유주
의 시대에는 외견상 분열된 틈새가 없어진 것처럼 보인다. 그러나 후기
자본주의 사회야말로 보이지 않는 균열이 도처에 무수히 생겨난 시대
이다. 자본주의의 매듭이 더 조여진 신자유주의는 양극화를 발생시켰

으며 오히려 국가 간의 경쟁을 가열시키고 있다. 수많은 초국적 기구와 기업이 생겨났으나 진정으로 국경을 넘는 트랜스내셔널은 어디에도 없다. 세계화란 실상 자본과 국가의 매듭을 더 긴장하게 하는 국가 간의 무한경쟁의 시대인 것이다. 그런 중에 오늘날의 지구적 경제 위기는 매듭이 단단해질수록 균열의 발생으로 스스로 풀릴 수 있는 틈새가 생겨남을 보여준다.

물론 아무리 균열이 발생해도 매듭이 저절로 풀리지는 않는다. 그러나 균열이 발생한 곳에는 은밀한 물밑의 네트워크가 생겨난다. 물밑의 네트워크란 루카치식으로 말하면 총체성을 열망하는 영혼들의 교감이다. 즉 상실된 윤리적 공동체(대상 a)에 대한 갈망으로 무의식 속에 잠재적 네트워크가 생겨나는 것이다. 소설과 인터넷의 가상공간은 그 보이지 않는 네트워크를 표현하면서 현실의 균열과 구멍을 보여준다. 우리는 그런 균열과 구멍을 사건이라고 말했다. 소설의 영혼을 입증하는 모험이나 인터넷의 네트워크를 확인하는 탐색은 사건을 중심으로 활성화된다. 그런 방식으로 흩어진 사람들을 결집시키고 동요시킨다.

따라서 국가와 자본의 매듭을 풀기 위해서는 사건을 중심으로 한 도전적인 활동이 필요하다. 가라타니의 말에 따라 그 활동을 상상력이라고 말해도 좋다. 그러나 그것을 위해서는 자유의지에 앞서 타자의 위치에서의 존재론적 순수욕망과 윤리가 작동되어야 한다. 그 윤리인 동시에 욕망인 것은 매우 도전적이고 정치적이다. 그것이 필요한 것은 자본주의가 모든 곳을 점령한 듯한 신자유주의 시대에도 마찬가지이다. 사람들은 도발적인 방식으로 자본주의의 점령지를 다시 점령하려 할 것이다.[68] 그처럼 세상은 변화되었지만 **도전적 서사가 필요한 것은 달라지**

---

[68] 오늘날의 '99%의 저항'이 대표적인 예이다.

지 않았다.

후기자본주의는 물밑의 네트워크[69]마저 해체하려 시도한다. 이제 자본주의는 마지막으로 인격성의 영역에 침투하는 것이다. 그러나 바로 그 곳에서 반항이 시작된다. 소설과 영화, 인터넷 그리고 촛불집회가 바로 그것이다. 따라서 우리가 보고 있는 것은 소설의 종언이 아니라 영화와 인터넷을 동반한 귀환이다.

영화와 인터넷의 도움이 필요한 점에서 자본의 변화에 따라 그에 대한 대응도 달라진 셈이다. 그러나 달라졌으면서도 또한 같기도 하다. 이제 이 후기자본주의의 전개와 그 서사적 대응을 살펴보자.

7. 후기자본주의와 두 가지 서사

후기자본주의는 문화, 지식, 무의식의 영역까지 상품화되는 세 번째 단계의 자본주의이다. 자본에 예속화된 최후의 영역들은 원래는 자본에 저항하는 근거로 작용했었다. 즉 그 영역들은 실재계에 접속하는 활동으로서 자본주의적 일상(상징계)에 변화를 촉구하는 충격을 주어왔다.

그런 마지막 영역까지 예속화되었다는 것은 자본주의를 비판하는 벡터의 약화를 의미한다. 앞서 살폈듯이 자본주의와 비판적 세력은 비슷하면서도 상반된 방향으로 운동한다. 양자 모두 자기갱신의 방식으로 기존의 일상세계를 변화시키는 초과적(잉여적) 운동들이다. 자본주

---

69 이는 무의식 속에서의 총체성의 열망이라고도 할 수 있다.

의가 일상세계에 충격을 주는 방식이 잉여향락이라면 비판적 세력의 그것은 도전적 서사이다. 후기자본주의는 전자가 후자를 추월한 상황을 암시한다.

자본주의의 **잉여향락**이란 이제까지의 상상력을 뛰어넘는 향락을 제공하는 것이다. 예컨대 삐삐에서 핸드폰으로, 그리고 스마트폰으로의 진화는, 기존의 일상에서는 생각지도 못했던 향락을 제공한다. 그러나 일상에서 벗어나 미지의 영역(일종의 실재계)에 접속하는 순간 잉여향락은 곧 상품의 세계로 되돌아온다. 잉여향락은 끝없이 계속되어야 하는데, 그렇지 않으면 우리는 냉정한 상품의 세계에 갇히게 되기 때문이다.

비판적 문화의 **도전적 서사**란 타성에 젖은 습관적 세계를 변화시키는 윤리적 사건을 제시하는 것이다. 우리는 잊고 있었던 윤리적 질문에 의해 사회모순에 무감각해진 상태에서 벗어나 인간적인 삶을 열망하게 된다. 이런 도전적 서사도 끊임없이 계속되어야 하는데, 그렇지 않으면 자본주의의 운동이 비판적 벡터를 추월해 버리기 때문이다.

후기자본주의는 잉여향락을 갱신하는 속도가 우리의 지성을 초월할 정도로 빨라진 사회이다. 리오타르는 이를 자본주의 경제의 숭고라고 불렀다. 숭고(칸트)란 우리의 지성과 상상력을 초월한 엄청난 것과 대면할 때의 감정이다. 숭고는 조화의 아름다움인 미와 더불어 미학의 중요한 두 가지 요소이다. 미가 표현과 내용의 조화라면 숭고는 표현할 수 없는 내용(실재계)을 표현해내는 미학이다. 후기자본주의는 잉여향락을 제공하는 신제품(스마트폰)과 스펙터클을 통해 우리를 놀라운 미지의 세계로 데려간다.

그러나 그 미지의 세계는 결국 자본주의적 상품의 세계로 되돌아온다. 그것은 잉여향락이 인간관계를 윤리적으로 혁신하는 것과는 무관하기 때문이다. 잉여향락의 가속도는 오히려 비판적 성찰과 도전적 서사(윤리적 혁신)를 약화시켜 윤리적 판단력을 무력화한다. 그리고 오늘날처럼 사람들이 소설과 비판적 담론에 무관심해지면서 모든 것을 상품화하는 완전한 자본주의 왕국이 탄생한다.

비극적인 것은 그 화려하게 상품화된 세계가 화폐와 권력을 지닌 사람들의 천국이라는 점이다. 그 곳은 오히려 소설의 주인공이 꿈꾸는 화해된 공동체에서 가장 멀어진 세계이다. 그 점을 실감하는 것은 자본주의 천국의 외곽에서 살아가는 제3세계의 타자들이다. 후기자본주의는 그들이 경험하는 어둠과 균열을 메우기 위해 끊임없이 이데올로기적인 환상을 만들어낸다.

후기자본주의의 이데올로기의 특징은 시뮬라크르의 형식을 지닌다는 점이다. **시뮬라크르**는 후기자본주의의 최고의 발명품이다. 시뮬라크르란 연출인 동시에 현실이며, 가능세계(가상공간)인 동시에 실제세계이다. 예컨대 '트루먼쇼'나 '백만장자와 결혼하기'(리얼리티쇼)에서부터 인터넷, 이메일의 가상공간, 그리고 〈1박2일〉, 〈무한도전〉 같은 예능프로까지 모두 시뮬라크르라고 할 수 있다.[70] 무엇보다도 보드리야르가 말한 '전사회의 디즈니랜드화'는 가장 대표적인 시뮬라크르이다.

후기자본주의는 시뮬라크르(가상 / 현실)를 이용해 환상인 동시에 현실인 이데올로기를 작동시킨다. 이데올로기란 이미지인 동시에 서사이다. 이데올로기는 사회적 균열을 메움으로써 세계가 완전해진 것 같은 환상서사를 만든다. 후기자본주의는 시뮬라크르를 이용해 그런 환상이 현실인 것처럼 느껴지게 한다. 예컨대 '백만장자와 결혼하기'는 양극화의 균열을 메우는 환상인 동시에 현실이다. 또한 이라크 전쟁은 '테러와의 전쟁'이라는 아메리칸 히어로의 환상이자 현실이다.[71]

---

70 한국의 리얼리티쇼(1박2일, 무한도전)는 미국의 경우와는 달리 후기자본주의의 이데올로기로 이용되지는 않는다. 여기서 우리는 제3세계 대중문화의 가능성을 본다.

우리는 잉여향락의 가속도와 시뮬라크르를 이용하는 이데올로기가 소설과 비판세력을 약화시켰음을 논의했다. 그러나 사태가 절망적인 것만은 아니다. 그것은 자본주의가 창안해낸 신기술과 신매체, 그리고 시뮬라크르들을 고스란히 비판세력이 이용할 수 있기 때문이다. 신기술과 신매체는 자본주의 사회에서 만들어졌지만 자본이 완전히 장악할 수 없는 미결정적인 요소들이다. 그 점은 진보세력이 결집할 때마다 휴대폰과 인터넷이 긴요한 매체로 사용되는 점에서 확인할 수 있다. 또한 스마트폰은 모든 사람이 영화를 찍을 수 있는 시대를 열 것이다. 뿐만 아니라 연출인 동시에 실제인 시뮬라크르는 실재계적 틈새의 공간(광장)을 문화의 공간으로 생성시키는 창조적 행위로 나타날 수 있다.

이데올로기로서의 시뮬라크르와 구분되는 이 또 다른 시뮬라크르의 대표적인 예가 바로 촛불집회이다. 전자가 보드리야르의 시뮬라크르라면 후자는 들뢰즈의 시뮬라크르이다. 앞의 것이 자본주의적 숭고와 연합하는 반면 뒤의 것은 변혁적 숭고의 문화적 표현이다.

자본주의적 숭고와 시뮬라크르가 사람들을 끌어 모으는 것처럼 변혁적인 숭고와 시뮬라크르 역시 사람들을 결집시킨다. 그러나 전자는 윤리적 사건과 무관하며 사람들을 상품의 세계로 되돌아오게 만든다. 반면에 시뮬라크르로서의 촛불집회는 일상에 구멍을 내는 윤리적 사건이기도 하다. 우리는 틈새의 공간(광장)에서 일상에 구멍이 뚫린 사건을 경험하면서 실재계-역사의 장과 직접 대면한다.

윤리적 사건의 경험인 점에서 촛불집회는 소설의 내면의 모험과 다르지 않다. 다만 리얼리즘 소설이 아이러니를 통해 역사의 장을 경험한다면 촛불시위는 직접 역사의 장에 서 있게 한다. 이런 직접적인 실재

---

71 이라크전은 세계화 이데올로기를 현실로 만들려는 '연출된' 전쟁이다.

계—역사의 경험이 바로 숭고이다.

그런데 소설 역시 진화를 거쳐 그런 초감성적 상상력(숭고)을 표현해내고 있다. 박민규의 포스트모던 리얼리즘이 바로 그 예이다. 가령 '세계는 하나'라는 구호와 함께 일제히 오페라의 화음을 들려주는 오리배 세계시민연합의 환상은 숭고의 순간을 연출한다. 오리배 연합의 이미지와 촛불집회의 시뮬라크르는 유사하게 일상의 질서를 넘어선 해방된 상상력을 드러낸다. 양자는 모두 숭고를 통해 일상에 구멍을 내는 윤리적 사건을 표현하고 있다. 그렇게 함으로써 사람들을 역사의 장에 결집시키며 내면의 동요를 일으키는 것이다.

따라서 후기자본주의 시대에는 두 가지 서사들이 우리를 유혹한다. 하나는 신데렐라 드라마나 아메리칸 히어로 같은 이데올로기적 서사이다. 다른 하나는 오리배 시민연합이나 촛불집회 같은 새로운 연대의 서사이다. 우리 시대의 특징은 이 서사들이 **가능세계**(가상공간)인 동시에 **실제 현실**이라는 점이다. 그 서사들이 없다면 우리의 삶이 분열될 것이라는 점에서도 양자의 역할은 유사하다. 그런데 둘 다 사회적 균열을 치유하고 사람들을 결집시키는 방식이지만 그 서사의 방향은 정반대이다. 하나는 자본주의의 영토인 반면 다른 하나는 역사의 장이다.

두 가지 서사는 우리시대가 서사의 시대임을 암시한다. 논리적인 설득보다도 서사가 중요해졌다는 점,[72] 또한 그 서사가 현실 자체에서 실행된다는 점이 우리시대의 특징이다. 서사는 소설을 넘어서 영화, TV, 인터넷, 스마트폰에서 공연될 뿐만 아니라 현실의 공간에서도 연출된다(시뮬라크르).

---

[72] 이성적이고 반성적인 성찰은 여전히 중요하다. 그러나 후기자본주의 이데올로기적 서사는 그런 성찰을 무디게 한다. 따라서 비판적인 담론에서도 서사적인 방식이 중요해졌다. 물론 이성적인 성찰에서도 서사의 도움이 있을 때 훨씬 효과적이다.

우리 시대는 가상공간과 실제 현실이 구분되지 않는 시대이다. 허구와 현실의 구분이 분명할 때는 서사가 소설에 집중됐었다. 그러나 신매체들의 출현과 더불어, 서사는 허구든 실제든 현실에서 우리의 마음을 뒤흔드는 가장 중요한 방식이 되었다. 따라서 자본과 권력이 신매체를 이용하는 것처럼 소설 역시 영화, 드라마, 인터넷과 연합해야 한다.

실제로 우리의 삶은 두 가지 서사들 사이에서 전개된다. 한 쪽에 슈퍼맨과 배트맨의 서사가 있다면, 다른 쪽에는 지구영웅전설의 패러디(『지구영웅전설』)가 있다. 또한 전쟁의 시나리오 속에서 포탄이 오고가는 사사가 있는가 하면, 팝콘비 내리는 동막골의 서사(〈웰컴 투 동막골〉)가 있다. 정치적 이슈를 덮기 위해 범죄조직과 거래해 범인을 조작해 내는 서사가 있다면, 그런 부당거래를 폭로하기 위해 연출되는 서사(〈부당거래〉)가 있다. 이 서사들은 모두 연출인 동시에 현실이기도 하다. 또한 '작품'인 동시에 실제 삶이기도 하다. 권력의 서사는 물론이거니와 후자의 비판적 서사 역시 마찬가지이다. 그것들은 실제 삶에서 일어나고 있지만 아무도 말하지 못하는 것을 대신 말해주고 있기 때문이다. '동막골'은 우리들이 무의식 속에서 접속하고 있는 은밀한 공간이다. 또한 '부당거래'는 모든 사람이 분노하고 있지만 침묵하고 있는 현실 그자체이다. 그렇기에 이 도전적 서사들 역시 시뮬라크르인 동시에 실제 사건이기도 한 것이다.

우리 시대에 서사가 중요해졌다는 것은 지배권력과 비판세력의 싸움이 상상력과 무의식의 영역으로 이동했음을 뜻한다. 상상력이란 지성과 감성이 통합된 활동이다. 서사는 상상력을 통해 초감성적 영역(실재계)에까지 접속된다. 계몽적 담론과 구분되는 그런 서사적 담론의 특징은 내면의 실재계인 무의식을 설득한다는 점이다. 무의식이 동요할 때 우리는 어떤 방향을 향해 자발적으로 움직인다. 물론 두 가지 서사가 우리를 움직이는 방향은 상이하다. 한쪽의 서사는 실재계에 접속하는 순간 다시 자본과 권력의 영토로 되돌아오게 만든다. 다른 쪽의 서사는 실재계에 접속해 역사의 장을 경험하게 하고 일상의 변화를 촉구한다. 전자가 서사와 이미지(환상)를 통해 균열을 감춘다면, 후자는 균열과 구멍을 드러내는 **사건**(도전적 서사)을 통해 우리를 동요시키고 현실을 변화시키게 한다.

후기자본주의가 상상력과 무의식을 예속화한다는 것은 첫 번째 서사가 두 번째 서사를 앞질렀음을 뜻한다. 소설의 위기는 그런 후기자본주의의 상징적 사건의 하나이다. 하지만 바로 그 지점에서 반격이 시작된다. 이제 소설의 귀환은 자본주의가 창안한 신매체들과 함께, 그리고 후기자본주의가 예속화한 일상의 영역 속에서 시작될 것이다. 그처럼 진정한 서사의 시대는 후기자본주의의 내부로부터, 가상과 실제의 구분이 무의미한 일상 속의 서사들의 귀환으로부터 전개될 것이다.

8. 사유의 두 영역과 서사의 귀환

우리 시대의 역설은 소설의 위력이 줄어든 반면 서사의 역할은 오히려 증폭되었다는 점이다. 1990년대 이전에는 소설이 서사를 대표하면서 '온갖 것들'을 떠맡아왔다. 그러나 이제는 영화, TV, 담론(사상), 뉴스, 교육, 일상, 대중문화에서 서사의 욕망이 폭증하고 있다.

우리는 이런 현상을 서사의 귀환이라고 부른다. 이 말에는 두 가지 의미가 있다. 하나는 전통사회에서는 원래 서사가 중요했었는데, 근대 이후 약화되었다가 다시 돌아왔다는 뜻이다. 또 하나는 소설이 혼자서 떠맡았던 서사의 역할이 이제 사회와 일상의 전 영역으로 확산되었다는 것이다.

서사란 무엇인가. 좁은 의미의 서사는 어떤 이야기를 서술하는 것이다. 그러나 현실의 삶 자체에서 끊임없이 이야기가 나타난다는 점에서, 서사란 삶 자체의 운동이자 그에 대한 사유라고 할 수 있다. 흔히 어떤 이야기를 반성하거나 표현할 때 서사라고 생각하지만, 서사적 이야기는 이미 그전에 모종의 사건들로서 생성되었다고 할 수 있다. 이런 개념의 서사는 현실 자체에서 다양한 이야기와 사건들이 미리 예견되고 실현되는 오늘날 더 실감할 수 있다.

우리 삶이 어떻게 되어야 한다는 프로젝트와 시나리오, 실제로 현실에서 일어나는 사건들, 그리고 그 사건에 대한 제시와 서술 등이 모두 서사의 개념으로 불릴 수 있다. 그런 뜻에서의 서사란 사람들 간의 갈등[73]을 해소시키며 조화된 공동체(총체성)로 나아가는 운동이다. 루카치가 소설에 대해 말한 것처럼, 서사적 운동은 총체성에 대한 열망과 연관이 있다. 원환 같은 공동체를 믿었던 근대 이전에는 서사가 흔히 조화를 가능하게 하는 기반이나 심급에 연관되어 나타났다. 반면에 개인주의와 공동체가 갈등하는 오늘날은 서사 역시 이성과 탈이성을 횡단하는 양가적 운동으로 전개된다.

리오타르에 의하면, 근대 이전에는 서사가 문화와 지식 일반을 담당하는 기능을 해왔다.[74] 우리의 경우 민담 등의 구전서사는 구비문학뿐만 아니라 민간지식의 기능을 하고 있었다. 또한 문(文)의 일종인 한문

---

73 인물과 환경의 갈등이라고도 할 수 있다.
74 리오타르, 유정완 외 역, 『포스트모던의 조건』, 민음사, 1992, 73쪽.

논변류는 빈번히 서사형식을 차용하고 있었다.[75]

과거에 이처럼 지식이 서사형식을 지녔던 것은 공동체의 구성원들에게 수용되게 하기 위해서였다. 이 점이 바로 근대 이전의 진리 형식의 특징이다. 진리란 대상에 대해 정확히 아는 것만큼이나 사람들 상호간에 결속을 보장하는 의미작용을 해야 했다.[76] 어떤 지식에 논란이 생겨 공동체 내에서 의미를 지니지 못한다면 그것은 진리의 지위에 오를 수 없었다. 그래서 지식은 흔히 사람들을 결속시키는 담론의 형식과 외피를 갖는데, 그처럼 공동체 내에서 유대와 결속을 보장하는 의미작용이 바로 서사였다. 지식과 서사의 결합이 자연스러웠던 것은 그 때문이다.

그처럼 서사란 유아론을 넘어선 사람들의 관계에 대한 사유이다.[77] 그 같은 서사에서 사람들 간의 조화의 지향을 윤리라고 할 때, 서사와 결합한 과거의 지식은 또한 윤리와 결속되었다고 할 수 있다. 전통사회의 학문은 윤리학이 중심이었으며, 문화와 지식 일반 역시 윤리와 결합했던 셈이다.

그런데 근대 이후 과학적 지식이 등장하면서 모든 것이 달라진다. 과학은 지시대상과의 일치에만 관심을 갖는 언어게임이다. 과학의 진리치는 지시대상과의 부합에 있으며 과학적 담론은 공동체의 유대에는 무관심하다.[78] 이 같은 과학적 진리의 형식이 확립되면서 서사적 지식의 지위와 신뢰성은 강등되었다. 그리고 지식의 화용론적 형식이었던 서사는 사실의 형식에서 벗어난 우화나 허구로 분류된다. 이제 삶의 모

---

75 나병철, 『소설과 서사문화』, 소명출판, 2006, 17~18쪽.
76 나병철, 위의 책, 22쪽.
77 유아론으로 회귀하는 모더니즘에서 서사성이 와해되는 것은 그 때문이다. 그러나 모더니즘 역시 유아론적 방식으로 사람들의 모순된 사회적 관계를 비판한다.
78 리오타르, 『포스트모던의 조건』, 앞의 책, 82쪽. 리오타르는 『포스트모던의 조건』에서 근대 이전과 근대 이후의 서사에 대해 아주 세밀하게 논의하고 있다. 리오타르는 사유의 양식으로의 서사에 대해 설명한 몇 안 되는 이론가 중의 한 사람으로 재평가되어야 한다.

든 것에 연관되었던 서사는 허구적 소설의 영역으로 축소된다. 사실과 허구, 과학적 진리와 소설적 진실의 분화가 일어난 것이다. 이처럼 지식의 영역에서 과학이 특권화 되면서 과거에 서사가 담당했던 모든 것을 소설이 떠맡게 되었다. 그에 따라 일상의 곳곳에서 서사적 진리(윤리와 결합한 지식)의 빛이 바래면서 윤리의 가치도 퇴색했다. 무엇보다도 과학적 진리는 일차적으로 윤리와 무관하다. 그 대신 서사를 대표하는 소설이 윤리를 입증하는 핵심영역이 되었고, 공동체의 유대와 연관된 것들을 말하게 되었다.

그러나 서사적 무의식은 과학의 특권화를 방치하지 않았다. 리오타르가 지적했듯이 과학 역시 공동체 내에서 자신을 정당화하기 위한 방편으로 서사를 다시 끌어들였다.[79] 리오타르의 통찰은 예리하다. 즉 과학을 통해 합리적으로 질서화된 유토피아로 나아간다는 계몽의 시나리오는 일종의 서사였다.[80] 이 계몽서사에는 과학 스스로는 갖지 못한 윤리와 정의의 목표가 포함되어 있다.[81] 과학은 자신을 정당화하는 윤리를 스스로의 눈으로는 정당화하지 못한다. 그 때문에 계몽은 국가나 사회 같은 합리적 제도를 통해 과학을 승인하고 윤리를 빌미로 그 제도에 사람들을 예속시키는 방식으로 공동체적 조화를 꾀한다. 이처럼 거대기표(국가, 자본)에 예속화하는 방식으로 사람들을 결집시키는 것이 바로 이데올로기이다. 따라서 계몽은 흔히 국가나 자본의 이데올로기와 결합한다. 예컨대 국민이 주인공이 되어 과학 지식에 근거해 정의를 토론하며 앞으로 나아간다는 서사 같은 것이다.

서사적 사고가 우세해진 오늘날의 눈으로 보면 계몽사상은 그처럼

---

79 리오타르, 위의 책, 87~89쪽.
80 리오타르, 위의 책, 33~34쪽.
81 여기서의 윤리는 실상 이데올로기를 구성하는 초자아의 요구이다.

이데올로기이자 서사이다. 과학과 기술 자신은 윤리적 차원에서 미결정적인 요소이다. 즉 계몽이나 자본 같은 이데올로기적 서사에 이용될 수도 있고 비판세력의 서사에 쓰일 수도 있다. 서사의 눈으로 볼 때 우리는 비로소 이런 과학의 양가성을 판단할 수 있다.

과학적 사고가 우세할 때는 사상이나 이념, 심지어 비판담론조차도 과학을 표방했었다.[82] 그러나 과학을 앞세워 윤리나 정의를 포함한 담론(사상, 이념)을 정당화하려 하면, 불가피하게 거대기표(국가, 사회)를 통해 사람들을 호명하는 이데올로기가 생겨난다. 이런 과학적 진리와 이데올로기(오인의 구조)의 모순은 과학 논리를 앞세우는 한 해소되지 않는다. 과학적 논리와 구분되는 서사적 사고가 귀환한 후에야 비로소 모든 문제가 풀리게 되었다.

과학적 사고는 논리중심적이고 이성중심적 공간에서 생겨난다. 반면에 서사적 사고는 화용론적, 수사학적 공간에서 활성화된다. 전자가 합리적으로 질서화된 영역이라면 후자는 물질적 삶의 영역이다. 라캉식으로는 앞의 것이 상징계이고 뒤의 것은 실재계와 접촉하는 장소이다. 이제까지 우리는 서사를 진정한 공동체를 열망하는 운동으로 설명했다. 하지만 근대는 초월적 십급을 철폐한 대가로 총체성이 불가능해지고 그와 연관된 조화된 것들을 잃어버린다. 따라서 근대 이후의 서사는 그 잃어버린 것(대상 a)이 존재하는 실재계에 접속할 때 비로소 가능해진다.

서사적 사유는 물질적 삶에 근거한 마르크스주의 담론에서 이미 나타나고 있었다고 할 수 있다. 마르크스는 결국 자본주의 사회에서 잃어버린 것들을 새로운 세계에서 되찾으려는 서사에 대해 말한 셈이다. 하

---

82 과학을 표방하는 모든 담론은 목적론적이 되며, 그 실천을 위한 기획은 이데올로기가 된다.

지만 보다 본격적인 서사적 사고의 귀환은 탈근대적 사유와 연관이 있다. 탈근대적 사유란 '실재계와 접촉한 영역'에 대한 탐구에 다름이 아니다. 이는 논리중심적 공간에서 **수행적인** 서사적 공간으로의 이동이다. 이 사실은 탈근대를 오해하게 한 리오타르의 선언과는 무관하다.

'대서사에 대한 불신이 포스트모던'이라는 리오타르의 말은 서사에 대한 회의처럼 들린다. 그러나 그 말은 오히려 과학적 사고에서 서사적 사고로의 이동을 알리는 강력한 신호이다. 리오타르는 대서사를 과학을 정당화하는 메타담론이라고 말하고 있기 때문이다. 리오타르는 과학조차 서사의 도움이 필수적임을 강조하고 있는 것이다. 그리고 과학을 내세운 대서사 대신 미시적인 다른 서사가 필요하다고 말하고 있는 셈이다. 다만 그의 생각과는 달리 모든 메타담론이 과학과 연관된다고 볼 수는 없다. 우리는 리오타르의 말을 수용하는 동시에 수정해야 한다. 즉 과학에 연관된 대서사(계몽서사) 이외에 서사적 사유에 근거한 또 다른 대서사(마르크스주의)가 있음을 말해야 한다.

계몽서사는 과학과 뗄 수 없는 관계에 있는 대서사이다. 반면에 마르크스주의는 과학을 인정하는 동시에 넘어서는 또 다른 대서사이다. 마르크스주의는 논리중심적 사고를 넘어서서 물질적 삶, 실재계적 접촉, 서사적 사유와 연관해서 진리를 말한다. 만일 이 또 다른 대서사가 과학만을 표방한다면 그 실천은 사회주의적 상징계에 예속된 이데올로기로 다시 회귀할 것이다.

마르크스주의에서 이미 시작된 서사적 사유는 해체론과 탈구조주의에서 더욱 활발해졌다. 그러나 엄밀히 말하면 서사적 사유와 해체론 사이에는 차이가 있다. 가령 해체론에는 이성의 역할과 용도에 대한 논의가 부재한다. 반면에 '서사'에서는 이성 역시 여전히 중요한 계기로 작용한다.

서사의 귀환이란 윤리나 정의와 연관된 영역에서 실재계(물자체)에 접촉하는 서사적 사유가 활성화되었다는 뜻이다. 그러나 그와 함께 우리는 (물질적 삶의 서사적 운동 속에서) 이성 역시 현실상황을 인식하기 위한 하나의 계기로 인정하야 한다. 만일 포스트모던이 그런 이성적 계기마저 철회한다면 인식론적 불확정성 속에서 비판담론마저 소실될 것이다.

따라서 우리에게 필요한 것은 '리오타르의 포스트모던'을 넘어선 서사의 귀환이다. 리오타르의 예리함은 과학에 근거한 대서사의 불신을 포스트모던으로 진단하고 있다는 점이다.[83] 과학에 근거한 대서사는 목적론적 기획[84]이며, 이성적·의도적 주체를 앞세운 메타담론이다. 그런 목적론에 대한 비판은 지배권력과 비판세력의 메타담론 양자 모두에 해당된다. 그러나 포스트모던 이후에 메타담론(대서사)이 사라진 것이 아니라 과학적 사유에서 서사적 사유로 방식이 바뀌었을 뿐이다. 또한 서사적 사유에서는 이성이 폐기되는 것이 아니라 하나의 계기로 여전히 작용한다.

과학에 근거한 대서사가 윤리적·정치적 영역에 적당하지 않은 것은 어쩔 수 없이 목적론적이 되기 때문이다. 목적론적 기획을 지닌 대서사는 금욕주의적이며 목적을 위해 과정을 희생한다. 반면에 서사적 사유로 엔진을 바꾼 대서사는 이성뿐 아니라 욕망의 영역에서도 작동된다. 포스트모던 이후의 대서사는 오히려 실재계적 영역과 무의식이 주무대이다. 리오타르를 불신하는 사람들, 즉 포스트모던을 불신하는 사람들도 이런 중요한 변화를 간과할 수는 없을 것이다. 목적론에서 욕망의 전략으로의 변화는 자본과 권력 쪽에서 보다 신속하게 일어났기 때문

---

83 이런 탈근대적인 사유는 (리오타르의 진단과는 달리) 우리의 탈식민적 사유에서 보듯이 이미 근대 초기부터 나타나고 있었다.
84 목적론적 기획은 흔히 목적을 실현하기 위해 그것에 이르는 과정에서 억압적이 된다.

이다. 문화·무의식·욕망을 예속화하는 후기자본주의의 변신이 바로 그것이다.

그러나 후기자본주의의 유연한 서사는 실재계(무의식) 영역에서 향락을 제공하는 척하면서 다시 권력의 영토로 되돌아온다. 그 같은 유혹적인 서사는 가짜 향락을 통해 비판세력의 서사적 사유를 도둑질하는 방식일 뿐이다. 즉 비판적 서사가 보여주던 진정성에 대한 갈망과 윤리를 권력이 훔쳐내 (가짜로) 미리 보여주고 있는 것이다.

박완서의 「도둑맞은 가난」(박완서, 1975)은 그 같은 진정성과 윤리가 도둑맞는 과정을 예고하고 있다. 과거에는 자본과 권력이 부의 성장을 위해 민중들을 희생시키는 목적론적 서사로 작용했다. 그에 맞서서 소설은 희생된 사람들의 윤리적 열망을 통해 사람들을 역사의 장으로 이끌었다. 그런데 「도둑맞은 가난」에서 보듯이 그것을 예견한 부자들은 '가난수업'을 통해 민중들의 당당함과 윤리를 도둑질한다. 이제 진정성과 윤리를 도난당한 가난한 사람들은 무의미한 황폐의 한가운데에 위치한다. 그들은 마치 '쓰레기 위에 쓰레기를 더하는 듯한'[85] 느낌으로 가난의 공간에 몸을 내맡긴다. 그 대신 자본이 연출하는 가짜 향락과 유사 윤리로 쓸쓸하게 위로를 삼을 뿐이다.

이 소설적 예언은 무의식과 욕망을 예속화한 후기자본주의 **현실**에서 **실현되었다.** 지금 어디서든 볼 수 있는 이 우울한 풍경은 소설이 무력화되는 과정이기도 하다. 자본이 진정한 삶에 대한 서사적 욕망을 흉내 내는 동안, 그런 욕망을 빼앗긴 소설의 주인공들은 무의미한 결핍을 경험할 뿐이다. 슈퍼 히어로나 신데렐라 드라마의 주인공들을 통해 자본은 유사 윤리와 가짜 향락을 퍼뜨린다. 반면 '섹스는 할 수 있지만 사랑은

---

[85] 박완서, 「도둑맞은 가난」, 『부끄러움을 가르칩니다』, 문학동네, 2006, 406쪽.

불가능해진' 소설의 주인공들은 뼈에 저린 허무를 느낄 뿐이다.

그러나 소설의 위기가 서사의 위기는 아니다. 자본과 권력은 완전한 지배를 위해 소설의 서사적 사유를 절취했다. 하지만 바로 그 순간 윤리와 정치 영역에서의 정당화의 방식은 목적론에서 유연한 서사로 이동한다. 아이러니하게도 자본이 전사회로 확대된 순간 비판적인 서사적 사유 역시 소설을 넘어 삶 속에 확산된 것이다. 과거에는 소설에 집중되었던 서사적 사유가 지금은 자본이 침투하는 곳곳에서 활성화되고 있다. 즉 영화, TV, 인터넷, 뉴미디어, 그리고 일상 자체에서 서사적 사유가 부활하고 있다. 그 뿐 아니라 소설 역시 포스트모던과 리얼리즘을 결합하는 방식으로 비판세력에 동참한다. 이 일련의 현상들이 바로 서사의 귀환이다.

서사의 귀환의 마지막 방점은 철학의 영역이다. 20세기 후반 이후 진리, 정의, 윤리, 주체에 대한 논의는 영성해졌다. 그런 현상은 후기자본주의와 포스트모던 문화에서 정점에 이른다. 그러나 오늘날 그 철학의 핵심 용어들이 되돌아오고 있다.

그런데 바디우의 「윤리학」에서 보듯이 사건을 중심으로, 일상에 뚫린 구멍[86]을 중심으로, 실재계(물자체)[87]와 연관해서 논의가 전개된다. 그처럼 진리, 윤리, 주체의 개념들은 서사의 공간에서 움직이는 역동적 형식으로 귀환하고 있다. 우리는 이 새로운 귀환을 철학과 서사의 결합으로 부를 수 있을 것이다.

---

[86] 바디우는 진리를 지식들 속의 구멍이라고 말하고 있다. 이는 구성주의적 관점을 포함한다. 우리는 바디우보다 더 한 발 더 나아간 관점을 취한다. 바디우, 이종영 역, 『윤리학』, 동문선, 2001, 56쪽 참조.

[87] 바디우는 사건을 일상에 부가된 잉여적인 것이라고 말한다. 이 잉여적인 것은 실재계와의 접촉에서 생성된다.

9. 도전적 서사의 귀환

　과학이 사실의 형식이라면 서사는 사건의 형식이다. 사실의 형식에는 과학 이외에도 신문기사와 법률적 해석이 있다. 사건의 형식에는 소설 이외에도 영화, 드라마, 다큐멘타리 등이 있다.

　사실은 지시대상과의 부합에 의해 의미를 얻는다. 반면에 사건은 지시대상과 일일이 일치되지 않아도 각 항목들이 연결된 선에 의해 의미가 얻어진다. 사실의 의미가 지시적 의미라면, 사건의 의미는 사건의 선의 미분계수, 즉 접선의 기울기에 의해 생성된다.[88]

　그런데 오늘날은 **사실**의 절대성이 흔들리는 시대이다. 미시물리학은 과학에도 합리적 사실을 넘어선 차원이 있음을 보여준다. 신문기사나 뉴스는 사실을 넘어서 사건을 지향한다. 법의 형식 역시 절대성을 지니지 않으며 언제든지 수정될 것이 요구된다.

　그에 반해 **사건**의 형식은 허구와 실제의 경계를 넘어 일상 전체로 확산되고 있다. 어떤 사건이 우리의 삶에 중요한 의미를 지닌다면 그것이 허구든 실제든 우리는 상관하지 않는다. 사실의 지시적 의미가 합리적 질서의 내부에 있다면, 사건의 중요한 의미는 합리성을 넘어선 영역(실재계)에 접촉할 때 나타난다. 합리성을 넘어선 실재계와 물자체의 영역은 윤리와 미학의 범주이다. 어떤 사건과 서사가 중요한 윤리적·미학적 의미를 생성시킨다면 우리는 허구든 실제든 개의치 않는다.

　이 같은 변화는 역사극에서 사실과 고증에 연연하지 않는 태도에서

---

[88] 사실의 의미와 사건의 의미의 차이에 대해서는 나병철, 『소설과 서사문화』(소명출판, 2006), 40~41쪽과 들뢰즈·가타리, 김재인 역, 『천개의 고원』(새물결, 2001), 367~394쪽 참조

감지된다. 예컨대 『바람의 화원』에서 신윤복이 여자로 등장하지만 우리는 그것의 사실성을 크게 문제 삼지 않는다. 대신에 그 사극의 서사가 윤리적·미학적으로 우리에게 충격을 주고 있는 것에 열광한다.

이처럼 오늘날 허구와 실제, 가능세계와 실제세계의 경계가 약화된 점은 서사의 확산을 반증한다. 과거에는 서사가 허구(소설)의 영역에서 명성을 떨쳤지만 지금은 일상의 곳곳에서 서사의 욕망이 넘쳐난다. 사회의 모든 존재가 상품화된 오늘날 이처럼 서사의 욕구가 폭증하는 이유는 무엇일까.

이상은 시(「척각」)와 소설(「날개」)을 통해 자본주의가 일상의 모든 관계를 절름발이로 만들었음을 말하고 있다. 아내와 내객, 이상과 금홍, 나와 타인 사이에는 돈이 있다. 돈을 매개로 타인을 욕망의 거울에 비출 때 절름발이가 되는 것이 근대인의 숙명이다. 그런 불구적인 삶이 지속되는 한 고독하게 생존하는 것이 문학의 운명일 것이다. 그런데 오늘날은 자본주의가 문학마저 절뚝거리게 만든 시대이다. 우리는 그것을 말하기 위해, 그것을 말함으로써 더 이상 절름발이가 되지 않기 위해 이야기를 계속하는 것이 아닐까.

이상의 '척각'은 윤리적인 불구에 대한 고백이다. 모든 관계들이 상품화된 후기자본주의 시대에 우리는 더 이상 상품이 되지 않으려 이야기를 하는 것일지도 모른다. 이것은 윤리적인 충동의 발로이다. 오늘날의 서사의 확산에는 그런 윤리적인 소망이 숨어 있다고 생각된다. 유머, 게임, UCC, 스토리텔링 등, 어떤 방식이든 이야기를 한다는 것은 자신이 죽은 물건이 아님을 증명하기 위해, 상품이 아님을 입증하기 위해 말을 하는 것이다.

『아라비안나이트』에는 죽음에서 벗어나기 위해 끝없이 이야기를 하는 왕비가 등장한다. 이야기가 멈춰진 곳에 죽음이 기다린다. 오늘날의 모든 사람들은 후기자본주의 시대의 셰에라자드이다. 우리 역시 그녀처럼 윤리적 죽음을 모면하기 위해 이야기를 계속하는 것이리라. 만일 이야기가 중단된다면 우리는 쇼윈도에 진열된 상품처럼 될지도 모른다.

우리는 이미 일상 곳곳에서 유력자의 흥미를 끌기 위해 진열장의 상품처럼 행동한다. 그 순간 우리는 그의 욕망을 비추는 거울이 되려고 애쓰는 셈이다. 이때는 상대편이 나의 욕망을 비추는 거울이 되는 순간이기도 하다. 이것이 바로 인간들이 서로 간에 상품화되는 나르시시즘의 회로이다. 심지어 사랑을 할 때조차 상대방의 시선을 상품처럼 유혹하려고 노력한다.

그러나 토크쇼에서 이야기를 할 때만은 그렇지 않다. 이야기를 하는 그 순간만큼은 자신이 상품 이상의 것임을 증명하려 노력하는 것이다. 우리가 모르는 우리 자신(무의식적 주체)이 사물화와 상품화를 참지 못할수록 이야기에 대한 욕망은 폭발한다. 〈놀러와〉, 〈강심장〉, 〈해피 투게더〉 등 TV프로에서 토크쇼가 인기를 끄는 것은 그 때문이다. 이야기를 말하는 그 순간만은 연예인도 아이돌도 상품이 아니라 소박한 인간이 되는 것이다. 그 때만큼은 문화상품이 아니라 살아 있는 주체가 된다.

그처럼 서사는 우리를 끊임없이 상품화하려는 흐름에 대해 강력하게 도전적이다. 오늘날의 토크쇼 형식은 그런 도전적 서사의 기능을 잘 보여준다. 과거의 토크쇼는 한두 사람의 초대 손님의 이야기를 들려줬었다. 그러나 오늘날은 여러 사람이 한데 모여 서로 서로 경쟁적으로 이야기를 주고받는다. 이런 토크쇼의 이야기는 따분한 일상을 뒤흔드는 충격을 주는 것일수록 매력적이다. 무료한 일상을 동요시키는 이야기는 상품화되고 자동화된 삶에 대해 도발적이다. 그런 이야기를 들을 때 모인 사람들은 살아 있다는 느낌을 되찾으며 환호한다. 그들은 가슴을 뒤흔드는 이야기를 들으며 열광 속에서 잃어버렸던 유대를 되찾는 것이다. 여기에는 도전적인 서사와 유대에 대한 소망이 있다.

그처럼 심장에 다시 피가 돌도록 도발적인 이야기를 들려주는 사람은 '강심장'일 것이다. 토크쇼 〈강심장〉은 이야기로 승리에 도전하는 프로인데, 가슴을 더 동요시키고 사람들에게 유대감을 회복시켜주는 이야기가 승리한다. 물론 〈강심장〉은 다소 선정적이고 그 자체가 상품 같은 측면도 갖고 있다. 그러나 대개는 인간적인 이야기가 승리를 한다. 예컨대 이무송이 연예활동이 뜸해 우울증에 걸렸을 때 노사연의 진심 어린 격려로 위기를 극복한 이야기 같은 것이다(2010 크리스마스 특집).

또한 간혹 소설적 구성을 지닌 이야기도 있다. 예컨대 홍지민과 김정은의 이야기 같은 경우이다. 홍지민이 〈나는 전설이다〉에 출연할 때 여자 출연자들은 처음에 서로 간에 라이벌 의식을 느끼며 긴장했었다. 그러던 어느 날 야간 촬영장에서 얘기를 나누다 우연히 음담패설을 하게 되면서 순식간에 가까워진다. 또 하루는 홍지민이 우는 씬이 있었는데 미리 다 울어버려서 정작 촬영을 할 때 눈물이 나오지 않았다. 그 때 김정은이 앞에서 홍지민이 근래에 어려웠던 일들을 이야기하며 동정심을 표현했다. 그러자 홍지민은 눈물이 쏟아지기 시작했다. 처음에는 연기를 도와주기 위한 이야기였는데 점차 그 의미가 달라졌다. 홍지민의 눈물은 연기를 위한 것이었지만 진짜 울고 말았다. 김정은도 연기를 도우려는 것이었지만 이제 진짜로 홍지민을 걱정해 주게 되었다. 연기와 실제가 구분되지 않기 시작했다. 그리고 이제 다른 연기자들이 눈물 연기를 할 때 앞에서 그녀를 위로하는 이야기를 하는 것은 불문율이 되었다.

처음에 김정은은 홍지민의 연기를 도와주기 위한 것이었고 거기에 얼마간 진심이 섞여 있을 뿐이었다. 그러나 이제는 진심과 연기가 구분되지 않는다. 눈물 연기를 하는 동안 진짜로 자라난 건 서로 간의 연대감이었다. 연기가 진심을 도와 준 셈이었다. 연기를 하는 동안 라이벌적 관계는 여성적인 자매애로 바뀌었다. 드라마는 진짜 현실이 되었다. 그리고 현실적인 이해관계에 얽매여 있던 여배우들은 자매애적 연대감이라는 도전적인 사건을 경험하게 되었다.

물론 이것은 작고도 작은 이야기이다. 말 그대로 소-설이라고 불려야 좋을 것이다. 그렇다면 우리 시대는 소설을 대신하는 소-설의 시대일지도 모른다. 소설은 한 편의 소설로는 부족한 소서사이다. 그러나 그런 작은 이야기들을 담은 토크쇼들은 우리 시대에 서사가 귀환하는 징표의 하나일 것이다. 그것은 어쩌면 예전에 사랑방에서 성행했던 이야기 문화의 형식이 변형된 것일지도 모른다. 토크쇼에 대한 뒷얘기와 감상인 인터넷 게시판의 열기는 옛날의 사랑방의 열기와 다름없다.

또 우리는 누구나 어렸을 때 서로 모여 이야기를 주고받으며 웃고 떠들던 기억이 있다. 그러나 지금은 어른들이 모여 그와 비슷한 것을 한다. 전통사회의 사랑방에서 주고받던 이야기들, 그리고 어린 시절 놀이터에서 했던 이야기들이 지금 다시 돌아오고 있다. 우리는 이것을 서사의 귀환으로 생각할 수 있다.

물론 서사의 귀환은 소서사를 넘어선 새로운 소설의 귀환에 의해 가능해질 것이다. 그것을 위해서는 거대담론의 주제가 되돌아와야 한다. 모든 것을 상품화하는 흐름에 맞서려면 그런 비판적 서사의 부활이 필수적이다. 오늘날 거대담론과 대서사는 사라진 것이 아니라 조금 밀려나 있을 뿐이다. 그것은 지금 TV에서 〈PD수첩〉이나 〈100분토론〉 같은 시사프로들이 황금 시간대에서 밀려나 있는 것과 비슷하다. 소설은 TV가 할 수 없는 일, 즉 〈PD수첩〉과 〈100분토론〉이 〈놀러와〉와 〈강심장〉과 합쳐져서 황금시간대에 방송되는 일을 해야 한다. 그처럼 사람들을 결집시키는 대서사와 도전적인 강심장을 지닌 소서사의 결합이 이루어져야 한다.

어쩌면 작은 이야기들이 인기를 얻고 인터넷에서 회자되며 반응을 얻는 지금 상황은, 소설의 출현을 예고하며 야담이 사랑방에서 인기를 얻던 풍경과 비슷하다. 그런 사랑방의 풍경이 소설의 탄생으로 이어졌듯이, 토크쇼와 인터넷의 열기는 메이저 장르로서 새로운 도전적 서사의 출현으로 연결돼야 한다. 그래서 소설을 통해, 영화를 통해, 인터넷을 통해, 그리고 마지막에는 가두와 광장에서 서사가 연출되어야 한다.

그 같은 새로운 서사의 시대를 위해 소설의 역할은 여전히 핵심적이다. 소설의 영향력이 줄었다고 그 상징적인 중요성이 사라진 것은 아니다. 소설이 모든 것을 혼자서 떠맡는 시대는 아마 다시 오지 않을 것이다. 그러나 다른 서사양식들과 함께, 신매체들과 함께, 일상의 소서사들과 함께, 메이저 장르로서 소설의 위치는 여전히 상징적으로 서사의 귀환을 대표한다.

10. 서사적 사유와 문학교육

서사를 추론적 논리 못지않게 정당성을 지닌 사유로 옹호하는 철학자에는 리쾨르(해석학), 브루너(구성주의[89]), 리오타르(탈근대론) 등이 있다. 이들은 인간의 삶에 관계된 영역의 경우 오히려 서사적 사고가 보다 더 핵심적 양식임을 논의한다. 서사는 소설 같은 감각적 경험일 뿐만 아니

---

[89] 서사적 사유에 근거한 구성주의는 새로운 지식의 창조에 관심을 갖는다. 그러나 구성주의가 변혁적 관점과 다른 것은 전자는 지식의 혁신에 주목하는 반면 후자는 삶의 변혁을 추구한다는 점이다.

라 진실이나 윤리를 **입증하는** 중요한 정신적 사유의 양식인 것이다.

물론 추론적 사고와 서사적 사고는 서로 보완적이다. 이점을 제임슨은 인식과 서사의 변증법이라고 불렀다. 예컨대 『방법서설』(데카르트) 같은 인식적 담론에도 서사적 계기가 있으며, 소설 같은 서사적 담론에도 추상적 논리가 나타난다.

그러나 추론적 사고와 서사적 사고는 중요한 차이를 갖고 있다. 먼저 양자는 서로 다른 인과율에 의존한다.[90] 예컨대 논리적 명제는 'x라면, 그 결과로 y이다' 같은 인과율을 사용한다. 반면에 서사는 '인간과 환경의 상호작용' 같은 인과율로 진행된다. 후자의 경우 전자와는 달리 논리적으로 입증할 수 없는 욕망, 무의식, 심리적 현실[91] 등이 중요한 요소로 작용한다.[92]

서사가 추론적 사고와 구분되는 또 다른 중요한 측면은 시간적 사고라는 점이다.[93] 추론적 사고에는 시간적 계기를 포함한 요소가 개입하지 않는다. 예들 들어 데카르트의 제1명제를 생각해보자. 리오타르의 말처럼 데카르트의 『방법서설』은 일종의 성장소설로 볼 수 있는 측면이 있다. 이것이 인식과 서사의 변증법이다. 그러나 『방법서설』의 핵심인 제1명제(나는 생각한다. 그러므로 나는 존재한다)의 논리는 서사적이라고 볼 수 없다. 그 이유는 '나는 생각한다'와 '나는 존재한다'를 연결하는 논리에 시간적 요소가 없기 때문이다. 『방법서설』이라는 에세이에는 시간적 요소가 있으며 얼마간 서사적 특성(성장소설)이 나타난다. 그러

---

90 Jerome Bruner, *Actual Minds, Possible Worlds*, Harvard University Press, 1986, 11~12쪽.

91 이 요소들은 실재계와 연관된 요소들이며, 서사는 근본적으로 실재계와 접촉하는 사고이다.

92 서사적 인과율을 논리적으로 설명하려면 매우 복잡해진다. 그러나 서사의 개념은 그 복잡한 과정을 단숨에 이해하게 해준다. 이는 우리의 뇌가 논리적 추론과 다른 서사적 전개에 대한 이해방식을 갖고 있기 때문이다. 우리가 '인간과 세계의 미시적 · 거시적 상호작용'을 우리에게 익숙한 서사라는 개념을 통해 설명하려는 것은 그 때문이다.

93 우한용 외, 『서사교육론』, 동아시아, 2001, 25~26쪽.

나 제1명제와 데카르트 철학 자체에는 통시성과 서사적 요소가 없다.

시간적 사고는 서사의 핵심적 특징의 하나이다. 서사의 시간적 사고는 논리적 사고에서는 볼 수 없는 미결정성과 연관이 있다. 예컨대 소설의 경우 시간적 흐름은 '갈등'과 '화해의 소망(힘)' 두 가지 요소에 의해 나타난다. 이 두 요소는 소설의 전개를 미결정적 상태로 만드는데, 바로 그로 인해 시간적 요소가 개입한다. 만일 어떤 강력한 요인(x)에 의해 갈등이 완전히 해소된다(y)면, 시간은 사라지며 서사는 추론으로 회귀한다. 왜냐하면 그 경우 'x이면, y이다'가 되기 때문이다. 반면에 x에 의해 갈등이 완전히 해소되지 않고 미결정적일 때, x와 y가 끝없이 상호작용하며 시간의 흐름 속에서 서사가 전개된다.

흥미로운 것은 이런 시간과 서사의 관계가 소설뿐 아니라 철학에서도 발견된다는 점이다. 철학의 핵심 개념에 시간적 요소를 끌어들인 사람에는 레비나스('시간과 타자'), 데리다(차연), 바디우(후사건적 주체)가 있다. 이들은 진리·윤리·주체 자체에 시간적 요소가 개입된 것으로 논의한다. 그 점에서 그들의 철학은 데카르트와는 달리 서사적이다.

이들의 철학에서도 소설에서처럼 '문제(갈등)'와 '해소의 힘' 두 가지 요소에 의해 시간의 차원이 나타난다. 가령 레비나스는 자아가 이질적 타자와 대면할 때 미래로의 시간 속에서 윤리적 주체가 생성된다고 논의한다. 이질적 타자는 결코 나에 의해 통합될 수 없지만, 그럼에도 타자와 화해하려는 끝없는 시도에 의해 미래로 향하는 시간이 열리는 것이다. 그리고 그런 시간의 흐름 속에서 생성되는 것이 바로 윤리적 주체이다. 여기서는 윤리와 주체가 시간과 서사적 사유를 통해 설명되고 있다.

이점은 바디우의 경우도 마찬가지이다. 바디우는 기존의 지식으로는 설명할 수 없는 새로운 잉여적인 것이 나타난 것을 사건이라고 부른다. 그런 사건에 따라 상황을 사고하는 것이 진리이며, 그 진리의 과정에 충실할 때 주체가 출현한다. 여기서 주체의 생성을 설명하는 철학적 사유는 시간적이고 서사적이다.[94] 그 점은 데카르트의 제1명제와 비교하면 분명해진다.

'나는 생각한다. 그러므로 존재한다'에는 시간적 계기가 없다. 결정적인 인과적 논리가 작용하기 때문이다. 반면에 바디우의 경우는 다르다. '나의 경험으로 설명할 수 없는 사건[95]이 벌어졌다. 그 사건에 따라 상황을 생각하며 기존의 질서를 재편(진리)할 때, 그리고 나의 존재방식을 바꿀 때, 나는 주체가 된다.' 여기서 사건은 나를 미결정의 상태로 만들며, 나는 그 미결정의 시간 속에서 움직일 때 주체가 된다. 사건에 의해 나의 앞에 새로운 시간(미결정성)이 나타나는데, 그 시간의 흐름 속에서 상황과 상호작용(서사)하는 것이 바로 주체이다. 실제로 이 같은 주체에 대한 설명은 성장소설에서 자아의 성장의 과정과 다름이 없다. 나는 추상적 생각을 통해 성장하고 존재하는 것(추론적 사유)이 아니다. 바디우가 말하고 있듯이, 나는 이제까지 겪지 못한 사건을 통해 성장하며 세계에 대해 주체가 된다(서사적 사유). '나는 사건에 부딪힌다. 그로 인해 새로운 존재의 생성을 경험한다.'

이처럼 서사적 사유의 철학이 성장소설에 상응하는 점은 교육의 문제에 중요한 시사점을 준다. 교육에서는 흔히 계몽적이고 교의적인 측면이 중요한 것처럼 여겨져 왔다. 또한 우리는 과학적이고 합리적인 사고에 관련된 방법에 방대한 노력을 기울여 왔다. 그러나 제롬 브루너는 우리가 서사적 사유를 통해 구성된 세계에서 대부분의 삶을 보내고 있다고 말한다.[96] 그는 놀라운 전환의 필요성을 말하며 서사를 통한 성장

---

94 바디우의 철학은 수학과 집합을 도입함으로써 시간적 요소를 배제하는 것 같지만, 그의 진리와 윤리, 주체에 대한 설명은 시간적 요소를 지닌 서사적 사고로 해석할 때 더 중요한 의미를 얻는다.
95 이는 실재계와 접촉하는 순간이다.

과 창조적 교육을 강조한다. 브루너는 특히 가능세계의 서사, 즉 허구적 이야기도 똑 같은 기능을 한다고 말한다.

부르너는 과학이 실제이고 서사가 허구라는 이분법을 부인한다. 과학과 서사는 똑 같이 리얼리티에 대한 가설의 형식이다. 다만 과학의 가설은 외부세계에 대한 외적 지향인 반면, 서사는 세계에 대한 관점을 탐구하는 내적 지향이다. 과학적 가설은 합리적 질서의 세계에서 실험과 검증에 의해 통제된다. 반면에 서사는 복수적 가설들을 탐구하며 보다 넓은 범위의 인간적 관점들을 가로질러 진실이 입증된다.[97]

서사의 역할은 이질적이고 충격적인 가설을 통해 우리의 합리적 시점에 저항하는 것이다. 그렇게 함으로써 서사는 대안적 가설들을 탐구하며 인간적 가능성의 전망을 감지하게 한다.[98] 즉 과학에 의해 만들어진 현실 이외에 서사에 의해 창조된 복수의 리얼리티가 있음을 암시하면서, 우리에게 수많은 리얼리티의 형식들과 대면할 수 있는 위치를 제공한다. 그런 서사적 사유를 통해 불변의 세계가 상징적 체계에 숨겨진 규약에 불과함이 드러나는 순간 규율의 형식은 급진적으로 변화된다.[99] 바로 여기서 인간의 삶의 새로운 대안적 가능성이 나타난다. 교육은 지식의 소비나 습득이 아니라 그런 문화 창조의 역할을 해야 한다.

브루너에 의하면 그 구체적 과정은 다음과 같다. 서사적 사건은 인습적인 세계의 문제점에서 나타나며, 사건이란 기존 세계의 규약을 위반하는 방식으로 드러난다.[100] 그 같은 사건을 중심으로 한 서사적 이야기는 허구든 실제든 인습적 세계를 새로운 형식으로 변화시킨다.

---

96 부르너, 강현석 · 이자현 역, 『교육의 문화』, 교육과학사, 2005, 366쪽.
97 Jerome Bruner, *Actual Minds, Possible Worlds*, 앞의 책, 52쪽.
98 Jerome Bruner, 위의 책, 53쪽.
99 Jerome Bruner, 위의 책, 115쪽.
100부르너, 『교육의 문화』, 앞의 책, 354쪽.

이런 브루너의 설명은 우리의 **도전적 서사**(3절)에 대한 논의와 다르지 않다. 우리는 사건을 일상에 뚫린 구멍으로, 브루너는 규약의 위반으로 설명한다. 우리와 루카치는 삶의 변혁을 말하며 브루너는 문화의 창조를 논의한다. 우리가 변혁적 관점이라면 브루너는 구성주의적이다. 전자는 물질적 삶의 운동을 주목하며 후자는 지식과 문화의 창조에 관심을 갖는다. 그러나 양자는 합리적 관점을 하나의 가설로 보고 서사가 복수적 관점에 열려 있다고 보는 점에서 일치한다.

브루너는 과학에 근거한 물리적 세계 역시 하나의 가설에 의한 리얼리티임을 말하고 있다. 또한 유일한 불변의 세계라고 생각되는 현실이 어떤 규약에 의한 상징계일 뿐임을 논의한다. 그 점을 드러내며 또 다른 창조적 문화의 가능성을 열어 보이는 것이 바로 서사이다.

브루너가 말한 문화 창조와 대안적인 복수적 관점이 나타나는 곳은 상징계의 외부이다. 상징계란 우리가 지시대상이라고 생각하는 사물들이 위치하는 곳이다. 논리적·과학적 담론은 지시대상과의 부합을 진리라고 생각한다. 그러나 브루너와 우리는 상징계의 지시대상도 하나의 가설과 규약에 의해 의미가 생겨난다고 믿는다. 따라서 과학적 진리도 합리적 가설의 내부에 있는 셈이다. 그런 합리적 규약에 저항하는 서사의 복수적 관점들이 생성되는 곳, 그곳은 라캉이 상징계에 저항한다고 말한 실재계 같은 영역일 것이다. 그렇다면 서사는 추론적 담론과는 달리 합리적으로 규명될 수 없는 실재계에 접촉하는 담론이라고 할 수 있다.

추론적 담론은 지시대상과의 일 대 일의 관계를 유지한다. 추론적 담론의 의미는 그런 명확한 부합성에서 생겨난다. 반면에 서사에서는 지시대상과의 관계가 모호하며 지시적 의미와는 상이한 여러 의미들이 생성된다. 그처럼 지시적 의미가 모호하며 잠재적 의미들이 들끓고 있는 장소가 바로 실재계일 것이다.

서사는 허구의 형식을 지니더라도 합리적 지시대상을 넘어서서 실재계에 접촉한다. 실재계는 아직 우리의 일상이 되지 않은 곳이며 미지의 장소라는 잔여물이다. 그 곳은 칸트가 말한 현상계의 외부, 알 수 없는 물자체로 남겨진 곳이다. 그러나 그 곳은 우리가 합리적 세계에서 잃어버린 어떤 것이 남아 있는 곳이기도 하다. 이런 상황에서 우리가 합리적 세계의 구멍(문제점)을 통해 그 잃어버린 것이 남겨진 공간에 들어서려는 운동이 바로 서사이다.

그런 서사는 아직 오지 않은 진리와 역사를 향해 나아가는 운동이며, 그 점에서 문제성을 지닌 (합리적) 세계에 구멍을 내는 사건은 윤리적이다. 브루너는 우리의 인습적 세계의 문제점(trouble)에서 사건이 나타나며, 그 사건이 인습적 세계를 변화시킨다고 말했다. 따라서 브루너의 서사적 사고 역시 문화적 창조와 더불어 윤리적 관점을 내포한다고 할 수 있다. 이처럼 서사를 통한 교육은 창조적인 동시에 윤리적이다. 그런 창조성과 윤리성이 배태되는 곳은 합리성의 창으로는 결코 뚫리지 않으며 단지 서사를 통해서만 접근할 수 있는 실재계이다.

11. 서사의 귀환과 주체의 귀환

서사는 실재계에 접촉하는 사유인 점에서 탈근대론과 긴밀한 연관을 지닌다. 탈근대론은 이성중심적 사유에서 실재계와 관련된 영역으로의 이동이며, 그런 전환이 시작되면서 서사가 귀환하기 시작했다고 할 수 있다. 그러나 서사적 사유가 탈근대론과 완전히 일치하지는 않는다. 서사적 사유는 탈근대론과는 달리 이성적 계기 역시 여전히 존중하기 때문이다.

탈근대론과 서사적 사유의 차이는 진리, 윤리, 주체와 연관된 영역에서 드러난다. 탈근대론과 탈구조주의는 **주체**에 대해 잘 논의하지 않는데, 그것은 주체란 흔히 이성과 연관된 것으로 생각하기 때문이다. 탈구조주의는 이성중심적 주체를 비판하는 대가로 주체의 개념에 대해 모호하게 말할 수밖에 없는 입장에 처한다.

이점은 진리나 정의에 대해서도 마찬가지이다. 진리를 말하는 것이 주체라고 할 때 탈구조주의는 진리에 대해서도 모호해질 수밖에 없다. 진리는 분명히 합리성에 근거한 세계보다는 실재계 쪽에서 발견될 것이다. 그러나 합리성을 넘어선 곳에 있는 실재계는 결코 직접 접근될 수 없다. 만일 우리가 그런 실재계 차원의 진리를 말하기 위해서 비이성적인 언어를 사용한다면 우리가 이해할 수 없는 그것은 진리일 수 없을 것이다. 진리는 이성 그 자체는 아니지만 이성을 통해서 말해질 수밖에 없기 때문이다. 따라서 **진리**란 이성을 통해 이성을 넘어선 것을 말하는 것이라고 할 수 있다.[101] 그 불가능해 보이는 것을 실현하는 것이 바로 서사적 사유이다.

---

101 아도르노도 진리에 대해 이와 비슷한 방식으로 말한다. 그의 경우 진리란 합리성을 통해 합리성을 넘어선 미메시스를 말하는 것이다. 이에 대한 비판은 그런 진리는 미학에서만 발견된다는 것이다. 그 점에서 벨머는 아도르노의 미메시스란 주체중심적 이성을 넘어선 의사소통적 이성으로 이해할 수밖에 없다고 논의한다. 그러나 우리는 이성과 이성을 넘어선 것의 결합은 미학이 아니라 서사적 사유라고 생각한다. 서사는 미학적으로 많이 표현되지만 사상이나 철학 역시 서사적일 수 있으며 정치학이나 현실의 삶 자체도 서사로 나타날 수 있다. 예컨대 이성을 통해 이성을 넘어선 것을 말하는 철학은 불가피하게 서사적이 된다.

우리는 역사에 대해서도 똑같은 것을 말할 수 있다. 역사적 변화는 공시적인 상징계가 아니라 실재계 쪽에서 이루어질 것이다. 제임슨이 실재계를 역사 그 자체라고 말했듯이[102] 실재계가 드러나는 순간은 역사적 변혁의 순간이다. 그러나 실재계적 변혁의 힘을 구체적 현실의 역사적 변화로 이끌려면 상징계의 모순된 상황에 대한 통찰이 필요하다. 역사적 변혁의 힘 자체는 이성을 넘어선 것이지만 이성을 통해야만 역사적 변화가 일어날 수 있다. 그처럼 이성을 통해 이성을 넘어선 역사적 변혁의 힘에 접근할 수 있는 것이 서사이다.[103]

주체철학은 이성을 지닌 인식 주체에 특권을 주는 주체중심주의에서 벗어날 수 없었다. 그런 주체철학을 비판한 탈구조주의는 주체의 특권을 박탈하는 대신 말할 수 없는 실재계에 연관된 신조어들을 창안한다. 예컨대 차연, 분열증, 리좀 등이다. 그러나 이 신조어들은 어떤 식으로도 그 자체에 근거해 진리나 주체, 역사에 대해 말할 수 없다. 왜냐하면 진리란 차연이나 리좀에 연관된 것이지만 또한 제한된 세계에 놓인 우리의 위치와도 관련된 것이기 때문이다. 즉 진리는 차연이나 리좀을 향한 벡터가 우리의 위치와 연관해서 말해지는 것이다. 상징계의 특정한 환경에 놓인 우리의 위치는 이성적으로 반성될 수밖에 없으며, 이런 상황에서는 이성을 통해 이성을 넘어선 것을 말하는 것이 필요하다. 그런 진리에 대한 역동적인 사유가 바로 서사이다.

근래에 다시 진리와 정의에 대한 논의가 부활한 것 역시 바로 서사적 사유와 연관이 있을 것이다. 진리와 주체의 부활은 탈근대론의 열기가 식은 대신 예전의 주체철학으로 되돌아가는 것이 결코 아니다. 주체의

---

102 Fredric jameson, *The Ideologies of Theory*, University of Minnesota Press, 1988, 104쪽.
103 Fredric jameson, *The political Unconscious*(Cornell University Press, 1981), 35쪽과 나병철, 『근대서사와 탈식민주의』(문예출판사, 2001), 20쪽 참조.

귀환은 주체철학도 탈근대론도 아닌 그 둘을 넘어선 서사의 귀환과 연관이 있다.

우리는 이제 서사의 귀환과 함께 주체가 귀환하고 있음을 살펴볼 것이다. 주체의 귀환과 더불어 진리와 윤리, 정의에 대한 관심도 증폭되고 있다. 서사의 귀환은 단지 이야기가 되돌아온 것이 아니다. 그것은 근대 초기에 상실했던 우리의 핵심적인 사유방식이 인문학의 영역에서 부활한 것이며, 잃어버린 진리와 윤리에 대한 목마름이 질문의 형식(윤리란 무엇인가)으로 되돌아온 것이다.

제2장

주체의 귀환

1. 주체중심주의에서 주체의 해체로

20세기 후반 이후 주체에 대한 관심이 약화된 데에는 두 가지 요인이 있다. 하나는 탈구조주의의 주체철학 비판이며 다른 하나는 후기자본주의에 의한 주체의 무력화이다. 전자는 주체의 해체를 가져왔고 후자는 주체의 죽음을 야기했다.

주체철학에 대한 비판은 탈구조주의에 의해 이루어졌다. 주체철학이란 사유의 두 유형(논리적 사고−서사적 사고) 중 논리적·이성적 사고에 특권을 주는 사상을 말한다. 데카르트에서 칸트에 이르는 근대 초기의 철학과 사상들이 대부분 여기에 속한다. 주체철학의 특징은 주체와 대상의 분리, 이성적 주체의 특권화, 로고스중심주의, 인간중심적 사상

등이다.

주체철학은 이성을 지닌 인간을 중심에 놓고 자연을 황폐화시켰으며 약한 감성을 지닌 타자를 폄하했다. 이런 로고스중심적 사고에 의해 자연의 황폐화와 여성의 폄하, 그리고 강한 이성과 힘을 지닌 국가에 의한 약소국의 지배가 야기되었다. 20세기 후반 이후 탈근대론과 탈구조주의는 이 모든 문제들이 주체철학과 연관이 있는 것으로 비판했다.

탈구조주의의 주체철학에 대한 비판은 두 가지이다. 하나는 이성을 중심으로 한 주체의 동일성이 실상은 권력과 연관된 것이라는 점이다. 다른 하나는 주체철학이 실제로는 진정한 주체의 해방을 보장하지 못한다는 점이다.

해체론(데리다)은 주체의 의식의 동일성이 차연의 결과로 나타날 뿐 그 이전에 미리 현존할 수 없다고 말한다. 차연이란 차이작용 속에서 동일성(현존)이 연기되는 것을 말한다. 주체는 타자와의 차이작용 속에서 자신의 동일성을 드러내는데, 차이작용의 운동(차연)은 무한히 계속되므로 주체의 동일성은 끝없이 연기된다. 이처럼 해체론은 마치 동양사상과도 같이 타자와의 관계가 근원적이며 주체의 동일성은 그 관계의 결과로 잠정적으로 나타남을 말하고 있다.

해체론의 차연의 개념은 주체(동일성)를 우선시하는 사고가 타자를 배제하거나 억압할 때 가능함을 암시한다. 주체의 동일성이나 이성을 앞세우는 사고는 타자와의 관계의 운동(차연)을 무시하고 타자를 주체의 대상으로만 생각한다. 이런 주체의 동일성의 사고는 타자에 대한 일종의 권력의 작용이다.

그런데 역설적으로 그런 주체중심적 사고는 결코 주체의 해방을 보장하지 못한다. 타자를 대상으로 분리시키고 주체를 우위에 놓는 사고는 타자와의 역동적 관계에 의거한 진정한 공동체를 이루지 못한다. 그 대신 개인 주체들을 위한 사회체계(상징계)가 만들어지고 그들을 결집시키는 규범과 기표가 설정된다. 예컨대 민족, 국가, 부(화폐) 등이 진정한 공동체를 대신하는 상징체계의 거대기표들이다. 이제 개인적 주체의 지위는 그 거대기표들에 예속되는 대가로서만 얻어지며 체계에서의 위치에 따라 권력이 보장된다.

여기서 거대기표와 개인의 관계는 마치 아버지와 아들의 관계와도 유사하다. 아들은 아버지와 양가적 관계(반항과 공경심)에 있지만 결국 아버지를 동일시하며 성장한다. 그와 비슷하게 개인들은 진정한 욕망을 금지하는 상징계의 규범을 내면화함으로써 주체의 지위를 얻는다. 들뢰즈는 그런 가족과 사회의 평행구조에 주목해 근대 자본주의 사회를 오이디푸스 구조로 부르고 있다. 이런 오이디푸스 구조에서는 국가나 자본(혹은 아버지)에게 예속되는 대가로서만 주체(subject)[1]의 위치를 얻게 된다. 물론 이는 결코 진정한 주체의 해방이 아니다. 이에 대해 들뢰즈는 앙티오이디푸스를 주장하며 고아 같은 분열증적인 탈주자에 의해 해방된 욕망이 가능함을 말한다.

차연이나 앙티오이디푸스(분열증적 탈주)는 고정된 상징계(오이디푸스 구조)를 해체하고 실재계에 접속하는 운동들이다. 그처럼 실재계에 접속할 때만 동일성의 주체 대신 차연이 작용하며 진정한 삶(공동체)을 향한 욕망이 나타날 수 있다. 아이러니하게도 동일성(의식, 이성)의 주체를 해체할 때만 차연과 탈주를 통해 진정한 주체의 해방이 가능한 것이다. 즉 주체철학의 주체를 해체해야만 진정한 주체를 지향할 수 있다.

그러나 해체론과 탈구조주의는 자신도 모르는 딜레마를 갖고 있다. 예컨대 차연은 실재계에 접속한 타자성의 주체를 말할 수 있지만 우리

---

1 영어로 subject는 예속과 주체의 두 가지 뜻을 지니고 있다.

는 또한 그것이 차단된 사회현실에서 살아가고 있다. 그 때문에 차연(그리고 타자성)을 통해 해방된 주체에 이르는 운동은 당연히 그것이 어려운 일상의 현실 쪽에서 시작되어야 한다. 그것을 위해서는 현실의 모순을 성찰하고 실천의 방향을 생각하는 이성적 주체의 잠정적 활동은 매우 중요하다. 해방된 주체(차연의 주체)와 공동체라는 목표는 이성을 넘어선 차원이지만 그에 이르는 과정에서는 이성적 계기가 여전히 중요한 것이다. 이 이성적 주체의 (상황을 판단하는) 잠정적 활동은 모든 것을 이성에 의존하는 목적론적 주체중심주의[2]와는 구분된다. 그러나 해체론은 차연의 해방을 말하는 대가로 이성적 주체에 대해 침묵하게 된다. 흔히 말하는 주체의 해체란 이처럼 주체의 이성적 계기에 대해 말하지 않는 문제점과 연관이 있다.

들뢰즈의 분열증적인 탈주나 노마드론 역시 비슷한 딜레마를 안고 있다. 분열증적 탈주는 이성중심적 오이디푸스 구조(상징계)로부터 이탈해 실재계에 접속한 상태를 말한다. 탈주자는 오이디푸스 구조 내의 모든 관계로부터 벗어난 상태가 되어야 하므로 분열을 경험한다. 또한 노마드적인 삶은 위계적인 사회를 대신하는 탈중심화된 해방된 삶의 상태를 말한다. 탈주자는 '기관 없는 신체'나 '소수자'들의 연대를 통해서 노마드적 삶에 이르러야 한다.

그러나 이 경우에도 해방된 삶에 이르기 위해서는 상징계의 모순을 성찰하고 그 현실의 균열지점에서 실천적 행동을 시작해야 한다. 그런 과정에서는 분열증적 사유나 노마드론 보다는 이성적 사고가 필요하다. 기관 없는 신체나 노마드적 삶 자체는 이성을 넘어선 것이지만 그런 해방에 이르는 과정에서는 잠정적으로 이성적 사고가 필요한 것이다.

---

2 목적론적 기획은 이성에 의해 정해진 목표를 이루기 위해 이성을 넘어서야 하는 실제적 과정을 무시한다.

들뢰즈는 그런 측면은 거시정치학의 문제이며 거시와 미시정치학의 결합이 필요함을 말할 것이다. 하지만 그의 논의는 미시이론에 편중되어 있으며 이성적 주체의 잠정적 역할에 대해 침묵한다.

해체론과 탈구조주의의 이성중심주의에 대한 비판은 매우 타당한 것이다. 그러나 탈구조주의는 이성의 지나친 역할을 비판하는 과정에서 원래의 정당한 기능마저 지워버린다. 그로 인한 문제점은 거시적 담론의 지평을 상실한다는 점이다.

주체철학과 탈구조주의는 이처럼 서로 다른 측면에서 문제점을 갖고 있다. 그로 인한 주체중심주의(주체철학)와 주체의 해체(탈구조주의)의 한계는 철학에서 뿐 아니라 윤리적·정치적 기획에서 분명히 나타난다. 우리는 그 둘의 한계를 이렇게 요약할 수 있다.

이성중심주의의 문제점은 윤리적·정치적 영역에서도 모든 것을 이성으로만 해결하려 한다는 점이다. 그들은 마치 과학에서처럼 객관적 발전 법칙을 발견하고 그것에 의거해 그 자체의 논리를 갖는 단일한 목표를 세운다. 그러나 그런 단일한 목표는 실재계와 접속된 물질적 삶의 복수성을 무시한 결과이다. 또한 그 같은 목적론적 기획은 목표의 실현을 위해 그에 이르는 과정에서의 실제적 삶의 문제를 간과한다. 이런 이성중심주의와 목적론적 기획의 문제점은 보수적인 자유주의에서 뿐만 아니라 혁명적인 레닌주의에서도 발견된다.

탈구조주의는 바로 그에 대한 비판의 기획이다. 즉 탈구조주의는 물질적 삶의 복수성을 존중해 탈중심화된 타자들과 소수자들의 삶을 중시한다. 또한 해방된 삶에 이르는 과정 자체에서 차연의 운동이나 노마드적 삶이 직접 나타나야 함을 말한다. 그것이 가능한 것은 탈구조주의가 이성을 넘어선 사유를 통해 물질적 삶의 영역(실재계)에 대해 생각하기 때문이다. 하지만 그 대신 탈구조주의는 그런 해방된 삶의 기획이 시작되는 영역(상징계)에서의 구체적 기획을 말하지 않는다.

이성중심주의는 이성적 판단이 필요한 영역에서 강력한 기획을 세우지만 실천 과정 및 목표가 기획의 의도와 모순을 드러낸다. 반면에 **탈구조주의**는 목표와 과정에서 유연한 사유를 보여주지만 의도적이고 이성적인 사고에 근거한 강력한 기획력이 미흡하다. 전자는 힘있게 출발하지만 실천의 과정에서 모순에 부딪히는 반면, 후자는 유연한 해방의 기획을 말하면서도 그것이 어떻게 시작되어야 하는지 침묵한다.

이처럼 양자는 어느 쪽도 완전하지 못하다. 그 이유는 한 쪽이 다른 한쪽의 근거가 되는 요소를 결하고 있기 때문이다. 따라서 그 같은 딜레마의 해결책은 이성적 주체의 기획과 탈구조주의적 기획의 접합일 것이다. 즉 거시정치학과 미시정치학, 대서사와 미시서사의 결합이다.

실상 대서사와 미시서사의 결합은 우리의 결론에 해당된다. 그러나 문제가 그리 단순하지는 않다. 다만 잠정적으로 강조할 것은 접합의 과정에서 대서사는 과학이 아니라 '서사적 사유'에 근거한 기획으로 전환돼야 한다는 점이다. 마찬가지로 탈구조주의도 이성적 계기를 인정하는 사유로 전환되어야 한다.

이성적·합리적 사유와 탈합리적 사유를 연결하는 방식에는 아이러니, 양가성, 전복, 대화 등이 있다. 이 방식들은 실상 서사에서 긴요하게 사용되는 수사학들이다. 흥미로운 것은 실제로 마르크스나 데리다가 그런 수사학을 즐겨 사용했다는 점이다. 두 사람의 공통점은 서사적 사유를 내포한 점이다. 즉 마르크스가 서사적으로 사유하면서 정치경제학을 말했다면, 데리다는 변혁적 서사를 부인하지 않은 해체론자였다고 할 수 있다. 뒤에서 살피겠지만, 그 같은 마르크스와 데리다의 연계는 우리에게 중요한 암시를 던져줄 것이다.

2. '주체'라는 전쟁터 ─후기자본주의와 다중

　주체의 무력화의 또 다른 중요한 요인은 후기자본주의에 의한 주체의 죽음이다. 후기자본주의는 전사회를 공장화해 자본의 영토로 만든다. 이제 생산직 노동뿐만 아니라 지적, 관계적, 감정적 노동이 중요해지면서 사회구성원 전체가 자본의 관계에 포섭된다. 기형도의 시에서처럼, '누구나 사회적 주식을 갖고' 있고 '아이들은 자라 모두들 공장으로 가는'[3] 시대가 된 것이다. 더 이상 자본의 외부는 없으며 자본에 예속되는 한에서만 주체가 된다. 자본에 예속된 주체는 사물화와 상품화를 경험하므로 이제 인간적인 주체는 어디서도 찾아볼 수 없게 되었다. 이것이 완전해진 후기자본주의에서의 주체의 죽음이다.

　또한 후기자본주의는 푸코가 말한 생체권력을 행사한다. 생체권력이란 감시장치나 성적 욕망의 장치를 말한다. 생체권력이 전 시대와 다른 점은 욕망이나 무의식을 통제한다는 점이다. 전에는 욕망을 억압하는 방식으로 권력이 행사되었지만 이제는 욕망을 증진시키는 방식으로 사람들을 지배한다.

　그런 감시장치나 욕망의 장치의 핵심은 궁극적으로 의식보다는 무의식을 예속화한다는 점이다. 무의식이 예속화된다는 것은 존재의 전체가 권력에 점령당하는 것을 뜻한다. 왜냐하면 그것은 사람들이 자발적으로 권력에 따르는 것을 의미하기 때문이다. 가시적인 방식으로 의식을 통제하던 때는 눈에 보이지 않는 무의식이 저항의 근거가 될 수 있었다. 그러나 그 최후의 영역마저 점령당함으로써 이제 더 이상 저항의

3　기형도, 「안개」, 『입 속의 검은 잎』, 문학과지성사, 1989, 13쪽.

근거가 없어진 주체의 죽음이 초래된다.

이런 두 가지 측면에서의 주체의 죽음은 전과는 다른 대항의 방식을 모색하게 한다. 먼저 첫 번째 측면을 살펴보자. 전에는 노동계급이나 민중 주체가 전 사회의 구성원을 대표할 수 있었다. 왜냐하면 자본주의는 노동계급을 억압했으며 그 문제가 사회 전체의 구조적 문제였기 때문이다. 그러나 이제는 전사회가 자본에 포섭됨으로써 다양한 사회구성원 각자가 자본에 맞서야 하는 문제가 발생한다. 노동운동이 더 이상 모든 사람의 호응을 얻지 못하는 것은 그 때문이다. 즉 이제는 사회의 복수적인 전 영역에서 개인들의 문제가 노동자의 문제 못지않게 중요해진 것이다. 이처럼 개인들이 각자의 해방을 요구함으로써 부각되는 것이 바로 **특이성**이다.

특이성은 어떤 보편성으로도 환원되지 않는 개인의 요소를 말한다. 전에는 노동자나 민중의 해방을 통해 모든 사람이 해방감을 느낄 수 있었다. 그러나 지금은 **특이성**이 해방되어야만 진정으로 자유로움을 느낀다.

특이성은 개인의 실재계적 요소이다. 실재계란 타인이나 나에게 알 수 없는 어떤 것으로 남겨진 것을 말한다. 예컨대 나의 무의식 같은 것이 그런 내부의 실재계적 요소라고 할 수 있다. 그 점에서 특이성의 해방이란 개인의 해방인 동시에 무의식의 해방이다. 그리고 무의식의 해방이라는 점에서 후기자본주의의 생체권력에 대한 대응이라고 할 수 있다. 특이성을 주장하는 것은 각자의 영역에서 자본에 저항하는 동시에 무의식이 해방된 주체를 표현하는 것이다.

문제는 특이성의 해방이 어떻게 사회적 운동으로 표현될 수 있느냐는 점이다. 특이성이 개인 각자의 요소라면 그것의 해방이 어떻게 결집된 운동으로 나타날 수 있을까. 특이성의 해방을 요구하는 그 불가능해 보이는 연대가 바로 다중이다.

특이성을 새로운 주체의 형식으로 본다면 그것은 무의식의 영역이 중요해진 주체이다. 개인들의 이성은 서로 공통된 지점을 찾을 수 있지만 무의식은 저마다 다른 실재계적 요소이다. 바로 그렇기 때문에 무의식의 해방은 진정한 특이성과 개인의 해방이 될 수 있는 것이다. 그러면 저마다 다른 무의식의 해방이 어떻게 타자와의 연대로 표현될 수 있을까. 어떤 방식으로 다름을 주장하면서 함께 할 수 있는가.

역설적인 것은 저마다 다른 무의식이란 그 자체가 타자와의 교섭의 산물이라는 점이다. 무의식은 개인적이지만 또한 끝없이 타자와의 교섭이 이루어지는 소우주이다. 우리는 어떤 중요한 타자가 내면에 침투하는 순간 무의식의 소용돌이를 경험한다. 가령 사랑의 경험은 그 대표적 예 중의 하나이다. 사랑을 할 때 우리는 내면 깊은 곳에서 끝없이 타자와 교섭하는 자신을 발견한다. 그와 달리 의식의 동일성이란 타자와의 교섭이 배제되며 경직되는 순간일 뿐이다. 따라서 무의식의 해방이 요구되며 특이성이 표현되는 것은 타자와의 내밀한 교섭이 왕성해지는 순간이다. 그처럼 특이성의 해방이 표현될 때, 그 순간의 타자와의 교섭을 실제 현실에서 이성적으로 확인하는 연대가 바로 다중이다. 그것은 마치 사랑을 할 때처럼 나와 다른 타자와 교섭하며 함께 하는 것이다. 물론 여기서도 비판적 이성은 중요한데 우리는 특이성의 해방이 결국 후기자본주의에 대한 대항임을 판단하기 때문이다. 다중은 미시운동의 차원으로 비판받기도 하지만 여기서는 비판적 이성을 포함한 연대로 새롭게 해석할 것이다.

다중을 통해 타자와 연대하는 순간 우리는 오히려 고양된 무의식과 함께 특이성을 경험한다. 그처럼 타자와의 교섭이 오히려 특이성을 표현하게 한다는 점이 바로 무의식의 은밀한 역설이다. 우리는 다중 속에서 타자와 연대할 때 무의식의 고양과 함께 그 누구도 대신할 수 없는 특이성의 해방을 경험한다. 그리고 각자의 다른 고통이 같은 모순에서 비롯되었음을 이성적으로 판단한다.

이런 특이성의 연대로서의 다중은 그 이전의 집합적 연대와는 구분된다. 예전의 사회운동은 연대의 힘이 한 가지 뚜렷한 목표로 집중되었다. 반면에 특이성의 네트워크는 하나의 목표를 내세우더라도 동시적으로 다양한 개인들의 소망으로 확산된다. 또한 예전에는 통일된 결집의 힘이 중요했지만 지금은 특이성들이 교섭하는 관계 자체가 중요하다. 타자와의 대화적 교섭 자체가 특이성의 해방이며 집합적 연대는 바로 그것의 표현이기 때문이다.[4]

후기자본주의는 모든 개인의 영역을 예속화하지만 바로 그 지점에서 특이성의 해방이 요구된다. 또한 후기자본주의는 무의식과 욕망을 지배하지만 바로 그 영역에서 욕망의 표현으로 저항이 나타난다. 후기자본주의의 욕망의 장치란 부르주아적 욕망을 선망하게 만드는 것이다. 그러나 무의식과 욕망을 자본이 허용한 한계 이상으로 증폭시키면서 다중은 부르주아적 육체와 욕망(소유욕)을 새로운 사랑의 욕망으로 전환시킨다. 이제 욕망이 작용하는 일상의 삶의 모든 영역이 자본과의 전쟁터가 되었다. 그리고 무의식과 특이성이 새로운 저항의 근거가 되었다. 이것이 바로 후기자본주의 시대의 주체의 전쟁이다.

근대 이후 주체는 사상과 정치의 영역에서 가장 중요한 전쟁터가 되어 왔다. 첫째 단계에서는 지배권력이 국가와 부(富)라는 기표에 사람들을 예속시키는 방식으로 주체화를 허용했다. 이 예속적 주체화에 대해 자본의 타자인 민중과 노동계급을 앞세운 집단적 저항이 시작되었다.

---

4 이런 새로운 운동의 특징은 뒤에서 다시 살펴볼 것이다.

이는 1988년 이전까지의 거시적 차원에서의 주체의 전쟁이다.[5] 다음 단계에서는 자본이든 민중이든 동일성의 주체 개념이 억압적임을 비판하며 차연의 운동이나 노마드를 말하는 미시이론이 나타난다. 여기서는 타자성의 주체, 탈주자, 소수자 같은 동일성이 해체된 유연한 주체가 거론된다. 그러나 이 미시이론들은 주체의 해방(타자성의 주체)을 소망하면서도 그 실천력이 부족한 점에서 주체의 해체를 야기했다고 비판을 받는다. 미시이론들의 주체의 해체는 후기자본주의에 의한 주체의 죽음과 겹쳐지며 주체성이 가장 무력화된 시기를 맞는다.

그러나 바로 그 어둠의 지점에서 새로운 주체가 생성된다. 즉 자본의 마지막 점령지인 개인의 일상과 무의식 영역에서의 특이성이 주장이 그것이다. 특이성의 해방은 타자와의 내밀한 교섭[6]을 통해 가능한데(미시차원), 그것을 구체적인 연대로 표현한 것(거시차원)이 다중이다. 후기자본주의와 다중의 대치, 이 주체의 마지막 전쟁터는, 미시서사와 대서사, 미시정치학과 거시정치학이 접합되는 공간이기도 하다.

3. 서사적 사유를 통한 대서사와 미시서사의 접합

지금까지 두 가지 차원에서 대서사와 미시서사의 결합이 필요함을 살펴봤다. 하나는 이성적 기획과 탈구조주의가 서로 상대편의 근거가 되는 요소를 결합하고 있다는 점에서이다. 다른 하나는 일종의 거대서사

---

5 우리 사회의 경우이다.
6 이런 교섭은 무의식이나 인터넷을 통해서 가능하다.

인 후기자본주의가 은밀한 미시적 전략을 사용하고 있기 때문이다.

이제 이성적 주체의 기획과 탈구조주의의 기획을 비교하며 제3의 정치학을 모색해 보자. 이성적 주체의 기획은 이성의 논리에만 의존할 경우 실재계적 영역에 제대로 대처하지 못한다. 실재계적 영역이란 역사적 변화가 일어나는 장소이다. 이성적 주체에만 의존한 역사적 기획은 미리 설정한 목표를 절대화하는 목적론적 담론이 되기 쉽다. 목적론적 담론은 획일화된 동일성의 기획이며, 이런 담론적 모순은 목적된 사회의 주체가 동일성의 주체라는 점에 상응한다. 따라서 그 같은 한계를 지닌 이성적 주체의 기획에 필요한 것은 실재계에 접속하는 사유를 끌어들이는 것이다.

반면에 탈구조주의적 기획은 실재계적 영역을 차연의 운동으로 이해한다. 차연의 운동은 이성만으로는 파악할 수 없는 역사적 운동의 역동성을 암시한다. 그처럼 역사를 차연으로 이해하는 탈구조주의의 특성은 해방된 사회의 주체가 차연과 타자성의 주체인 점에 상응한다. 주체의 이해 방식과 역사적 기획의 특성은 이렇게 조응하는 것이다.

그러나 탈구조주의의 문제점은 합리적 현실의 차원에서 모순을 인식하고 비판하는 이성적 사고가 미흡하다는 점이다. 해방된 사회는 이성을 넘어선 사회이고 그에 이르는 과정에서도 이성을 넘어선 사유가 필요하다. 하지만 지금의 현실에서 비판을 통해 역사적 실천을 시작하려는 의도적·이성적 차원이 없다면 역사적 기획은 작동되지 못할 것이다.

따라서 우리는 양자를 접합시키는 제3의 정치학을 필요로 한다. 흥미로운 것은 그런 제3의 정치학이 서사적 사유의 형식을 포함하고 있다는 점이다. 실제로 제3의 정치학으로 접합될 가능성을 지닌 마르크스와 데리다의 사상 속에는 이미 서사적 사유가 내포되어 있다.

이성을 중시하는 대서사 중에서 실재계 차원에 접촉하고 있는 것은 마르크스주의이다. 마르크스에 의하면, 합리성으로 사회전체를 파악하는 순간 합리적이지 않은 존재가 나타나는데, 그것이 바로 프롤레타리아이다. 프롤레타리아는 합리적 사회의 구성원인 동시에 그 사회의 모순을 드러내는 요소이다. 여기서 프롤레타리아가 암시하는 합리성을 넘어서는 차원이 바로 실재계이자 역사의 공간이다. 이처럼 마르크스는 이성을 통해 이성을 넘어서는 요소에 대해 언급함으로써 실재계에 접근하고 있다. 여기서 이성적 담론과 탈이성적 담론을 연결하고 있는 것은 프롤레타리아의 아이러니라는 서사적 수사학이다. 따라서 마르크스주의는 과학의 논리보다는 서사적 사유를 사용하고 있는 대서사라고 할 수 있다.

데리다 역시 아이러니를 사용하고 있는데, 그것은 의식의 동일성에 기반한 철학들을 해체하기 때문이다. 해체란 단순한 파괴가 아니라 실재계에 연결시키는 기획이다. 데리다의 논의는 결국 의식의 동일성에 근거한 철학에서 그 철학에 포함되는 동시에 이탈하는 요소가 나타남을 보여주는 것이다. 이런 해체의 논의는 합리적 사회의 해체를 말하고 있는 마르크스의 논의와 동일하다. 그 이유는 둘 다 실재계에 접촉하는 요소(프롤레타리아, 차연)가 나타남을 통해 실재계에서 이연된 사상과 사회의 모순을 드러내는 것이기 때문이다. 그런 논의의 과정에서 양자는 모두 합리성과 탈합리성을 연결하는 아이러니라는 서사적 수사학을 사용하고 있다.

그처럼 서사적 사유를 공유하는 점에서 마르크스와 데리다는 자연스럽게 연계될 수 있다. 다만 데리다는 사회적 차원의 논의를 위해 잠정적으로 이성적 사유도 필요함을 말해야 할 것이다. 반면에 마르크스주의는 후기자본주의라는 변화된 사회에 대처하기 위해 해체적 사유를 더 보완해야 할 것이다.

마르크스와 데리다에서 보듯이 서사적 사유는 이성적 기획과 탈구조주의적 기획을 연결하는 제3항을 암시한다. 또한 대서사와 미시서사의 접합 가능성을 시사한다. 그것은 다음과 같이 표시된다.

이성적 사유	탈구조주의
거시기획	미시기획
이성	탈이성
상징계(현상계)	실재계(물자체)
동일성의 주체	차연
주체중심	타자성
과학적	미학적

서사적 사유

대서사 + 미시서사

이성 + 탈이성

상징계와 실재계 사이

아이러니, 전복

이성 + 타자성의 주체

서사적 인과율

이제까지 우리는 이성적 사유를 중시하면서 잠재적인 차연의 사유를 소홀히 해왔다. 그리고 그 둘의 접합인 서사를 주로 허구의 형식으로 이해해 왔다. 그러나 서사적 사유는 사유의 기본적인 두 유형 중의 하나이다. 이성적 사유는 과학에 필요하며 삶의 영역의 잠정적 기반이다. 반면에 서사적 사유는 합리적 세계와 탈합리적 실재계를 연결하는 사유로서 역사, 윤리, 미학의 영역이다.

이제 서사적 사유를 통한 대서사와 미시서사, 마르크스주의와 해체론의 접합을 더 구체적으로 살펴보자. 이미 암시했듯이 마르크스의 논의의 핵심적인 부분에는 늘상 아이러니나 전복 같은 서사적 사유가 나타난다. 다음의『자본』의 한 부분을 보자.

> 그러나 반대로 판매를 위한 구매에서는 시작과 끝이 동일하게 화폐 혹은 교환가치이며, 바로 이 점 때문에 이 운동은 무한한(endlos) 것이 된다. (…중략…) 단순한 상품의 유통(구매를 위한 판매)은 유통의 외부에 있는 최종 목적(사용가치의 취득, 욕구의 충족)을 위한 수단이다. 이와는 반대로, 자본으로서 화폐의 유통은 그 자체가 목적이다. 왜냐하면 가치의 증식은 끊임없이 갱신되는 그 운동의 내부에서만 발생하기 때문이다. 따라서 자본의 운동은 무제한적(masslos)이다. (…중략…)
>
> 실제로 여기서 가치는 어느 한 과정의 주체가 된다. 즉 가치는 끊임없이 번갈아 화폐와 상품형태를 취하면서 그 크기 자체를 변화시키며, 원래의 가치로서의 자기 자신으로부터 잉여가치를 창출하면서 자신을 증식시킨다. 왜냐하면 가치가 잉여가치를 부가시키는 운동은 가치 자신의 운동이고, 그로 인해 가치의 증식은 자기증식이기 때문이다. 가치는 그 자체가 가치이기 때문에 가치를 낳는다는 신비한 성질을 갖는다.[7]

위에서 마르크스는 자본주의 체계의 동일성은 항상 자신의 동일성을 갱신해야만 얻어짐을 말하고 있다. 자본주의는 가치의 증식이 일어나야 가능한데(동일성) 그 과정은 매번 완성되지 않고 끝없는 자기갱신(해체)을 통해서만 성립된다. 즉 자본주의라는 동일성은 자기 자신을 끊임없이 초과하는 해체의 운동을 통해서만 유지되는 것이다. 이 같은 역

7   마르크스, 김수행 역,『자본론』Ⅰ, 비봉출판사, 2010, 195~199쪽.

설적 운동은 합리적 논리만으로는 결코 설명될 수 없다. 합리성과 탈합리성을 결합시키는 아이러니적 수사학을 통해서만 자본의 운동은 수긍된다. 그 이유는 자본이 자신의 합리적 체계를 '무한한' 자기갱신이라는 '신비한' 운동을 통해서만 유지하기 때문이다. 그런 자본주의의 양가성에 상응해서 마르크스의 설명은 합리성만큼이나 아이러니적 수사학(서사)에 의존하고 있다.

마르크스는 또한 '자본의 한계는 자본 자신'이라고 말하고 있다. 즉 자본은 끝없이 자신의 한계를 넘어서야만 자본이 될 수 있다는 것이다. 마르크스가 다시 아이러니적 수사를 되풀이하는 것은 자본의 '신비한' 자기갱신의 운동이 실상 실재계적 영역과 연관됨을 암시한다. 아이러니는 '합리적 세계'와 '탈합리적 실재계' 사이의 운동을 입증하려는 서사적 수사학이다.

자본의 운동이 실재계적 영역에 끝없이 접촉한다는 것은, (라캉 식으로 말하면) 자본이 스스로 완전한 동일성을 이루지 못하며 그 결여된 잔여물이 실재계에 남겨진다는 뜻이다. 그런 실재계적 영역에 접촉하는 순간 발생하는 것이 바로 잉여가치와 잉여향락이다.[8] 아이러니하게도 자본은 끝없는 잉여적 운동을 통해서만 자기 자신이 된다.

물론 여기서 주목할 것은 자본이 스스로를 해체하는 방식으로 다시 자신으로 되돌아온다는 것이다. 이처럼 자본이 다시 자기 자신으로 회귀하는 것은, 실재계에 접촉하는 순간 그 미지의 영역(실재계)을 자본의 영토로 만드는 방식으로 동일성을 유지하기 때문이다. 자본의 운동은 동일성을 해체하는 차연이지만 또한 매번 다시 동일성으로 회귀한다. 이것이 자본의 운동이 변혁적인 서사(차연)와 구분되는 점이다.

---

8 지젝, 이수련 역, 『이데올로기라는 숭고한 대상』, 인간사랑, 2002, 101쪽.

그러나 자본의 역설적 운동의 과정에서는 노동자라는 미결정적인 요소가 나타난다. 노동자는 자본의 내부인 동시에 외부인 미결정성을 지닌다. 마르크스는 자본의 또 다른 미결정적인 요소로 식민지와 신용을 들고 있다. 식민지는 자본주의에 필요한 영토이면서 또한 불안한 요소이기도 하다. 신용은 자본주의의 필수물인 동시에 자본 안의 사회주의적 요소인 셈이다. 이처럼 자본은 자신을 유지하려는 운동 과정에서 자기를 해체하는 요소를 만드는 아이러니를 연출한다.

흥미롭게도 이와 비슷한 아이러니가 데리다의 해체론에서도 나타난다. 데리다는 후설의 현상학에서 미결정적 요소와 아이러니를 발견한다. 현상학의 체계는 직관으로부터 형식적·논리적 명제들을 연역해 내려 하지만 그것의 완성을 위해서는 지표적 기호를 필요로 한다. 그런데 지표적 기호는 의식적 직관이 아니므로 후설의 체계 외부의 요소이다. 이처럼 체계의 외부와 내부에 동시에 소속되는 것이 미결정적 요소인데, 이 미결정적 요소는 체계의 완결성을 와해시킨다. 현상학은 자신을 입증하는 과정에서 자신을 해체하는 요소를 도입하는 아이러니를 보여준다.[9]

데리다는 동일성의 철학(후설, 루소, 헤겔)을 해체하는 과정에서 모두 그처럼 아이러니를 이용한다. 데리다와 마르크스에서 아이러니는 단순한 수사학이 아니다.[10] 아이러니는 합리성이나 동일성 논리로 입증할 수 없는 실재계 요소를 정당화하는 또 다른 논리이다. 자본주의와 동일성 철학은 자신의 외부의 요소를 자신 안에 포함하는 아이러니 속에서 해체된다. 그런 아이러니가 나타나는 순간이 바로 **실재계**에 접속하는

---

9 Jacques Derrida, David Allison 역, *Speech and Phenomena*, Evanston, 1973; 마이클 라이언, 나병철·이경훈 역,『해체론과 변증법』, 평민사, 1994, 45~46쪽.

10 데리다와 마르크스의 해체의 전략에 대한 논의는 라이언, 위의 책, 105~206쪽 참조. 우리는 데리다와 마르크스의 공통점을 '아이러니'라는 서사적 사유로 재해석하고 있다.

순간이다.

우리는 아이러니가 서사적 사유이며 실재계적 요소를 입증하는 방식이라고 논의했다. 여기서 또 다른 정당화 방식으로서 '서사적 사유'라는 말은 단순한 비유적 표현이 아니다. 그 점은 마르크스와 데리다에게서 발견되는 아이러니가 서사문학인 소설 자체에서도 핵심적이라는 점에서 알 수 있다.

예컨대 『태평천하』에서 친일 부르주아 윤직원은 자신이 가장 아끼는 손자 종학이 사회주의에 가담함으로써 스스로 무너지는 모습을 보여준다. 종학은 부르주아 집안의 엘리트인 동시에 그 외부의 사회주의자라는 아이러니를 연출한다. 이 소설은 그런 아이러니를 통해 식민지 자본주의가 실재계에 접속되는 역사의 순간을 암시한다.

또한 「오발탄」에서 자유주의적인 철호는 생활고로 인해 자신이 목적지를 잃은 오발탄 같은 처지가 되었음을 깨닫는다. 자유주의는 철호에게 어디로든 가라고 말하면서 실제로는 아무 데도 갈 수 없게 만드는 아이러니를 드러낸다. 이런 아이러니 속에서 자유주의의 균열(실재계와의 접촉)을 통해 전후의 사회적 모순이 폭로된다.

마르크스와 데리다, 그리고 소설에서의 아이러니는 근본적으로 동질적이다. 그것은 실재계와의 접촉을 입증하는 또 다른 논리로 사용되고 있는 점에서이다. 즉 그들 셋은 자본주의(마르크스), 동일성 철학(데리다), 자유주의(소설)의 내부에서 자신의 외부의 요소가 나타나는 아이러니를 보여준다. 그리고 그런 아이러니를 통해 실재계에 접속되는 순간을 암시한다. 그들 셋에서 아이러니의 기능은 실재계와의 접촉이 필연적임을 입증하는 것이다.

마르크스와 데리다, 그리고 작가들은 합리성과 탈합리성, 상징계와 실재계의 틈새에서 활동한다는 공통점을 갖고 있다. 상징계가 물질적 세계 대한 표상체계라면 실재계는 물질적 삶의 물자체이다. 세 부류의 사람들은 그 둘을 연결하는 비슷한 작업 속에서 아이러니와 서사적 사유를 보여준다.

서사적 사유라는 말은 소설의 경우 가장 실감나지만 마르크스와 데리다가 사용하고 있는 논리 역시 그와 조금도 다르지 않다. 동일성과 차이의 교섭, 역사와의 조우, 시간적 사고 등이 그들의 담론을 관통하는 서사적 사유의 특징이라고 할 수 있다. 이 또 다른 사유는 단순한 합리적 논리의 사유와는 구분된다. 그리고 그 점에서 마르크스와 데리다의 상상력은 합리주의 사상가보다는 오히려 서사적 작가 쪽에 더 접근해 있다.

마르크스가 물질적 세계에 대한 서사적 사유를 정치경제학의 논리로 접어놓았다면, 데리다는 그것을 탈구조주의 이론으로 미세하게 다시 접고 있다. 반면에 작가들은 마르크스와 데리다가 접고 있는 동일한 것을 소설을 통해 펼치고 있다고 할 수 있다.[11] 마르크스는 거시이론을 통해, 데리다는 미시이론을 통해, 그리고 작가들은 문학으로 접근하지만, 그들은 비슷하게 서사적 사유를 물질적 삶에 대한 자신의 담론을 입증하는 근거로 사용하고 있다.

세 유형의 양식 중 소설은 거시이론과 미시이론이 접합되는 문화적 공간이다. 소설은 우리에게 대서사와 미시서사가 연계된 새로운 차원이 필요함을 은연중에 알려준다. 그런 문화적 무의식에 상응하는 새로운 정치적 기획을 위해서는 당연히 마르크스와 데리다의 접합이 유용할 것이다. 그러나 그 둘을 연계시키기 위해서는 새로운 혁신이 필요하다.

먼저 데리다의 해체론은 사회이론으로 발전하기 위해서 이성적 사

---

11 접힘과 펼침은 라이프니츠의 용어이다. 이정우, 『접힘과 펼쳐짐』, 거름, 2000 참조.

유를 잠정적으로 인정해야 할 것이다. 해체론의 한계는 자신이 비판하는 사유도 (제한된 조건을 지닌) 현실적 삶에 대처하는 데는 잠정적으로 필요함을 고려하지 않는 점이다. 동일성의 사유보다는 차연이 더 근원적이라는 해체론의 주장은 더없이 옳다. 그러나 동일성의 사유도 제한된 조건에서는 자신의 유용한 공간을 갖고 있다. 예컨대 해체론은 음성중심주의(루소)를 비판하지만 구어적 담론 역시 한정된 조건에서 문자적 글쓰기와는 다른 자신의 문화를 갖고 있다.

그 점은 이성적 사유 역시 마찬가지일 것이다. 우리는 이성적 사유의 한계를 넘어서야만 진정으로 해방된 사회로 갈 수 있다. 그러나 지금 우리가 살고 있는 현실의 삶에 대처하는 데는 이성은 여전히 유용한 사유의 하나이다. 이성적 사유는 우리의 삶의 상당부분에서 중요한 기반이며, 해체론은 이성적 사유가 모순을 드러내는 부분에 끼어들 때 전복의 효과가 극대화될 것이다. 따라서 해체론은 사회이론으로 확장되는 과정에서 이성적 사유를 잠정적 계기로 인정해야 한다.

마르크스주의 역시 미시권력이 작용하는 후기자본주의에 대처하기 위해 해체의 논리를 보완해야 한다. 예컨대 마르크스의 시대에는 자본의 운동에서 나타나는 미결정적 요소가 주로 노동자였지만 지금은 복수적 영역에서 출현한다. 따라서 노동자를 중심으로 한 해방운동보다는 복수적 영역에서의 다중적 운동의 연계가 필요하다. 또한 후기자본주의가 존재의 마지막 영역인 무의식을 예속화함에 따라 개인의 특이성을 해방하기 위한 연대가 필요하다. 앞에서 살폈듯이 특이성의 해방을 위한 연대가 바로 다중이다.

마르크스주의의 혁신에서 또 하나 중요한 것은 연대를 위한 조직 자체에 해방의 사유가 깃들어야 한다는 점이다. 이성적 연대는 결집의 힘을 높이지만 조직 자제가 억압적이 될 수 있다. 반면에 해체적 연대는 유연한 접합을 가능하게 하는 반면 현실적 결집력이 약화되기 쉽다. 따라서 그 둘의 결합, 즉 이성과 탈이성을 접합한 조직의 원리가 필요하다. 이성과 탈이성을 연결하는 방식, 즉 연대를 유지하는 동시에 탈중심화하는 논리는 아이러니 같은 서사적 사유이다. 해체론적 마르크스주의 운동의 대표적 예인 사파티스타 민족해방군의 조직은 그 점을 잘 보여준다. 사파티스타의 표어 중의 하나는 '복종하는 명령'이라는 아이러니이다. 또한 사파티스타의 신화적인 인물 마르코스는 자신의 상대적 종속을 강조하기 위해 '부사령관'이라는 지위를 갖고 있다.[12] 마르코스는 자신이 '보여주기 위해서 가면을 쓰고 있다'고 말한다. 이 말은 특수한 출신 성분을 떨쳐내고 공통의 정체성을 얻기 위해 가면을 쓴다는 뜻이다.[13] 가면은 얼굴을 감추기 위한 것이지만 이 경우에는 편견을 해체하고 얼굴을 보여주기 위한 전략이다. 이처럼 사파티스타는 아이러니 자체를 정치적 전략으로 이용하고 있다.

『우리의 말이 우리의 무기입니다』라는 마르코스의 책에는 살기 위해 죽는 사람들의 아이러니한 이야기들이 담겨 있다. 우리는 그 책의 제목을 이렇게 부연할 수 있을 것이다. '우리의 이야기, 그 아이러니가 우리의 무기입니다.'

해체론과 마르크스주의의 접합, 그 새로운 정치적 기획은 새로운 세계를 위한 주체의 형식을 암시한다. 그것은 과학적 사유의 주체도 해체적 사유의 주체도 아니다. 마르코스처럼 아이러니를 통해 자신을 탈중심화하는 주체, 즉 이성적으로 사유하면서 부단히 그것을 해체하는 주체가 필요하다. 그 양쪽을 횡단하는 존재가 바로 서사적 주체이다.

---

12 네그리, 조정환 · 정남영 · 서창현 역, 『다중』, 세종서적, 2008, 120~121쪽.
13 마르코스, 『우리의 말이 우리의 무기입니다』, 해냄, 2002, 56쪽.

4. 대상없는 진리와 주체, 그리고 사건

우리가 대서사와 미시서사와 접합을 살펴본 것은 '주체중심주의'와 '주체의 해체'에서 벗어나 새로운 주체를 소생시키기 위해서였다. 새로운 주체는 서사적 사유와 연관되며 그 점에서 대상과의 관계가 이성적 주체와는 상이하다. 새롭게 부활한 주체의 특징은 바디우가 말한 '대상 없는 주체'에 가깝다.

이성적 주체는 진리의 근거를 대상과의 부합에서 찾는다. 과학적 진리의 주체가 그 대표적인 예일 것이다. 반면에 탈구조주의는 대상을 '말할 수 없는 것'으로, 그리고 주체를 분열되거나 해체된 것으로 논의한다. 그것은 과학의 대상이 합리적 사물인 반면 탈구조주의의 대상은 '실재계'(물자체)이기 때문이다.

이에 대해 바디우는 탈구조주의가 시(미학)에 기생하고 있다고 말한다.[14] 여기서는 대상뿐만 아니라 주체에 대해서도 명확하게 말할 수 없다. 또한 말할 수 없는 것을 말해야 하기 때문에 진리 역시 은유의 형식을 지닌다. 실제로 해체론은 모든 담론이 은유에 의존하며 과학적 담론도 그에서 벗어날 수 없다고 주장한다. 과학적 담론 역시 물자체(실재계)에 부합하는 언어는 사용할 수 없기 때문이다.

과학적 진리가 대상과의 일치이고 탈구조주의의 논의가 실재계의 탐구라면 서사적 담론은 그 양자를 횡단한다. 즉 서사적 담론은 합리적 세계의 대상에 부합하려 하는 동시에 그것을 넘어서서 실재계에 접촉하려한다. 그 이유는 합리적 세계의 대상이 물자체가 아니며 실재계에 잔여

---

14 바디우, 서용순 역, 『철학을 위한 선언』, 길, 2010, 28쪽.

물을 남기기 때문이다. 따라서 이 경우의 대상은 양가적이다. 즉 대상이란 합리적 사물에 잠정적으로 일치하는 것이면서[15] 또한 그것을 넘어선 실재계(물자체)인 것이다. 진리는 실재계와의 접촉에서 가능해지지만 실재계는 직접 드러나지 않으므로 합리적 세계와의 잠정적인 연관 역시 필요하다. 그런 이유로 진리는 그 양자와 관계하는 시간적 과정을 지니며 서사적인 특성을 지닌다. 예컨대 자본주의의 합리적 체계에서 프롤레타리아라는 탈합리적 요소가 나타나는 과정은, 양가적 대상과 연관된 아이러니적인 서사적 진리이다.

이성적 사유   탈구조주의

이성적 주체   해체된 주체

합리적 대상   실재계적 대상

진리—담론과 대상의 일치   차연, 노마디즘

과학   시(미학)

서사적 사유

이성 + 탈이성

합리적 대상 + 실재계

사건(구멍)

대서사 + 미시서사

대상없는 진리란 대상이 부재한다는 뜻이 아니라 이처럼 명확한 지시대상이 없다는 뜻이다. 그 이유는 합리적 사물과 실재계 쪽에 양가적으로 연관되기 때문이다. '서사적 진리'나 바디우의 '진리'가 모두 이 경우에 속한다.

'대상없는 진리'는 바디우의 표현이지만 실제로는 이미 마르크스에

---

15 서사가 허구적 형식을 취할 수 있는 것은 합리적으로 인식된 대상이 잠정적인 것이기 때문이다.

서부터 그 뜻이 암시되었다고 할 수 있다. 마르크스는 자본주의의 합리적 체계를 설명하는 순간 자신도 모르게 그것을 넘어선 실재계에 대해 말하게 된다. 자본주의 자체가 합리적 대상이 아니라 합리성과 탈합리성을 횡단하는 운동이기 때문이다. 마르크스의 자본주의에 대한 설명은 양가적·역설적이며 시간적이고 역동적인 서사를 내포한다.

물론 마르크스주의를 과학으로 해석하면 명확한 대상과 주체가 나타난다. 이 경우 마르크스는 자본주의를 과학적으로 분석한 후에 프롤레타리아를 해방된 세계의 주체로 말한 셈이다. 그러나 이런 과학적 마르크스주의는 앞서 살핀 대로 목적론적 특성을 갖게 된다.

반면에 마르크스의 논의를 서사적 사유를 포함한 것으로 보게 되면, 양가적 대상, 대상없는 진리, 서사적 주체가 나타난다. 자본주의는 합리적인 동시에 탈합리적이다. 자본주의의 체계는 합리적이지만 자기 자신 속에 미끄러짐을 내장하고 있기 때문이다. 또한 해방된 세계의 주체인 프롤레타리아도 합리적인 동시에 탈합리적이다. 프롤레타리아는 자본주의 체계의 요소이면서 또한 이미 그 외부의 요소이기 때문이다.

이 경우 프롤레타리아가 새로운 주체가 될 수 있는 조건은 복합적이다. 먼저 (과학적 마르크스주의처럼) 세계를 합리적 질서로 파악하면 프롤레타리아는 역사적 필연성에 의해 해방의 주체가 된다. 그러나 프롤레타리아를 역사의 주체로 만드는 힘은 합리적 논리가 아니라 탈합리적인 실재계로부터 나온다. 그러면서도 프롤레타리아의 실재계적 존재는 그가 합리적 세계와 연관을 맺고 있는 한에서 의미를 지닌다. 그렇지 않으면 그의 실재계적 역능(힘)은 비합리적인 잠재력이거나 무질서한 해체의 힘에 불과하기 때문이다.

따라서 새로운 주체는 양가적 대상의 공간, 상징계와 실재계의 교섭 속에서 출현한다. 그는 합리적 세계의 상황과 연관되는 동시에 실재계에 접촉하는 존재이다. 그처럼 그는 과학적 결정성이 아닌 서사적 양가성과 미결정성 속에서는 나타난다.

그런 양가성과 미결정성은 주체의 존재방식 자체에서도 발견된다. 즉 진정한 주체는 모순된 합리적 세계에서는 타자(혹은 소수자)로 존재한다. 타자란 동일성의 주체의 견지에서는 주체가 되지 못하는 존재이다. 예컨대 자본의 타자인 노동자는 자본주의 사회에서 주체성을 상실한 채 고통 받는 사람이다. 그러나 바로 그런 이유로 그의 존재는 자본주의의 외부(실재계)에 걸쳐져 있게 된다. 또한 자본주의 내부에서 잃어버린 것을 그 외부에서 소망하게 된다. 역설적으로 합리적 세계의 타자만이 진정한 주체가 되는 것이다. 또한 지배권력의 타자의 위치를 드러내는 것은 새로운 주체의 소망을 말하는 것이 된다.

타자란 주체성을 상실한 사람인 동시에 진정한 주체를 소망하는 존재이다. 또한 타자는 존재의 핵심을 잃어버린 사람이면서 세계의 외부(실재계)에서 그것을 소망하는 사람이다. 그런 타자가 주체로 전환되는 과정에서 세계의 균열과 구멍이 나타나는데 그것이 바로 사건이다.

사건이란 합리성과 탈합리성, 상징계와 실재계 사이에 생긴 균열과 구멍이다. 합리적 세계에서 실재계에 직면하게 하는 이 균열과 구멍은 외상인 동시에 대상없는 진리의 근거이기도 하다. 균열과 구멍은 상처, 전복, 혁명, 환상, 테러 등으로 출현한다.[16] 이 중 테러는 (실재계적 열망에 따라) 폭력적으로 상징계를 파괴하는 것으로 진정한 사건도 진리도 아니다. 진리의 근거로서의 사건은 존재의 핵심을 잃어버린 상처로서(「삼포가는 길」), 부르주아를 전복시키는 구멍으로서(『태평천하』), 또 민중들의 변혁운동으로(『고향』) 나타난다. 그리고 이 균열·구멍으로서의 사건은 타자

---

16 이에 상응하는 서사적 방법은 아이러니, 숭고, 환상 등이다.

를 주체로 전환시킨다.

타자란 합리적 자본주의의 세계에서 가장 소중한 것을 잃어버린 사람이다. 그에게 상실된 것은 자신을 충족되지 못하는 하는 잔여물(실재계적 요소)이며 그로인해 그는 소외된 타자가 된다. 그러나 그는 상징계에 균열이 생기는 순간 그 틈새를 통해 잃어버린 것을 실재계적 잔여물로 만나게 된다. 이 실재계적 잔여물은 잃어버린 자기 자신으로서 대상 a[17]이며, 그것에 대한 **열망**으로 인해 타자는 주체가 된다.

이처럼 사건으로서의 균열·구멍은 잃어버린 것을 실재계적 욕망의 대상으로 보여준다. 그리고 그 욕망의 대상(대상 a)은 고통 받는 타자를 진정한 삶을 소망하는 주체로 만든다. 이처럼 사건은 잃어버린 것을 욕망하는 것으로, 타자를 주체로 전환시킨다.

예컨대 「고향」(현진건)에서 '나'는 고향이 무덤처럼 변해 버렸음을 말하는 그의 신산스런 표정에서 신문명 세계의 균열을 보게 된다. 그리고 '나'는 그 균열의 틈새를 통해 잃어버린 조선의 얼굴을 발견한다. 이 실재계와의 대면의 순간(사건), 상처의 고통 속에서 '잃어버린 것(조선)'은 소망의 대상(대상 a)으로 뒤바뀐다. 이 과거가 미래가 되고 상실된 것이 소망의 대상(원인)[18]으로 전환되는 순간, 그와 '나'는 고통스런 타자에서 주체로 전이된다. 여기서 균열·구멍으로서 사건의 의미는, 고통스럽게 무의식 속에 억압된 것(조선의 얼굴)을 소망의 원인이자 대상으로 전환시킨다는 것이다.

물론 여기서 '나'와 그는 아직 역사를 변화시키는 주체가 된 것은 아

---

17 대상 a는 잃어버린 자기 자신인 동시에 실재계에 위치한 타자이기도 하다. 예컨대 엄마의 젖가슴은 자신과 분리되어 있는 동시에 자기 자신에 속해 있는 것이기도 하다. 젖가슴은 상징계에서 잃어버린 후 실재계적 대상으로 나타난다. 라캉, 맹정현·이수련 역, 『세미나』 11, 새물결, 2008, 296쪽.
18 실재계적 대상 a는 소망의 대상이자 원인이다.

니다. 그들은 개인적인 시간에는 주체성을 확인할 수 있지만 사회 속에서는 여전히 소외된 타자로서 살아갈 것이다. 다만 그들은 총체성을 열망하는 영혼을 입증하는 **윤리적 주체**가 되었을 뿐이다. 윤리적 주체는 사건을 통해 자신의 존재방식을 변화시킨 사람이지만 아직 세계를 변화시킨 것은 아니다. 단지 다른 사람들에게 세계가 변화되어야함을 알리고 있을 뿐이다.

그들이 역사의 주체가 되려면 사건의 경험으로 얻어진 주체의 소망을 통해 식민화된 현실상황에 대응해야 한다. 윤리적·미학적 주체의 대상이 실재계(대상 a)와 잠정적인 현실이라면, 역사적 주체의 대상은 실재계와 구체적인 현실상황이다. 후자의 역사적 주체는 서로 연대를 맺어 소망을 실천하는 방향으로 나아갈 때만 나타날 수 있다.

윤리적 주체가 역사의 주체로 전환되면, 타자를 윤리적 주체로 만든 상처로서의 사건 대신 역사로서의 사건이 진행된다. 그리고 실재계와의 대면은 상처의 순간이 아니라 역사와의 조우가 된다. 그러면 내면의 소망을 표출할 수 없는 사회에서 역사의 주체는 어떻게 생성되는가.

주체의 문제에 연관해 항상 논란이 되는 것은 이런 역사의 주체에 대한 질문이다. 역사의 주체에게 필요한 역사적 방향성에 대한 **진리**는, 윤리적 사건을 통해 고양된 주체의 소망에 따라 현실상황에 대응할 때 얻어진다. 그러나 개인으로서의 **진리의 주체**가 현실을 변화시키는 데는 한계가 있다. 만일 특정한 상황에서 얻어진 진리를 목표로 삼아 역사적 변혁(사건)의 기획을 세운다면 그것은 목적론적 기획이 되기 때문이다.

그런 맥락에서 바디우는 '사건에는 주인공이 없다'고 말한다. 대신에 그는 사건 이후에 주체가 나타난다고 말한다. 이는 실천의 주체가 이데올로기에 포획되거나 사건의 기획이 목적론적으로 회귀하는 것을 막기 위한 것이다. 그러나 여기에도 문제가 있다. 목적론을 피하기 위해 주체를 사후적으로만 상정한다는 것은 너무 큰 대가이기 때문이다. 바디우처럼 후사건적 주체를 말하는 것은 결국 사건의 발생을 우발성에 맡기는 것일 수도 있다.

문제의 핵심은 개인적 존재를 넘어서는 데 있다. 즉 목적론적 기획에서 벗어나려면 주체(잠정적 주체)가 소망하는 것이 실천과정 자체에서 나타나도록 집합적 인간관계를 만들어나가야 한다. 그것을 위해서는 물론 **타자와의 비억압적인 연대**가 필요하다. 그런 연대의 과정 자체에서 **타자들을 주체로 전환시키는 사건**이 나타나기 시작할 것이다. 그처럼 잠정적 주체로서 타자들의 연대 과정 자체에서 역사의 주체가 생성되는 것이다.

또 하나 중요한 것은 역사적 실천은 항상 사전의 주체의 기획대로 완전하게 수행되지 않는다는 점이다. 역사적 실천이란 실재계(역사의 장)와 접촉하려는 열망에 따라 현실상황에 대응하는 것이다. 그런데 그처럼 현실상황에 대응하는 과정은 항상 한 번에 완전하게 수행되지 않는다. 합리적으로 접근할 수 있는 현실세계에 대한 대응은 늘상 잔여물을 남기기 때문이다. 그 실재계적 잔여물(대상 a)에 대한 열망[19]이 운동의 추동력이지만 그것을 얻으려는 시도는 매번 완결되지 않는다.

실천의 **원동력**인 실재계적 **대상**은 완전히 얻어지지 않으며 그것과 교섭하려는 시도는 끝없이 계속되어야 한다. 흔히 말하는 역사적 실천이란 그 같은 무한한 과정이다. 즉 이성적 기획과 수행과정에서의 수정, 완결되지 못한 결과와 새로운 시작 등등.

아이러니하게도 자본에 대항하는 운동은 자본과 반대방향으로 비슷하게 반복된다. 마치 모든 것을 상품화하는 자본의 운동이 무한히 계속

---

19 여기서의 실재계적 열망은 화해된 세계에 대한 소망이다.

되듯이, 교환가치에서 벗어나려는 타자의 운동 또한 끊임없이 시도되어야 한다. 그런 끝없는 시도 속에서 사건이 발생하고 타자가 주체로 전환될 것이다.

이 모든 과정들, 즉 개인들이 서로 집합적 연대를 이뤄나가며, 변혁의 (실재계적) 열망으로 현실에 끝없이 대응하는 시도들을 통해, 사건이 나타나고 주체가 출현할 것이다. 사건은 합리적 현실과 실재계 사이의 구멍이지만, 그것은 테러나 전쟁과 달리 단번의 시도가 아닌 유연한 서사적 선의 형식 속에서 나타난다. 이처럼 사건-진리의 출현을 서사의 형식으로 보면, 주체가 사건 이전이냐 이후냐는 중요한 문제가 아닐 것이다.

마치 소설에서처럼, 사건에 의해 주체가 나타나기도 하고 주체에 의해 사건이 나타나기도 한다. 그리고 양자의 관계는 추론적인 인과율이 아니라 서사적 인과율에 근거한다. 그처럼 사건과 주체는 분리될 수 없으며 그 둘은 인간과 세계가 상호작용하는 서사적 시간의 형식 속에서만 출현한다.

그렇게 볼 때 주체란 하나의 정신의 입자가 아니라 사건을 전후로 한 진동상태[20]일 것이다.[21] 역동적 주체는 상징계와 실재계 사이에서 동요하는 상태로부터 나타난다. 그처럼 진동이란 공간적 형식이지만 그와 함께 시간적 과정도 갖는다. 사건이 일어나면 우리는 동요하게 되는데 그 동요는 불현듯 사건에 의해 갑자기 생긴 것이 아니다. 이미 일어나기 시작한

---

20 진동의 개념에 대해서는 Peter Hitchcock, *Oscilate Wildly*(University of Minnesota, 1999), 1~19쪽 참조. 자본과 그에 대항하는 주체 사이의 힘의 관계에 의해 진동이 생기며, 잠재적 진동이 표면으로 부상할 때가 사건이 발생하는 시점일 것이다.

21 예컨대 타자, 소수자, 서발턴은 좀처럼 주체로 상승할 수 없는 억눌린 정신적 입자가 아니다. 그들은 진동상태에서 사건을 경험하고 유대(네트워크)를 형성하면서 역동적인 주체가 된다.

예감 같은 진동이 사건의 순간 지진 같은 현실의 동요로 부상하는 것이다. 따라서 사건이 발생했다는 것은 그 구멍의 전후로 진동이 생겼다는 것이며, 심리적·사회적 동요 속에서 주체가 생성되고 서사적 시간의 형식이 발생했다는 뜻이다.

시간의 형식을 만드는 것은 갈등과 화해의 상반되는 벡터들이다. 상징계적 모순과 실재계적 열망이라는 그 양자의 벡터들이 미래를 향한 무한한 시간의 형식 속에서 서사를 생성시키는 것이다. 그 순간은 사건이 발생하고 세계와 존재의 동요 속에서 주체가 생성되는 시간이기도 하다.

따라서 우리가 미리 할 수 있는 것은 미결정성을 지닌 서사적 기획이다. 그것은 목표의 완결이 아니라 그것을 향한 동요를 일으키는 기획이다. 물론 상징계와 실재계, 그 안과 밖 사이의 동요의 운동은 단번에 종결되지 않는다. 그 때문에 사건을 일으키고 주체를 생성시키려는 현실의 서사적 기획은 끝없이 계속되어야 한다. 대표적인 서사문화인 소설 역시 중단되어서는 안 된다. 현실과 문화의 공간에서의 그 끝없는 서사적 진행, 사건과 동요를 일으키려는 그 윤리적·역사적 시도를 우리는 도전적 서사라고 부른다.

5. 주체를 둘러싼 논쟁 — 타자, 특이성, 민족, 민중, 다중

사건이 타자를 주체로 변화시킨다면 역사적 기획은 그런 서사적 과정을 근거로 해야 할 것이다. 공산주의, 민족해방, 선진조국 같은 이념에 의해 나타나는 것은 이데올로기적 주체이다. 그런 이데올로기에서 벗어난 진정한 주체를 생성시키려면 부단히 물질적 삶과 실재계에 접촉하는 서사 기획이 필요하다. 그렇다고 사회체계에 구멍을 내는 사건 자체가 직접적 목표가 될 수는 없다. 사건은 테러나 논리적 인과관계가 아니라 인간과 세계가 상호작용하는 서사적 인과율 속에서만 나타나기 때문이다.

이점에 있어 정치적·역사적 기획은 소설과 조금도 다름이 없다. 정치적 기획 역시 소설처럼 논리적 인과율이 아닌 서사적 인과율에 의한 프로젝트가 필요하다. 양자의 차이는 소설이 우리의 무의식을 움직이는 반면 정치는 실제로 행동하게 만든다는 점이다. 그 때문에 정치적 기획에는 구체적 현실상황에 근거한 합리적 전략이 반드시 필요하다.

소설과 정치의 또 다른 차이는 소설에서는 주체화의 기획보다는 타자의 삶이 주로 그려진다는 점이다. 소설은 미자각 상태의 주인공이 타자의 위치를 깨닫는 과정, 그리고 상처와 사건을 경험하며 주체로 전환되는 과정을 그린다. 그러나 대부분 주체로 전환되는 순간 소설은 황급히 끝난다. 소설은 고통스런 타자의 여행이며, (주체로의) 길이 시작될 때 여행이 끝나는 양식인 것이다.

물론 진보적 소설의 경우에는 주체화의 과정이 중요하게 그려진다. 진보적 소설과 정치는 둘 다 물질적 삶 속에서의 사건을 통해 타자가 주체로 전환되는 과정을 기획한다. 물질적 삶은 합리적으로 파악할 수 있는 부분과 그 잔여물(실재계)로 이루어져 있다. 정치적 기획에서는 합리적으로 파악할 수 있는 부분에 대한 정밀한 전략이 필요하다 그러나 그와 함께 사회적 균열 부분에서 실재계 쪽으로 구멍을 내야 한다. 앞서 살폈듯이 사건(구멍)은 이미 침묵 속에서 시작된 동요 속에서만 일어난다. 정치적 기획은 합리적 전략과 함께 그런 사건을 생성시킬 동요를 증폭시켜야 한다. 그럴 때 사람들이 상실된 것에 대한 열망으로 실재계(대상 a)에 접촉하는 (사건의) 순간, 기존의 사회에 동요가 일어나며 변화가 시작될 것이다. 이 지점이 바로 역사적 변혁이 발생하는 순간일 것이다. 그것은 또한 새로운 주체가 생성되는 순간이기도 하다.

따라서 정치적 기획에서도 소설에서처럼 두 가지 전략이 필요하다. 즉 윤리적 사건을 통해 사람들을 결집시키는 한편, 습관적 세계를 충격적으로 뒤흔드는 도전적인 서사가 필요한 것이다. 그것을 통해서만 새로운 삶을 향해 나아가는 주체들이 나타나게 될 것이다.

누가 역사적 주체인가. 이 질문에 대한 대답 역시 그런 서사적 과정과 연관이 있을 것이다. '누가 주체인가'는 이미 '누가 타자인가'라는 질문을 내포하고 있다. 타자(권력의 타자)만이 서사적 사건 속에서 역사적 주체가 될 수 있기 때문이다. 또한 타자만이 사람들을 결집시키고 일상세계를 동요시킬 것이기 때문이다.

민족적 주체의 담론은 아직도 유효한가. 이 질문 역시 지금 민족이 타자화되어 있는가와 연관이 있다. 또한 민족 문제가 (진정한 삶을 열망하는) 사람들을 열광시킬 수 있는가, 그와 관계된 사건이 사회를 뒤흔드는 힘이 있는가와 연관이 있다.

이 사회의 타자는 누구인가. 권력은 그들을 어떤 방식으로 지배하는가. 우리는 과연 무엇을 잃어버렸고 어떤 것을 욕망하는가. 주체에 대한 물음은 이 선행하는 질문들로부터 시작되어야 한다.

우리의 경우 1988년을 기점으로 많은 것이 달라진다. 예컨대 197,80년대와는 달리 이제 노동운동은 사람들의 폭발적인 관심을 끌지 못한다. 이는 비단 만연된 정치적 회의주의 때문만은 아니다. 어찌 보면 정치적 무관심 자체가 우리의 '정치적 무의식'을 거세시킨 권력의 전략일 것이다. 지금도 예전과 동일한 자본과 권력이 작용하지만 이제 그들은 얼굴을 보여주지 않는 방식을 취하고 있다. 그 대신 부르주아적 욕망을 확산시켜 사람들이 스스로 주체성의 소망을 잠재우게 한다.

이것이 바로 무의식을 지배하는 후기자본주의의 전략이다. 무의식을 지배한다는 것은 욕망과 감정을 장악한다는 뜻이다. 전에는 노동자들에 대한 비인간적인 처우를 보여주는 것만으로도 사람들을 분노하게 할 수 있었다. 그러나 사회 곳곳에 자본이 만든 매혹적인 욕망의 이미지들이 넘쳐나는 지금은 사정이 달라졌다. 이제는 부르주아적 욕망과는 다른 욕망, 다른 감정(사랑)을 보여주어 사람들을 감동시켜야 한다. 이처럼 윤리적인 문제는 이제 욕망의 문제가 되었다.

그 점은 정치적인 문제에 있어서도 마찬가지이다. 제3세계적 문제는 여전히 극복되지 않았으며 양극화로 인한 서민들의 고통은 계속된다. 그 점에서 민족과 민중의 문제는 아직도 더없이 중요하다. 그럼에도 민족·민중 운동이 예전처럼 관심을 끌지 못하는 것은 자본과 권력이 사회적 균열을 환상적인 이미지와 서사로 메우는 데 성공하고 있기 때문이다. 이제 강탈당한 것은 경제만이 아니며 핵심적인 것은 민중들의 윤리이다. 부르주아적 욕망이 민중들의 사랑을 대신 하듯이 유사 정의와 진리가 빼앗긴 윤리를 대신하고 있다.

민중들의 사랑과 윤리란 결국 잃어버린 것을 되찾으려는 실재계적 대상(대상 a)에 대한 욕망이다. 그런데 지금은 그것을 대신해서 가짜 욕망과 유사 정의가 우리를 유혹하고 있다. 신데렐라 드라마, 섹시한 연예인, 슈퍼 히어로, 해적과의 무용담 등이 그것이다. 따라서 우리는 '욕망이란 무엇인가'라는 질문을 다시 해야 한다. 그리고 그와 연관해 '정의란 무엇인가'를 재차 질문해야 한다. 이제 제국주의나 자본과 싸우는 것만큼이나 우리는 아메리칸 히어로와 신데렐라의 이미지와 대결해야 하는 것이다. 그처럼 제3세계적 문제나 양극화 같은 정치적인 문제는 문화나 욕망의 문제와 겹쳐진다.

자본과 권력은 아무 일도 없다는 듯이 사람들을 무관심과 회의주의(주체의 죽음)로 이끌기 위해 환상과 유사대상의 스크린을 연출하고 있다. 그런 이미지와 스크린을 해체하기 위해서는『웰컴 투 동막골』이나『괴물』에서처럼 일상에 구멍을 내는 사건을 통해 사람들을 다시 열광시켜야 한다. 그래서 다른 정의와 다른 사랑이 있다는 것을 보여주어야 한다,

이미지와 무의식, 욕망이 전쟁터가 되었다는 것은 개인의 내밀한 영역이 중요해졌다는 뜻이다. 개인의 영역이 중요해진 또 다른 이유는 자본의 확산으로 사회의 모든 영역이 예속화된 점과 연관이 있다. 즉 전사회의 공장화에 따라 공장 노동자 뿐만 아니라 비물질적·지적·감정적 노동자들이 새롭게 출현했다. 더욱이 IMF 이후에는 양극화로 인해 비정규직 노동자, 파산자, 청년실업자, 노숙자[22] 같은 새로운 타자들이 등장했다. 이 같은 다양한 타자들의 출현은 집단적 영역보다는 개별적·개인적 영역에서 해방의 욕망이 나타나게 했다.

이런 변화는 사회운동의 변화를 요구한다. 이제 사람들은 자신의 개인적 영역을 희생함이 없이 공통의 언어로 결집되길 원하게 되었다. 결코 희생할 수 없는 그런 개인적, 실재계적 영역이 바로 **특이성**이다.

흔히 말하는 소수자란 특이성의 집합적 개념이다. 그런데 소수자는 물론이고 특이성 역시 공통의 소통과 대립되는 개념이 아니다. 특이성의 역설은 무의식처럼 타인과의 관계를 전제로 생성된다는 점이다. 개인의 특이성이란 그 자체로는 공통적일 수 없는 무의식, 욕망, 감정 등을 말한다. 그러나 특이성의 핵심요소 무의식이란 타자성의 다른 이름이

---

22 이주노동자도 여기에 포함할 수 있으며 이는 네그리의 다중의 개념에 더 가깝다.

다. 무의식이 위축된 자아란 타자와 관계하지 않는 자기중심주의일 뿐이다. 타자와 교섭할 때만 비로소 무의식과 특이성이 생성되는 것이다.

그처럼 해방된 욕망과 감정이란 그 자체가 타자와의 교섭의 산물일 뿐더러 실제로 타인과 소통하지 않는 한 별 의미가 없다. 예컨대 타인과 소통하지 않는 나르시시즘적 인물은 자신의 욕망과 특이성 역시 유폐되어 있다. 물론 그것은 가짜 욕망에 예속된 사회 때문이다. 그런 사회로부터 해방되려면 타인과의 소통과 교섭을 통해 특이성을 해방시키는 네트워크를 만들어야 한다.

그 점에서 개인의 영역에서의 해방이란 소통 자체에 대한 해방이기도 하다. 무의식을 예속화하는 스펙터클 장치나 새로운 감정 노동이란 결국 소통의 상품화에 다름이 아니다.[23] 소통의 상품화는 개인을 타인의 욕망을 비추는 거울로 만든다. '나르시시즘적 자아'란 그런 상품사회의 산물이다. 나르시시즘적 자아는 진짜 나를 감추고 상품화된 나를 연출한다. 그 인격의 상품화에서 벗어나려는 충동은 특이성의 해방과 공통의 소통을 욕망하게 한다.

새로운 미시권력은 자본의 확산이므로 그에 대한 해방은 여전히 자본의 타자인 민중의 해방이어야 한다. 그러나 특이성의 해방을 전제로 하지 않는 한 민중적 집합은 결집력을 지니지 못한다. 그러면 민중과 특이성은 어떻게 연계될 수 있을까.

특이성은 개체이지만 라이프니츠의 모나드처럼 그 자체 속에 복수성을 지니고 있다.[24] 즉 특이성과 모나드는 하나인 동시에 복수성이다.

---

23 기 드보르, 이경숙 역, 『스펙타클의 사회』, 현실문화연구, 1996; 빠올로 비르노, 김상운 역, 『다중』, 갈무리, 2004, 102쪽.
24 특이성은 라이프니츠의 형이상학적 모나드를 유물론적으로 전복시킨 것이라고 할 수 있다. 또한 특이성은 현실 내부가 아니라 외부를 지향하는 운동 속에서 울림이 가능하다. 그처럼 외부의 해방공간을 향한 운동이라는 점에서 특이성의 욕망은 바흐친의 대화와 구분

물론 라이프니츠의 모나드는 미리부터 특이성의 주름들이 접혀져 있다. 반면에 현대의 특이성은 타자를 내면에 받아들임으로써 주름 같은 복수성이 형성된다. 이 경우의 복수성이란 나의 내면에 들어온 타자들이다. 특이성은 누구와도 중복될 수 없는 개체이지만, 내부의 복수성(타자들)이 고양되며 외부의 타인들과의 울림[25]으로 교감하게 된다. 바로 그 타인과의 울림의 순간이야말로 특이성이 실현되는 순간이다. 가령 **바흐친의 대화**나 **타자성의 사랑**(레비나스)이 그와 비슷한 경우라고 할 수 있다.

타자성의 사랑은 내 안에 들어온 타자와 교섭하는 방식으로서, 서로의 이질성을 인정하는 동시에 (내부요소이면서 외부요소인) 타자와의 교감을 통해 자아의 상승을 경험한다. 특이성의 운동 역시 마찬가지이다. 새로운 운동은 특이성의 해방을 욕망(미시)하면서 울림을 통해 민중적 연대(거시)를 이룰 때 진정한 해방에 이를 수 있다. 역설적으로 특이성의 해방은 교섭(울림)을 통해 연대를 이룰 때만 실현될 수 있다. 이것이 바로 개인(특이성)을 희생시키지 않고 공통의 언어(울림, 사랑)로 소통하는 방식이다.[26] 그처럼 미시전략과 거시정치학의 결합이 필요한 것은 자본 자신이 미시전략을 통해 거대 권력을 행사하기 때문이다.

특이성과 집합성의 관계는 민족담론의 경우에도 마찬가지이다. 예전에는 민족 자체가 구심점을 지니거나 민중을 통해 민족의 해방을 주장했다. 예컨대 「고향」에서 '나'는 민중적 인물을 통해 조선의 얼굴을

된다.
25 여기서의 울림은 내부적인 것인 동시에 외부적이다.
26 라이프니츠는 신에 의해 울림이 가능한 것으로 말했지만 신이 부재한 시대에는 서로의 실재계적 욕망에 연관된 공통의 주제를 찾는 것이 중요하다. 촛불시위의 경우에는 문화적 자긍심이라고 할 수 있는데 그것은 개인의 특이성의 한 요소로서 무의식 속에 잔존하는 실재계적 요소라고 할 수 있다.

발견하며 해방을 소망하게 된다. 민족은 다양한 개인들로 구성되지만 식민지 시대에는 그처럼 민중이 민족을 대표할 수 있었다. 그것은 민중이 민족의 대다수를 이루었고 그들이 식민지 자본주의의 타자였기 때문이다. 그러나 오늘날에는 민족이 민중으로 수렴되지 않는다. 특이성을 주장하는 개인들이 민족의 구성원이며, 그들이 해방을 욕망하며 울림을 통해 민족을 이룰 때 민족담론이 빛을 발하게 된다. 아마도 촛불집회가 그 대표적인 예일 것이다. 촛불집회는 예전의 민족운동 같은 구심적인 연대가 아니다. 촛불집회는 복수적인 특이성의 주장이었으며 그 목소리들이 울림을 통해 민족을 이루었던 것이다. 여기서 촛불의 스펙터클은 소통을 상품화하는 스펙터클을 역전시킨 **해방된 소통의 표현**에 다름이 아니다.[27]

특이성을 주장하는 집합적 연대를 흔히 다중이라고 한다. 네그리의 제국이론으로 인해 다중은 민족담론을 폐기하는 것으로 비쳐지기도 한다.[28] 그러나 촛불시위나 사파티스타 민족해방군에서 보듯이 다중은 민족이나 인종의 문제를 간과하지 않는다. 또한 다중은 부르주아를 포함한 모든 구성원이 아닌 **사회적 노동자**들로서 대체로 민중적 집합[29]으로 볼 수 있다. 다만 민중이라는 말을 사용하지 않는 것은 민중이 빈번히 구심적 개념을 포함하기 때문이다.

특이성은 개체의 차원뿐만 아니라 소집합적 차원도 갖고 있다. 예컨대 오늘날은 민족, 성, 자연(생태학)의 차원에서도 특이성이 주장된다. 이제 민족담론, 여성운동, 생태학은 계급담론에 수렴되지 않고 독자성을 요구하며 연계를 모색한다. 새로운 다중적 연대는 물질적 삶의 복수성

---

27 그런 해방의 소망을 표현함으로써 현실을 변화시켜나가는 것이 다중의 기획이라고 할 수 있다.
28 하정일, 『탈근대의 미학』, 소명출판, 2008, 68~73쪽.
29 네그리는 새로운 프롤레타리아트라고 말하고 있다.

에 근거한 다양한 운동들의 접합으로 실현될 것이다. 그런 복수적 운동들을 연계시키는 원리는 계급이나 **민족** 같은 거대기표가 아니라 **윤리**와 **사랑의 역능**(힘)이다.

물론 기존의 노동운동이나 민족운동은 여전히 중요하다. 네그리는 전적으로 새로운 차원의 운동을 말하고 있지만 이는 '제국'의 전지구적 네트워크에 대한 그의 지나친 진단에 의한 것이다. 불균등 결합 발전에 의해 세계는 이직도 '암흑의 심부'인 곳이 많으며[30] 우리 역시 여전히 제3세계적 요소를 갖고 있다. 전지구화에 의한 이주민과 난민 못지않게 제국주의와 자본에 의한 민족과 민중의 문제가 잔존하고 있는 것이다.

다만 과거와는 달리 다양한 사회운동들의 연대와 함께 민족·민중 운동의 다중과의 접합이 긴요하다 할 수 있다. 그것은 후기자본주의에 의해 자본과 권력의 타자들이 익명의 개인들로 확산되었기 때문이다. 이제 다양한 연대를 모색하지 않는 한 어떤 사회운동도 모든 사람의 관심을 끌지 못할 것이다. 복수적 사회운동들은 '공통의 울림'를 찾는 데 노력해야 하며 그 점은 새로운 다중의 운동 역시 마찬가지이다. 공통의 울림이란 모든 사회운동이 공유하는 **윤리**와 **사랑의 역능**일 것이다.

비록 아직 충분히 구체화되진 않았지만 다중은 결코 가상적인 비현실적 개념이 아니다. 한 예로 우리 소설 중에도 다중의 상상력이 아주 리얼하게 표현된 소설이 있다. 바로 박민규의 「아, 하세요 펠리컨」이다. 이 소설에서 오리배 유원지에 찾아오는 '세상의 외곽'에서 살아가는 사람들은 그 이전의 민중들과는 조금 다르다. 전사회가 디즈니랜드화된 후기자본주의 사회에서 그들의 타자로서의 모습은 오히려 초라한 유원지에서 나타난다. '불쌍한' 유원지에 오는 파산자, 이주 노동자, 주부,

---

30 갤리니코스 외, 김정한·안중철 역, 『제국이라는 유령』, 이매진, 2007, 235쪽.

실직자들은 IMF 이후의 양극화 속에서 나타난 타자들이다. 사회적 양극화는 중산층을 무너뜨린 대신 다양한 익명의 사람들을 타자로 만든 것이다. 그 후기자본주의의 '보프피플'로서, '즐거워서가 아니라 즐겁지 않아서' 배를 타는 '저렴한 인생들'이 바로 다중이다.

이 소설에서 다중의 해방을 위한 상상력은 오리배 세계시민연합으로 나타난다. 오리배 시민연합은 자살한 파산자의 오리배가 환상 속에서 귀환한 것이다. 즉 다중의 상상력을 통해 자유롭게 유목하는 이주노동자들의 새로운 연대의 소망이 표현된 것이다.

다만 그들의 아름다운 화음에도 불구하고 실제의 삶은 아직 자본의 그늘 속에 있다. 이점은 다중의 해방이 아직은 미래형임을 암시한다. 후일에 오리배에 오른 유원지 사장이 주둥이가 늘어진 펠리컨으로 돌아오는 모습 역시 현실의 무거움을 실감하게 한다. 다중은 전사회적·지구적 자본주의의 시대에 아직도 실험중인 주체의 형식인 것이다.

네그리는 다중의 운동을 다소 낙관적으로 판단한다. 그는 생체권력의 시대에 자본은 타자들의 창조적 역량에 기생한다고 말하며, 새로운 주체로서 다중의 유동성과 소통의 능력을 높이 평가한다. 그러나 그런 창조적 역량은 다중의 잠재력일 뿐 현실에서는 어느 때보다도 모든 영역이 자본의 미시권력에 예속화되어 있다. 따라서 다중의 창조력을 이끌어내기 위해서는 자본에 의해 점령되지 않은 다른 공간을 찾는 것이 필요하다.

그처럼 아직 자본에 의해 예속되지 않은 대표적인 가상공간이 바로 인터넷이다. 현실에서는 자본의 외부가 없으며 이것이 사회운동이 전처럼 폭발적이지 못한 이유이다. 반면에 인터넷은 후기자본주의 시대의 익명의 개인들(타자들)이 소통을 통해 다중으로 생성되는 가장 중요한 공간이다. 인터넷 공간은 오프라인에서와는 달리 아직 권력에 의해 완전히 장악되지 않은 채 남아 있다. 또한 인터넷은 예전의 구어나 문자 (책) 매체와는 다른 제3의 미디어이다. 인터넷은 책처럼 개인의 자유를 제공하는 동시에 구어처럼 즉각적인 상호적 소통이 가능하다. 그 때문에 인터넷은 개인의 특이성을 주장하는 동시에 연대를 통해 집합적 힘을 발휘하는 다중 개념에 상응하는 매체이다. 사파티스타에서 촛불집회에 이르기까지, 다중적 연대에 인터넷이 가장 큰 영향을 끼친 것은 결코 우연이 아니다.

아직 잉여공간(틈새)으로 남아 있는 인터넷은 자본의 타자들을 다중이라는 주체로 만드는 사건이 일어날 수 있는 곳이다. 그런 창조적이고 새로운 소통을 통해 자본의 일상에 구멍이 생기는 순간 다중은 광장(또 다른 틈새)에서 연대의 힘을 발휘할 수 있다(또 다른 사건). 이런 식의 연대가 전과 다른 것은, 어떤 강력한 구심력 대신 틈새에서 익명의 개인들에 의해 우발적 균열과 구멍들이 만들어지며 광장이 부활한다는 점이다.

다중의 생성에 영향을 끼치는 또 다른 매체는 문화적 가상공간이다. 영화, TV, 그리고 소설은 잠재적인 익명의 타자들의 창조적 능력을 점화시키는 사건을 연출할 수 있다. 〈웰컴 투 동막골〉, 〈PD수첩〉, 「아, 하세요 펠리컨」은 다양한 개인들에게 다중적 해방의 무의식을 고양시킨다.

다중은 분자적 · 국지적 운동의 중요성을 알려준다. 전과 달리 아무도 말하지 않아도 미시적 동요가 한 순간에 수직적으로 상승해 권력에 저항하는 운동으로 발전할 수 있다. 모든 곳이 자본화된 사회에서는 도처에서 우발적인 저항이 생성될 있으며 우발성과 국지성은 오히려 새로운 운동의 장점이다. 다만 예전과 달리 조직적인 운동의 강도와 지속성이 부족하다는 문제점이 있다.

과거의 조직적 운동의 한계는 명확하다. 즉 조직적인 운동은 강력한 기획력을 지니지만 다양한 개인들의 관심을 끄는 데 한계가 있다. 더욱이 사회 전체가 분자적인 흐름이 강화된 시대에는 한결 더 그렇다고 할 수 있다. 반면에 다중의 운동은 자발적인 참여를 기대할 수 있지만 조직적인 집중력이 결여되기 쉽다. 다중은 미시와 거시가 접합된 매혹적 운동이지만 강력한 기획력의 문제가 여전히 남아 있다. 조직적인 집중력과 창조적인 자발성, 이 몰적인 것과 분자적인 것의 딜레마를 어떻게 넘어설 것인가. 이 문제는 8절에서 다시 살펴볼 것이다.

6. 주체 생성과정에서의 사건과 네트워크 – 은유로서의 정치

몰적인 것과 분자적인 것의 관계를 살피기 전에 타자가 주체로 생성되는 과정을 다시 생각해 보자. 주체의 문제가 중요한 것은 주체 형성의 순간이 바로 반격의 지점이기 때문이다. 반항적 주체가 존재한다는 것은 이미 반항이 시작되었다는 뜻이다. 물론 권력과 자본 밑에서 주체를 생성시키는 것은 쉽지 않다.

비판을 위해서는 어쨌든 주체가 필요하므로 이미 완성된 주체를 앞세우는 담론들이 많다. 그 대표적인 것이 하버마스의 의사소통적인 주체이다. 하버마스는 주체중심주의에서 벗어나기 위해 주체–주체 간의 이자적 관계를 제안한다. 하버마스의 의도는 그런 이자적 관계를 통해서만 대상이 객체로 얼어붙는 것을 막을 수 있다는 것이다. 그러나 문제는 하버마스의 이자적 주체가 부르주아적 시민성을 지닌 등질적인 주체라는 점이다. 그것은 둘이지만 하나와도 같다. 이질적 타자와의 대면이 없는 점에서 거기에는 부르주아적 시민사회를 변화시킬 수 있는 동력이 부족하다.

또 다른 경우는 저항적 주체를 내세우는 경우이다. 저항적 주체란 타자의 입장에서 주체성을 주장한다는 뜻이다. 여기에는 그만큼 변화의 역동성이 넘치는 것이다. 그러나 권력의 한 복판에서 선뜻 주체를 주장할 수 있다면 이미 별다른 저항조차 필요 없을 것이다. 실상 저항을 함으로써 주체가 되는 것이지 완성된 주체를 앞세움으로써 저항이 가능해지는 것은 아닐 것이다. 다만 프로젝트의 차원에서는 주체를 상상할 수 있을 것이다. 따라서 주체를 앞세우는 것은 대부분 기획의 차원에서만 유효하다.

그렇지 않으면 완성된 주체란 또 다른 코드화된 존재일 것이다. 타자의 저항이란 탈영토화를 뜻한다. 코드화된 주체는 탈영토화하는 동시에 또 다른 영토에 코드화된다. 그 만큼 억압적일 수 있다는 뜻이다.

따라서 우리는 제3의 방법을 생각해야 한다. 즉 권력의 패권과는 별도로 주체를 상상하는 대신 그에 대응해가면서 네트워크를 형성하고 주체를 생성시키는 방식이다.[31] 이런 주체란 완성된 정신의 입자라기보다는 야생적인 **진동상태**[32]일 것이다. 이 경우 진동이 증폭되는 과정은 네트워크가 형성되는 과정과 연관된다. 주체는 아무리 저항적이라도 개인적으로는 분열된 상태에 있을 수밖에 없다.[33] 분열에서 벗어나려

---

31 강상중 · 요시미 순야, 임성모 · 김경원 역, 『세계화의 원근법』, 이산, 2004, 66쪽; 윤해동, 「식민지 근대와 공공성 : 변용하는 공공성의 지평」, 윤해동 · 황병주 편, 『식민지 공공성』, 책과함께, 2010, 46쪽 참조.
32 야생적인 이유는 권력의 코드에서 벗어나 실재계에 접촉한 상태에서 주체성을 생성해가기 때문이다.
33 분열된 주체의 앞에는 죽음충동이 기다리고 있다.

면 네트워크를 생성해야 하며 그처럼 연대의 형성과정과 주체의 생성은 연결되어 있다.

진동하는 주체는 물밑의 잠재적 네트워크 속에 있다고 할 수 있다. 루카치가 말한 총체성을 열망하는 영혼이란 그 잠재적 네트워크 속의 진동하는 주체일 것이다. 주체의 진동이 커지는 순간은 물밑의 네트워크가 고양되는 순간이다. 그 동요의 순간 네트워크가 수면 위로 솟아오를 때 주체는 집합적 형식 속에서 출현한다.

이런 주체의 진동은 진공상태가 아니라 권력의 패권과의 경합관계에서 생겨난다.[34] 일상에서의 주체는 수면 밑의 네트워크 속에 잠재한다. 그러나 한 순간 사건이 발생하면서 사람들이 동요하고 네트워크는 수면 위로 고양된다. 그 순간이 피지배자가 타자의 위치에서 주체로 전이되는 시간이다.

따라서 주체의 출현에는 사건이 중요하며 도전적 서사가 필요하다. 물론 그런 과정에서도 다양한 기획과 담론은 여전히 중요하다. 그러나 그와 함께 물밑의 네트워크의 존재 역시 핵심적이다.

이제까지 우리는 물밑의 네트워크를 간과해 왔다. 타자의 이론들은 균열을 말할 뿐 그곳에서 생성되는 잠재적 네트워크에 대해서는 침묵해왔다. 왜냐하면 그것은 눈에 잘 보이지 않는 영역에 숨겨져 있기 때문이다. 그러나 그 보이지 않는 네트워크야말로 일상에서의 항시적인 저항을 암시한다. 또한 가시적인 사회운동 역시 그 잠재적 네트워크를 전제로만 가능하다.

물밑의 네트워크는 소설이나 인터넷의 은유와 풍자를 통해 모습을 드러낸다. 그처럼 가상공간의 은유적 표현을 빌려야 모습을 나타내는 이유

---

34 윤해동, 「식민지 근대와 공공성 : 변용하는 공공성의 지평」, 『식민지 공공성』, 앞의 책, 29쪽에도 비슷한 생각이 나타나 있다.

는 표상할 수 없는 무의식과 실재계 영역에 잠재하기 때문이다. 따라서 우리는 그 보이지 않는 저항의 네트워크를 은유로서의 정치라고 부를 수 있을 것이다.

은유로서의 정치가 생성되는 이유는 균열의 틈새에서 상실된 윤리적 공동체(대상 a)에 대한 열망이 나타나기 때문이다. 루카치의 표현으로는 총체성을 열망하는 영혼이 잠재하는 것이다. 영혼을 입증하는 모험이 끝나고 길이 시작되는 순간, 그 때가 바로 사건의 순간이자 물밑의 네트워크가 고양되는 때이다. 이처럼 도전적 서사의 동요의 힘은 물밑의 네트워크를 전제로 한다.

물밑의 네트워크는 일상에 항시적으로 존재하며 끝없는 저항을 예고한다. 그러나 시기에 따라서 그 흔적조차 감지되지 않는 때도 있다. 반대로 은유적 네트워크의 방식으로 존재론적 정치학의 위력을 보여주는 시기도 있다. 그 때가 바로 식민지 시대와 후기자본주의 시대이다.

식민지 시대가 폭력적인 시대였다면 오늘날은 부드러운 시대이다. 그처럼 두 시기는 매우 다르지만 적극적인 저항을 표면화할 수 없는 점에서는 같다. 식민지 시대에는 모두가 반항하고 싶었지만 한순간도 그것을 표현할 수 없었다. 후기자본주의 시대에는 무의식 속에 반항이 잠재하고 있지만 그것을 밖으로 꺼낼 수 없는 분위기이다. 사정은 다르지만 물밑에서만 끓고 있는 저항의 욕망은 비슷하다.

두 시기에 '은유적 정치'가 중요한 것은 그 때문이다. 식민지 시대에 총독부의 외부는 없었다. 오늘날에는 자본의 외부란 없다. 그 때문에 어느 때보다 저항이 필요하면서도 저항을 할 수 없는 상황인 것이다. 그 대신에 물밑에서의 은유적 정치가 성행한다. 은유적 정치란 일상에서의 보이지 않는 저항이다. 보이지 않는 저항이 항시적인 것은 식민지 시대에는 나라를 빼앗겼기 때문이고 오늘날에는 보이지 않는 권력에 대응하기 위해서이다.

그런데 물밑의 저항이라고 해서 그것이 별 의미가 없는 것은 아니다. 식민지 시대의 물밑의 저항은 '네이션'의 요구였으며 그것은 조선인의 존재의 증명이었다. 그 점에서 그 일상의 정치는 격렬한 민족운동 못지않게 중요했다. 실상 3 · 1운동이 일어난 것도 물밑의 네트워크가 형성되었기 때문일 것이다.

오늘날의 하위정치는 전사회적 자본주의에 맞서는 사랑과 윤리의 증명이다. 그 '인간의 증명'은 인터넷을 통해 급속도로 확산된다. 그리고 촛불집회 등으로 이어진다.

은유로서의 정치를 확인해주는 것은 소설과 인터넷이다. 그 가상공간을 통해 '보이지 않는 저항'이 은유와 풍자로 '보여지기에' 우리가 은유적 정치라고 부르는 것이다. 그런 하위정치의 메커니즘은 식민지 시대와 오늘날 기묘하게도 닮았다.

특정한 집단이 아닌 모든 타자들이 참여하는 점에서도 두 시기의 하위정치는 비슷하다. 물밑의 타자들은 모두 해방된 공동체(대상 a)를 열망한다. 양자의 차이는 정치적 리비도가 집중되는 표상이 다르다는 점이다. 식민지 시대에는 네이션이었다. 그 이유는 잃어버린 것이 네이션이었기 때문이다.[35] 오늘날은 다중이다. 잃어버린 것이 '모든 것'이기 때문이다.

물론 '은유로서의 네이션'과 '다중의 네트워크'가 열망하는 것은 다르지 않다. 그것은 잃어버린 윤리적 공동체(대상 a)이다. 권력의 외부가 없다고 절망하는 사람들에게 이 도전적인 은유적 정치는 하나의 희망이다. 하지만 오늘날 하위정치의 성행은 부드러운 시대인 지금도 살벌

---

35 네이션을 상실했다기보다는 국가를 잃어버림으로써 네이션이 위기에 처했다고 할 수 있다.

했던 식민지 시대와 별 차이가 없다는 슬픈 반증이기도 하다.

7. 은유로서의 네이션과 윤리적 네트워크
─라클라우의 헤게모니론을 넘어서

이제까지 우리는 잃어버린 윤리적 공동체에 대한 열망을 도전적 서사의 추동력으로 설명했다. 그것은 핵심적 표상이 네이션이든 다중이든 마찬가지이다. 또한 물밑이든 지상이든 다르지 않다.

네이션, 민중, 다중은 리비도가 집중되는 표상(이름)이지 그것의 원인이나 대상이 아니다. 리비도의 원인이자 대상은 해방된 윤리적 공동체(대상 a)[36]이다. 네이션이나 민중은 그 표상할 수 없는 **해방된 공동체**를 환유적으로 표상해준다. 그처럼 표상 불가능한 것을 대신하는 점에서 그것들은 텅 빈 기표와도 같다. 그 추상적 기표는 '아리랑'(「고향」), '낙동강 젖꼭지'(「낙동강」), '촛불' 등의 은유를 통해 구체적인 이미지로 표현될 수 있다. 또한 '부분적' 기표인 네이션/민중은 해방된 공동체, 그 부재하는 '총체성'을 향해 **환유적**으로 확산된다.

네이션/민중과 해방된 공동체의 환유적 관계는 프로이트-라캉의 부분대상의 논리로 설명할 수 있다. 부분대상의 개념이 필요한 것은 해방된 공동체란 표상할 수 없는 실재계적 대상 a이기 때문이다. 즉 일상의 현실(상징계)에는 해방된 공동체를 표상할 수 있는 대상이 존재하지 않

---

36 이는 가라타니가 어소시에이션이라고 부른 것과 비슷하다.

는다. 그 대신 상징계에 진입할 때 잃어버린 것이 부분대상으로서 대상 a를 표상한다. 그 이유는 우리가 잃어버린 것에 리비도가 집중되기 때문이다. 라캉은 젖가슴으로 은유되는 것을 대상 a의 부분대상으로 말한다. 그와 마찬가지로 우리는 '낙동강 젖꼭지'로 은유되는 네이션/민중이 해방된 공동체의 환유적 부분대상이라고 말할 수 있다.

이 우리의 부분대상의 논리는 라클라우의 헤게모니론과 거의 유사하다. 그러나 우리는 헤게모니론으로는 해방된 사회를 열망하는 주체를 충분히 설명할 수 없다고 생각한다. 그 이유는 무엇인가. 라클라우와 우리의 차이는 어디에 있는가.

라클라우의 헤게모니론은 역사적 주체가 총체성을 표상할 수 없도록 가변성과 틈새가 생긴 현실에 대처하기 위한 것이다. 예전에는 프롤레타리아가 총체성을 실현하는 역사의 주체가 될 수 있었다. 그러나 지금은 역사적 행위자들 사이에 넓은 진폭이 있을 뿐 아니라 총체성의 실현 과정에서 가변성이 생겨났다.[37] 이제 역사적 필연성은 파열되었다. 그리고 역사적 주체는 총체화할 수 없게 해체되었다.

라클라우는 총체성이라는 역사적 목표의 자리에 부재하는 총체성, 즉 표상 불가능한 대상 a를 놓는다. 그리고 통일된 역사적 주체 대신 대상 a의 부분대상을 말한다.[38] 라클라우의 경우 부분대상이란 민중이다. 민중은 총체성의 한 부분이므로 다양한 행위자들을 결집시킬 뿐 결코 그것들에 개입하지 않는다. 그러면서도 각 사회운동들을 연결시킬 수 있는 것은 부분대상의 논리에 의해서이다. 민중이 부분대상이라는 것은 민중의 표상(이름)에 리비도가 집중된다는 뜻이다. 민중은 다른 행위자들을 존중하면서도 부분대상의 논리로 그들이 스스로 에너지를 결

---

37 라클라우·무페, 김성기 외 역, 『사회변혁과 헤게모니』, 터, 1990, 17~18쪽.
38 라클라우, 강수영 역, 「민중주의적 이성에 관하여」, 『전쟁은 없다』, 인간사랑, 2011, 39~89쪽.

집시키도록 움직일 수 있는 것이다. 이때 민중은 각 사회운동들의 자율성을 보장하며 그 운동들을 중층결정적으로 접합시킨다. 이것이 라클라우의 헤게모니 이론이다.

라클라우의 헤게모니론에는 강제적인 중심이 없다. 민중이란 텅 빈 기표이며 기의들을 끝없이 증식시키는 일종의 상징이기 때문이다. 중층결정의 진폭은 계속 증대될 수 있지만 그 의미들은 상징적 사건 아래 모인다. 이때 운동의 통일성이란 각 운동의 상이한 벡터들이 자발적으로 에너지를 집중하는 '창조'의 과정이다. 이렇게 해서 다양한 주체 위치들 간의 중층결정의 게임을 통해 총체성이 부재원인으로 재등장한다.[39]

라클라우의 장점은 총체적 혁명과 점진적 개혁이라는 양극의 대안을 제시하는 데 있다.[40] 대상 a의 논리는 총체성에 접근하면서 끝없이 현실을 변화시키는 과정을 암시한다. 대상 a란 부재원인으로서의 총체성이다. 그 표상 불가능한 것에 접근하기 위해서는 현실(상징계)을 끊임없이 변화시켜야 한다. 이처럼 현실을 계속 변화시키면서 불가능한 총체적 변혁을 포기하지 않는 것이다.

그러나 라클라우의 헤게모니론은 다양한 가변적 행위자들을 충분히 포괄하지 못한다. 라클라우의 헤게모니란 불가능한 총체성을 대신하는 부분대상의 논리이다. 그런데 역사적 현실에서는 정신분석학에서와는 달리 부분대상이 흔히 복합적으로 나타난다. 식민지를 경험한 우리의 현실에서는 더욱 더 그렇다고 할 수 있다.

식민지 시대에 총체성을 환유하는 부분대상은 네이션이었다. 식민지적 근대화의 과정에서 네이션이 상처를 입었기 때문이다. 그러나 그 시기에 해방된 공동체를 소망하는 역사적 행위자는 단순하지 않았다.

---

39 라클라우·무페, 『사회변혁과 헤게모니』, 앞의 책, 151쪽.
40 라클라우, 「민중주의적 이성에 관하여」, 『전쟁은 없다』, 앞의 책, 44쪽.

네이션의 네트워크를 이루는 서발턴으로서의 민중 이외에 사회주의에 의한 프롤레타리아로서의 민중이 출현했기 때문이다. 양자 중 어떤 한쪽만이 부분대상이라고 할 수 없으며 하나의 헤게모니 아래 통일될 수 없었다. 우리의 사회구조가 중층적이었듯이 부분대상 역시 복수적이었던 것이다.

헤게모니 논리를 내세울 때 그 둘의 결합은 요원했다. 그렇다고 양자가 연계할 수 없었던 것은 아니다. 예컨대 신간회는 민족운동과 사회주의 운동의 연대를 보여준다. 그 둘을 접합시킨 것은 헤게모니가 아니라 대화(바흐친)와 울림(라이프니츠)의 방식이었다. 계보학적으로 다른 복수적 부분대상들을 접합시켜 대화와 울림이 가능했던 것은, 그들의 운동의 벡터가 모두 대상 a(해방된 공동체)에 대한 열망이었기 때문이다. 즉 민족운동과 사회주의 운동은 같은 벡터의 굴절된 표현들이었던 것이다. 라캉은 대상 a에 대한 순수욕망을 윤리라고 말했는데, 우리는 그를 따라 그 벡터를 연대 원리로서의 **윤리적 네트워크**라고 말할 수 있다.

라클라우는 대상 a의 논리를 부분대상을 통해 헤게모니론을 도출하는 데만 사용한다. 그러나 대상 a에 대한 순수욕망은 또한 윤리적 벡터를 의미한다. 헤게모니는 상징계 차원에서 이질적인 운동의 벡터들을 결합하는 원리이다. 반면에 윤리적 순수욕망은 실재계 차원의 벡터이며 모든 이질적 운동들의 공통분모이다. 따라서 헤게모니론은 운동의 다양성이 증폭될수록 곤란을 겪지만, 윤리적 네트워크는 이질적 운동들을 (대화와 울림을 통해) 자연스럽게 접합시킬 수 있다.

이런 차이는 오늘날의 후기자본주의 시대에 더욱 분명히 드러난다. 후기자본주의란 전사회와 전인격성이 자본화된 시대이다. 식민지 시대에는 국가를 상실했기에 정치적 리비도가 네이션에 집중되었다. 부분대상은 복수적이었지만 네이션이 여전히 중요 영역이었다. 그처럼 부분대상이란 상징계에서 잃어버린 영역에서 나타난다. 그런데 오늘날은 전인격성을 상실했으므로 집합적 상징으로서 부분대상을 말하기 어렵게 되었다. 이처럼 더이상 부분대상의 논리를 사용하기 힘든 시점에서 나타난 개념이 바로 다중이다.

상실된 것이 인격성이므로 다중은 계급의 해방이 아니라 특이성[41]의 해방을 요구한다. 물론 다중의 시대에도 타자의 위치가 중요하다. 그러나 일일이 열거할 수 없는 다양한 계급과 계층의 특이성의 해방을 요구하는 것이 다중이다.

예컨대 「랍스터를 먹는 시간」, 『나마스테』, 『방가방가』, 「아, 하세요 펠리컨」에는 파산자, 실업자, 주부, 외국인 노동자들이 나온다. 이들은 결코 기존의 민족이나 민중의 개념으로 포괄될 수 없다. 이들에게 헤게모니의 논리를 적용시키는 것은 타당하지 않다. 이 다양한 사람들의 공통점은 지구적 자본주의 시대에 인격성의 영역을 위협받고 있다는 것이다. 이처럼 이질적이면서도 잃어버린 것이 같기 때문에 대상 a에 대한 열망은 공통의 영역에서 겹쳐진다. 국가를 잃은 사람의 경우 네이션이 대상 a(해방된 공동체)를 표상한다. 자본주의에 착취당한 계급은 민중적 공동체가 대상 a이다. 반면에 인격성의 모든 것을 잃은 사람들은 특이성(차이)과 인격의 회복 그 자체가 핵심적이다. 특이성의 회복이란 대상 a에 대한 순수욕망, 윤리적 소망 바로 그것이다. 여기서는 부분대상, 즉 민족/민중이라는 표상(기표)의 매개나 헤게모니는 큰 의미가 없다. 전면적으로 자본주의화된 시대에는 부분(부분대상)의 매개 없이 윤리를 근거로 직접 전면적인 저항이 시작되는 것이다.

따라서 다중의 운동에서는 윤리적 역능의 증대가 중요하다. 네그리

---

41 특이성이란 동일성으로 환원될 수 없는 차이를 지닌 주체를 말한다. 안토니오 네그리·마이클 하트, 조정환·정남영·서창현 역, 『다중』, 세종서적, 2008, 135쪽.

는 다중이란 특이성과 공통성의 동학이라고 말한다.[42] 특이성은 공통성을 토대로 상호작용하는 것이며, 그런 상호성 속에서 공통성이 증대된다. 여기서 공통성이란 윤리적 네트워크에 다름이 아니다. 윤리란 순수욕망이자 대화적 울림이다. 그것은 상징계를 넘쳐흐르는 잉여이며[43] 잃어버린 것(전통, 차이, 인격성)이 미래를 여는 시간 속에 다시 나타나는 것이다.

자본의 외부가 없는 시대에는 민족이나 민중의 특정한 사회운동은 활력을 잃는다. 그 대신 물밑의 하위정치가 활성화되는데 그 중 중요한 것이 다중의 잠재적 네트워크이다. 다중의 특징은 물밑의 네트워크가 순식간에 표면화되는 유동성과 우발성이다. 이것이 매끄러운 권력에 대응하는 매끄러운 저항의 속성이다. 이는 계획과 전략보다는 수행성이 강조되는 운동의 특징이다.

반면에 다중의 한계는 의도적인 기획적 측면이 약화되었다는 점이다. 라클라우가 다양한 운동들의 진폭을 강조하면서도 헤게모니론을 고수하는 것은 기획의 측면을 중시하기 때문이다. 기획이란 상징계 차원의 다양한 벡터들을 통합하고 실천하려는 현실적인 전략이다. 이는 다중에 보완되어야할 요소이기도 하다.

우리는 6,7절에서 현실적 전략 대신 주로 수행적 차원의 문제를 검토했다. 이제 다시 '기획'과 '수행'의 관계에 대해 생각해 보자. 그것을 위해서는 몰적인 것과 분자적인 것, 그리고 그동안 잊고 있던 대서사의 문제를 다시 검토해야 한다.

---

42 안토니오 네그리 · 마이클 하트, 위의 책, 245쪽.
43 안토니오 네그리 · 마이클 하트, 위의 책, 261~262쪽.

8. 대서사의 기획적 차원과 수행적 차원
— 유령의 도발과 이론의 자기갱신

우리 시대는 몰적인 것과 분자적인 것의 결합이 필요하면서도 분자적인 것이 중요해진 시대이다. 이는 다른 말로 수행성이 중시되는 시대라고 해도 좋을 것이다. 그 이유는 자본 자신이 분자적 방식으로 몰적 권력을 '수행'하기 때문이다.

거시적 차원에서 몰적인 것을 기획하는 담론이 바로 대서사이다. 대서사는 기획적 차원을 중시하는 담론이다. 리오타르는 그런 대서사에 대한 불신이 미시담론의 공간인 포스트모던이라고 말한다. 그러나 대서사에는 지배담론에서부터 저항담론에 이르기까지 다양한 종류가 있으며 반드시 미시서사(그리고 수행성)와 대립되는 것만은 아니다. 또한 오늘날은 대서사가 사라진 것이 아니라 보이지 않는 차원으로 이동해 있을 뿐이다.

대서사에는 두 가지 종류가 있다. 하나는 과학을 정당화하기 위한 담론으로서 이성적 사유에 근거를 둔다. 다른 하나는 물질적 삶의 운동을 입증하기 위한 담론으로서 서사적 사유에 근거한다. 전자의 대표가 계몽담론이라면 후자의 예는 마르크스주의이다.

전자는 외견상 서사형식을 지니지만 실상은 과학적·이성적 사고를 인간의 삶의 영역에 적용시키는 담론이다. 여기서의 진리는 담론이 지시대상과 부합하는가의 문제이다. 지시대상은 우리의 삶이지만 그것은 합리적 세계의 대상으로 존재한다. 이 경우에는 물질적 삶의 다양성과 잠재성이 간과되고 합리적으로 설정된 목표에 따라 움직이는 목적론적 서사가 나타난다. 이는 리오타르가 불신한 대서사이며, 들뢰즈가 '경직된 몰적 선분'이라고 부른 것이다. 우리는 이를 '교의적 차원'의 대서사라고 부르기로 하자.

리오타르는 따로 구분하지 않았지만 분명히 또 다른 대서사가 존재한다. 예컨대 마르크스주의처럼 합리성을 넘어선 물질적 삶의 운동에 대해 말하려는 대서사이다. 여기서는 합리성과 탈합리성의 양가성이 표현된다. 또한 실제의 삶의 운동과 사건들에 근거한 담론이 전개된다.

앞의 대서사가 우리의 삶을 합리적 세계로 환원시킨다면 이 또 다른 대서사는 물질적 삶의 역동성을 드러낸다. 전자가 로고스적 공간을 탐색한다면 후자는 수사학적·화용론적 공간에서 움직인다. 앞의 경우와 달리 뒤에서는 담론과 지시대상이 단순하게 부합하지 않는다. 역동적인 물질적 삶의 영역은 합리성만으로 파악할 수 없는 물자체(실재계)를 포함하기 때문이다.

따라서 그 미결정적인 물질적 삶에 대한 탐구는 리오타르의 비판에서 비껴서 있다. 합리성/탈합리성의 양가성, 아이러니·전복·해체의 수사학을 사용해야 하는 이 후자를 우리는 서사적 사유라고 부른 바 있다. 이 경우에는 대서사 자체에 미시영역에 대한 탐구가 포함되어 있다. 이 서사적 사유를 포함한 대서사는 포스트모던 시대에도 불신을 받을 아무런 이유가 없다. 교의적 대서사와는 달리 몰적 선과 분자적 선이 결합되고 있기 때문이다. 이 대서사는 교의적 차원을 벗어나서 **수행성**을 지향한다.

그러나 마르크스주의 역시 수행적 차원과 완전히 부합하지는 않는다. 그것은 서사를 정치경제학이라는 이론으로 접는 담론이기 때문이다. 또한 공산주의라는 장기적 프로젝트를 포함하는 메타서사이기 때문이다. 이처럼 수행적으로 **펼치는** 대신 이론으로 **접는** 담론, 그리고 미래의 프로젝트를 포함한 담론을 '기획적 차원'이라고 부르기로 하자.

수행적 차원이 일종의 공연이라면 기획적 차원은 각본이라고 할 수 있다. 아무리 정교한 대서사라도 기획적 차원과 수행적 차원의 차이에 의해 늘상 틈새가 생겨난다. 그 같은 불확정적인 틈새에서 흔히 나타나는 것이 바로 유령이다. 예컨대 '공산주의의 유령'이나 '제국이라는 유령' 같은 것이다. 유령이란 한마디로 미리 나타난 수행성의 전조이다. 수행적인 변혁적 사건이 지진이라면 유령은 불길하게 예감되는 소리 없는 진동이다. 그것은 결코 인간이 기획한 것이 아니지만 인간 주체의 진동의 한 부분이다.

유령은 그 자체로는 좀처럼 표상되지 않는 존재이다. 사람들은 그런 유령에 의해 동요되기도 하고 그것을 쫓아내야 할 것으로 비판하기도 한다. 그러나 유령은 덧없는 환영이 아니며 표상불가능한 실재계 영역을 배회하는 존재이다. 유령이 사람들에게 감지되면서도 실체가 불분명한 것은 아직 충분히 표상되지 않은 존재이기 때문이다. 마치 『햄릿』에서처럼 유령은 상징화되지 않는 잔여물이 남을 때 출현한다. 그래서 이 실재계적 유령은 수행적 차원의 미결정성을 메우며 다음번의 수행을 유도한다. 그 점에서 **유령**은 앞에서 말한 **물밑의 네트워크**를 자극하는 역할을 한다고 할 수 있다. 즉 잠잠하던 물밑이 유령에 의해 동요하기 시작하는 것이다. 유령이란 사람들에 앞서서 미리 **대상** a 부근을 서성거리는 존재이다.

따라서 유령은 푸닥거리를 하기보다는 대화를 할 필요가 있다. 왜냐하면 푸닥거리에 의해서도 결코 물밑의 동요를 잠재울 수 없기 때문이다. 유령을 잠재우기 위해 역사를 멈추거나 뒤로 가게 할 수는 없을 것이다. 그와 달리 유령과 교섭하는 역사적 공간에서의 대화란 대서사의 끝없는 해체와 자기갱신이다. 데리다는 『마르크스의 유령들』에서 새로운 인터내셔널을 위해 마르크스의 유령들에게 말을 걸어야 한다고 주장한다.

실제로 마르크스 자신이 1847~48년에 공산주의의 유령에 대해 말한 바 있다. 마르크스는 그때 유령과 현실성 사이의 경계선을 혁명을 통해 돌파해야 한다고 말했다. 이 말은 물밑의 동요를 현실화해야 한다는 뜻이다. 그러나 유럽의 열강을 위협하던 유령은 혁명으로 현실화되지 않았다. 또한 한때 현존했던 현실 사회주의는 공산주의의 유령이 배제된 억압적 현실이었을 뿐이다. 그럼에도 불구하고 마르크스 사후 1세기 이상이 지난 지금까지 어떤 진혼곡으로도 마르크스의 유령을 잠재우지 못한다. 그 이유는 우리의 기억 속을 떠도는 유령은 마르크스가 탐구했던 자본주의의 외부, 그 실재계적 영역(대상 a)을 배회하기 때문이다. 그와 함께 지금 우리의 상징계에 '아무도 말하지 않는' 보이지 않는 구멍이 뚫렸기 때문이다. 어떤 기표로도 메워지지 않는 그 구멍으로 은밀히 유령이 출몰하고 있는 것이다. 그리고 바야흐로 물밑의 동요가 시작되는 것이다.

따라서 유령이 사라지려면 자본주의 자체가 변화되어야 한다. 그러나 자본주의는 단 한 번의 혁명으로 순식간에 전복되지 않는다. 그래서 우리는 현실을 변화시키는 동시에 미처 변화되지 않는 잔여물로 인해 다시 나타나는 유령과 대화해야 한다. 이 역사적 대화는 현실을 변화시키는 추동력인 동시에 새로운 역사에 대응해 끝없이 담론을 자기갱신하는 과정이다.

그 같은 변혁적 담론의 자기갱신이 들뢰즈와 네그리의 논의들일 것이다. 들뢰즈의 노마디즘과 네그리의 다중 이론은 자본의 미시권력에 대처하기 위한 대항담론의 자기변혁이다. 더욱이 네그리는 후기자본주의 시대에 다시 나타난 마르크스의 유령에게 말을 걸면서 새로운 프롤레타리아의 해방을 모색한다. 네그리가 말하는 다중의 창조력(역능)의 해방은 마르크스의 산 노동의 해방을 생체권력의 시대에 맞게 갱신한 것이다. 전사회적·지구적 자본의 네트워크가 완성된 오늘날에는 이주와 유동성의 증가에 따라 오히려 탈주와 유목이 더 용이해졌다. 자본의 착취를 역전시키는 특이성의 네트워크를 통해 다중은 공통의 언어(사랑, 초과적인 것)로 교감하며 창조적 역량을 해방시킬 것이다.

그러나 일회의 혁명으로 공산주의가 도래하지 않듯이[44] 다중의 해방 역시 결코 하루아침에 오지 않을 것이다. 다중의 특이성과 공통성의 교섭이 끝없이 계속되듯이 자본의 유혹과 봉합의 미시전략 역시 끊임없이 지속되기 때문이다. 비물질적 노동의 시대에 초과적으로 흘러넘치는 다중의 창조력은 착취의 기제를 역전시킬 때 되찾을 수 있을 것이다. 전과는 달리 다중의 운동 자체가 창조력과 소통의 능력의 표현이며 그것은 빼앗기기 전의 원래의 생산적 역능(힘)일 것이다. 그러나 해방의 표현만 유연한 것이 아니라 자본의 미시적 네트워크 역시 부드러우며 일시에 전복되지 않는다.

따라서 다중의 운동은 사회 전체의 전복이기보다는 착취와 기생의 구조(사회체계)에 구멍을 내는 사건일 것이다. 그것은 잃어버린 해방된 삶에 대한 갈망을 고조시키며 사회를 변화시키는 힘을 제공한다. 다중의 운동과정 자체에서 우리는 대상 a에 대한 갈망을 불러일으키는 실재계에 접속하게 되기 때문이다. 네그리가 말한 공통의 언어란 실재계적 갈망으로서 그런 사랑이나 창조력일 것이다. 그것을 유례없이 유연하게 분출시킬 수 있는 것이 다중이지만 그 역능(힘)이 현실을 변화시키는 힘으로 전화되어야 하는 것은 전과 다름이 없다. 그 점에서 다중의 운동

---

44 이점이 유령을 현실화하는 과정에서 과거의 사회주의가 실패한 점이다.

역시 우리를 실재계에 접속시키는 윤리적 사건이자 도전적 서사이며, 그것의 추진력으로 현실을 변화시키는 과정은 끝없이 계속되어야 한다. 그런데 네그리의 논의는 이론의 자기갱신임에도 불구하고 그 같은 실행적 전략의 차원이 부족하다.

마르크스는 19세기 유럽에서 출현한 연속적 주기를 지닌 프롤레타리아의 투쟁을 두더지와 땅굴에 비유했다. 두더지는 사회갈등이 표면화되는 시기에 땅으로 나오고 이후 굴속으로 물러나 시대와 함께 움직인다. 마르크스가 말한 **두더지**란 사회체계에 구멍을 내는 **도전적 서사**의 전략이다. 또한 땅굴은 아직 변화되지 않은 잔여물을 무의식으로 감지하는 장소일 것이다. 그 곳은 앞에서 말한 물밑의 공간이기도 하다. 마르크스의 두더지와 땅굴은 우리의 도전적 서사와 윤리적 사건의 기획에 부합한다.

그런데 네그리는 자본주의가 미시적으로 확산됨에 따라 두더지의 땅굴이 불가능해지고 투쟁은 **뱀**의 파동으로 대체되었다고 말한다.[45] 뱀은 전지구적 자본의 네트워크를 미끄러지며 적의 약한 고리가 아니라 강한 핵심을 공격한다.

네그리의 말대로 뱀의 파동 같은 **매끄러운 공간**[46]에서의 투쟁은 전과 다른 중요한 변화일 것이다. 그러나 그의 생각과는 달리 두더지는 죽지 않고 살아남았는데, 그것은 사이버공간이나 문화적 양가성 같은 땅을 팔 필요 없는 땅굴이 생겨났기 때문이다. 인터넷과 현대식 도전적 서사는 뱀처럼 매끄러운 공간에서의 땅굴이다. 그 곳은 다른 말로 수면 밑의 네트워크라고 할 수 있다. 그곳에서 살아남은 두더지는 파동을 따라 미끄러지며 불시에 자본의 핵심을 공격한다. 그런 뱀의 방식이란 물밑의

---

45 안토니오 네그리 · 마이클 하트, 윤수종 역, 『제국』, 이학사, 2001, 97쪽.
46 이진경, 『노마디즘』 2, 휴머니스트, 2002, 380~385쪽.

네트워크가 일시에 표면화되는 유동성이 증폭된 정치학을 말한다.

그처럼 뱀의 방식으로 바뀌었더라도 사회체계에 구멍을 내며 도발(도전적 서사)을 계속하는 두더지와 땅굴의 전략은 계속될 것이다. 매끄러운 뱀의 방식은 우발적 도약이 강점인 반면 실행적 전략이 미흡하다. 반면에 두더지의 방식은 상황에 전략적으로 대응하지만 순식간에 도약하는 유동성이 부족하다. 어느 것이 더 우선적이라고 말할 수는 없다. 전자는 변화된 사회에 대한 대응이지만 실행적 기획이 부족한 반면, 후자는 기획적이지만 달라진 조건에 대한 대책이 필요하다. 따라서 양자는 보완적이다.

당연히 네그리의 다중 이론에도 보충이 필요하다. 다중의 투쟁은 결코 일시에 자본의 네트워크를 전복시킬 수 없으며 도발적인 기획으로서 두더지의 전략이 계속되어야 한다. 다중의 투쟁은 새로운 대응방식이지만 기획력이 부족하기 때문이다. 반면에 '두더지'의 기획은 미시전략에 대한 유동성을 보완해야 한다. 그처럼 그 둘이 결합될 때에만 기획적 차원과 수행적 차원이 조화롭게 접합될 것이다. 이론의 자기갱신은 매끄러운 방식의 새로운 운동과 끝없는 도전적 서사의 전략이 접합될 때 비로소 성취될 수 있을 것이다.

9. 탈식민적 주체를 통한 딜레마의 해결

'마르크스의 유령'이 우리에게 주는 교훈은 의미심장하다. 즉 기획적 차원과 수행적 차원의 모순을 해결하는 길은 미래의 목표를 합리적 객체가 아닌 **실재계적 대상**에 연관시켜야 한다는 것이다. 실재계적 대상은 주체적 열망의 원인이지만 한 번에 획득되지 않고 끝없는 자기갱신의 운동을 불러일으킨다. 예컨대 코뮨주의나 다중의 해방은 일시에 성취되는 목표이기 보다는 매번 우리의 갈망을 불러일으키는 실재계적 대상(잔여물)으로 작용한다. 그것을 얻으려는 열망에 의해 우리는 (주체로 생성되며) 실재계에 접근하지만 해방된 삶은 한꺼번에 오지 않는다. 그래서 남겨진 잔여물로 인한 열망은 끝없이 계속되며 사람들은 그 힘을 통해 매번 모순된 현실을 변화시켜 나간다. 마르크스는 이런 실재계적 대상(대상 a)에 대한 운동과정을 두더지와 땅굴의 전략에 비유했다. 또한 우리는 그 **끝없는** 과정을 도전적인 서사와 윤리적 사건으로 설명했다.

그런데 네그리는 세계화 시대에 두더지의 전략을 핵심을 타격하는 뱀의 전략으로 대체하려 하고 있다. 이는 전지구적 네트워크의 시대이기에 가능하다. 하지만 트랜스내셔널한 해방의 목표 역시 일시에 얻어지지 않으며 잔여물인 '대상 a'의 위상학을 필요로 할 것이다. 더욱이 전지구적 네트워크의 시대에도 제3세계적 민족의 문제는 여전히 사라지지 않고 있다. 따라서 '트랜스내셔널한 차원'[47]을 부각시키는 한편 그와 연

---

47 '트랜스내셔널'이란 용어는 세계화 시대의 초국가적인 영역을 지칭하는 개념으로 많이 사용되어 왔다. 그러나 2004년 아메리칸 헤리티지 딕셔너리에 '내셔널한 경계를 넘어서거나 그 한계를 초과함'으로 규정된 후, 이산과 이주를 포괄하는 학술적인 용어로 널리 쓰이고 있다. 그런 측면에서는 '이산'에 비해 연계와 네트워크가 강조된 개념으로 사용된다. 이런 '트랜스내셔널'의 개념은 지구화 이전의 이산과 그 이후의 이산/이주를 함께 포함하는 용어로 볼 수 있다. Rajesh Rai · Peter Reeves, *The South Asian diaspora : Transnational networks and changing identities*, Roultedge, 2009, 1~7쪽 참조. 우리는 주로 타자(실재계)의 위치에서 네이션의 경계를 넘는 것을 뜻하는 포괄적 의미로 이 용어를 사용할 것인데, 그 이유는 세계화에 의한 초국가적 영역은 진정으로 경계를 넘는 것이 아니기 때문이다. 트랜스내셔널은 네이션을 넘어서는 윤리와 가치를 지향하면서도 코스모폴리탄과는 달리 여전히 네이

관해 새로운 방식으로 '민족문제'에 대응하는 기획이 필요할 것이다. 또한 그런 기획은 두더지의 전략, 대상 a의 위상학을 통해 실행되어야 할 것이다. 우리는 주체의 문제에 중요한 암시를 주는 이 대응 방식을 **탈식민적** 기획으로 설명하려고 한다.

트랜스내셔널한 담론과 민족주의는 서로 모순된 것으로 보인다. 그같은 모순된 틈새에서 생성되는 것이 바로 탈식민 담론이다. 탈식민 담론은 민족문제를 민족주의나 민족국가의 문제로 환원시키지 않는다. 민족주의나 민족국가는 결코 경계선을 넘어서는 트랜스내셔널한 담론과 조화될 수 없다. 민족주의는 '내부'로 향하는 상상적 공동체(상상계)이며 민족국가는 '경계'를 주장하는 상징계 차원이기 때문이다. 반면에 탈식민 담론의 민족적 소망은 '경계를 넘어선' 실재계적 대상(대상 a)과 연관된다.

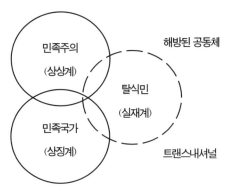

탈식민 담론은 해방된 민족을 위해 실재계에 접촉하면서 주체를 생성시킨다. 그리고 그 과정에서 민족적 억압과 경계선을 넘어서며 현실을 변화시키려 한다. 따라서 여기서의 민족적 소망을 성취하려는 끝없는 과정은 민족 간의 경계선을 넘어서려는 트래스내셔널한 과정과 모

선과의 연관을 갖고 있다고 할 수 있다.

순되지 않는다. 또한 민족적 소망은 일시에 성취되지 않으며 실재계적 잔여물(땅굴)로 인해 끊임없는 운동 과정(두더지)을 필요로 한다.

이 같은 새로운 민족담론은 민족국가의 이해관계에 얽매이지 않으며 고유문화를 지키려는 민족주의를 넘어선다. 탈식민적 민족의식은 외적으로 다른 민족들을 타자로 존중하는 한편, 내적으로 계급·성·인종 간의 모순을 극복하려 한다. 앞서 살폈듯이 탈식민적 민족의식이란 은유로서의 네이션이며, 여기서 네이션은 해방된 공동체(대상 a)를 환유하는 표상일 뿐이다. 즉 민족이란 해방된 삶을 위해 끝없이 복합적 기의를 증식시키는 텅 빈 기표로 작용한다. 당연히 민족문제는 트랜스내셔널한 기획 및 다른 사회운동들과 겹쳐진다. 더욱이 후기자본주의 시대에는 특이성의 해방을 주장하는 다중의 운동과 중첩된다. 이 지점에서는 텅 빈 기표조차 해체되는 지점까지 나아간다.[48]

우리의 탈식민 담론은 기획적 차원의 자기갱신을 요구한다. 또한 민족문제를 한 국가나 민족의 틀을 넘어서서 생각할 것을 주장한다. 가라타니 고진은 민족국가를 넘어서기 위해서는 국가가 다른 국가와의 관계에서 존재한다는 사실을 중시해야 한다고 말한다.[49] 국가의 지양이 루소의 인민주권론처럼 내부로부터 이루어질 수 없는 것은 그 때문이다. 그러나 식민지를 경험한 민족의 경우 가라타니의 논의는 기우에 불과하다. 탈식민이란 이미 그 전제에서부터 상호국가적 차원에서 민족과 국가를 생각하는 담론이기 때문이다.

더욱이 국가의 외부에는 결코 다른 국가가 존재하는 것이 아니다. 국가의 외부에 다른 국가를 놓을 때(가라타니) 국가 간의 문제는 합리적 질서의 문제로 환원된다. 하지만 그것은 국가보다 한 차원 더 큰 규모의

---

48 그 이유는 탈식민의 문제가 우리나라에 이주한 외국노동자들의 문제와 연관되기 때문이다.
49 가라타니 고진, 조영일 역, 『세계공화국으로』, 도서출판b, 2007, 197~200쪽.

상징계를 가정하는 것에 다름이 아니다. 이 경우 민족국가의 차원에서 해결할 수 없었던 딜레마가 반복된다. 국제연합이나 가라타니의 세계 공화국이 민족국가들의 문제를 지양할 수 없는 것은 그 때문이다. 그와 달리 탈식민 담론에서처럼 국가(상징계)의 외부를 실재계로 상정할 때 만 인터내셔널한(상호국가적) 문제의 해결에 실마리가 잡힌다. 그 때에 만 다른 민족이나 국가를 타자로 존중하며 민족국가의 문제를 넘어설 수 있기 때문이다. 이것이 탈식민 담론의 트랜스내셔널한 기획의 진정 한 의미이다.

우리가 말하는 탈식민적 담론은 호미 바바 식의 탈식민주의론과 전통적 민족담론을 둘 다 넘어서려는 시도이다. 민족담론이 민족적 주체를 주장한다면 탈식민주의는 가변적 행위자를 논의한다. 반면에 우리는 의도적 주체에 가변적 행위자를 접합시킨 서사적 주체를 주장한다. 즉 의도적(이성적) 주체를 가변적인 행위자(agent)로 해체하는 탈식민주의를 수용하는 한편 다시 잠정적으로 의도적 주체를 인정하는 것이다.

호미 바바는 의도적인 주체가 실재계에 접촉하는 수행적 공간(물질적 맥락)에서 의도를 연기하는 가변적인 행위자로 변환됨을 논의한다.[50] 가변적인 행위자는 의도가 연기되는 공간에서 실재계적 대상(대상 a)에 대한 열망에 따라 움직인다. 또한 행위자는 그 공간에서 타자와 대화적 관계(바흐친)를 갖고(의도가) 탈중심화되기도 한다. 따라서 바바는 의도를 통해 주체가 미리 나타나지 않으며 주체는 행위자로서 항상 사후적으로 출현한 다고 말한다.

이런 바바의 행위자론은, 진정한 주체가 의도적 (동일성의) 주체가 아니라 대상 a에 이끌리는 (분열된) 주체임을 말하는 라캉의 논의와 맥락

---

50 호미 바바, 나병철 역, 『문화의 위치』, 소명출판, 356~358쪽.

이 같다. 또한 주체적 열망의 원인을 대상 a라고 말한 우리의 논의와도 일치한다. 그러나 우리의 서사적 주체론은 처음의 의도의 계기를 부인하지 않으며 그것 역시 중요한 주체의 요소라고 생각한다. 다만 여기서의 의도적 계기는 개인의 형식적 이성이 아니라 물질적 맥락과 교섭하는 이성에 근거한 것이다. 또한 타자와의 교섭이나 집합적 의식과 연관된 이성의 요소이다.

만일 주체를 구성하는 계기로서 그런 의도적·이성적 요인을 말하지 않는다면 역사적·정치적 기획이란 처음부터 불가능할 것이다. 수행적 공간에서 주체의 원래의 의도가 연기되며 가변적인 행위자로 작용한다는 점은 더없이 중요하다. 그 때문에 매번 처음에 가졌던 의도대로 실현되지 않으며 남은 잔여물(대상 a)로 인해 운동은 끝없이 계속된다. 또한 수행적 공간에서는 타자와의 대화를 통해 탈중심화되므로 주체의 행위는 배타적 경계선을 넘어선다. 그러나 처음의 출발을 시작하게 하는 의도의 계기와 다시 돌아온 주체가 현실에 대응할 때의 이성적 계기는 여전히 중요하다. 물론 이 의도적·이성적 주체의 계기는 잠정적인데, 왜냐하면 매번 의도는 연기되고 잔여물을 남기기 때문이다.

따라서 우리는 바바의 행위자론에 잠정적인 의도적 주체의 계기를 보완한 새로운 탈식민 담론이 필요하다고 생각한다. **주체는 항상 이중적이다.** 즉 의도적(기획적) 주체와 의도가 연기되는 수행적 주체가 항상 양가적으로 작용한다. 후자의 수행적 차원이 더 근원적이지만 전자의 의도적 차원 역시 매번 필요하다. 그리고 그런 양가적인 작용의 과정은 끝없이 계속된다.

이런 주체의 이중성은 탈식민 담론에서 매우 분명하게 드러난다. 주체의 이중성이란 이성적 계기와 탈이성적 계기를 말한다. 우리는 전자의 이성적 계기가 주체를 전유할 때 이질적 타자를 배제하는 여러 문제들이 발생함을 논의했다. 제국주의에 의한 식민지 지배 역시 그중의 하나이다. 그에 대항하는 탈식민적 기획은 억압된 탈이성적 사유를 회복시키는 한편 그 해방의 힘을 다시 이성적 사유로 전환시켜 현실에 대응한다. 이처럼 탈식민 기획은 합리성을 넘어서는 사유와 합리적 사유 두 가지를 모두 필요로 한다.

의도적 주체가 강조되는 또 다른 경우는 서구와 다른 근대를 탈식민의 목표로 삼는 경우이다. 다른 근대란 우리 문화에 근거한 또 다른 근대라는 뜻이다. 그것은 결국 해방된 삶에 다름이 아니다. 그러나 이 경우 역시 '다른 근대'라는 이념이 주체를 전유한다면 그런 민족적 주체에는 문제가 생길 수밖에 없다. 다른 근대의 목표란 항상 연기되며 우리는 끝없이 그것에 접근할 수 있을 뿐이기 때문이다.[51] 그것은 공산주의나 해방된 민족처럼 대상 a의 환유이다. 거기에 접근하는 주체는 양가적(이성/탈이성)이며 그 과정은 서사적으로 표현된다.

그런 양가적 탈식민의 과정에서는 서구적 근대와의 대화적 관계가 필수적이다. 역설적으로 다른 근대라는 고유한 차이는 타자와의 교섭을 통해서만 가능하기 때문이다.[52] 그런 대화적 교섭이 일어나는 장소는 실재계적 틈새의 영역이다. 따라서 탈식민이 이루려는 '다른 근대(해방된 삶)'는 대화적 교섭으로 열려지는 끊임없는 미결정성의 과정이다. 또한 그것은 끝없이 지속되는 과정으로서 현실을 변화시키고 서구적 근대와 대화하면서 끝없이 접근해야할 실재계적 대상(부재원인[53])이다.

다른 근대라는 민족담론의 합리적 목표는 항상 탈합리성에 부딪힌다. 그것은 탈식민이 소망하는 '민족문화'와 '또 다른 근대'는 합리성을 넘

---

51 만일 우리가 '다른 근대'를 성취한다면 그것은 더 이상 지금과 같은 근대가 아닐 것이다.
52 그렇지 않으면 다른 근대는 동일성으로 회귀한다.
53 Fredric jameson, *The political Unconscious*, Cornell University Press, 1981, 35쪽.

어선 실재계적 대상 a로 작동하기 때문이다. '다른 근대'는 일시에 성취되는 목표가 아니다. 설령 기획적 차원에서 목표를 세우더라도 우리는 그에 대한 갈망으로 움직이면서 미결정적 과정을 경험(수행적 차원)한다. 그리고 매번 현실의 모순을 변혁하면서 '기존의 합리적 현실'로 돌아온다. 그런 합리성과 탈합리성의 끝없는 과정을 통해 우리는 (현실의 모순에서) 해방된 삶에 접근한다.

　해방된 삶이란 민족의 회복인 동시에 합리적 현실의 모순의 극복이기도 하다. 여기서 해방된 민족은 민족적 본질이기보다는 현실모순이 지양된 해방된 삶(대상 a)의 환유이다.[54] 그것은 훨씬 더 많은 삶의 의미들을 수용할 수 있는 상징의 기표와도 같다. 따라서 민족의식을 회복하려는 운동은 모순이 극복된 한에서 합리적인 서구문화를 배척하지 않는다. 실상 우리는 과거의 고유문화와 근대적 서구문화의 혼종을 매개로 해서만 민족문화를 되살릴 수 있다. 여기서 '혼종'이란 상징계적 표상들의 혼합이 아니라 트랜스내셔널한 틈새(실재계)에서의 문화교섭과정이다. 우리가 되찾으려는 것은 동일성이 아니라 차이로서의 민족이며 그것은 그처럼 타자의 문화와의 틈새의 위치를 경유할 때 가능하다. 따라서 여기서는 민족적인 것을 되찾으려는 탈식민적 소망이 민족적 경계를 넘어서는 트랜스내셔널한 차원과 접합되어 나타난다. 즉 탈식민적 주체는 합리적인 동시에 탈합리적이며 민족적인 동시에 탈민족적이다.

　요컨대 탈식민적 사유란 실재계적 영역에 접촉하려는 시도이다. 실재계란 민족적 차이의 해방을 위한 트랜스내셔널한 위치를 제공하는 진정한 외부이다. 실재계적 트랜스내셔널한 위치에서만 민족적 차이가

---

54 해방된 민족은 진정한 공동체나 해방된 삶을 의미한다.

해방되며, 이 위치는 자기 자신의 코드 내에서만 가능한 민족주의와 대비된다.

물론 국가를 상실한 식민지에서는 민족주의 역시 매우 긴요하다. 그리고 국가를 회복하거나 민족국가를 발전시키는 문제 또한 중요하다. 그러나 민족주의와 민족국가는 진정한 탈식민의 영역으로 항상 충분하지 않다. 민족주의와 국가를 넘어서는 실재계적 위치, 그 트랜스내셔널한 틈새에서만 진정한 탈식민의 전망이 열릴 것이다.

앞서 살폈듯이 국가와 자본의 권력에 대응하는 다중적인 운동 역시 실재계적 열망을 요구한다. 실재계란 트랜스내셔널한 위치와 다중적 운동의 연계를 함께 가능하게 하는 영역이다. 합리적 목적을 내세우면 아무리 유연한 입장을 취해도 결국 수많은 의미들이 목적된 표상의 기의 부근에 얼어붙는다. 하지만 합리적 목적의 자리에 대상 a(실재계)를 놓으면 사정은 전혀 달라진다. 우리의 탈식민 논의에서처럼 민족문제를 등한시하지 않으면서도 트랜스내셔널이나 다중과의 접합이 가능하다. 설령 민족을 말하더라도 실상은 해방된 삶(대상 a)을 요구하는 것이며 그에 이르는 과정에서 중층적 현실에 연관된 다양한 의미들이 증식되기 때문이다.

오늘날 민족 문제는 여전히 중요하다. 그러나 민족은 더 이상 주체의 코드가 될 수 없다. 또한 라클라우에서처럼 헤게모니의 논리로 구원될 수도 없다. 민족이란 해방을 위해 수많은 것들을 수용하는 텅 빈 기표일 뿐더러 때로는 자기모순에 의해 해체되기도 하기 때문이다. 오늘날처럼 이주민과 외국노동자의 문제가 부각되는 경우에는 더욱더 그렇다. 외국노동자와 연대하는 것은 탈식민이면서도 역설적으로 탈민족적이다.[55]

---

55 여기에 대해서는 신형기, 「일국문학・문화의 탈경계」, 『현대문학의 연구』 45(2011.10.31) 참조

민족과 탈민족, 합리성과 탈합리성, 그 사이의 모든 것들은 실재계(대상 a)를 영역으로 하는 **탈식민의 틀**(위의 도표!)에서만 포용될 수 있다.

대상 a의 논리는 또한 우리의 운동이 양가적임을 알려준다. 우리가 해방된 삶에 다가가기 위해서는 끝없이 현실의 삶(상징계)을 변화시켜야 한다. 일회의 혁명이나 점진적 개혁은 더 이상 우리의 관심사가 아니다. 우리는 해방의 실현과 현실의 변화라는 양쪽을 왔다 갔다 해야 한다. 즉 민족국가를 발전시키면서 그것을 넘어서야 하며 자본의 경제를 변화시키면서 그것을 지양해야 하는 것이다. '넘어선다'는 것은 결국 **양가적 지양**이라는 뜻이다. 우리의 탈-식민 역시 식민주의와 자본주의를 '넘어서는' 양가적 실천을 요구한다. 그것은 결코 한꺼번에 성취되지 않기에 상징계와 실재계, 민족국가와 트랜스내셔널을 끝없이 넘나드는 서사적 주체가 필요한 것이다.

10. 탈식민적 주체의 위치

이제 몇 가지 예를 들어보자. 우리가 논의한 탈식민적 주체는 『웰컴 투 동막골』에서 잘 나타난다. 이 영화는 분단문제를 다루고 있지만 분단과 전쟁은 식민주의와 긴밀한 연관이 있다. 그 이유는 다음과 같다.

황석영의 『손님』이 암시하듯이, 분단을 야기한 남북의 이데올로기는 초대하지 않은 '손님'으로 우리에게 다가온 것이었다. 근대 이전에 우리 민중들이 소망하던 이상적 세계는 타자와의 화해에 근거한 공동체였다. 반면에 대립적인 이데올로기는 동화되지 않는 타자를 억압하는 근대적 오이디푸스적 구조의 산물이다. 오이디푸스 구조란 식민화의 구조이다. 우리는 '식민지 근대'[56]의 시기에 그 예속화의 구조를 외세로부터 강요받은 셈이다.

오이디푸스 사회구조(들뢰즈)에서는 권력자과 구성원의 관계가 오이디푸스적 아버지와 아들의 관계와도 같다. 즉 여기서는 권력자가 구성원에게 자신의 질서에 동화될 것을 요구하며, 그에 순응하지 않는 타자는 대립적 관계로 배제된다. 우리의 경우 권력자란 외세에 예속된 식민주의적 연쇄고리일 뿐이다. 남북의 이데올로기란 그런 메커니즘으로 된 각기 다른 오이디푸스적 식민화의 산물이다. 따라서 양쪽에서 식민주의가 강화될수록 남북의 대립은 더 경화된다. 분단과 전쟁은 그런 대립과 증오심의 가장 악화된 형태였거니와, 그것은 결국 식민주의적으로 강요된 오이디푸스 구조의 산물로 볼 수 있다.

〈웰컴 투 동막골〉에서 동막골은 그런 분단현실에서의 '억압된 것의 귀환'이다. 즉 잃어버린 민중들의 소망이 환상을 통해 되돌아온 것으로 볼 수 있다. 그 점은 동막골이 전쟁에서 낙오된 사람(표현철, 리수화)들을 통해 발견되는 점에서도 알 수 있다. 동막골은 타자와의 화해를 추구하는 평화의 공간이며, 오이디푸스 구조가 낳은 무기(총)도 대립(남북대립)도 모르는 공간이다. 그곳은 (분단과 전쟁의 과정에서) 잃어버린 민중들의 꿈이자 실재계적 대상(대상 a)의 환상적 귀환이다.

전쟁 상황에서 어떻게 그처럼 화해의 소망이 표현된 것일까. 전쟁이란 식민주의의 결과이기에 민중들의 화해의 꿈을 결코 좌절시키지 못한

---

[56] 식민지 근대란 세계화로 인해 전 지구적으로 식민지가 생겨난 '근대'의 특성을 강조한 개념이다. 그런 식민지 근대에서 서구와 식민지는 동시적으로 발현된 근대성의 다양한 굴절을 표현한다. 윤해동, 『근대를 다시 읽는다』, 역사비평사, 2006, 30쪽 참조.

다. 다만 식민주의와 전쟁이 그 열망을 무참하게 짓밟았을 뿐이다. 환상이란 그처럼 억압된 상황에서 불가능한 것의 열망을 적극적으로 표현하는 방식이다.

민중들의 이상향인 동막골은 민족적 유토피아의 표현이기도 하다. 그러나 여기서 국군과 인민군이 뒤섞이는 민족 화해의 풍경은 단지 민족주의적 표현으로만 볼 수는 없다. 동막골이라는 이상향은 타자를 존중하는 화해의 소망에 근거한 것이며 그런 화해의 힘은 타민족에게도 똑같이 작용한다. 미국인 스미스마저 동막골의 천진스러움에 매료되는 것은 그 점을 암시한다. 따라서 동막골은 탈식민적 민족의 공간인 동시에 트랜스내셔널한 이상향이기도 하다. 그곳은 더없이 한국적이지만 세계평화의 소망이 담겨 있기도 하다.

우리가 동막골에 매혹되는 것은 단지 민족문제나 분단문제 때문만은 아니다. 그보다는 동막골이란 우리에게 진정한 주체의 열망을 불러일으키는 실재계적 대상(대상 a)의 이미지이기 때문이다.[57] 동막골에 대한 열망, 즉 대상 a에 대한 열정은 합리성을 넘어서서 무의식 속에서 끝없이 움직이는 존재론적 욕망이다.

그러나 그 열망을 실제 현실에 대응하는 힘으로 전환시키지 못한다면 그것은 아름답지만 덧없는 꿈에 불과할 것이다. 우리는 동막골에 열광하는 만큼이나 또 그 힘을 현실상황에 대처하는 합리적 사고로 변환시켜야 한다. 동막골을 지키기 위해 표현철과 리수화 일행이 '새로운 연합군'을 형성하는 과정은 그것을 잘 보여준다. 그처럼 진정한 탈식민적 주체는 **탈합리적인 열망과 합리적인 사유**를 동시에 필요로 한다.

탈식민적 주체인 '새로운 연합군'은 동막골을 지키려는 열망에 따라

---

57 대상 a는 표상될 수 없는 것이지만 동막골은 그 표상 불가능한 대상이 환상적 이미지로 귀환한 것으로 볼 수 있다.

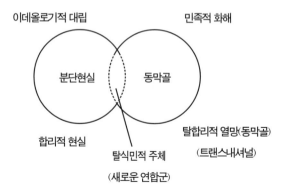

이데올로기적 대립　　　　　민족적 화해

분단현실　　　　동막골

합리적 현실　　　　　　　　탈합리적 열망(동막골)

탈식민적 주체　　　　　　(트랜스내셔널)

(새로운 연합군)

분단된 현실상황에 대응한다. 물론 그들의 대응은 여전히 분단해소의 상징적 차원일 뿐이다. 민족화해의 꿈은 아직 우리에게 이루어지지 않은 잔여물로 남겨져 있는 것이다. 그러나 이 영화는 그에 대해서도 희망을 준다. 현실에서 아직 성취되지 않은 화해의 꿈의 잔여물이 그들이 지켜낸 동막골의 이미지로 생생하게 남겨졌기 때문이다. 동막골이 폭격으로 소멸되지 않음으로써 우리의 화해의 소망을 불러일으키는 대상 a(마음 속의 동막골)도 사라지지 않는다. 그 때문에 우리는 그것(대상 a)에 대한 열망으로 다시 화해된 삶을 위한 주체로 일어설 수 있는 것이다. 그 같은 탈식민의 과정을 위해서는 분단현실에 구멍을 내어 동막골(그리고 대상 a)에 접속하는 도전적 서사('두더지')가 끝없이 계속되어야 한다.[58]

　한국전쟁을 배경으로 한 『웰컴 투 동막골』에는 아직 탈식민 주체의 트랜스내셔널한 차원이 적극적으로 표현되지는 않는다. 반면에 오늘날에는 자본주의적 세계화에 따라 탈식민적 대응에서도 트랜스내셔널 차원이 한층 더 중요하게 부각된다. 그것을 잘 보여주는 소설이 박민규

---

58 이 영화의 환상적 표현과 상징적 화해(새로운 연합군) 역시 그런 시도 중의 하나일 것이다.

의 「아, 하세요 펠리컨」이다.

「아, 하세요 펠리컨」에서 오리배 유원지에 오는 실직자, 파산자, 주부, 이주 노동자는 외환위기 이후 나타난 새로운 타자들이다. 그들은 일종의 다중이지만 세계 금융자본에 의한 제3세계적 '환란'의 희생자인 점에서 민족 문제와도 연관이 있다. 특징적인 것은 그 희생자들의 신자유주의적 세계화에 대한 대응이 오리배 세계연합에서 보듯이 트랜스내셔널한 차원으로 드러나는 점이다. 오리배 연합은 유원지에서 자살한 남자가 주인공의 환상을 통해 회귀한 것이다. 그런데 외환위기 피해자의 죽음을 통해 '상실된 꿈'은 다양한 국적의 비상하는 오리배들의 하모니로 되돌아오고 있다. 여기서는 민중과 다중, 민족과 탈민족이 혼성되어 나타나고 있다.

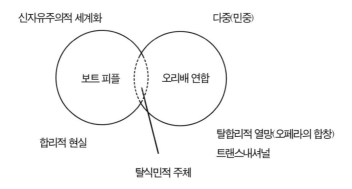

이 소설은 새로운 민족문제와 사회적 문제가 트랜스내셔널한 차원과 연관이 있음을 암시한다. 그것은 오늘날의 불행이 초국적 세계화와 지구적 자본주의에서 비롯되고 있기 때문이다. 오리배 세계연합의 하모니는 지구적 자본주의를 뒤집은 해방의 소망의 표현이다. 그처럼 이

소설은 현실에 대한 대응의 모색보다는 트랜스내셔널한 화해의 소망을 아름답게 표현하고 있다. 다만 후반부에서 자본주의적 세계화에 잘 적응하지 못하는 사람을 해학적인 펠리컨의 모습으로 그리고 있을 뿐이다. 그처럼 비상하는 오리가 펠리컨의 주둥이로 늘어지지 않으려면 오리배 연합의 꿈은 구체적 현실상황에 대응하는 힘으로 전이되어야 한다. 그리고 그 과정에서 오페라의 합창(대상 a와의 교섭)이 계속 들려오도록 모순된 현실에 구멍을 내는 두더지(도전적 서사)와 땅굴(윤리적 사건)의 전략이 계속되어야 한다.

〈웰컴 투 동막골〉과 「아, 하세요 펠리컨」의 환상은 변혁운동이 어려운 상황에서 그것의 열망을 대신 표현하는 방식이다. 이 두 작품에서 동막골과 오리배의 환상은 현실에서 입은 상처의 구멍을 통해 비쳐진 대상 a의 이미지이다. 물론 그 아름다운 이미지 자체도 불화의 현실에 대해 전복성을 지닌다. 그러나 그 전복적인 환상 이미지가 변혁의 힘으로 전환되려면 사람들이 실제 현실과 교섭해야 한다. 그것은 환상적 사건을 넘어선 또 다른 사건이다. 포스트모던 시대에는 이 현실의 사건에서도 대상 a의 이미지가 암시된다. 그처럼 스스로가 변혁적 사건(구멍)이면서 그 사건의 구멍을 통해 드러난 대상 a(그것과의 교섭)의 이미지이기도 한 것이 촛불집회이다.

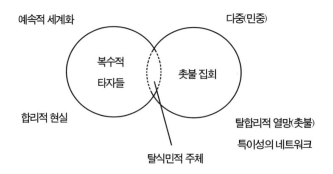

촛불은 그 이전의 변혁운동과는 다른 점을 지니고 있다. 즉 촛불은 변혁운동의 계승이면서 그 자신이 아름다운 화해의 소망의 표현이기도 하다. 촛불은 동막골처럼 끝없이 계속될 것이라고 스스로 말하고 있다. 왜냐하면 현실의 변화를 요구하는 사회운동이면서 그 운동의 에너지를 제공하는 열망 자체를 아름답게 이미지화하고 있기 때문이다.

이것이 가능한 것은 촛불이 화해의 표현을 잠시 억제하는 구심적 운동이 아니기 때문이다. 촛불은 모든 개인이 해방되는 특이성의 표현이며 그 해방을 위해 집합을 이루는 운동이다. 개인의 특이성은 타자와 교섭하는 집합을 통해서만 해방이 가능하다. 그 원리는 각기 다른 악기들이 서로 다른 음색을 통해 하모니를 연출하는 것과도 같다. 촛불은 오페라의 화음(「아, 하세요. 펠리컨」)을 통해 특이성의 네트워크(다중)를 표현한 사건(변혁운동)이면서, 그 사건을 통해 표현된 화해의 이미지(대상 a)이지도 하다. 사람들이 모순된 **현실**을 비판하는 것은 그들의 운동을 통해 스스로 표현된 촛불(대상 a)의 열망에 근거한 것이다. 이처럼 촛불 자체에 다중과 민족의식,[59] **탈합리적** 열망과 **합리적** 비판의식이 혼성되어 있다.

촛불집회에는 과거의 운동과 달리 의도적 차원이 상대적으로 분명하지 않다. 그 대신 타고 남은 재가 다시 기름이 되듯이, 끝없이 촛불이 켜질 것이라는 열망의 이미지가 암시된다. 촛불의 이미지는 한 번의 운동으로 해소되지 않고 끊임없이 타오를 실재계적 잔여물(대상 a)이다.[60] 실재계적 대상은 이미지화할 수 없는 것이지만, 특이성의 네트워크를

---

59 촛불시위는 미국산 수입소에 대한 항의를 포함하지만 그것은 민족주의 보다는 문화적 자존심의 표현이라고 할수 있다. 문화적 자존심은 제3세계적 위치에서 잃어버린 것에 대한 열망, 즉 실재계적 대상 a에 대한 소망과 연관되어 있다. 그것이 짓밟힌 무의식적인 분노의 표현은 사람들의 내면의 다양한 소망을 표출하는 계기가 되었다.
60 혹은 대상 a에 대한 열망의 이미지화라고 할 수 있다.

통해 수많은 촛불들이 그 불가능한 것을 이미지화한다. 즉 타오르는 촛불들은 현실에서는 눈으로 볼 수 없는 내면의 화해의 꿈을 집합적 이미지로 보여준다. 그 때문에 그 이미지는 우리의 무의식에 더 깊은 여운을 남기며 동막골처럼 소멸되지 않고 끝없이 화해의 소망을 고양시킨다. 이처럼 촛불에는 문화적 차원(이미지)과 정치적 차원(현실비판)이 접합되어 있다. 자본주의적 스펙터클이 소통의 상품화라면 촛불은 그것을 뒤집은 변혁운동의 스펙터클화라고 할 수 있다. 촛불의 '소통의 스펙터클'의 의미는 화해에 대한 끝없는 열망을 우리 모두의 무의식에 전승한다는 점이다.

촛불집회에도 의도적 기획의 차원이 없는 것은 아니다. 그러나 전처럼 조직적이기보다는 인터넷과 휴대폰으로 소통하면서 자발성과 가변성 속에서 모여든다. 또한 운동의 과정도 현실문제에 대한 대응인 동시에 스스로를 표현하는 특이성의 네트워크를 보여준다. 그 때문에 비판적 주장만큼이나 화해의 열망 자체를 표현하는 것이 핵심적이다.

반면에 촛불집회에서는 합리적 비판을 강력하게 제기하는 측면이 약화되기 쉽다. 따라서 촛불의 열망을 합리적 비판의 힘으로 전화시키는 전략이 보완되어야 한다. 또한 적당한 시기에 다시 표면으로 올라오는 의도적 기획의 측면도 보충되어야 한다. 촛불은 한 순간에 타올라 핵심을 타격하는 파동성의 운동적 성격을 지니고 있다. 그것은 격렬한 투쟁이 사라진 시대에 그 대신 물밑에 '은유적 정치'의 네트워크가 잠재하기 때문일 것이다. 또한 운동 과정 자체에서 사람들의 열망을 타오르게 하는 실재계적 대상(대상 a)의 이미지가 표현되기 때문이다. 바로 그렇기에 촛불은 다시 우리의 무의식에 깊은 각인을 남기는 21세기의 새로운 운동이다. 촛불을 들지 않아도 우리의 물밑에는 '촛불'(대상 a의 이미지)의 네트워크가 잠재하는 것이다. 그런 과정으로 타고 남은 잔여물(대상 a)이 다시 기름이 된다. 이것이 촛불의 우발성과 순발력의 원천이다. 이 새롭게 발명된 유동적인 운동에 '두더지와 땅굴'이라는 오래된 전략이 보완되어야 할 것이다. 그래서 촛불의 힘을 합리적 사고로 전환시켜 현실 모순에 대응하면서, 해소될 수 없는 잔여물, 그 존재의 핵심에 대한 열망이 촛불로 재점화되는 과정이 이어져야 한다.

11. 존재의 이중성과 새로운 주체

이제까지 우리는 새로운 주체가 양가성과 이중성을 지님을 논의했다. 마치 소설의 주인공처럼 새로운 윤리적·역사적 주체는 이성적인 동시에 탈이성적이다. 그런데 이런 존재의 이중성은 철학적 이원론에 따른 것이 결코 아니다. 이원론 철학은 이성과 감정(물질)을 분리하는 동시에 이성이나 정신을 우월한 것으로 내세운다. 즉 이원론 철학은 실제로는 하나의 중심을 전제로 하는 셈이다. 그와 반대로 이성과 감정(욕망)을 대립시키지 않는 일원론 철학만이 존재의 이중성을 제대로 드러내게 된다. 스피노자와 라이프니츠 같은 합리론에서부터 마르크스와 아도르노 같은 유물론에 이르기까지, 오직 **일원론적 사유**들만이 존재의 이중성을 올바르게 암시하고 있다.

예컨대 스피노자는 관념과 감정(정동)을 존재의 이중적 요소로 논의한다. 스피노자의 감정이 데카르트와 다른 점은 정신의 지배에 예속되지 않는다는 점이다. 데카르트의 경우 감정은 통제되어야 할 수동적인 정념일 뿐이다. 반면에 스피노자는 올바른 인식이 능동적인 감정을 발생시키며 정신이 스스로 활동할 때 긍정적인(능동적인) 기쁨과 욕망에 이름을 말한다. 그처럼 수동적인 감정의 예속에서 벗어나 능동적인 감정에 이르는 것이 바로 윤리이다.[61] 여기서는 이성과 감정, 그리고 인식과 윤리가 서로 긴밀하게 연관되어 있다.

라이프니츠의 모나드론 역시 존재의 이중성을 말하고 있다. 모나드는 하나인 동시에 내적인 복수성을 포함하고 있다. 즉 모나드의 내부에는 일종의 소우주(복수성)로서의 주름이 접혀 있으며 그 주름에 의해 모나드의 특이성(하나)이 형성된다. 여기서는 하나(개체)의 특이성이 자신의 복수성에 의해 만들어진다.

모나드는 또한 정신인 동시에 욕망이다. 정신을 지니지 않은 존재도 모나드이지만 인간 존재의 경우 모나드는 정신이면서 또한 주름을 펼치려는 욕동(욕망)을 갖고 있다. 동양사상적으로 말하면 모나드는 이(理)인 동시에 기(氣)인 것이다. 이처럼 모든 존재는 정신-영혼(理)이면서 욕망-힘(氣)으로 작용한다.[62]

앞서 살폈듯이 마르크스 역시 역사적 주체로서의 프롤레타리아를 합리적인 동시에 탈합리적인 존재로 말하고 있다. 그에 따라 자본의 외부로 나아가기 위해서는 프롤레타리아가 개인적 이성을 넘어서서 파토스적 감성으로 사고해야 한다. 이 과정에서 자본주의 내부에서의 이성은 폐기되지만 감성적 실천을 조직해 집단적 의식을 형성하는 이성은 복권

---

61 그런 가장 최고의 단계가 신에 대한 사랑이다. 스피노자, 강영계 역, 『에티카』, 서광사, 1990, 358~361쪽.

62 스피노자와 라이프니츠는 현대적으로 재해석할 필요가 있다. 현대적 관점에서 보면 스피노자는 정신과 육체를 분리하지 않고 그 둘을 연결하는 능동적인 감정을 중시한 것으로 볼 수 있다. 또한 라이프니츠 역시 유물론적으로 재해석하면 특이성(주름)을 지닌 개체가 자신을 펼치면서 다른 존재와 교섭할 때 주체가 표현됨을 말하고 있는 셈이다.

된다.[63] 마르크스의 경우에도 역사적 주체를 이성과 감성의 양가적 존재로 파악했던 셈이다.

합리성과 탈합리성의 결합을 논의한 또 다른 변증법적 사상가는 아도르노이다. 아도르노의 경우 합리성을 넘어서는 진리는 미메시스이다. 미메시스는 타자와의 비억압적 교섭을 말하는데 이는 자연을 닮으려는 행위이기도 하다. 신화 이전의 주술시대가 미메시스의 시대였다면 현대는 그것이 불가능해진 시대이다. 예술은 그 불가능한 미메시스를 가상을 통해 만들려는 노력인데, 그것은 합리성을 통해 탈합리적 미메시스를 시도하는 것으로 나타난다. 진리는 미메시스이지만 현대에 다시 나타날 미메시스는 (주술시대와는 달리) 합리성을 매개로 해야만 가능한 것이다.

아도르노의 논의는 이렇게 요약할 수 있다. 즉 타자와의 미메시스적 교섭 속에서만 진정한 주체가 나타나는데 그 주체는 또한 합리성을 계기로 지니고 있어야 한다. 벨머(하버마스의 제자)에 의하면 아도르노의 진리의 요구는 결코 실현될 수 없다. 그 이유는 '주체 내부의 자연을 기억' 해내라는 아도르노의 미메시스의 주장은 합리성을 버릴 수 없다는 사실과 모순되기 때문이다. 그 대신 벨머는 합리성 내부에서 미메시스를 실현할 수 있는 방법으로 하버마스가 말한 의사소통적 합리성을 주장한다.

그러나 의사소통적 합리성은 물질적 맥락에서 유리된 형식적 이성에 의존하는 방식일 뿐이다. 그 때문에 물질적 맥락에서의 자본과 권력의 타자들, 즉 노동자, 여성, 제3세계인은 의사소통적 합리성을 통한 대화에서 결코 구원받을 수 없다. 이점을 비판하면서 마이클 라이언은 그 대신 '물질적 맥락에 근거한 이성'을 주장한다. 물질적 맥락에 근거한

---

63 마르크스, 『맑스, 탈현대적 지평을 걷다』, 메이데이, 2007, 290~300쪽.

이성이란 주기론(主氣論)에 따른 이기론(理氣論)과 비슷한 것이다. 즉 물질적 맥락(氣)에 근거하되 기(氣)와 이(理)라는 존재의 이중성을 인정하는 것이다.

존재의 이중성을 암시하는 사상들은 모두 일원론적인 동시에 물질적 맥락을 중시하는 논의들이다. 이들 중에는 스피노자나 라이프니츠 같은 합리주의도 있지만 현대사상들은 대부분 유물론적·주기론적 논의들이다. 물질적 맥락을 중시한다는 것은 **물자체** 혹은 **실재계**를 핵심으로 여긴다는 뜻이다. 물질적 맥락에서 합리적으로 규범화할 수 없는 잔여물이 물자체(실재계)이기 때문이다. 그 때문에 물질적 맥락을 중시하면 합리성과 탈합리성의 이중성을 말하게 된다. 또한 이성과 욕망(감정, 힘)을 함께 논의하게 된다. 하나이면서 복수성을 지닌 존재를 말하는 것도 같은 이유에서이다. 존재의 핵심은 후자이지만 우리의 현실은 합리적 세계이므로 잠정적으로 전자의 측면도 필요한 것이다.

우리는 현실에 합리적으로 대응하면서 그것만으로는 해결될 수 없는 잔여물(실재계)에 대한 열망(욕망, 감정, 힘)으로 인해 비로소 **주체**가 된다. 후자의 열망을 스피노자는 능동적 감정으로, 라이프니츠는 (주름을 펼치려는) 욕동으로 논의했다. 또한 마르크스는 파토스적 감성의 실천으로, 아도르노는 미메시스적 소망으로 설명했다.

합리성과 탈합리성, 상징계와 실재계 사이의 이중성(양가성)은 흔히 어떤 **사건**을 통해 나타난다. 사건은 그처럼 존재의 이중성이 극명하게 표현되는 순간이다. 왜냐하면 사건이란 상징계에 구멍을 내어 **실재계**와 접촉하는 시간이기 때문이다. 따라서 존재의 이중성을 존중하는 철학자들은 흔히 사건이나 서사의 논리를 중시한다. 예컨대 바디우와 레비나스, 그리고 마르크스가 대표적인 경우이다. 이제 사건이란 무엇이며 그것을 통해 어떻게 존재의 이중성이 드러나는지 살펴보자.

먼저 사건의 개념이 보다 친숙한 소설을 통해 접근해 보자. 소설이야 말로 존재의 이중성에 근거한 서사양식이다.[64] 예컨대 『광장』에서 이명준은 현실을 합리적으로 비판하면서 '광장'에 대한 열망을 표현한다. 이 소설에서 합리적 비판은 에세이적인 사변적 서술로, '광장'에의 소망은 시나 사랑의 열정으로 나타난다. 그처럼 이명준의 사유는 합리적인 동시에 탈합리적이다. 그런 존재의 **이중성**은 그가 남북한의 이데올로기로부터 상처를 경험하는 **사건**에 의해 나타나고 있다. 그에 의해 나타난 에세이적 서술이나 시와 사랑은 그의 윤리적 주체로서의 모습을 보여준다. **윤리적 주체**란 일상에서의 수동적 감정을 넘어선 능동적인 열정(감정)[65]을 소망하는 존재를 말한다(스피노자). 우리가 『광장』에 열광하는 것은 그런 윤리적 주체의 내면이 도처에서 드러나기 때문이다.[66]

하지만 이명준은 역사적 현실 속에서는 늘상 수동적인 사회적 타자로서 살아갈 뿐이다. 그것은 현실에서 이데올로기적 대립만 경험할 수 있을 뿐 그가 소망하는 것과 대면할 수 있는 진정한 사건이 일어나지 않기 때문이다. 그런 측면에서 이 소설의 유일한 사건은 은혜와의 사랑이다. 그러나 그녀와의 사랑은 '원시의 광장'인 동굴 속에서만 가능할 뿐이다. 이처럼 **역사적 주체**가 되고 싶은 윤리적 소망을 보여주면서도, 현실의 어디에서도 사람들을 동요시킬 만한 사건을 경험할 수 없는 점에서, 이 소설은 환멸소설의 구조를 갖고 있다.[67] 즉 경직된 현실과 윤리적 열망의 괴리에 의

---

64 소설과 사상적·정치적 기획은 차이를 지닌다. 소설이 사상적·정치적 기획과 다른 점은 역사적 주체로서의 모습이 잘 나타나지 않는다는 점이다. 그것은 소설이란 대답보다는 질문의 방식이기 때문이다. 소설은 흔히 주인공이 윤리적 주체로 전환되는 순간 끝나며 대부분 사회적 타자로서의 모습을 더 많이 보여준다.

65 이는 이데올로기적 현실의 외부에 대한 열정과도 일치한다.

66 1950년대의 소설과는 달리 이런 윤리적 주체의 모습을 분명히 그릴 수 있었던 것은 4·19의 영향이다.

67 루카치는 이에 대해 환멸소설은 영혼이 세계보다 더 큰 소설이라고 말하고 있다. 영혼을 입증하려는 열망은 넘치지만 어디서도 그것을 증명할 사건이 일어나지 않는 것이다.

해 상처만 있고 역사적 현실은 동요하지 않는 환멸의 서사를 보여준다. 이 소설의 사건은 상처를 경험하는 과정이며 역사를 동요시키는 사건은 나타나지 않는다.

『광장』은 윤리적 주체의 내면을 곳곳에서 보여주는 소설이다. 일반적인 리얼리즘은 흔히 사회적 타자인 주인공이 사건을 경험하고 윤리적 주체에 이르는 순간 결말에 이른다. 반면에 『광장』은 처음부터 상승된 내면을 드러내지만 대신에 경직된 현실과 내면의 열망의 괴리로 인해 환멸로 끝이 난다.

『광장』이나 일반 리얼리즘이 윤리적 주체를 보여준다면 진보적 리얼리즘은 역사적 주체의 생성을 드러낸다. 후자의 경우는 실제 현실에서 사회를 동요시키는 사건의 경우와 유사하다. 따라서 진보적 리얼리즘의 예를 통해 실제 현실에서의 정치적·역사적 운동의 경우를 함께 생각해 보자.

진보적 리얼리즘의 경우에도 주체 생성의 메커니즘이 선명하게 드러나는 것은 아니다. 역사적 주체 형성의 과정에서도 합리적 요소와 합리성을 넘어서는 요소가 나타난다. 전자의 요소(합리성)는 주체에 의해 사건이 일어나는 것으로 보이게 하지만, 후자(탈합리성)는 사건의 과정 자체에서 주체가 생성되는 것으로 생각되게 한다. 이점은 소설에서나 현실에서나 비슷하다.

예컨대 『고향』에서 마름 안승학에 저항하는 농민운동은 김희준에 의한 농민들의 자각에서부터 시작된다. 그러나 그런 이성적 자각에 의해서만 농민들이 변혁의 주체로 성장한 것은 아니다. 이 소설에서 보다 더 중요한 사건은 김희준과 농민들을 하나로 만든 두레나 인동과 방개 사이의 사랑 같은 것이다. 두레나 사랑은 식민지 농촌의 외부에 접속해 진정한 소망과 대면하게 하기 때문이다. 그 순간은 일상에서의 소극적 감정에서 벗어나 능동적인 열정을 갖게 되는 윤리적인 순간이다.

인동과 방개의 사랑은 불륜이지만 이 소설에서는 그것이 오히려 윤리적인 사건이다. 불평등한 현실의 규율에 얽매인 혼인제도에 구멍을 내며 진정한 열정을 고양시키기 때문이다. 그 열정의 순간 그들이 대면하고 있는 것은 식민지 외부의 또 다른 삶이다. 여기서 사랑의 열정과 변혁의 열망은 구분되지 않으며 그 능동적인 감성이 그들을 주체로 일으켜 세우고 있다.

농촌운동에 의한 이성적인 자각은 매우 중요하지만 항상 잔여물을 남긴다. 그 잔여물(대상 a)에 대한 열망이 농민 자신의 능동적인 감성이다. 이성적인 자각이 현실상황에서의 방향을 깨닫게 한다면 능동적인 감성은 소망하는 삶에 대한 열망을 고조시킨다. 주체의 생성은 그 두 가지 과정을 모두 필요로 한다. 전자가 결여되면 삶의 방향을 알지 못하며 후자가 부족하면 스스로 삶의 주인공이 되지 못한다. 따라서 주체에 의해 사건이 일어나거나 사건에 의해 주체가 생성된다기보다는 그 두 가지 과정이 미결정적으로 함께 작용하는 것으로 볼 수 있다. 이것이 소설과 현실이 보여주는 주체와 사건의 미결정적 관계이다.

역사적 주체의 생성에 두 가지 계기가 작용함은 다른 소설에서도 발견된다. 예컨대 「쇳물처럼」(정화진)에서 파업을 주도한 것은 칠성과 근욱 같은 젊은 노동자들이었다. 그러나 결정적인 순간에 앞에 나선 것은 중견노동자 천씨였다. 오랫동안 굴욕의 세월을 견뎌온 천씨가 움직인 것은 한 순간에 예속적인 일상에 구멍을 내는 윤리적인 결단이었다. 천씨의 말에 모든 사람이 결집된 것은 그 순간 균열된 일상을 통해 소망하는 삶과 대면하게 되었기 때문이다. 여기서도 젊은 노동자들에 의한 이성적 자각과 천씨에 의한 능동적인 감성이 노동자들이 주체로 생성되는 과정에서 두 계기로 작용하고 있다.

이 같은 주체 형성의 이중적 계기는 「내딛는 첫발은」(방현석)에서도 비슷하게 나타난다. 이 소설에서 용범은 노동자들을 설득하며 **노동운동**을 이끈다. 그러나 구사대의 폭력에 밀리는 순간 돌연 앞에 나선 것은 정식이었다. 우유부단한 정식은 그 동안 가족 때문에 대열에서 슬쩍 이탈해 있었다. 그런 정식의 출현은 모든 사람의 비굴한 일상에 균열을 내며 노동자들을 움직이게 한다. 이 첫발을 내딛는 순간은 정식이 무너뜨린 벽을 통해 모두가 소망하는 새로운 삶(대상 a)과 마주하는 순간이었다. 그처럼 **감성적인 윤리적 순간**이 노동자들을 결집시키고 그들을 역사적 주체로 생성시키고 있다.

세 소설에서 모두 이성적 계기는 자각된 주체의 형성을 시작하게 한다. 그러나 이성적 자각에 의한 의도적 주체는 항상 완전하지 않으며 자기 자신도 알 수 없는 잔여물을 남긴다. 진정으로 자발적인 주체가 되기 위해서는 그 잔여물(대상 a)과 대면할 수 있도록 일상의 장벽을 무너뜨리는 사건이 필요하다. 『고향』(이기영)에서의 두레와 사랑, 「쇳물처럼」, 「내딛는 첫발은」에서의 천씨와 정식의 출현이 바로 그런 사건이다. 이 기존의 세계에 구멍을 내는 사건에 의해 사람들은 자신이 소망하는 삶과 대면하게 된다. 그리고 그런 감성적인 윤리적 순간을 경험한 사람들만이 역사적 주체가 될 수 있다.

이처럼 능동적인 감성과 윤리가 핵심적이지만 이성적 계기 역시 주체의 생성에 여전히 중요하다. 이성적 계기가 없다면 주체 생성의 프로젝트가 시작될 수 없을 뿐더러 현실상황을 합리적으로 판단할 수도 없기 때문이다. 따라서 역사적 주체의 생성을 위해서는 존재의 이중적 계기가 모두 필요하다. 바로 여기서 주체의 생성과 존재의 이중성의 긴밀한 연관성이 나타난다. 또한 사건과 주체, 존재의 이중성의 관계가 드러난다.

우리는 주체의 생성을 논의하면서 **윤리적 주체와 역사적 주체**를 구분했다. 그리고 윤리적 사건이 역사적 사건을 일으키려는 주체를 위해 반드시 필요함을 논의했다. 그 과정에서 우리는 윤리를 감성과 연관해 논의했지만 당연히 윤리에도 감정적 영역뿐 아니라 이성적 영역이 있다. 그러나 일상적인 생각과는 달리 윤리의 핵심적 부분은 감정·욕망·무의식과 연관이 있다.[68] 능동적인 감정과 사랑을 말한 스피노자의 윤리론 역시 그 점을 강조한 것으로 해석할 수 있다.

이성적·의도적 주체와 달리 윤리적 주체는 흔히 감성적인 무의식적 주체로 작용한다. 가령 천씨와 정식이 앞에 나서는 순간 모든 사람은 무의식이 동요하며 행동하게 된다. 그처럼 윤리적 사건은 사람들의 무의식을 움직여 주체로 만든다. 무의식이 고양되었다는 것은 존재의 핵심이 표면화되었다는 뜻이며 타자와의 관계 속에서 움직인다는 말이다. 역사적 주체의 생성을 위해 무의식이 고양된 윤리적 주체가 필요한 것은 그 때문이다.

더욱이 오늘날은 의도적인 차원보다 윤리적 차원이 더 중요해지고 있다. 특히나 윤리의 이성적 차원(칸트) 보다 감성적 차원(스피노자)[69]이 더 긴요해지고 있다. 그것은 예전과 달리 대서사가 무의식 차원으로 이동했기 때문이다. 다양한 욕망의 장치와 감정적 노동의 시대에, 감성의 상품화에 저항하는 윤리적 주체의 회복은 예전의 노동자들의 투쟁만큼이나 중요하다. 육체와 삶의 해방을 요구하는 특이성의 네트워크(다중)의 출현 역시 같은 맥락에서 이해된다. 특이성의 네트워크란 사랑과 울림을 통해 주름(특이성)을 펼치려는 해방된 욕망의 주장에 다름이 아니다. 그것은 상품이나 물건이 아닌 인간의 영혼을 입증하려는 윤리적

---

68 다음 장에서 자세히 살펴볼 것이다.
69 윤리의 이성적 차원과 감성적 차원에 대해서는 다음 장에서 논의할 것이다. 김효은, 「신경윤리로 본 도덕 판단」, 홍성욱·장대익 편, 『뇌 속의 인간, 인간 속의 뇌』, 흐름출판, 2008, 105~129쪽; 마이클 S. 가자니가, 김효은 역, 『윤리적 뇌』, 바다출판사, 2009, 217쪽 참조

주장이다.

그러나 무의식과 감성적 차원의 대항(미시차원)은 또한 자본주의에 대한 대항이기도 하다. 따라서 자본주의를 비판하고 그에서 벗어난 삶을 기획하기 위한 이성적 계기(거시차원)는 여전히 중요하다. 이성적 계기와 감성적 계기는 정신과 신체가 통합된 인간 존재의 두 측면이다. 그둘은 서로 다르지만 결코 대립된 것이 아니다. 다만 열등한 이성과 감정(욕망)이 있으며 또 다른 능동적인 이성(理)과 감정(氣)이 있을 뿐이다. 동양사상과 현대 뇌 과학이 보여주듯이 양자는 긴밀하게 연결되어 있다. 즉 편협하지 않은 올바른 이성의 기획에 의해 수동성을 넘어선 능동적 감정(윤리적 주체)의 기회가 생기며, 또한 고양된 윤리적 감성은 올바른 이성적 사유로 전화될 수 있다.

물론 양자는 서로 작용하는 영역이 상이하다. 즉 그 둘은 각각 현상계와 물자체, 상징계와 실재계에 연관해서 작용한다. 실상 주체와 관련된 모든 기획들은 양자 사이의 공간에서 움직인다. 우리가 살펴본 서사적 사유 역시 그 중의 하나이다. 그런 존재의 이중성에 연관된 탐구야말로 합리적 세계뿐만 아니라 그 잔여물인 물자체(실재계)와 교섭하려는 주체 생성의 새로운 프로젝트일 것이다.

12. 바디우의 주체이론−대상없는 주체

존재의 이중성에 연관해 주체에 대해 논의한 근래의 철학자는 바디우이다. 바디우에게 존재는 다수성(복수성)이 일자(하나)로 작용하는 것이다. 이는 존재가 하나이면서 복수성이라는 라이프니츠의 모나드론을 현대적으로 변용한 것이다.[70]

바디우는 여기에 라캉의 상징계와 실재계의 관계를 적용시켜 존재의 이중성을 설명한다. 다수성과 하나의 관계는 실재계와 상징계의 관계에 상응한다. 다수성이란 타자와의 무한한 관계이다.[71] 그런 다수성이 상징계에 출현한 것이 어떤 특정한 '상황'이다.[72] 다수성, 즉 타자와의 무한한 관계를 지닌 존재는 상징계라는 구조에 의해 하나로 작용한다. 존재가 **하나로** 작용하는 것은 상징계의 상황에서이지만, 상징계가 실재계와 겹쳐지듯이 그런 하나에는 존재의 **다수성**(실재계 차원)이 잠재해 있다. 하나가 다수성을 지닌다는 것은 상황(타자와의 관계의 출현) 안에서 회귀적으로 판독된 것이다.

바디우의 존재론의 핵심은 다수성을 지닌 존재가 합리적 상징계에서 어떤 상황 속의 하나로 작용한다는 것이다. 여기에는 아직 어떤 사건도 주체도 없다. 바디우가 라캉과 다른 점은 **사건**에 의해 **주체**가 출현함을 논의하고 있는 것이다. 라캉의 경우 주체는 상징계에서는 '분열된 주체'이고 실재계에서는 '무의식적 욕망(욕동)의 주체'이다. 반면에 바디우는 상징계와 실재계 사이에서 사건이 일어나면서 주체가 출현함을 말한다.

사건이란 상황에 부가된(도래한) 잉여적인 것이다.[73] 이 잉여적인 사

---

70 바디우는 일자를 존재의 핵심인 다수성이 상징계의 구조에 의해 하나로 작용한 것으로 본 점에서, 하나이면서 복수성을 지닌 모나드를 말한 라이프니츠와 구분된다.
71 바디우 자신은 다수성을 수학적으로 이해하고 있는데, 그로 인해 타자와의 관계의 의미를 충분히 고려하지 않는 것이 바디우의 한계이다.
72 타자와의 무한한 관계인 다수성이 상황으로 출현하면 안정된 일관성을 얻는다.
73 바디우, 이종영 역,『윤리학』, 동문선, 2001, 54쪽.

건은 상황이나 그 속에서의 일상적 행동방식으로 설명할 수 없는 어떤 것이다. 사건에 의해 지식의 장에 구멍이 뚫리는데 그 구멍으로부터 진리의 과정이 나타난다.[74] 이처럼 사건이란 상징계에 구멍이 뚫려 설명할 수 없는 실재계(대상 a)와 직접 대면하게 된 상태를 말한다.

진리의 과정은 상황에 잉여적으로 부과된 사건이 생겼을 때 그 사건에 따라 상황을 사고하고 결정하는 것(충실성)이다. 진리란 사건에 따른 충실성의 실재적 과정이며 그 충실성이 상황 속에서 생산하는 것이다. 또한 주체란 사건에 의해 소환되어 구성되는 것으로 진리 과정과 충실성의 담지자이다. 주체는 상황을 변화시키고 새로운 존재방식과 행동방식을 결정한다.

바디우는 라캉과는 달리 진리와 진리의 주체를 실재계와 상징계의 이중성 속에서 설명한다. 라캉의 경우 상징계에는 분열된(소외된) 주체만 있으며 진정한 주체는 실재계의 영역과 연관되어 있다. 반면에 바디우는 사건을 말함으로써 상징계와 실재계 사이의 공간에서 주체가 나타남을 말한다. 주체는 실재계적 대상 a와 대면하게 된 상태에서 상징계의 상황에 대응한다. 이처럼 주체는 대상 a에 대한 열망에 따라 현실 상황에 이성적으로 대처하는 존재이다. 바디우는 라캉과는 달리 주체의 이중적 요소를 암시함으로써 현실에서 활동하는 주체를 말할 수 있게 된다. 또한 그런 활동을 상징계에 구멍이 뚫린 사건에 따른 과정으로 설명함으로써 상징계에 대항하는 주체를 언급하게 된다.

바디우는 그런 주체에게 진리의 과정을 지속시키는 원리를 윤리라고 부른다. 진리의 과정은 대상 a에 대한 열망과 상황에 대한 이성적 사고·결정으로 이루어진다. 따라서 윤리에는 대상 a에 대한 열망과 이성

---

74 바디우, 위의 책, 56쪽.

적 사고 두 가지 요소가 포함된다. 그 둘 중 보다 더 핵심적인 것은 사건과 연관된 전자이다. 흥미롭게도 라캉이 욕망과 욕동으로 설명한 대상 a에 대한 열망이 실상 윤리의 핵심 요소인 것이다.

바디우의 주체는 그처럼 대상 a(실재계)와 대면하는 점에서 앞서 살핀 호미 바바의 가변적인 행위자와도 비슷하다. 그러나 바디우는 상징계의 '상황'의 요소를 고려함으로써 주체의 이중적 요소를 암시한다. 그 점에서 바디우는 이성적 주체와 탈구조주의적 행위자를 넘어선 새로운 주체를 말하고 있는 셈이다.

바디우는 탈구조주의처럼 의도의 주체를 해체하는 한편 또한 진리에 따라 현실상황에 대응할 수 있는 주체를 주장한다. 이런 양면성을 지닌 바디우의 진리-주체는 당연히 단순한 이성적 진리-주체와는 구분된다. 의도적 주체와 이성적 진리는 합리적 현실에 명확한 지시대상을 갖는다. 그러나 바디우의 진리와 주체는 단순히 합리적 현실 상황을 대상으로 한 것이 아니다. 진리란 상황에 부가된 잉여적인 사건에 따라 상황을 사고하는 것이기 때문이다. 잉여적인 사건이란 상황이 설명할 수 없는 어떤 공백 같은 것이다. 이처럼 진리는 상황에 생긴 공백에 근거하는 사고 과정이므로 뚜렷한 대상을 말하기가 어렵다. 바디우는 이런 진리를 대상없는 진리라고 부른다. 또한 그런 진리의 담지자를 대상없는 주체라고 논의한다.

이 같은 진리와 (그 근거인) 사건은 아직 확실하게 규정할 수 없는 미결정성을 지닌다. 또한 뚜렷한 이름을 붙이기도 어렵다. 이름이란 상징계적 대상을 지칭하는 언어인데, 사건과 대상없는 진리에는 그에 상응하는 (상징계적) 언어가 없기 때문이다.

그러나 바디우의 진리와 주체에 대상이 아주 없는 것은 아니다. 진리란 대상 a와 대면하게 하는 사건에 따라 상황을 생각하는 것이다. 따라서 진리란 **대상** a와 **상황**을 대상으로 한다고 할 수 있다. 즉 대상 없는 진리란 실상 상징계의 상황과 그 실재계적 잔여물(대상 a)을 대상으로 한 것인 셈이다. 이성적 진리의 주체가 합리적 현실의 상황을 대상으로 한다면, 바디우의 진리–주체는 존재의 핵심인 실재계적 대상에 따라 상징계의 상황을 생각한다. 바디우는 결국 상황뿐만 아니라 알 수 없는 실재계적 잔여물까지 대상으로 했을 때 진리와 주체가 나타남을 말하고 있는 것이다.

그러나 바로 그 때문에 진리와 주체는 사건 이후에 나타날 수밖에 없다. 실재계적 잔여물은 알 수 없는 공백이며 사건이 생겼을 때 비로소 대면할 수 있기 때문이다. 바디우의 주체는 이성적 주체를 넘어서 실재계적 대상에 관여하지만 그 대가로 후사건적인 주체가 된다. 바디우는 이점에 대해 주체란 자기 자신을 넘쳐나는 것이므로 사건 이전에 선재성을 갖지 않는다고 말한다.[75] 오직 사건을 통해서만 자아는 실재계와 대면하며 자신을 초과할 수 있고 그 순간에 비로소 주체가 되는 것이다.

하지만 만일 그렇다면 사건은 어떻게 나타날 수 있는가. 사건은 5.18 같은 변혁운동에서부터 사랑 같은 개인적인 일까지를 포함한다. 그런 사건을 일으키는 주체가 없다면 우리는 우발적으로 사건이 일어나길 기다려야만 하는 것일까.

사건은 실재계와의 대면이므로 그것을 미리부터 완전하게 기획하는 주체는 있을 수 없을 것이다. 라캉이 말했듯이 일상 현실(상징계)의 주체는 빗금쳐진 상태인 것이다. 그러나 자신이 원하는 대상(대상 a)을 완전하게 알 수 없는 불충분한 주체라 하더라도 어쨌든 그것을 향한 미래의 사건의 방향을 감지할 수는 있다. 이 미래를 향한 방향은 흔히 무의식적

---

75 바디우, 위의 책, 57쪽.

욕망으로 느껴지는데 그런 욕망은 진리에 충실하려는 윤리와 무관하지 않다. 우리는 그런 윤리에 근거해 현실상황을 파악하고 미래를 향해 기획을 세울 수 있는 것이다.

물론 그런 기획의 의도는 빈번히 좌절되거나 연기된다. 그러나 원래대로는 아니라도 그 같은 기획들이 사건을 일으키는 중요한 요인이 될 수 있다. 또한 뚜렷한 기획이 없더라도 상황에 대한 우발적 대응이 사건의 계기가 될 수도 있다. 이 모든 요인들, 즉 잠정적인 기획이나 우발적인 대응 등은 사건의 중요한 계기가 된다. 우리는 그런 요인들을 사건을 일으킨 논리적으로 선행하는 인과적 주체라고 말할 수 없을지도 모른다. 그러나 그 요인들과 거기에 관여된 사람들은 사건과 연관된 **서사적 주체**임에 틀림없다. 서사적 주체는 상황과의 상호작용 속에서 사건이 발생하게 하는 서사적 선을 만들어낸다. 이 서사적 선은 상황과 사람과의 긴밀한 교섭 속에서 만들어지므로 딱히 어떤 주체가 사건을 일으켰다고 논리적 인과관계로 말하기는 어렵다. 그 대신에 인간과 상황이 상호작용하는 중에 한 순간 상황을 넘어서는 사건이 발생했다고 말할 수 있다. 그처럼 서사의 과정에서 사건을 발생시킨 요인이 바로 서사적 주체이다.

서사적 주체 역시 상황에 대해서만 대응하는 것은 아니고 교섭의 과정에서 상징계의 모순에 의해 상황을 넘어서서 실재계(대상 a)에 접촉한다. 그 접촉이 빈번하고 강렬할수록 사건이 발생할 가능성이 커진다고 할 수 있다. 그처럼 일시에 사건을 일으키는 주체는 없지만 서사적 과정에서 사건을 발생시키는 주체는 있는 것이다. 즉 사건에는 논리적 인과율에 따른 선행 주체는 없으나 서사적 인과율(서사의 선)에 의한 서사적 주체는 존재하는 것이다.

바디우가 사건 이전의 주체를 부인하는 것은 그가 수학적 논리를 앞세워 서사적 사유를 위축시키기 때문이다. 사건에 근거한 진리와 윤리를 말하는 바디우의 논의는 그 발상이 서사적 사유에 근거하고 있다. 그러나 탈구조주의자들이 시로 봉합시킨 철학을 구원하기 위해, 그는 철학과 수학 사이의 경계를 개방하는 쪽을 선택한다. 하지만 우리는 그 대신에 **철학과 서사 사이의 경계를 열어젖히는 방향**으로 나아가야 함을 말하고 싶다.

이런 문제는 사건 이후의 주체에서도 나타난다. 바디우에 의하면, 주체는 사건에 따라 상황을 사고하고 새로운 존재방식과 행동방식을 발명한다. 진리의 주체는 또한 실천과 입증의 주체인 것이다.[76] 그러나 진리의 사유가 실천으로 이어지려면 반드시 집합적 인물들의 행동으로 연결되어야 한다. 실천적 수행을 위해서는 의식적 차원의 연대가 형성되지 않아도 이미 무의식 차원에서 잠재적 네트워크가 감지되어야 한다.[77] 그런 잠재적 네트워크가 실천으로 이어지려면 사건의 순간 점차 표면으로 고양되어 집합적 주체를 생성해야 한다. 주체에 대한 논의에서 흔히 민족·민중·다중 등 집합적 주체를 언급하는 것은 그 때문이다. 상황과 현실을 변화시키려면 개인 주체가 움직이는 것만으로는 불충분하며 사건이 파토스적 감성(대상 a에 대한 열정)을 불러일으켜 집합적 사람들을 추동해야 한다. 혹은 개인과 타자와의 교섭 과정 속에서 윤리와 진리의 실천이 나타나야 한다. 그런 과정이 없다면 사건이 발생하더라도 진리의 사유가 실천으로 이어지기는 어렵다.

예컨대 5.18이라는 사건이 발생했지만 그 변혁적 사건은 현실을 변화시키는 일로 이어지지 못했다. 그것은 광주 이외의 지역에서 집합적 사람들의 움직임으로 연결되지 못했기 때문이다. 광주의 진실(진리)을

---

76 바디우, 위의 책, 55쪽.
77 이 물밑의 네트워크가 중시되는 전개를 우리는 은유로서의 정치라고 불렀다.

아는 개인들은 있었지만 극도의 억압적 상황에서 진리의 주체들의 교섭과 확산이 일어날 수 없었던 것이다.

물론 바디우도 진리가 전달되려면 상징계적 소통을 넘어선 '만남'이 있어야 한다고 말한다.[78] 만남이란 라이프니츠의 용어로 '울림'과도 같은 것이다. 만남은 윤리의 장소인 실재계로의 접근 속에서 이루어진다. 또한 실재계로의 접근은 사건의 순간 고통 받는 타자와의 교섭 속에서 가능해진다. 그러나 바디우의 주체에 대한 논의에는 그런 타자와의 만남에 대한 언급이 없다.

타자와의 교섭(만남)을 통한 실천적 주체의 출현은 앞서 살폈듯이 서사적 과정 속에서 나타난다. 즉 인간과 상황의 상호작용 속에서 비단(실재계에 접촉하는) 진리의 주체뿐만 아니라 집합적 사람들의 움직임이 발생해야 한다. 의식적 차원의 연대가 중요함은 물론이거니와 그 이전에 이미 사건의 상황에 반응하는 잠재적 네트워크의 고양이 나타나야 한다. 그런 잠재적 네트워크의 동요가 흔히 말하는 객관적 상황의 조건일 것이다.

바디우도 실재계적 다수성이 상징계에 출현한 것을 상황이라고 말한다. 그러나 그는 다수성을 수학적으로 해석하여 타자와의 무한한 관계라는 원래의 의미를 놓친다. 그로 인해 일상의 삶 속에 내재하는 타자와의 무한한 관계, 즉 잠재적 네트워크가 간과된다. 사건이 상황에 부여된 잉여라는 것은 다수성, 즉 타자와의 무한한 관계의 동요, 그리고 잠재적 네트워크의 고양을 뜻한다.

그처럼 사서적 맥락에서 보면 진리의 실천은 삶 속에서의 끝없는 과정이다. 여기서는 주체화의 조건과 특정한 상황이 중요하다. 가령 진리

---

78 바디우, 위의 책, 66쪽.

사건이 발생했다 하더라도 열악한 상황에 의해 진리에 충실한 행동이 나타나지 못할 수도 있다. 즉 객관적 상황의 악화로 잠재적 네트워크가 고양되지 못한다면 집합적 연대가 생성되지 않고 실천적 행동은 무력화된다.[79]

그와 달리 진리의 사유가 변혁의 실천으로 이어진 경우에도 흔히 진리의 내용을 완전하게는 실행하지 못하게 된다. 사건으로 생긴 구멍에 대응하는 동안 현실이 변화되지만 또 그동안 구멍이 메워지고 다시 일상으로 회귀하기 때문이다. 그렇기에 진리를 발견하고 실천하려는 움직임은 서사적 과정 속에서 끝없이 계속되어야 한다.

그 끝없는 과정은 두더지와 땅굴의 방식일 수도 있고 대상 a의 위상학일 수도 있다. 대상 a의 위상학이란 잉여적인 것을 창출하는 반복적인 운동을 말한다. 잉여향락을 만드는 자본의 운동 역시 일종의 대상 a의 위상학이다. 그러나 그것은 또한 교환가치라는 동일성의 충동이기도 하다. 따라서 잉여적 진리 사건을 만드는 변혁의 흐름(서사적 흐름)은 그런 자본의 운동과 반대되는 벡터로서 끝없이 계속되어야 한다.[80]

물론 객관적 상황에 따라 변혁운동은 지속적이지 못할 수도 있다. 두더지와 땅굴의 전략이 필요한 것은 그 때문이다. 그러나 일시 중단되는 동안에도 소설·영화·드라마·시사물(PD수첩)을 통해 도전적인 서사가 계속되어야 한다.

이처럼 진리의 사유와 실천이 끝없이 계속되는 원리를 바디우는 윤리라고 부른다. 이 때의 윤리는 실재계적 대상 a와 교섭하려는 소망에

---

79 1930년대 후반의 객관적 상황의 악화란 이처럼 사람들의 잠재적 네트워크가 약화된 상태를 말한다. 비평가들은 그런 상황을 주체의 무력화라고 불렀지만 실제로는 객관적 상황의 악화로 인한 실천적 주체의 해체일 것이다.

80 자본의 운동과 변혁운동은 비슷하게 대상 a의 위상학이면서도 서로 반대되는 벡터로서 경합의 장을 형성한다.

다름이 아니다. 즉 그것은 실재계와 연결된 끈을 붙잡으려는 것이다.[81] 윤리에 근거한 그런 진리 사유와 실천의 지속은 우리를 현재에 경험하는 아직 오지 않은 것과의 관계(교섭)로 이끈다. 이 미래와 교류하는 주체는 반드시 타자와의 교섭을 통해서만 생성된다. 그러나 바디우의 주체는 타자[82] 없는 주체이다. 그는 사건을 통해 실재계에 접촉하면서도 실재계적 다수성을 타자성이라는 서사적 논리 대신 다수적 관계라는 수학적 논리(집합)로 이해한다. 여기서 '대상 없는 주체'라는 서사적 사건의 철학은 '타자 없는 수학'으로 번역된다. 바디우가 미처 말하지 않은 타자성의 주체, 그 도전적 주체의 생성을 암시하는 것이 바로 레비나스의 주체론이다.

13. 레비나스의 주체이론－윤리적 주체

새로운 주체론의 핵심은 상징계(일상현실)에서 실재계와 접촉하는 사건과 연관된다는 점이다. 예컨대 바디우가 진리 사건을 통한 실재계와의 만남을 말했다면, 레비나스는 타자와의 교섭을 통한 실재계와의 조우를 논의한다. 개인 주체를 말하는 바디우와 달리 레비나스에겐 타자와의 관계가 중요하다. 레비나스의 경우에는 타자와의 만남이 사건이기 때문이다.

그 대신 레비나스에겐 상황의 요소가 없다. 그처럼 사건(타자와의 만

---

81 바디우, 『윤리학』, 앞의 책, 67쪽.
82 실재계로의 지평을 여는 타자를 말한다.

남)에 따라 상황에 대응하는 실천 이전의 단계이므로 레비나스의 주체는 윤리적 주체이다. 물론 이 윤리적 주체는 새로운 삶이나 그것을 위한 실천을 위해서 매우 중요하다.

레비나스 역시 존재의 이중성을 말함으로써 이성적 주체와 주체의 해체(탈구조주의) 양자를 넘어선다. 레비나스의 경우 존재의 이중성이란 내재성의 주체성(이성적 주체)과 타자성의 주체성(진정한 주체)이다. 레비나스의 철학에서 진정한 주체는 당연히 타자성의 주체이다. 그러나 타자와의 만남을 통해 타자성의 주체가 된 후에도 내재성(자기성)이 상실되는 것은 아니며 여전히 이중성을 내포한다.

존재의 이중성에서 내재성의 주체는 하이데거가 말한 존재자에 해당된다. 존재자의 출현은 타자성을 지닌 윤리적 주체가 생성되기 위한 첫 번째 단계이다. 레비나스는 그런 존재자의 출현을 중시하면서 존재를 진리로 말한 하이데거를 비판한다.

하이데거의 존재에 대한 비판은 데리다[83]에 의해서도 이루어졌다. 데리다에 의하면 하이데거의 존재란 차연과도 비슷한 것이다. 즉 유한한 존재자와 달리 존재는 (차연처럼) 타자와의 무한한 관계를 나타낸다. 그러나 차연(데리다)과 존재에는 중요한 차이가 있다. 차연이란 공시적인 체계에 묶여 있지 않고 통시적으로 미끄러질(연기될) 때의 차이작용이다. 그처럼 통시적으로 미끄러지는 차이작용에 의해 역사가 나타난다. 그러나 존재에는 그런 역사성이 없고 차연의 작용이 존재의 진리 안에서만 나타난다. 하이데거는 존재의 진리라는 형이상학적 개념을 말함으로써 그것을 넘어서는 차연의 작용에 제한을 두고 있다.[84]

레비나스 역시 존재의 개념이 구체적 현실과 괴리된 익명성을 지닌

---

83 데리다는 레비나스의 타자성의 철학과 논쟁하면서 철학계에 등장했다.
84 데리다, 「차연」, 『후기구조주의 문학이론』, 민음사, 1992, 292쪽.

다고 비판한다. 그러나 레비나스는 데리다와는 반대의 측면, 즉 차연이 아닌 존재자의 측면에서 문제를 제기한다. 하이데거의 경우 존재자는 선행하는 존재에서만 나타나며 절대로 존재의 주인이 될 수 없다.[85] 레비나스가 보기에 그런 존재자는 결코 벗어날 수 없는 존재 때문에 어둠에 처해 있게 된다. 존재자의 존재 망각을 비판하고 존재를 빛(진리)으로 말한 하이데거와는 반대로, 레비나스는 존재자가 존재에서 분리되지 못함으로써 어둠과 무거움을 경험한다고 말한다. 그 이유는 존재가 (역사의 원리인) 차연과는 달리 형이상학적 익명성을 지니기 때문이다. 존재는 차연처럼 작용할 수도 있지만 반대로 역사를 멈추게 하는 존재의 악으로 작용할 수도 있다.

따라서 레비나스의 주체의 출발점은 존재자가 존재로부터 분리되는 것이다. 레비나스는 이 과정을 홀로서기라고 말한다. 물론 유한한 존재자는 자기성의 한계에 갇혀 있다. 그러나 타자와의 만남을 통해 윤리적 주체를 생성시키기 위해서는 그런 존재자의 홀로서기가 출발점이 된다.

다음 단계는 유한한 홀로서기의 존재자가 무한성을 지닌 타자와의 관계를 통해 윤리적 주체로 생성되는 것이다. 이 타자와의 교섭과정은 유한성에서 무한성으로, 상징계에서 실재계로 접근하는 것과도 같다. 그 때문에 그 과정에서는 타자성, 타자와의 무한한 관계, 차연이 발생한다. 레비나스는 결국 하이데거의 존재를 비판하고 존재자를 통해 타자성(차연)의 차원으로 나아간 셈이다. 그러나 레비나스는 데리다와는 달리 그런 과정에서도 유한한 주체의 자기성과 내재성은 여전히 남아 있다고 말한다.[86]

여기서 하이데거와 데리다, 레비나스의 차이가 나타난다. 데리다와

---

85 레비나스, 강영안 역,『시간과 타자』, 문예출판사, 2001, 39쪽.
86 이 때문에 유한성을 넘어서는 타자성의 과정은 끝없는 과정이 된다.

레비나스에 의하면, 하이데거의 존재는 차연에 못 미치거나 존재자를 구속하는 어둠으로 작용할 수 있다. 또한 레비나스의 관점에서 보면, 데리다의 차연은 타자와의 무한한 관계와 역사적 원리를 말하지만 그 대가로 현실의 주체에 대해 침묵하게 된다. 그와 달리 레비나스는 자기성을 지닌 존재자가 타자와의 관계를 통해 차연의 차원을 얻음을 말함으로써, 현실의 주체에 대해 말하는 동시에 그 주체가 세속적 일상을 넘어서는 작용(차연)을 함을 암시한다.

이처럼 레비나스에게서 주목되는 것은 주체의 이중성이다. 레비나스는 주체의 발생을 이중적 과정으로 말함으로써 하이데거의 형이상학과 데리다의 주체의 해체를 넘어선다. 그리고 사건과 주체, 주체와 시간, 그리고 서사적 주체성을 말할 수 있게 된다. 사건, 시간, 서사적 주체성은 상징계와 실재계, 그 사이의 틈새에서의 이중적 과정에서 발생한다. 이제 그 과정을 좀 더 자세히 살펴보자.

레비나스의 모든 논의들은 일상적 경험과 연관되어 진행된다. 그것은 그가 이제까지 우리가 논의해온 것처럼 철학과 서사의 경계를 열어 젖혔음을 암시한다. 예컨대 그는 잠, 거주, 죽음, 사랑, 타인의 얼굴 등의 일상경험을 주제로 삼는다. 여기서 일상의 존재자가 죽음을 넘어 타자와 만나는 과정에서 윤리적 주체가 생성된다. 이 새로운 주체는 이성을 지닌 존재자이면서 이성을 넘어선 타자성의 주체로 나타난다.

그런 새로운 주체에 이르는 과정에서 출발점에 있는 존재자는 일상의 이성적 주체이다. 그러나 존재로부터 독립한 존재자는 흔히 비판받는 이성중심적 주체는 아니다. 이성중심적 주체는 이성적 질서에 근거한 전체주의와 연관된다. 레비나스는 그런 전체성을 이루는 모든 매개적 질서(상징계적 규범)를 거부한다. 그는 이성적 주체를 넘어선 하이데거의 존재마저도 전체성의 매개물로 생각해 그로부터 벗어난 존재자의 출현을 주장한다. 즉 익명적 존재에의 얽매임에서 벗어난 존재자의 출현으로 전혀 새로운 전환이 일어난다. 존재의 예속에서 벗어난 존재자는 존재를 속성으로 가지며, 주어가 술어의 주인이듯이 존재의 주인이 된다.[87] 이것이 존재자의 홀로서기이다.

존재자는 홀로서기를 통해 물질성(물질적 맥락)에 자리를 잡는데 이 물질성은 '존재의 익명성'에 대한 승리이다. 그러나 존재자는 그런 자유를 얻은 대가로 이번에는 자기 자신에게 얽매이는 상태가 된다.[88] 이 자기 자신을 벗어날 수 없다는 사실은 존재자를 고독과 모나드적 상태로 만든다. 이 같은 존재자의 상태, 즉 자신에 대한 예속과 고독은 **현재**의 시간에 상응한다. 현재는 고독처럼 과거와 미래에 대해 자유롭지만 자신과의 관계에서는 항상 얽매임의 상태이다. 고독한 존재자는 현재이며 그것은 미래와의 관계가 없는 시간의 부재이다.

이런 고독한 존재자의 극단적인 형태는 모더니즘의 주인공과 유사하다. 전체주의가 극심해졌을 때 자기 방에서 홀로 자신을 확인하는 모더니즘 주인공(「날개」)이 나타난다. 그와 비슷하게 레비나스의 고독한 존재자는 잠과 방(잠자리)을 통해 자기 자신으로 돌아온다.[89]

내재성의 삶을 사는 그런 고독한 존재자에게 밖에서부터 알 수 없는 것이 다가오는데 그 대표적인 것이 죽음이다. 죽음은 타자의 현현과 유사한 구조를 갖고 있다. 즉 죽음은 우리가 파악할 수 없는 영역이자 밖으로부터 우리를 덮치는 사건이다.[90] 그러나 자신이나 타인의 죽음이 존재자를 개방시킬 수는 없다. 죽음은 삶과 연관해서 무의미성과 비극성을 지니기 때문이다. 죽음처럼 밖으로부터 다가오는 알 수 없는 것이

---

87 레비나스,『시간과 타자』, 앞의 책, 46쪽.
88 레비나스, 위의 책, 52쪽.
89 강영안,『타인의 얼굴』, 문학과지성사, 2005, 96쪽.
90 강영안,『타인의 얼굴』, 앞의 책, 155쪽.

면서 우리를 미래로 이끄는 것은 바로 **타자의 현현**이다.

타자와의 만남은 외부와의 관계이자 신비와의 관계이다.[91] 타자는 나의 내재성에 포함될 수 없는 외부성이며 유한한 나의 동일성 바깥에서 무한성을 지닌다. 그런 타자를 나에게 받아들이는 (환대의) 순간 윤리성이 시작되고 '나' 자신은 내재성을 넘어선 윤리적 주체가 된다.

레비나스가 말한 타자는 나와 다른 타인인 동시에 고통 받는 타자이다. 즉 타자는 약한 사람, 가난한 사람, 과부와 고아이다.[92] 이런 타자는 상징계의 외곽에서 실재계에 접하고 있는 사람들이다. 따라서 타자와의 만남이란 실상 실재계와 접속하는 경험이라고 할 수 있다. 타자란 상징계 차원에서 나와 교감할 수 없는 타인이면서 또한 상징계의 외곽의 사람들이기 때문이다. 레비나스는 타자와의 만남을 외부, 신비, 무한으로 설명한다. 또한 타인의 얼굴[93]과의 대면을 계시의 순간으로 논의한다. 하지만 그처럼 레비나스가 초월적, 영적 경험으로 설명하고 있는 것은 실상 **실재계와의 접속**을 뜻하는 것으로 해석해야 한다.

타자와의 만남은 내부에서 외부를, 상징계에서 실재계를 경험하는 하나의 **사건**이다. 타자와의 진정한 교류는 상징계 내에서 불가능하므로 실재계에 접속하는 모험적 사건이 필요한 것이다. 타자를 받아들인다는 것은 나를 열어 타인을 내 안에 환대하는 것이다. 그 순간은 상징계 내의 나를 유지하는 동시에 실재계에 접속해 타자와 진정한 교류를 모색하는 시간이다. 이는 유한에서 무한을, 상징계에서 실재계를 경험하는 중요한 **사건**이다.

그처럼 타자와의 만남은 한 쪽에서 다른 쪽으로 이탈하는 경험이 아

---

91 레비나스, 『시간과 타자』, 앞의 책, 85쪽.
92 레비나스, 위의 책, 101쪽.
93 얼굴의 대면이 중요한 것은 얼굴이란 사물과는 달리 매개에 의하지 않은 직접적인 대면을 가능하게 하기 때문이다.

니다. 그보다는 지금 여기에 엄습한 '손에 쥘 수 없는 것'(실재계)과의 관계이다. 그 때문에 타자와의 교섭은 끝없는 과정이며 현재에서 미래와 관계하는 시간적 경험이다. 고독한 존재자가 시간이 부재한 현재라면 타자와의 교섭은 여기서 경험하는 아직 오지 않은 것(미래)과의 시간적 관계이다.

그처럼 **미래**를 향한 사건을 경험하는 주체는 유한성(상징계)에 예속된 주체는 가질 수 없는 중요한 것을 얻게 된다. 유한성을 넘어설 때만 얻을 수 있는 그것은 바로 윤리이다. 상징계의 질서는 규범(법)에 의해 유지되는데, 그 규범에 따르는 주체가 늘상 윤리성을 지니는 것은 아니다. 규범이란 개인들의 진정한 교류를 보장하기 보다는 그에 예속되는 대가로 소통을 가능하게 할 뿐이다. 나와 타자의 진정한 교류는 그런 규범의 맥락이 없는 직접적인 대면 속에서만 가능하다. 레비나스가 맥락(규범)에 예속된 소통 대신 얼굴과 얼굴이 마주하는 관계를 강조하는 것은 그 때문이다. 상징계에 놓인 나는 그처럼 타자의 얼굴과 마주하는 순간 나(내재성)의 경계를 넘어선 외재적 존재의 현시를 경험한다. 그 순간 내부를 넘어 외부에 접속하는 사건 속에서 타자와 진정한 교류를 이루는 것이 바로 **윤리**이다.

라이프니츠는 유한한 모나드들이 조화될 수 있는 것은 무한의 차원인 신에 의해서라고 말했다. 신이 없는 시대에는 신 대신에 인간이 그 조화와 교섭을 담당해야 한다. 그처럼 신을 대신해서 타자와의 만남을 시도하는 것이 바로 윤리이다.

윤리는 존재자의 유한성을 넘어서는 경험인 점에서 레비나스는 그것을 책임감과 종교적 영성으로 설명한다. 그러나 윤리는 그런 초월적 경험이기 보다는 우리의 내면에 잔존하는 능동적 감성의 발현일 수도 있다. 만일 신을 라이프니츠나 레비나스와는 달리 스피노자나 동양사상에서처럼 자연으로 이해한다면, 우리의 윤리는 자연으로 회귀하려는 능동적 감성일 수도 있다. 즉 신에 의한 조화란 자연 상태의 화해이며 그것은 우리가 낯선 타자와 교류할 수 있는 한 방법이다. 그처럼 타자와의 관계를 인위적인 이성적 관계 대신에 자연의 차원으로 되돌리려는 것이 윤리일 것이다.[94] 다만 그런 윤리는 이성적 자아를 버리는 것이 아니라 이성(상징계)과 탈이성(실재계)의 교섭 속에서 성취된다.

레비나스는 물론 그 같은 방향으로 나아가지는 않았다. 무한성의 경험을 신비성으로 말하는 점에서 레비나스의 윤리적 주체는 여전히 형이상학적 한계를 지니고 있다. 그럼에도 불구하고 그의 주체론이 주목받는 것은 타자와의 상호주체적 관계를 강조하기 때문이다. 레비나스에 의하면, 우리는 결코 홀로는 미래를 향해 나아갈 수 없으며 상호주체적인 관계를 통해서만 현재와 미래를 연결하는 시간성이 열리게 된다.[95] 그런 시간적 전망은 인간들 사이의 관계와 역사를 열어준다.

레비나스는 사회적 상황에 대응하는 문제를 구체화하지 않기 때문에 그의 논의는 윤리적 주체의 차원에 있다. 그러나 그의 윤리적 주체는 역사를 향해 열려 있다. 윤리성을 얻지 못할 때 우리의 미래로의 시간은 멈추게 되며 오직 윤리적 주체만이 멈춘 시간을 다시 움직일 수 있다. 레비나스는 타자와의 진정한 관계가 윤리성을 지닐 뿐 아니라 역사를 향한 시간의 문을 여는 출발점임을 강력하게 암시한다.

---

94 이는 동양사상에서 말하는 도(道)의 역할이기도 하다.
95 레비나스, 『시간과 타자』, 앞의 책, 93쪽.

14. 서사적 주체의 귀환

이제까지 밝혀진 것처럼 새로운 주체의 등장을 암시하는 논의들은 서사와 연관된 용어들을 사용한다. 그것은 우리의 삶의 진행이 근본적으로 서사적 운동과 관련되기 때문이다. 삶의 운동으로서의 서사란 로고스적 논리로는 해명할 수 없는 또 다른 진리의 영역이다.

예컨대 레비나스와 바디우의 주체론은 '사건'을 둘러싸고 진행된다. 사건이란 현재의 우리의 삶을 변화시켜 미래로 나아가게 하는 요인이다. 레비나스의 경우 사건이란 유한의 차원(상징계)에서 무한의 차원(실재계)으로 나아갈 때 발생한다. 또한 바디우는 특정한 상황에 잉여적 부과물이 생겨 상징계에 구멍이 뚫린 것을 사건이라고 말한다. 두 경우 모두 사건은 현재의 세계에서 미래로 나아가는 역사적 시간을 생성시킨다. 우리는 그 시간적 과정이 바로 서사라고 말할 수 있다. 그리고 그 점에서 두 사람의 논의는 철학과 서사의 접합이라고 부를 수 있다.[96]

철학에 도입되었더라도 서사적 과정은 추론적 논리로는 제대로 설명할 수 없다. 그것은 미결정성, 가변성, 상호소통성, 능동적 감성을 포함하기 때문이다. 그런 특징들은 이성과 탈이성, 내부(상징계)와 외부(실재계), 현재(존재자)와 미래(타자성)라는 이중성(양가성)을 통해서만 이해될 수 있다. 우리는 그 같은 유동성을 서사적 사유라고 부른 바 있다.

이 서사적 사유를 포함한 철학은 논리중심적 사상과는 구분된다. 논리적 사유에서는 진리의 언어와 지시대상이 부합하며 주체와 객체가 분리된 관계에 있다. 반면에 서사적 사유에서는 그 양쪽을 이분화하는

---

96 바디우 자신은 철학을 수학과 연결시키고 있지만 그의 논의는 서사적 사유로 해석할 때 더 풍성한 성과를 얻을 것이다.

것이 불가능하다. 서사란 주체(인물)와 세계(환경)의 상호작용인데 세계란 이미 주체들의 관계이며 주체는 세계와의 관계에서만 나타난다.

사건이란 그런 주체와 세계의 교섭 중에 발생한다. 사건은 역사와 역사의 주체를 출현하게 한다. 그러나 항상 사건이 먼저고 주체가 나중에 생성된다(바디우)고 말할 수는 없다. 역사의 주체는 사건이 없이 나타날 수 없지만, 사건이 발생했다는 것은 얼마간은 주체의 작용이 있었음을 암시하기 때문이다.

선행하는 주체에 의해 논리적 인과율에 따라 사건이 일어나지[97]는 않기 때문에 역사적 주체가 사건 이전에 존재한다는 생각은 과장된 것이다. 그러나 아무런 주체적 요인이 없이 우발적으로 사건이 발생했다는 것 역시 모순된 생각이다. 우리는 역사를 완벽하게 만들어낸 주체는 없지만 역사적 과정에 참여하는 서사적 주체는 있다고 말할 수 있다. 그런 주체는 사건 이전에 이미 존재하지만 사건 이후에야 분명하게 등장할 수 있다. 이런 시간적 선후 관계는 소설에서와도 비슷하다. 소설에서처럼 현실에서도 주인공이 없이 사건이 나타날 수 없지만 사건 이후에야 주체의 출현이 분명해지는 것이다. 우리는 이런 식으로 사건과 연관되는 주체를 서사적 주체라고 부를 수 있을 것이다.

논리적 인과율에 따르지 않는 이런 사건과 주체, 주체와 대상의 관계를 대상없는 주체라고 부르기도 한다. 그러나 대상없는 주체란 실제로 주체의 대상이 없다는 말이 아니다. 그보다는 주체와 대상, 그리고 진리와 대상의 관계를 단순하게 이분화할 수 없다는 뜻일 것이다.

주체의 대상은 상징계의 상황과 실재계이다. 사건이란 실재계가 상징계에 드러나게 된 것을 말한다. 물론 사건 이전의 주체 역시 어떤 상

---

97 이렇게 주장하는 것이 제임슨이 『정치적 무의식(*The political Unconscious*)』에서 비판하고 있는 표현적 인과율이다.

황에 대응할 수 있다. 그러나 항상 잔여물(실재계)이 남으며 주체의 대응은 불충분하다. 사건을 통해 실재계가 드러나야만 비로소 주체와 대상의 교섭이 왕성해지는 것이다. 즉 사건의 구멍을 메우려 동요하는 순간 진리와 실천의 주체가 출현한다.

이 관계를 '은유로서의 정치(물밑의 네트워크)'[98]로 설명할 수도 있다. 상황을 상징계에 출현한 다수성이라 할 때 그것은 타자와의 잠재적 네트워크를 뜻한다. 특정한 상황에서 그런 잠재적 네트워크는 상징계의 구조에 의해 억제된다. 그런데 사건이란 상황에 부과된 잉여이므로 그 순간 타자와의 관계, 즉 물밑의 네트워크가 동요하게 된다. 이 순간은 해방된 삶으로서 대상 a에 대한 열망이 고조되는 순간이기도 하다. 그로부터 현실에 대항하는 집합적 주체가 출현하는 실천의 시간이 나타나게 된다. 여기서 대상이란 대상 a와 현실 상황이다. 그런데 실재계적 대상 a는 주체가 상징계에서 상실한 존재론적 핵심이므로 단순히 주체의 대상이라고 말할 수는 없다. 그렇기에 대상을 주체와 분리해 말할 수 없는 것이지 실제로 대상이 없는 것은 아닌 셈이다.

한편 대상없는 주체와 함께 주체 없는 역사를 말하기도 한다. 즉 역사적 사건이 어떤 주체에 의해 완전하게 만들어질 수 없다는 점에서 주체 없는 역사를 주장하는 것이다. 그러나 주체 없는 역사 역시 실제로 역사의 주체가 없다는 뜻이 아니다. 그보다는 주체가 역사에 참여하는 과정을 단순한 논리로 말할 수 없다는 의미일 것이다.

주체가 역사에 참여하는 방식은 상황과 실재계에 대한 대응을 통해서이다. 각각에 대응하는 방식은 주체의 이성과 능동적 감성이다. 그런데 실재계가 드러나는 것은 어떤 사건을 통해서이다. 그리고 실재계야

---

98 이에 대해서는 앞의 제1장 5절과 제2장 6, 7절 참조.

말로 역사를 움직이는 핵심이다. 따라서 주체는 사건 이전부터 작용하지만 사건을 통해 역사의 움직임이 분명해진 후에야 그 대응이 강렬해진다. 역사적 진리가 나타나는 것 역시 이 때이다.

이 같은 사건을 둘러싼 주체와 세계의 관계는 단순한 논리적 인과율로 설명하기 어렵다. 그래서 논리적 인과율로 보면 대상 없는 주체나 주체 없는 역사를 말하게 된다. 그러나 그 과정은 주체가 상황과 실재계에 대응하는 과정인 동시에, 잠정적인 이성적 사유와 강렬한 능동적 감성으로 역사에 참여하는 과정이다. 우리는 그 과정을 논리적 인과관계와 구분되는 서사적 인과율의 작용으로 말할 수 있을 것이다.

서사의 복합적 과정을 철학에 도입한 사람들로는 바디우, 레비나스, 들뢰즈, 그레마스 등을 들 수 있다. 바디우와 레비나스는 유동성을 지닌 서사적 사유를 철학에 도입한 대표적인 사람들이다. 그 둘을 재해석하면 윤리적 주체에서 역사적 주체로 나아가는 과정이 나타난다.

바디우는 사건을 통해 진리를 말하는 점, 그리고 진리의 대상을 상징계의 상황과 실재계로 말하는 점이 특징적이다. 사건과 진리는 모두 상징계와 실재계 사이의 공간에서 이성과 능동적 감성을 통해 경험된다. 이는 그가 세계를 서사적으로 이해하고 그에 대응하는 서사적 주체를 말하고 있음을 뜻한다. 다만 우리는 후사건적 주체 대신 전후관계를 말하기 어려운 '서사적 과정에 참여하는 주체'를 생각해야 한다. 또한 윤리적 주체가 역사적 주체로 나아가는 실천 과정에서 타자와의 교섭 과정이 필수적임을 말해야 한다.

그 점에서 자아와 타자의 관계를 통해서만 진정한 주체가 생성됨을 논의한 레비나스의 주체론은 매우 중요하다. 물론 윤리적 주체는 바디우가 말했듯이 사건을 경험한 주체를 통해서도 나타난다. 그러나 사건의 경험이란 이미 미시적으로 타자와 관계하기 시작하는 순간일 것이다. 사건은 주로 타자 쪽에서 일어나며 권력을 지닌 자가 사건에 주체적으로 연루되는 일은 없기 때문이다. 다만 바디우가 그런 차원을 적극적으로 논의하지 않을 뿐이다.

레비나스의 윤리적 주체가 바디우와 다른 점은 이미 미래로 향한 시간적 과정에서의 실천적 주체라는 점이다. 레비나스의 최고의 통찰은 타자와의 만남을 통해서만 미래로의 시간이 열림을 강조한 점이다. 그 점에서 레비나스의 윤리적 주체는 암암리에 역사적 전망을 내포하고 있다.

그러나 레비나스에겐 상징계의 상황에 대응하는 과정에 대한 논의가 없다. 따라서 바디우가 강조한 사건에 따라 상황에 대응하는 진리 과정을 보충할 때, 윤리적 주체에서 역사적 주체로 나아가는 과정이 나타날 것이다. 이 진리의 과정은 서사적 과정이기도 하며 그것에 참여하는 것은 서사적 주체일 것이다.

철학에 서사를 도입한 또 다른 사상가는 **들뢰즈**이다. 들뢰즈에게 사건이란 삶의 공간에서 의미를 발생시키는 선의 과정이다. 사건의 선에는 상징계의 규범을 반복하는 경직된 선과 실재계로 탈주하는 유연한 탈주선이 있다. 바디우와 레비나스가 말한 사건이란 후자의 탈주선에 가깝다. 들뢰즈는 이 욕망의 탈주선을 미시정치학으로 말하고 이성적 주체의 거시정치학과 결합되어야함을 논의한다. 이런 들뢰즈의 거시-미시 정치학의 결합은 '잠정적인 이성'과 '능동적인 감성'의 주체를 말한 우리의 서사적 주체론에 부합한다. 들뢰즈가 말한 탈주의 욕망은 실재계(대상 a)를 향한 능동적 감성인 점에서 바디우가 말한 윤리와 상충되지 않는다. 윤리는 모순된 세계의 외부로 향한 욕망인 동시에 미시 차원의 변혁의 힘이기도 한 셈이다. 그런 미시 윤리학과 정치학에 이성적 주체의 거시정치학이 결합될 때 역사를 움직이는 서사적 주체가 나타날 것이다.

흥미롭게도 이와 비슷한 서사적 과정은 그레마스의 의미론에서도 발견된다. 그레마스는 의미를 미시 의미소들의 역동적 운동으로 설명한다. 의미는 의미소들의 대립관계를 통해 발생하기 시작해서 대립을 해체하려는 힘에 의해 역동성을 얻는다. 의미는 그런 역동성을 얻은 후 다시 원래의 위치로 돌아오는데 이 과정은 사회와 자연의 전 우주를 경험하는 것과도 같다. 여기서 대립관계는 사회적 과정이며 해체의 힘은 자연적 관계에서 나타난다. 우리는 대립적 사회와 해체적 자연에 상징계와 실재계를 대응시킬 수 있다. 의미의 운동은 상징계–사회 쪽에서의 거시적 과정인 동시에 실재계–자연 쪽에서의 미시적 과정이기도 하다. 이 같은 상징계와 실재계 사이에서의 의미의 운동은 양자의 틈새에서의 서사적 과정과도 유사하다. 여기서 우리는 의미론과 서사의 접합을 발견한다. 우리는 서사적 사유를 도입해야만 의미란 무엇인가에 대한 답변이 가능한 것이다.

이 같은 철학과 서사, 의미론과 서사의 접합은 단순한 우연이 아니다. 사유의 영역에서의 서사의 출현은 삶의 영역에서의 서사의 귀환의 징후일 뿐이다. 이미 정치학은 서사와 뗄 수 없는 관계에 있다. 그 밖에 우리는 역사와 서사, 윤리와 서사, 교육과 서사의 결합을 발견한다. 뿐만 아니라 레저와 서사, 광고와 서사, 오락과 서사의 접합을 경험한다. 삶의 곳곳에서 이야기의 열망이 폭증하는 시대에 서사적 주체의 귀환은 철학을 넘어 전사회로 확산되고 있는 것이다.

전사회가 자본화된 시대에 이런 서사의 귀환은 무엇을 의미하는 것일까. 자본주의와 서사는 무슨 연관이 있을까. 자본이 삶의 의미를 빼앗는 회로라면 과연 서사는 그 반대의 의미의 회로로 작용할 수 있을까. 우리는 다음에서 이런 질문들이 근본적으로 윤리와 연관되어 있을 살펴볼 것이다.

제3장

윤리의 회생

1. 서사의 귀환과 윤리

우리 시대는 윤리가 가장 그늘에 놓인 시대이다. 누구도 윤리에 열광하지 않는다. 윤리가 필요함은 알고 있지만 그것은 항상 괄호 안에 넣어진다. 그 이유는 윤리란 미루고 싶은 숙제와도 같은 무거운 짐이기 때문이다. 이 화려한 욕망의 시대에 무거운 윤리와 도덕적인 선은 가장 매력이 없다.

이런 윤리의 딜레마는 우리가 윤리를 지켜야할 규범으로 생각하기 때문이다. 공동체의 규범으로의 윤리는 개인의 욕망과 배치된다. 윤리는 필요한 것이지만 그것이 욕망을 억누르고 지켜야 하는 것이라면 우리의 마음을 끌지못한다.

그러나 그와 구분되는 또 다른 윤리가 있다. 또 다른 윤리는 규범이 아니라 서사와 연관된다. 전사회가 자본화된 우리 시대는 인간관계마저 상품화된 시대이다. 인간관계를 포함한 모든 것의 상품화란 윤리의 부재에 다름이 아니다. 하지만 TV에서 보듯이 상품들은 늘상 서사와 함께 우리 곁에 다가온다. 모든 광고에는 이야기가 있다. 오락과 게임에도 서사가 있다. 이처럼 상품과 오락에 끼어드는 서사는 아마도 윤리에 대한 향수일 것이다.

상품광고에 서사가 도입되는 것은 상품 자체에는 인간적인 요소가 부족하기 때문이다. 광고는 이야기를 통해 상품을 사람들 사이에 놓음으로써 우리의 윤리적 갈증을 달래준다. 이처럼 서사에는 상품의 결여를 채워줌으로서 사람들을 열광시키는 힘이 있다. 서사에는 상품이 자극하는 개인의 욕망을 넘어서는 어떤 것이 있는 것이다. 그처럼 도덕적 설교와는 달리 사람들을 열광시키고 무의식적 갈망을 채워주는 힘을 서사적 윤리라고 할 수 있을 것이다.

물론 광고는 윤리의 상품화이다. 그것은 이야기의 상품화이기도 하다. 그러나 상품과 오락에서 뿐만 아니라 서사는 우리사회의 곳곳에 흘러넘치고 있다. 상품화에 의한 인간적 갈증을 해소하려는 이 서사의 욕망을 우리는 윤리에 대한 갈망이라고 해석한다.

상품의 욕망은 개인의 욕망이며 상품화는 인간관계를 파편화시킨다. 반면에 서사는 타인과의 관계에 대한 모험을 통해 조화된 삶을 추구한다. 레비나스는 그처럼 자아가 타인과 관계하는 모험을 사건이라고 불렀다. 사건은 상품의 욕망이 빼앗아간 윤리적 주체를 회생시킨다.

상품화는 자본주의 사회의 필연적인 귀결이다. 이는 자본주의 사회의 법과 규범의 내부에서 반복되는 일이다. 서사는 그 같은 법과 규범의 내부에서 어려워진 조화된 인간관계를 보여주려는 모험이다. 바디우는 그런 모험이 자본주의에 구멍이 생겨 외부에 접속하는 사건이 생길 때 가능하다고 말했다. 그 같은 사건은 자본주의의 법을 넘어서는 윤리를 가능하게 한다.

이처럼 서사는 자본주의적 상품화와는 반대되는 방향에서 자아와 타인의 관계를 모색한다. 또한 서사는 자본주의적 법을 넘어서서 조화된 인간관계를 추구한다. 이 상품화·사물화를 반대하는 타자와의 관계의 모색, 그리고 자본주의적 법을 넘어서는 관계의 모험이 바로 서사적 윤리[1]일 것이다.

이 새로운 윤리는 자본주의적 내부의 통제를 넘어서는 점에서 법과 구분된다. 또한 경직된 **도덕적 규범**과도 달리 우리의 삶에 대한 열망을 자극한다. **서사적 윤리**는 무거운 숙제와는 달리 우리를 열광시키고 능동적으로 결집되게 한다.

서사적 윤리에서는 기존의 윤리와는 달리 이성뿐만 아니라 감성적 측면이 매우 중요하다. 또한 어떤 경우에는 이성인 동시에 감성인 것이 작용하기도 한다. 이는 서사적 윤리에서는 무의식적 측면이 중요함을 암시하는 것이다. 그렇다면 욕망의 무의식뿐만 아니라 **윤리적 무의식**이 있는 셈이다. 윤리는 이성이나 의지이기도 하지만 그 이전에 직관이며 우리를 끌어당기는 열망인 것이다.

눈부신 욕망의 시대에 윤리가 이성만의 작용이라면 결코 그 욕망을 넘어서지 못할 것이다. 욕망과 감정은 그와 다른 보다 강한 감정(욕망)에 의해서만 극복될 수 있기 때문이다.[2] 서사적 윤리는 상품화된 욕망을 넘어서는 또 다른 감성, 사랑과도 같은 열망의 형식으로 우리에게 호

1　서사 윤리라는 용어는 신형철도 사용하고 있다. 신형철, 「문학은 무엇을 할 수 있는가─윤리학적 상상력에 대한 성찰」(한국어문연구소 콜로키움 자료집, 2010. 12. 10)13쪽과 『몰락의 에티카』(문학동네, 2008) 참조.
2　스피노자, 강영계 역, 『에티카』, 서광사, 2007, 252~253쪽.

소한다. 차가운 법뿐만 아니라 도덕적 설교와도 구분되는 이 새로운 윤리를 우리는 따뜻한 윤리라고 부를 수 있을 것이다.

2. 차가운 윤리와 따뜻한 윤리

법은 차가운 형식을 갖고 있다. 그것은 법이란 합법과 불법 사이의 경계를 긋는 담론이기 때문이다. 만일 그런 경계가 분명하지 않다면 법은 법으로서의 권위를 잃어버린다. 그러나 그처럼 경계를 긋는 순간 법을 둘러싼 인간관계는 상호주체성을 잃어버리고 냉정한 개인들의 관계로 경직된다.

그 점은 규범적인 도덕의 경우에도 마찬가지이다. 규범적인 도덕이나 윤리는 이탈한 사람들을 물리적으로 격리시키지는 않는다. 그러나 우리를 사랑 같은 감성으로 이끌기 보다는 그것을 어긴 사람에게 내면의 징벌을 내리는 점에서 차가움을 지닌다.

그런 법이나 규범적 윤리와 구분되는 또 다른 윤리를 말한 사람은 칸트이다. 칸트는 윤리를 법이나 공동체의 규범이 아니라 자율적인 행위를 가능하게 하는 형식으로 보았다. 외부로부터 어떤 규범이 주어진다면 그것은 결코 우리를 자유롭게 할 수 없다. 그와 달리 윤리는 스스로 그것에 따름으로써 자신을 자발적이고 자유롭게 만드는 것이다. 칸트는 자신이나 타인을 수단으로 삼지 않고 목적으로 여기는 것이 그런 윤리라고 말했다. 즉 우리는 그처럼 윤리적으로 행동할 때 스스로 자유로

위진다.

그러면 어떻게 우리가 그런 강제성이 없는 윤리에 스스로 따를 수 있을까. 칸트는 각자의 내면에서의 정언명령에 의해서라고 말한다. 명령의 형식은 우리를 구속하는 것이지만 윤리적 정언명령은 그와 다르다. 법과 규범의 명령이 '반드시 지켜야 한다!'라는 것이라면 윤리적 명령은 '자유로워져라!'라는 명령이다.[3] 칸트의 이 '자유로워져라!'라는 명령은 타율과 구속이 없는 전혀 새로운 차원의 명령이다.

칸트는 법이나 공동체의 규범과 다른 새로운 차원의 윤리를 발견했다. 법이 상징계의 차원이라면 칸트는 그 타율성 외부의 **실재계** 차원의 **윤리**를 말한 셈이다. 그러나 칸트는 실재계 차원의 윤리를 '개인'의 의무감으로 환원시킨다. 물론 윤리적 의무는 법이나 공동체의 규범과는 다른 자발적이고 자율적인 의무이다. 그러나 그 자율적 윤리 역시 우리가 말한 사랑 같은 윤리와는 달리 개인의 내면에서만 작용한다.

따뜻한 윤리는 타율적 명령인 법과 공동체의 규범뿐만 아니라 자율적 명령인 칸트의 윤리도 넘어선다. 후자의 법과 윤리는 주로 개인의 내면에서 이성과 의무감으로 작용한다. 반면에 새로운 윤리는 이성뿐만 아니라 **상호주체적인 감성**을 통해 작용한다.

예컨대 박민규의 「카스테라」는 그런 새로운 윤리에 대해 말하고 있다. 이 소설의 '나'는 '한 채의 공장이 내뿜을 만한' 소음을 내는 냉장고와 이 년을 넘게 생활한다. 처음에는 고통스러웠지만 익숙해지자 오히려 그 소음으로 외로움을 달랠 수 있을 정도가 된다. 이 소설에서 시끄러운 고물 냉장고는 우리의 고장난 윤리를 상징한다. 부패한 시대일수록 시끄럽더라도 냉장고는 꼭 필요하다. '나'는 냉장고의 용도가 부패

---

3   가라타니 고진, 송태욱 역, 『윤리 21』, 2001, 7쪽.

방지임을 생각하고 인류에 대한 도리를 지키기 위해 세상의 사물과 사람들을 그 속에 집어넣는다. 아버지, 학교, 신문사, 경찰간부, 그리고 마침내 미국을 집어넣었다. 이것들은 세상의 해악이거나 소중한 것들, 혹은 둘 다였다. '나'의 시끄러운 냉장고 안에는 하나의 세계가 들어 있었다. 그 대신 '나'의 세상에는 그 물건들이 하나씩 사라져갔다. 냉장고 밖의 세상은 부패되었으며 부패를 방지하려 하면 삶이 상실되는 것이다.

드디어 20세기 마지막 밤, 한 세기를 정리하는 냉장고는 유난히 힘들게 느껴지는 소음을 내었다. 다음날 눈을 뜨자 이상하게 냉장고는 소음을 멈추었고 안은 텅 비어 있었다. 그리고 다만 정중앙의 깨끗한 접시 위에 카스테라가 놓여 있었다. 카스테라는 예전의 차가운 냉동물들과는 달리 따뜻하고 부드러웠다. 모든 것을 용서할 수 있는 맛을 지닌 그것은 21세기의 새로운 윤리의 상징일 것이다. 새로운 윤리는 그처럼 냉정한 명령이나 의무가 아니라 포용력으로 사람들을 감동시키는 감성을 포함한다.

따뜻한 사랑 같은 윤리는 이미 1970년대 소설 「잘못은 신에게도 있다」(조세희)에서도 암시되고 있다. 이 소설의 '나'(영수)는 사랑으로 사는 세상을 꿈꾸던 아버지의 말을 생각한다. 아버지는 사랑이 없는 사람들을 처벌하는 법을 만들어야 한다고 말했다. 아버지가 말한 사랑의 법은 사실은 윤리일 것이다. 그것을 법으로 제정하는 것은 실제로는 불가능하다. 사랑은 법처럼 합법과 불법의 경계를 구분할 수 있는 것이 아니기 때문이다.

그럼에도 우리는 그런 생각에 공감한다. 그것은 우리가 법을 넘어서서 사랑 같은 윤리에 의해 질서화된 세계를 꿈꾸기 때문이다. 우리의 윤리적 꿈은 '신조차도 잘못이 있는' 세상에서 더욱 간절해진다. 아마도 잘못이 있는 침묵의 신을 대신하는 것이 바로 윤리일 것이다. 그런 윤리는 실천의 힘이 필요하다. 사랑의 법이란 결국 차가운 법 대신 따뜻한 윤리에 힘을 부여하자는 은유적인 생각일 것이다. 아버지의 꿈은 그처럼 윤리의 실천에 관한 생각이며, 그런 실천을 위해서는 법을 넘어서는 역사적 변혁의 주체를 필요로 한다.

따뜻한 윤리는 외견상 냉정해 보이는 이성적인 사람에게서도 발견된다. 예컨대 TV드라마 〈싸인〉(장항준·김형식 연출)의 주인공 윤지훈(박신양 분)의 경우이다. 윤지훈은 법의학자이며 과학에 충실해 진실을 밝혀내려 한다. 그러나 그는 단순히 법과 과학에 충실한 냉정한 사람이 아니다. 예컨대 그가 진실을 밝히기 위해 다른 사람에게 사체를 빼앗기지 않으려고 애쓰는 것은 단순히 법에 충실한 것과는 다르다. 윤지훈에게는 법과 과학의 이성, 그리고 차가운 책임감을 넘어서는 어떤 것이 있다. 우리가 그에게 매료되는 것은 바로 그 때문이다. 그것은 아마도 진실에 대한 열정, 죽은 자에 대한 예의, 삶에 대한 애정 같은 것일 터이다. 삶에 대한 애정으로서의 죽은 자에 대한 예의, 신도 간섭하지 못하는 그것이 바로 윤리이다.

윤지훈은 부도덕한 대선 후보의 당선을 막기 위해 자신을 증거물로 남기며 그 후보의 살인자 딸을 검거되게 한다. 그러나 그는 단지 책임감이나 직업윤리 때문에 자신을 희생한 것이 아니다. 그는 누구보다도 삶을 사랑한 사람이었다. 그는 결행을 하기 전 몰래 찍은 고다경(김아중 분)의 사진들을 들여다본다. 또한 이 드라마는 마지막에 고다경이 시간-이미지[4]로 된 윤지훈과 벤치에 앉아 있는 장면으로 끝난다. 이는 결코 상투적인 엔딩이 아니다. 그들 사이에는 죽음을 넘어선 강렬한 감정의 교류가 있었던 것이다. 윤지훈의 이성적인 윤리적 행동 역시 그의 삶에 대

---

4 들뢰즈의 용어로 어떤 사람의 생각이 그 사람과 같은 화면에 이미지로 나타난 것을 말한다. 나병철, 『영화와 소설의 시점과 이미지』, 소명출판, 2009, 385~408쪽 참조

한 애정과 사랑의 감정이 근원이 되었을 것이다. 이 드라마는 그 같은 강한 감정만이 불의와 타협에 흔들리는 약한 감정과 욕망을 넘어설 수 있음을 보여준다.

3. 사건과 윤리

윤리는 법의 차원을 넘어선 어떤 초과적인 것이다. 법이란 일상세계의 쾌락원칙을 통제하려는 질서이다. 그 점에서 법의 차원은 쾌락원칙의 차원이기도 하며 그 영역이 바로 라캉의 상징계이다. 윤리는 법을 넘어서는 동시에 쾌락원칙을 넘어서는 곳에서 작용한다. 윤리는 법과 달리 스스로 따르는 것이며 법이 없이도 쾌락원칙에 동요되지 않게 한다. 그처럼 법과 쾌락원칙을 둘 다 넘어선 윤리의 장소가 바로 실재계이다.

칸트는 쾌락원칙을 넘어선 윤리를 발견한 최초의 사람이었다.[5] 쾌락원칙을 넘어설 수 있는 것은 결코 금욕주의가 아니다. 쾌락원칙은 프로이트와 라캉이 욕동이라고 부른 것에 의해 극복되며 그것은 일상의 상징계를 넘어설 때 나타난다. 칸트의 윤리적 혁명은 윤리가 금욕주의와 구분되며 일상세계(상징계)를 넘어선 욕동(실재계)과 연관됨을 암시한 점이다.

욕동이란 상징계의 환상(그리고 쾌락원칙)에 의해 포획되지 않는 '순수욕망'이다. 그 점에서 칸트의 윤리와 '실천이성'에 상응하는 라캉의 발

---

5   알렌카 주판치치, 이성민 역, 『실재의 윤리』, 도서출판 b, 2004, 7쪽

건물은 **순수욕망**인 셈이다. 라캉은 윤리란 결국 가장 순수한 상태에서의 욕망(욕동)일 뿐이라고 말했다.[6] 칸트와 라캉은 법과 상징계를 넘어선 실재계 영역의 윤리를 직접 말한 단 두 명의 사상가이다.

칸트는 현상계를 넘어선 **물자체**의 영역이 윤리의 장소라고 말했다. 그에 상응하는 윤리적 주체는 경험적 차원을 넘어선 선험적 주체이다. 물자체와 선험적 주체, 현상계의 경험적 개념(법, 쾌락)으로 이해할 수 없는 그 전혀 다른 차원의 이성과 의지가 윤리이다.

라캉은 상징계를 넘어선 실재계 영역에서 욕동이 나타난다고 말했다. 욕동 혹은 순수욕망은 선험적인 대상 a의 주위를 선회한다. 대상 a와 교섭하는 욕망(욕동)의 주체는 탈중심화된 주체이다. 라캉은 욕망이 환상의 유혹에서 벗어나 **대상 a(실재계)**로 향하는 것이 윤리라고 생각했다.

따라서 라캉에 관점에서는 칸트의 정언명령은 실상 **욕망의 명령**이다. 또한 칸트의 '선험적 주체'란 경험적 요소가 텅 빈 '탈중심화된 주체'이다.[7] 라캉은 칸트가 실재계–물자체의 영역을 윤리의 장소로 발견했다는 찬사를 보낸다. 그러나 칸트는 그 실재계적 핵심을 의지의 대상으로 바꾸어 놓는다. 칸트는 쾌락원칙을 넘어서는 물자체–실재계에 대응하는 윤리의 행위력을 개인 주체의 내면에서만 찾는다. 칸트는 물자체를 말했지만 아직 (쾌락원칙을 넘어선) 진정한 욕망의 원인인 대상 a에 대한 발견이 없었던 셈이다.

우리는 칸트와 라캉을 비오이디푸스적 관점에서 재해석할 필요가 있다. 상징계가 오이디푸스 구조라면 실재계는 비오이디푸스적 욕망과 연관될 것이다. 비오이디푸스적 욕망이란 대립을 넘어선 공동체적 화해, 혹은 도나 해탈 같은 것을 말한다. 동양사상에서는 원래 윤리가

---

6 알렌카 주판치치, 위의 책, 19~20쪽.
7 알렌카 주판치치, 위의 책, 10쪽.

바로 그런 비오이디푸스적 욕망이었다. 선험적 주체와 대상 a 역시 실재계에서 비오이디푸스적 욕망을 실현하려는 충동과 연관될 것이다. 그런 윤리와 욕망이 불가능해 보이는 것은 우리가 서구적 근대의 자장 안에 놓여 있기 때문이다.

홍미로운 것은 칸트와 라캉이 그 서양사상의 전통에서는 접근 불가능한 영역을 논의하고 있다는 점이다. 사람들은 칸트가 우리에게 불가능한 것을 요구한다고 비판한다. 반면에 라캉은 바로 그 불가능한 것을 말했기 때문에 칸트의 도덕론이 이론적 가치를 지닌다고 말한다. 그런 불가능한 것의 영역이 바로 실재계이며 비오이디푸스적 욕망의 영역이다.

동양사상이란 본래 그 불가능한 것, 즉 상징계에서 실재계에 이르는 방법의 탐구이다. 예컨대 노장사상의 도나 불교의 해탈 같은 것이다. 그것은 상징계를 넘어서는 점에서 유교의 윤리(인, 예)를 초과하며 칸트의 윤리나 라캉의 욕망(욕동, 향락)의 범주에 겹쳐진다. 그러나 동양사상은 자기 자신이 수행을 통해 대상 a에 접근하는 것이지 세계 속에서 실천하거나 현실을 변화시키는 것은 아니다. 그 점이 칸트 이래의 현대철학에서의 실재계적 영역의 탐구와 다른 점이다. 우리에게 동양사상의 현대화가 필요한 것은 이 때문이다.

칸트의 윤리나 라캉의 욕동 역시 일상생활에서는 실현하기 어려운 불가능한 것이다. 그러나 어느 순간에 우리는 불현듯 그런 충동에 사로잡힌다. 그것은 상징계에서 어떤 사건을 경험할 때이다. 즉 상징계에 구멍이 뚫리거나(바디우) 낯선 타자와 대면할 때(레비나스)이다.

동양사상이 암시하듯이 윤리는 우리 내면에 잠재해 있는 것이다. 그러나 그것의 열망은 어떤 사건을 통해 우리에게 절실하게 다가온다. 예컨대 「아홉 켤레의 구두로 남은 사내」(윤흥길, 1977)의 주인공 권씨의 경우 한 순간 자신도 모르게 윤리적 요구를 경험한다. 그 윤리적 순간은 사건의 순간이기도 했다.

권씨는 1970년대에 광주대단지에 이주한 입주민이었다.[8] 그는 서울 무허가 건물 철거민의 입주권을 전매해 내 집 마련의 꿈에 부풀어 있었다. 소시민적인 그는 철거민들의 불행한 입장이나 협잡으로 전매한 자신의 부도덕성 따위는 생각할 겨를이 없었다. 그러나 광주단지의 지상 낙원의 소문은 국회의원 선거를 위한 선심성 이벤트였다. 선거가 끝난 바로 다음날, 전매 소유한 땅에 보름 후까지 집을 짓지 않으면 불하를 취소한다는 통지서가 날아들었다. 권씨가 손수 얼기설기 간신히 집 같은 것을 세워 놓자 다시 통지서가 왔다. 계약시의 토지 시가로 보름 후까지 일시불로 계약금을 내라는 내용이었다. 기한 내 납부하지 않으면 **법에 의해 조치하겠다**는 단서가 붙어 있었다.

설상가상으로 경기도에서 토지취득세부과통지서를 발부하자 전매자들은 물론 광주단지 주민들은 크게 반발할 수밖에 없었다. 투쟁위원회가 조직되고 대학까지 나온 권씨는 투쟁위원을 맡게 되었다. 그러나 권씨는 자신이 서울사람이지 광주단지 사람이 아니라고 생각하며 한 번도 회의에 참석하지 않았다. 마침내 시위가 시작되고 권씨에게 연락이 왔지만 그는 사람들을 피해 서울로 도망할 생각을 하고 있었다. 권씨는 문제가 해결되길 원하면서도 정작 시위에 뛰어들 의사는 없었던 것이다. 낮도둑처럼 샛길로 피하며 도덕적 부끄러움을 느꼈지만 그의 눈은 서울 쪽의 길만 향하고 있었다.

권씨는 택시를 타고 도망하다 청년들에게 발각된다. 한 청년이 권씨에게 빈부격차와 대단지의 처참한 생활을 말하며 **도덕적 설교**를 했지만

8　윤흥길, 「아홉 켤레의 구두로 남은 사내」,『아홉 켤레의 구두로 남은 사내』, 문학과지성사, 2009, 174쪽.

한 마디도 귀에 들어오지 않았다. 권씨는 빗속에서 시위대와 경찰이 맞서는 장면을 보고도 아무런 감동을 느낄 수 없었다.

그 때 삼륜차 한 대가 시위의 소용돌이 속을 헤매다 뒤집히는 일이 일어났다. 차에 실었던 참외가 와그르르 쏟아져 길바닥에 구르고 있었다. 바로 그 때, 경찰을 상대하던 시위대가 동작을 딱 멈추더니 참외 쪽으로 벌떼 같이 달라붙었다. 한차분의 참외가 순식간에 동이 나고 사람들은 진흙탕의 참외까지 어적어적 깨물어 먹고 있었다.

그 순간 권씨가 느낀 것은 단순한 동정심이 아니다. 권씨에게 그 모습은 무언가가 밑에서 떠받혀 올라오는 무시무시한 풍경이었다. 그 때 권씨에겐 귀에 들어오지 않던 청년의 빈부격차의 설교가 어떤 균열의 풍경으로 절실하게 다가온 것이다. 그 균열은 개인적 행복에 연연하던 권씨의 소시민성을 무너뜨리며 그로 하여금 법을 무용지물로 만드는 실재계와 대면하게 했다.

권씨는 나체화를 본 듯한 충격을 느낀다. 나체화란 일상에 생긴 공백의 풍경이다. 그 순간 일상의 빈틈에서 어떤 지시체계로도 의미화할 수 없는 헐벗은 풍경, 상징체계 바깥에 버려진 무력한 타자와의 대면이 발생한 것이다. 공백 속에 나타난 이 굶주린 타자의 모습은 권씨에게 윤리적 요구로 다가왔다. 이 때 권씨는 억압된 화해의 욕망이 되돌아옴을 느끼며 (빈부격차로 인해) 그 욕망이 짓밟힌 데 대한 분노와 정의의 요구에 직면한다.

권씨는 자신도 모르게 차량 꼭대기에 오르기도 하고 각목을 휘두르기도 한다. 그는 전혀 기억이 없었지만 사진에 찍힌 그의 모습을 증거로 경찰에 검거된다.

권씨의 행동은 라캉이 말한 탈중심화된 윤리적 주체의 행위라고 할 수 있다. 그는 윤리적 충동에 의해 무의식적으로 소시민적 행복(쾌락원리)과 법을 넘어서서 행동했던 것이다. 권씨가 그렇게 행동할 수 있었던 것은 어떤 사건에 의해 그의 소시민적 일상에 구멍이 뚫렸기 때문이다 (바디우). 그는 그 **공백**(나체화)을 통해 그와 다른 **타자와의 만남**을 경험한다(레비나스). 그 순간 그는 무력한 타자와의 만남 속에서 도움과 정의를 호소하는 목소리를 듣는다. 이처럼 일상에서 경험하기 힘든 윤리적 순간은 **사건**을 통해 자아에게 절실하게 다가온다.

물론 권씨는 그 사건 이후 다시 소시민적 태도로 회귀한다. 그것은 그가 무의식적으로 행동했을 뿐 그의 행동을 (이성적으로) 현실상황에 연관시키는 진리의 성찰 과정이 없었기 때문이다. 또한 그가 경험한 사건은 그의 삶을 송두리째 바꿔놓기에는 너무 우발적인 것이었다. 권씨의 변화를 위해서는 또 다른 사건을 통해 자신과 현실의 삶의 존재방식에 대한 성찰이 있어야 할 것이다.

하지만 권씨의 경험은 사건과 윤리의 관계를 잘 보여준다. 그가 경험한 것처럼, 칸트와 라캉이 발견했지만 불가능한 것처럼 보이는 윤리는 사건을 통해 가능해진다. 우리가 사건을 직접 경험하지 않았을 때는 소설, 영화, TV드라마의 서사가 윤리적 순간을 제공해 줄 것이다. 그렇지 않으면, 기억의 시간을 통해 우리의 텅 빈 현실에 별자리처럼 박혀 있는 과거의 사건들[9]과 교감할 때, 우리는 불현듯 윤리적 주체의 회생을 경험한다.

---

9 벤야민, 최성만 역, 『발터 벤야민 선집』5, 길, 2008, 382쪽.

4. 정의와 '인간에 대한 예의' —공지영의 「인간에 대한 예의」

칸트와 라캉에 의해 발견된 실재계적 윤리는 원래 동양사상에 의해 탐구되어 왔다. 동양사상에서 진리의 탐구는 서양적 인식론과는 달리 윤리학의 성격을 지니고 있었다. 서양의 인식론이 주로 이성에 의존한다면 동양의 윤리학은 이성을 넘어선 어떤 것에 근거한다.

동양사상이 이성중심적인 서양의 인식론의 한계를 넘어서는 것은 그 때문이다. 예컨대 서양의 인식론은 이성과 감정, 자아와 타자를 구분한다. 반면에 동양의 윤리학은 이성적인 동시에 감성적이며 자아와 타자의 '관계'에 초점을 맞춘다.

가령 유교사상에서 윤리란 이치(理)인 동시에 감정(氣)이다. 즉 유교의 인의예지(仁義禮智)는 이인 동시에 기이며 성(性)인 동시에 정(情)이다. 인(仁)이란 이이지만 측은지심(惻隱之心)의 감정이기도 하며 의(義) 역시 이이면서 수오지심(羞惡之心)의 감정인 것이다.

유교는 나와 타자 사이에서 작용하는 인을 인간의 본성으로 보았다. 그 점에서 유교는 인간의 본질을 윤리적 존재로 여긴 셈이다. 인간의 본성인 인이 저버려지는 상황에서 의가 발동한다. 현대적 관점에서의 정의나 윤리는 바로 그런 의에 가깝다. 정의란 사람들 사이의 인간적인 교감(仁)을 파괴하는 상황이 생겼을 때 그에 대응하는 이성과 감정이다.

그러나 유교적 윤리는 나와 타자 사이의 동질적인 교감에 초점을 맞춘다. 그로 인해 자연과 인간의 교감보다는 인간들끼리의 교감에, 그리고 비슷한 사람들끼리의 교감에 초점을 맞추는 경향이 있다. 이처럼 동질적인 교감을 중시하다 보면 예(禮)에 의해 질서화된 세계(상징계)를 변화시키는 힘이 발생하기 어렵다.

그와 달리 도교의 도(道)는 자아와 이질적 타자의 교감을 모색한다. 유교적 인과는 달리 도는 미리 존재하는 본성이기보다는 타자와의 교섭 과정에서 나타난다. 즉 나의 내부를 비움으로써 타자를 받아들이는 과정이 도의 실천이다. 이는 이질적 타자를 받아들여 나의 동일성을 연기한 상태에서 주체로 생성되는 과정이다. 이 같은 도의 주체는 탈구조주의에서 말하는 타자성의 주체나 차연의 운동과 유사하다.

물론 도와 차연이 아주 일치하는 것은 아니다. 즉 차연이 역사적 차이작용이라면 도는 자연상태의 삶의 지향이다. 도의 주체가 타자성의 주체나 차연의 운동이라는 것은 궁극적으로 타자와 조화된 자연적 삶을 지향함을 뜻한다.

도교에서는 태초의 우주만물이 원래 자연적인 상태였다고 생각한다. 그러나 인위적인 정치권력이 나타나면서 현실의 삶은 자연상태를 잃어버리고 세속화된다. 도는 그 상실한 자연의 삶을 회복하려는 실천적인 과정이다.

원래의 삶의 상태는 개체 발생 이전의 혼돈으로서 **기호계적 코라**[10]와도 같은 것이었다. 그 이후에 나타난 권력에 예속된 인위적인 삶이 상징계일 것이다. 도는 원래의 자연으로 회귀하는 동시에 타자와의 교섭을 통해 새로운 주체를 생성시키는 **실재계적** 모험이다.

이 같은 도의 실천은 레비나스의 윤리적 주체의 생성과도 유사하다. 레비나스가 신비적인 영성을 말하고 도는 자연을 지향하지만 양자는 모두 윤리의 근거를 보여준다. 그처럼 도는 유교의 인을 넘어서는 보다 급진적인 윤리적 기획이다. 하지만 도의 실천 자체가 현대적 의미의 윤리와 일치한다고 볼 수는 없다. 그것은 도에는 현대(근대)의 기반인 합

---

10 줄리아 크리스테바, 김인환 역, 『시적 언어의 혁명』, 동문선, 2000, 25~33쪽.

리적 세계의 현실상황에 대한 대응이 없기 때문이다.

현대인은 어떤 경우에도 합리적인 기반을 떠날 수 없다. 그런데 합리성에 근거한 인위적인 삶은 필경 자연적인 도를 저버리기 쉽다. 도의 유용성은 여기에 있다. 하지만 도의 실천 후에도 세계가 변화된 것은 아니며 우리는 다시 합리적 세계로 돌아온다. 실상 우리의 삶은 그 양자 사이에 있는 셈이다. 즉 우리는 합리성과 법의 세계에 살면서 그 한계와 모순을 넘어서기 위해 어떤 초과적인 것을 지향해야 한다. 합리성을 넘어서는 초과적인 것이란 자연성, 화해의 욕망, 그리고 도(道) 같은 것이다.

윤리나 정의는 그런 이중적인 조건을 전제로 한다. 만일 자아가 도의 자연성을 얻어 현실상황에 대해 초연해졌다면 그것은 결코 윤리적인 상태가 아니다. 어떤 경우에도 현실(상황)에 대한 대응이 없다면 그것은 자아의 해방일 수는 있지만 세계에 대한 윤리(정의)는 될 수 없다. 현대인의 삶은 항상 어떤 **물질적 상황에 놓인 상태**이므로 자아의 자연성을 얻기 위해서는 반드시 **상황의 모순에 대응해야** 한다. 설령 어떻게 도의 자연성에 이르렀더라도 세계가 자연성을 회복하기 전까지 합리적 세계는 여전히 우리의 존재 조건의 하나이다. 따라서 윤리의 출발점은 매번 합리적 세계에 대응하는 존재자여야 한다. 그리고 **자신**뿐 아니라 세계의 **자연성**을 회복시키기 위한 실천이 윤리의 핵심 조건이다. 즉 윤리란 합리성의 존재자가 어떤 상황(그리고 타자)에 직면해서 자신과 상황의 한계(모순)를 넘어서며 다른 차원을 지향하는 매회의 실천이다.[11] 합리적 세계의 상황과 그것의 초과적인 지향, 인위적 세계의 모순과 자연적인 욕망(도), 이 양가적인 윤리적 과정은 세계가 변화될 때까지 끝없

---

11 소잡이 포정의 예에서 보듯이 도 역시 매회의 실천과정이지만 거기에는 현실상황에 대한 대응이 없다. 포정의 예에 대해서는 강신주, 『장자 : 타자와의 소통과 주체의 변형』(태학사, 2005), 274~275쪽과 나병철, 『가족로망스와 성장소설』(문예출판사, 2007), 155~156쪽 참조

이 계속될 것이다.[12]

현실상황에 대한 대응과 그것을 넘어서는 화해의 욕망은 앞서 살핀 윤흥길 소설의 권씨의 경우에도 나타난다. 권씨의 광주 사람들(타자)에 대한 교감은 빈부격차라는 모순된 상황에 놓인 타자에 대한 대응이었다. 그것은 동정적인 교류인 인을 넘어선 것임은 물론 단순한 자연적인 화해의 욕망과도 다르다. 그의 순간적인 정의감은 심연 속의 화해의 욕망을 배반하는 극심한 사회모순에 대한 분노에서 기인된 것이다. 이처럼 권씨의 행동은 현실상황에 대한 대응인 점에서 유교적 의를 넘어선 것이면서 도교적 자연의 욕망과도 다른 양가적인 윤리의 표현[13]이다.

이 같이 현대적 윤리는 현실상황과 그것의 초과 사이의 실천이다. 그런데 그 점은 진리 역시 마찬가지이다. **윤리**가 상황(그리고 타자)에 대응하면서 일상을 넘어서는 것이라면 **진리**는 일상을 넘어서는 힘으로 상황에 대응하는 것이다. 진리의 과정이 있어야 세계가 변화될 수 있지만 진리는 윤리적 실천을 기반으로 한다.

이 같은 진리와 윤리, 그리고 변혁운동의 관계를 조명한 소설이 바로 「인간에 대한 예의」(공지영, 1993)이다. 「인간에 대한 예의」는 역사적 전망이 불투명한 현실에서 윤리(인간에 대한 예의)가 진리적 실천의 출발점임을 암시한다. 역사적 진리의 실천을 과학적인 것으로 생각할 경우 사회적 상황이 급변하면 자칫 실천의 방향성을 잃어버리기 쉽다. 과학이란 어느 상황에서도 동일한 법칙이 적용되는 진리이기 때문이다. 그와 달리 「인간에 대한 예의」는 역사적 진리란 각 시대의 상황에 대응하며 그것을 넘어서는 윤리를 기반으로 함을 보여준다.

이 소설의 배경은 변혁운동이 위기에 처한 1990년대 전반이다. 여성

---

12 이 양가적인 과정은 우리가 앞서 말한 **도전적 서사**와 일치한다.
13 현실상황에 대한 분노와 그것을 넘어서려는 화해의 욕망의 표현을 말한다.

잡지 기자인 '나'는 기사거리로 명상가 이민자와 장기수 권오규 사이에서 고민에 빠진다. 시대가 달라진 지금 '나'는 이민자의 이야기가 훨씬 더 매력적일 거라고 느낀다. 그러나 사람들의 관심에서 멀어진 권오규를 포기하는 순간 아련한 '열무싹 같은' 슬픔을 느낀다.

권오규는 '나'의 청춘의 열정을 회상시키는 인물이지만 현재적 의미가 모호하다. 그에 대한 고민은 90년대 이후 변혁의 열기가 식은 현실상황과 연관된다. 반면에 이민자는 개인적인 욕망의 시대에 사람들의 흥미에 부합한다.

그러나 세심하게 살펴보면 이민자와 권오규는 단지 상반되는 인물들은 아니다. 두 사람의 공통점은 일상의 삶을 넘어서서 다른 차원의 세계를 추구한 사람들이라는 점이다. 그들은 각기 다른 방식으로 비루한 일상의 욕망을 넘어서는 진리의 순간들을 실천한 사람들이다. 물론 이민자는 권오규와는 달리 소시민적인 흥미에 부합하는 인물처럼 보인다. 그러나 그녀 역시 결핍된 세계를 극복한 특별한 존재이다.

이민자가 '나'에게 독특하고 신비하게 보인 것은 비단 이색적인 분위기 때문만은 아니다. 그녀는 소시민적 일상에서는 발견할 수 없는 아주 특이한 세계를 보여주고 있었다. 그녀가 드러내고 있는 것은 세속적인 욕망으로는 채울 수 없는 어떤 잔여물들(실재계)의 신비였다. 식물성분의 냄새가 나는 이민자가 이미 모든 것이 충족된 듯한 모습을 보여주는 것은 그 때문이다.

반면에 권오규는 답답하고 지루할 뿐이었다. 오랫동안 감옥에서 지낸 그의 눈 앞에는 아직도 허물어지지 않은 벽이 놓여 있었다. 그의 얘기는 이미 다 알고 있는 고리타분하고 따분한 것들이었다.

권오규가 이민자와 달리 새롭고 독특한 것을 보여주지 못한 것은 결국 '나'와 마찬가지로 현실의 삶에서 탈출하는 데 성공하지 못했기 때문일 수 있다. 이민자는 다른 사람은 알 수 없는 특이한 세계를 보여주고 있다. 반면에 권오규는 새로운 세계로 나아가려다 벽에 부딪힌 사람이다. 그가 보여줄 수 있는 것은 벽을 허물려다 실패한 사람들의 작은 흔적들이다.

이민자가 기사거리로 솔깃했던 것은 당연했다. 그런데 그 때 '나'에게 알 수 없는 '열무싹 같은 슬픔'이 느껴진다. 그것은 왜일까. 그 이유는 이민자에게는 권오규에게서 막연하게 느껴졌던 어떤 심연의 감정이 없었기 때문이다.

지루하고 답답한 권오규에게만 숨겨져 있었던 것은 윤리적인 감동이었다. 이민자는 일상의 탈주에 성공했지만 현실(상황)에 대한 대응이 없는 그녀의 세계는 윤리적인 것과는 무관하다. 반면에 탈주에 성공하지는 못했지만 권오규는 그 시대의 상황에 대응하며 다른 사람들과 함께 벽을 돌파하려 했었다. 이민자의 매력은 세속을 넘어서 원래의 자기 자신에 대한 예의를 지킨 데 있을 것이다. 그러나 권오규는 자신의 시대와 인간에 대한 예의[14]를 지키려 한 사람이다. 윤리적 감동은 그처럼 시대 상황에 대응하며 다 함께 벽을 넘어서려 하는 열정에서 흘러나온다. 사랑 역시 윤리처럼 시대에 묶인 사람들 간에 교감하는 열정일 것이다. 권오규에 대한 숨겨진 사랑, 그 윤리적 감정의 발견은 '열무싹'의 의미를 슬픔에서 희망으로 바꾸어 놓는다.

이처럼 윤리란 사람들 사이에 잠재하는 것, 상황에 억눌려 열무싹처럼 잘 보이지 않는 그것에 대한 열정이다. 권오규는 비록 성공하지는 못했지만 그처럼 인간에 대한 열정을 보여주었다. 이민자에게는 그것이 없다.

---

14 여기서의 예의는 어떤 상황에 처한 그 시대 사람들에 대한 것이므로 유교적인 도덕(인의예지)은 물론 도교적인 도(道)도 넘어선다.

역사에 대한 예의, 그 정의와 진리의 실천은 상황을 넘어서려는 윤리적 열망을 근거로 한다. 권오규는 변화된 현실에서 무력하지만 윤리적 감동의 방식으로 '내'게 그 사실을 알려준다. 그렇다면 사회상황이 달라진 90년대 이후에는 윤리에 근거한 다른 방식의 역사적 실천이 필요할 것이다. 달라진 상황에서 윤리의 새로운 발견이 없이는 역사적 전망도 없을 것이다. 90년대 이후의 엇갈린 강선배와 '나'의 대비는 그 점을 암시한다.

강선배는 80년대에 중졸의 노동자와 결혼했지만 지금은 헤어지고 이혼한 여자는 정신병원에 감금된다. 강선배의 변모는 비윤리적인 것이지만 그렇다고 그의 지난날의 운동의 의미가 지워지는 것은 아니다. 시대가 달라졌고 강선배는 새로운 시대에 잘 대응하지 못한 것이다. 그것은 '내'가 과거의 운동에 잘 적응하지 못했던 것과 마찬가지이다. 예전에 도망쳐 나왔던 '내'가 결코 비윤리적이지만은 않았던 것처럼, 지금 강선배는 자기 자신보다 더 못한 모습을 보이고 있다.

윤리란 일상보다 한 차원 상승된 삶에 대한 열정이다. 우리는 그 열정의 순간에 감동하지만 매 순간마다 누구에게나 윤리적인 것을 요구할 수는 없다. 다만 중요한 시기의 행동에 대해서는 윤리적인 반성이 필요하다. 과거의 '나'와 지금의 강선배에게 똑같이 필요한 것은 윤리적 반성이며, 그것을 요구하는 것이 바로 권오규의 존재이다. 화석화된 듯한 권오규에게는 오히려 그 시대에 대한 열정이 고스란히 남아 있는 것이다. 그것은 권오규가 지금 시대에 어울리지 않는다는 사실과는 무관하다. 그는 우리에게 그가 자신의 시대에 쏟았던 열정과 똑같은 것이 (다른 방식으로) 필요함을 알려주기 때문이다.

과거의 운동이 지금 시대에 계속될 수 없을 때 우리는 좌절할 수 있다. 그러나 대응방식이 다르더라도 그때 같은 열정이 중요함은 지금도 마찬가지이다. 그 지속의 원리로서의 열정이 바로 윤리이다. 따라서 윤리적 열정에 초점을 맞추면 역사적 전망의 딜레마를 넘어선다.

80년대에는 강선배처럼 시련에 익숙한 사람들이 앞장섰다면, 지금은 '나'처럼 욕망의 본질을 잘 아는 사람이 나서야 할 때일지도 모른다. 그런 새로운 출발을 위해 필요한 것이 바로 윤리적 열정이다. 윤리적 열정이란 더 높은 가치의 추구이지만 또한 (이민자와는 달리) 시대에 대한 대응의 열망을 포함한다. 90년대 이후는 유혹의 방식의 권력의 시대이다. 살벌함을 잘 견뎠던 강선배가 이 '욕망의 권력'의 시대에 훼절한 것은 변화된 상황에서 윤리에 대한 반성에 미흡했기 때문이다. 반면에 유혹을 견디는 문제로 고민하며 청춘을 보낸 '나'는 권오규를 새롭게 발견하며 윤리에 대해 질문을 던질 수 있는 것이다.

강선배는 진리를 한번 알아버린 사람은 죽어도 그에서 벗어나지 못한다고 말했었다. 진리란 비속한 일상을 넘어서려는 (실재계적) 열망에 따라 상황에 대응하는 것이다. 그런 정의로운 대응은 내면의 윤리적 열망에 근거한다. 실상 우리가 벗어날 수 없는 것은 윤리라는 그 강렬한 열정일 것이다. 한번 그 열정을 안 사람은 그것을 쉽게 포기하지 못하는 것이다. 인식론적 진리는 변화될 수 있지만 존재론적 핵심인 윤리는 결코 버릴 수 없는 열정이기 때문이다.

한 번의 시도로 세상이 모두 바뀌는 않기 때문에 변혁의 열망은 끊임없이 계속된다. 그래서 작은 정의를 위해 싸우면 뒤에 오는 사람이 더 큰 정의를 위해 싸우게 되는 것이다.[15] 그러나 변화된 상황에 대해 대응하려는 열정이 없다면 진리의 과정도 없을 것이다. 달라진 시대에 변혁의 열망을 지속시키기 위해서는 상황에 대응하며 그것을 초과하려는

---

15 공지영, 「인간에 대한 예의」, 『인간에 대한 예의』, 창비, 2009, 106쪽. 이런 신념과 열정이 바로 윤리라고 할 수 있다.

열정이 필요하다. 그 예전과 다름없는 열정이 바로 윤리이다. 그것은 매 시대마다 상황에 억눌려 물밑에서 고통스럽게 절규하는 사람들에 대한 예의이기도 하다. 역사에 대한 실천(진리)은 그런 인간에 대한 예의(윤리)에서 시작됨을 이 소설은 알려준다.

권오규가 자신의 시대에 예의를 지켰듯이 지금은 비슷한 인간적 열정에 근거한 또 다른 방식이 필요할 것이다. 현실상황을 변화시키려는 구체적 실천의 전략은 그 다음의 일이다. 이 소설은 역사적 전망이 모호한 시대일수록 윤리의 문제에 관심이 주어져야 함을 암시한다. 그와 함께 윤리의 문제를 말하지 않고는 역사적 변혁의 문제를 향해 한 걸음도 나아갈 수 없음을 알려준다.

5. 샌델의 『정의란 무엇인가』에 대한 반박

지금까지 살펴본 진리와 윤리, 정의는 이렇게 설명할 수 있다. 진리란 역사적 발전을 위해 우리가 나아가야 할 삶의 방향과 내용이다. 윤리는 그런 행동을 계속하게 하는 힘으로, 어떤 상황의 한계와 모순을 넘어서려는 열망이다. 또한 정의는 윤리가 저버려지지 않도록 실천하려는 이성과 감정이다.

진리와 윤리, 정의의 열망은 우리가 상징계의 차원(법과 쾌락원리)에서는 소망하는 삶을 이룰 수 없다는 사실에서 생겨난다. 근대 이전에는 신이나 초월적 이념이 공동체를 안정시키는 역할을 했지만 지금은 어떤 규범이나 이념도 그런 기능을 하지 못한다. 따라서 현실의 상황을 초과하는 운동이 끝없이 요구되며 그런 역할을 하는 진리와 윤리, 정의는 매우 중요하다. 신이나 초월적 이념을 대신하는 진리와 윤리는 매번 상황을 넘어서는 역동성을 지녀야 한다. 그 중 **진리**는 상징계(법)를 변화시키려는 실천이며 **윤리**는 그런 실천을 지속하게 하는 가치지향의 힘이다. 또한 **정의**는 윤리가 지켜지도록 하려는 우리의 판단과 열망이다.

사랑이 없는 사람을 처벌하는 것이 불가능한 것처럼 윤리를 법으로 제정하는 것은 현실성이 없다. 반면에 윤리를 저버리는 행동을 막는 정의를 위한 **법**은 만들어질 수 있다. 그러나 정의가 윤리적 취지(법의 초과)보다 법적인 합리적 판단 쪽으로 가버린다면 그것은 더 이상 정의가 아닐 것이다. 정의를 위한 법은 항상 윤리의 견지에서 해석되고 다시 개정되어야 한다. 법이 법을 초과하는 윤리와 가까워지는 길은 정의를 위한 법을 제정하고 그것을 끝없이 다시 개정하는 것이다.

그런 식으로 윤리적 요구가 법에 반영될 수 있지만, 그것이 미흡할 때 윤리적 열망은 법의 한계를 넘어서는 실천으로 이어질 수 있다. 그런 실천이 바로 역사적 변혁운동이다. 윤리적 요구의 법적 반영이 일종의 타협이라면 변혁의 요구는 그런 타협이 없는 윤리적 열망이다.

마이클 샌델의 『정의란 무엇인가』[16]는 그 둘 중 전자의 문제에 집중되어 있다. 그런 점에서 그는 윤리와 도덕이 법을 넘어서는 실천에 대해 침묵하는 셈이다. 이 후자의 실천에는 변혁운동과 함께 사람들의 가치관[17]과 존재방식의 변화를 들 수 있다.

샌델이 도덕과 정의를 법의 차원과 정치에 끌어들이려 하는 것은 잘못된 일은 아니다. 그러나 그가 말하는 정치는 제도권 내부의 정치일 뿐

---

16 마이클 샌델, 이창신 역, 『정의란 무엇인가』, 김영사, 2010.
17 예컨대 양적 가치의 욕구에서 질적 가치의 소망으로의 변화를 들 수 있다.

이다. 결론에서 그는 공동선을 강조하는데 그것의 근거인 공동체 역시 제도(상징계) 내부의 공간이다. 샌델의 논의의 한계는 바로 그 편협한 공동체 개념에 있다. 그가 공동체의 미덕을 말하며 보다 본질적인 빈부격차나 지배권력의 문제에 대해 말하지 않는 것은 우연이 아니다. 샌델의 동일성의 공동체의 개념에는 계급문제나 정치권력의 문제를 다룰 공간이 부재하는 것이다. 샌델의 생각과는 달리 근대의 공동체는 어떤 이념으로도 안정화될 수 없으며 끝없는 자기갱신이 필요하다. 공동체의 한계를 넘어서는 그런 사회적 역동성은 샌델이 간과한 계급갈등과 권력의 문제에 눈을 돌릴 때 비로소 나타날 것이다.

샌델은 자신의 결론에 이르기 전에 공리주의와 자유주의의 윤리를 검토한다. 샌델의 공동선과 미덕의 강조는 그 둘의 한계를 넘어서는 방법으로 제시된 것이다. 그는 공리주의가 개인의 인권을 무시하는 반면 자유주의는 개인의 자유의 문제에 너무 편중되어 있다고 말한다.

공리주의는 '최대 다수의 최대 행복'이라는 벤담의 말로 대표된다. 공리주의의 문제점은 대다수의 행복을 위해 어떤 개인을 짓밟는 것을 허용한다는 점이다. 예컨대 벤담은 거지를 구빈원으로 몰아넣어 거리의 사람들에게 보다 많은 행복감을 제공하자고 제의한다. 그러나 그럴 경우 많은 사람의 행복을 위해 거지의 개인의 권리는 무시된다.

칸트는 이런 공리주의가 개인을 도구로 이용한다고 비판한다. 또한 공리주의가 말하는 행복이란 인간에게 본질적이지 않은 욕구와 쾌락인데, 그것에 기초해 도덕과 윤리의 원칙을 세우는 것은 옳지 않다. 칸트는 그 대신 개인의 자유에서 윤리를 끌어내려고 했다.

칸트가 말하는 자유는 단지 개인의 권리를 존중하는 것만이 아니다. 자유란 공리주의의 쾌락원칙을 넘어선 차원에서 인간의 자율성을 보장하는 실천 원리이다. 설령 내가 자유롭더라도 쾌락의 욕구에 얽매여 있다면 결코 진정으로 자유로운 것이 아니다. 그런 쾌락원칙에서 자유로워지는 길은, 금욕주의가 아니라 쾌락에 초연해지는 자유의 명령(욕망)에 따르는 것이다. 칸트가 말한 이 '자유로워지라'는 명령은 쾌락원칙(상징계)을 넘어선 실재계 차원의 도덕원리이다. 실상 이 칸트의 윤리는 라캉이 말한 **순수욕망**과 다르지 않다. 칸트의 순수 실천이성은 라캉의 순수욕망을 이성의 용어로 번역한 것이다. 여기서의 윤리의 원리는 더 강한 욕망(자유)에 의해 약한 욕망(쾌락)을 넘어서는 방식과 다르지 않다.

칸트의 윤리의 구체적 내용은 자신과 타인을 수단이 아니라 목적으로 대하라는 것이다. 자신과 타인을 도구로 이용한다는 것은 치졸한 욕구(쾌락)에 얽매이는 것이며 나를 자유롭지 않게 하는 것이다. 진정한 자유를 위해 쾌락의 욕구를 넘어서서 자신과 타인을 목적으로 대하는 것이 윤리이다.

물론 칸트는 그런 윤리에 대해 (후일의 라캉과는 달리) 욕망의 이론을 빌리지 않고 이성과 의무감으로 말한다. 사람들이 칸트의 윤리의 실현가능성에 대해 의문을 제기하는 것은 그 때문이다. 실재계 차원을 생각하지 않을 때 욕망이 아니라 의무감이 자유를 보장한다는 것은 언뜻 이해가 가지 않기 때문이다. 칸트는 '상상의 계약'이라는 모호한 말로 실천방안을 제시한다. 칸트가 '상상'이란 말을 사용한 것은 경험적 현상계(상징계)를 넘어선 차원의 사회계약이기 때문이다. 이는 칸트의 실재계 차원의 윤리를 상징계의 법으로 규정할 때의 어려움이다. 샌델 역시 칸트의 방안이 구체적이지 않음을 지적한다.

그런 칸트의 '상상의 계약'에 대해 구체적인 답변을 제시한 사람이 바로 롤스이다. 롤스가 말한 사회구성원들 간의 가언합의는 참으로 흥미롭다.[18] 만일 서로 다른 사회적 위치에 있는 사람들이 사회계약을 맺는다면 이해관계와 권력관계 때문에 공정한 합의가 이루어질 수 없을 것이다. 그런 사회계약에 도덕성을 보장하는 장치가 없음은 물론이다. 따라서 롤스는 무지의 장막 뒤에서 일시적으로 자신의 위치를 유보하는 가상적 계약을 제의한다. 그런 원초적인 평등상태에서의 계약은 압력이나 강요를 배제하고 자율과 호혜의 도덕성을 지닐 수 있다.

그러면 그처럼 힘과 지식의 평등이 보장된 상태에서의 합의는 어떤 내용이 될 것인가. 사회적·경제적 불평등을 없애기 위해 부를 똑같이 분배하자는 의견이 있을 수 있다. 그러나 이 경우 능력 있는 사람이 최선을 다하지 않을 수 있으며, 그 결과 전체의 부가 줄어들어 빈곤층에게도 혜택이 돌아가지 않게 된다. 반면에 기회균등의 원칙은 재능이 없는 사람들에게 불리하다. 그 둘과 달리 재능 있는 사람에게 능력을 발휘하게 격려해주고 그에서 생긴 이익을 가장 약자에게 돌아가게 할 수도 있다. 이는 잠정적으로 사회적·경제적 불평등을 인정하면서 결과적으로는 공동체 전체에게 혜택이 돌아가도록 하는 방법이다. 이것이 바로 롤스가 말한 '차등원칙'이다.

자유로운 선택을 강조한 롤스는 재능조차도 자유의 원리에서 벗어난 것으로 생각했다. 타고난 재능은 자신의 자유 선택에 의한 것이 아닌 우연적인 것이기 때문이다. 따라서 재능 없는 사람을 도태되게 하는 기회균등의 원칙은 자유 선택의 도덕적 원리에 어긋난다. 오히려 '차등원칙'이 재능 있는 사람에게 불이익을 주지 않으면서 약자를 구원하고 공동체 전체를 평등하게 만든다. 여기서 자유주의와 평등주의의 결합이 나타날 수 있다.

롤스가 가상의 계약을 생각한 것은 도덕적 원리를 사회계약에 도입

---

18 존 롤스, 황경식 역, 『정의론』, 이학사, 2003, 45~52쪽.

하기 위한 방법이었다. 즉 구성원들의 사회적·경제적 지위를 유보한 것은 자기중심적 쾌락원리를 넘어선 상태에서 도덕적 합의를 만들기 위해서였다. 이는 경험적 현상계(상징계) 차원을 넘어서서 실재계적 윤리를 생각한 칸트의 사유에 상응한다.

그러나 롤스는 자유주의적 시장경제의 틀 자체를 유보하지는 않았다. 따라서 그의 '정의론'(차등원칙)은 현 상황에서의 최상의 이론임에도 불구하고 자유주의 자체를 넘어서려는 도덕원리가 반영되지는 않는다. 그 점은 윤리를 개인의 자유의 원리로만 설명하고 있는 칸트의 도덕론과 맥락을 같이 한다.

따라서 샌델은 칸트와 롤스의 이론을 자유주의적 도덕론이라고 부른다. 윤리를 개인의 자유의 차원에서 이해한 점에서 그 둘은 일치한다. 샌델은 두 사람의 이론을 얼마간 인정하는 한편 그들이 놓치고 있는 것을 자신의 정의론으로 강조한다.

타인을 수단이 아닌 목적으로 대하라고 말한 칸트에게 삶의 목적이란 자유이다. 그러나 칸트는 우리가 목적으로 하는 자유로운 삶의 내용을 구체화하지 않았다. 또한 롤스는 자유주의에서의 사회적·경제적 평등을 주장하면서 그 이외의 삶의 목적은 말하지 않는다. 반면에 샌델은 삶의 **목적**이란 개인의 차원을 넘어선 **공동체**에 주목해야 논의할 수 있다고 생각한다. 공동체의 평등을 말할 때조차도 개인의 자유를 근거로 드는 롤스와는 달리, 샌델은 개인이 살고 있는 공동체의 차원에서 삶의 목적에 대해 말하려 한다. 그것을 위해 샌델은 아리스토텔레스의 텔로스(목적)와 미덕의 이론에 의존한다.

샌델이 자유주의를 넘어서서 공동체 차원을 주목하는 것은 얼마간 타당성을 지닌다. 또한 윤리를 개인의 자유만으로 설명할 수 없다는 그의 생각 역시 받아들일 수 있다. 그러나 문제는 그가 가정하고 있는 정태적인 공동체의 개념이다.

근대 이후의 현실에서는 물질적 · 사회적 맥락을 넘어선 삶을 생각하기 어렵다. 그 때문에 자유주의를 넘어서려 할 때조차도 자유주의에 묶여 있는 삶을 먼저 말해야 한다. 그런데 샌델은 암암리에 자유주의를 괄호 안에 넣은 듯한 **동일성의 공동체**를 가정하고 있다. 그 이유는 공동체 차원의 긍정적인 미덕을 말하기 위해서일 것이다. 이를테면 그는 삶의 목적과 공동선을 말하기 위해 불평등한 현실의 맥락은 유보시킨 상상적 공동체를 말하고 있다. 샌델의 방식은 롤스와 다르면서도 비슷하다. 즉 샌델의 공동체는 공정한 계약을 말하기 위한 롤스의 '무지의 장막' 만큼이나 가상적 세계인 셈이다. 샌델은 롤스와는 달리 자유주의마저 유보시킨 공동체를 말하고 있다.

롤스는 자유주의 체계 자체는 무지의 장막 뒤에 놓지 않았다. 그 때문에 자유주의를 수정하기 위한 개인들 간의 도덕적 합의를 말할 수 있었던 셈이다.[19] 그러나 또한 같은 이유로 그 개인들 간의 합의가 자유주의 자체를 넘어서려는 시도로 나타날 수는 없었다. 즉 그의 자유주의 내부에서의 도덕이란 자유 이념 자체를 넘어설 수는 없는 것이었다. 그와 달리 진정으로 자유주의를 넘어서려는 시도는 주체의 이중적 활동에 근거해야 한다. 즉 자유주의(상징계)에 대응하는 동시에 또한 그것을 넘어선 실재계적 윤리를 작동시켜야 한다.

샌델은 자유주의마저 유보시키지만 롤스와 비슷한 딜레마에 빠진다. 샌델은 자유주의의 문제점은 일단 유보한 상태에서 공동체와 연관된 목적(텔로스)과 미덕을 말한다. 그 이유는 자유주의를 먼저 생각하면 경

---

19 물론 이런 이유로 자유주의 자체를 넘어서려는 시도가 나타나지는 않는다. 우리의 윤리는 롤스의 방식에 자유주의 자체를 넘어서려는 시도를 포함시킬 수 있다. 이것이 무지의 장막을 대신하는 실재계적 윤리이다.

제적 평등을 말해야 하는데 그것만이 삶의 목적과 미덕은 아니기 때문이다. 그러나 샌델은 그 대가로 사람들이 당장 직면한 자유주의의 모순에 대응해야 하는 핵심적 문제를 놓쳐버린다. 롤스는 자유주의의 모순에 대응하지만 자유 이념을 넘어선 도덕에 대해 말하지 못한다. 반면에 샌델은 자유 이념을 넘어선 도덕을 모색하지만 이번에는 자유주의 자체의 문제점에 대응하지 못한다. 서로 다른 두 사람의 공통점은 윤리적 주체의 이중성이 작동되지 않는다는 점이다.

현대의 윤리와 정의란 자유주의(그리고 자본주의)의 모순에 대응하면서 도덕적 열정을 발휘하는 것이다. 이것이 바로 우리가 말한 윤리적 주체의 이중적 실천이다. 롤스와 샌델의 한계는 명확하다. 롤스의 문제점은 샌델이 말한 공동선에 도달하지 못한다는 점이다. 그러나 현대에는 샌델처럼 자유주의에서의 사회적·경제적 모순에 대응하지 않는 미덕 역시 그리 중요한 도덕이 아니다.

샌델처럼 권력관계에 침묵하는 공동선은 결국 땜질용 윤리로 볼 수밖에 없다. 미덕과 공동선은 자본주의와 자유주의의 모순을 넘어서는 원리로 말해질 때만 비로소 윤리의 의미를 지닌다. 샌델의 생각처럼 윤리적인 삶은 경제적 평등 이상의 것이지만, 그 삶은 사회적·경제적 평등의 문제에 대응할 때만 얻어질 수 있다.

샌델의 실수는 고대의 공동체와 오늘날의 공동체의 차이를 간과한 데에 있다. 현대는 선험적으로 총체성(진정한 공동체)을 상실한 시대이다. 즉 현대의 모든 공동체는 결핍되고 불완전한 공동체일 뿐이다. 따라서 그런 완전하지 않은 공동체와 연관된 윤리는 늘상 핵심에서 비껴난 것일 뿐이다. 그와 달리, 현대의 윤리는 어떤 사회 공동체도 벗어날 수 없는 결여와 연관해, 그 결여의 공동체를 넘어서는 방식으로 말해져야 한다. 자본주의와 자유주의, 그리고 민족국가가 바로 우리의 결여된 공동체이다. 현대의 윤리는 그런 **결핍된 공동체**의 한계를 초과하는 방식으로만 의미를 지닌다. 우리는 그 세계의 모순을 넘어선 윤리를 말하면서 윤리에 의해 세계가 끝없이 변화되어야 함을 논의해야 한다. 공동체를 위한 미덕이 미리 있는 것이 아니라 세계의 모순을 넘어서는 윤리(그리고 미덕)에 의해 진정한 공동체에 다가갈 수 있는 것이다.

샌델의 또 다른 한계는 윤리적 근거로서의 미덕과 공동선의 개념이다. 삶의 목적으로서의 미덕과 공동선은 다분히 인위적인 목적론의 한계를 지닌다. 현대의 윤리는 구체적으로 미리 만들어진 세목이기보다는 세계의 모순을 극복하려는 어떤 근원적 지향일 것이다. 그런 근원적 지향이 인위적으로 만들어진 미덕을 목적으로 할 수는 없을 것이다. 스피노자는 목적론이란 강한 감정을 불러일으키는 근원적인 원인(내재적 원인)을 모를 때 생겨난다고 말했다. 그런 합리적인 목적론은 약한 욕망에 얽매인 세계의 모순을 결코 넘어서지 못한다. 쾌락원리를 넘어서는 강한 감정으로서의 윤리적 열정은 오히려 인위적 목적을 넘어설 때 얻어진다. 윤리적 열정의 근원(원인)이란 목적된 미덕보다는 원래의 자연 상태의 삶 같은 것에 더 가까울 것이다. 예컨대 현대의 가장 중요한 윤리는 상품화와 사물화를 넘어서서 원래의 인간으로 돌아가려는 것일 터이다. 그 점에서 '기관 없는 신체'나 노마디즘을 말하는 들뢰즈의 모든 논의들은 윤리적이다. 물론 이때의 자연적 삶은 동양사상적 개념을 초과해서 개인의 자유와 조화된 것이어야 한다.

샌델의 논의가 법을 넘어선 윤리 대신 기존 사회를 수정하는 법과 정치의 문제에 국한되는 것도 목적론적 윤리 개념과 연관이 있다. 윤리는 법이 할 수 없는 역할을 하면서 그 실천을 통해 법을 변화시켜 나가야 한다. 이것이 윤리의 진정한 정치적 의미이다. 그런데 샌델의 목적론적인 미덕과 공동선은 법과 제도권 정치에 의해 모순을 완화시키는 미봉

책을 말할 뿐이다. 물론 윤리가 법을 통해 고스란히 실현될 수 있다면 모두의 유토피아가 멀지 않을 것이다. 그러나 법(상징계)은 실재계적 윤리를 다 담아낼 수 없으며 그 때문에 끝없는 갱신이 필요한 것이다. 이것이 끊임없는 잔여물을 남기는 현대의 법과 사회체계의 운명이다. 따라서 윤리는 제도적 수정과 함께 결코 소진될 수 없는 체계 외부의 잔여물에 연관해서 말해져야 한다. 즉 윤리적 실천은 법과 제도권 정치의 바깥에서, 크고 작은 사회운동과 소설, 영화, 인터넷 등의 잉여적 공간을 통해, 사랑과도 같은 울림을 얻어야 한다.

6. 이성적 윤리와 감성적 윤리 - 자유와 자연의 조화

윤리적 판단과 행동은 흔히 이성에 근거한 것으로 여겨져 왔다. 쾌락과 욕구에 이끌리지 않고 정의를 위해 이성적으로 행동하는 것이 윤리라고 생각한 것이다. 칸트 역시 쾌락원리를 넘어서는 순수 실천이성이 도덕이라고 논의했다.

반면에 동양사상에서는 윤리가 이치인 동시에 감정이기도 하다. 유교의 사단(인의예지)은 이(理)이면서 기(氣)이며, 도교의 도 역시 도리이기 이전에 기이다. 그처럼 좋은 감정인 동시에 이치인 윤리는 나쁜 감정을 넘어선다.

서양사상에서는 스피노자가 그와 매우 유사하다. 스피노자는 강한 정서가 정신의 인식에서 비롯된다고 보았다. 그 때문에 약한 감정(정념)

은 의지가 아니라 정신의 인식인 강한 감정에 의해서만 극복될 수 있다.

윤리적 판단에 감정이 개입한다는 점은 현대 뇌과학에 의해서도 밝혀지고 있다. 예컨대 도덕적 딜레마를 실험하는 과정에서 윤리에 감정이 개입하는 양상이 과학적으로도 입증되었다.[20] 실험의 첫 번째 가정은 전차가 달려오는 선로 앞에 다섯 사람이 놓여 있는 상황이다. 선로를 변환하면 사고를 피할 수 있지만 그 쪽에는 한 사람이 서 있다. 어떻게 해야 할 것인가.

두 번째 예에서는 달려오는 전차 앞에 다섯 명이 있고 선로 위 육교에 뚱뚱한 사람이 한 명 서 있다. 전차를 멈추려면 뚱뚱한 사람을 떨어뜨려 막는 방법밖에 없다. 그것이 윤리적으로 가능한가.

이 실험에서 첫 번째에서는 85%가, 두 번째에서는 12%가 가능하다고 응답했다. 두 경우에서 가능하다고 생각한 사람들은 모두 공리주의에 따른 것이다. 공리주의의 문제점은 다수를 위해 희생자가 도구로 이용된다는 점이다. 칸트의 도덕론이 공리주의를 반대한 것은 그처럼 타인을 도구로 이용한다는 점 때문이다. 따라서 두 예에서 반대한 쪽의 사람들은 칸트의 도덕론[21]에 근거한 셈이다. 그러면 왜 두 번째에서 칸트의 윤리에 따른 사람이 더 많았을까.

그것은 첫 번째에서는 한 명이 없더라도 다섯 명을 구할 수 있으며 그를 수단으로 이용했다는 생각이 적게 들기 때문이다. 반면에 두 번째에서는 뚱뚱한 사람을 도구로 이용하지 않으면 전차를 세울 수 없다. 두 경우에는 공리주의와 칸트의 윤리가 둘 다 작용하고 있으며, 칸트의 윤리가 얼마나 개입하느냐에 따라 반대자가 많아진다. 즉 어떤 사람을 수

---

20 김효은, 「신경윤리로 본 도덕 판단」, 홍성욱 · 장대익 편, 『뇌 속의 인간, 인간 속의 뇌』, 흐름출판, 2008, 105~129쪽.

21 칸트의 도덕론에 대해서는 칸트, 백종현 역, 『실천이성비판』(아카넷, 2002) 참조.

단으로 이용하는 정도가 커질수록 윤리적으로 허용되지 않는다.

두 예에서 우리는 칸트의 윤리가 공리주의보다 상위의 윤리임을 알 수 있다. 흥미로운 것은 칸트의 윤리가 더 많이 개입할수록 **감정적인 반응**이 훨씬 활발하게 나타났다는 점이다. 칸트는 윤리의 근거로 이성을 강조했는데 왜 실험에서는 감정적 반응이 많이 나타났을까.

공리주의나 칸트의 윤리는 모두 이성의 작용이라고 할 수 있다. 다만 두 경우에 다른 종류의 이성이 작용한다고 할 수 있다. 공리주의는 세속적 행복을 위해 도구적 이성을 허용하는 반면, 칸트는 (쾌락원리를 위한) 도구적 이성을 금지하는 실재계 차원의 이성을 논의한다.

도구적 이성은 칸트의 실천이성보다 열악한 이성이다. 중요한 것은 실천이성 같은 우월한 이성에는 **능동적인 감정**의 기제가 작용한다는 점이다. 두 번째 예의 반대자들은 사람을 도구로 이용하는 데에 심한 감정적 고통을 느꼈을 것이다. 이는 인간의 도리(인이나 도)를 저버린 데 따른 능동적 감정 기제의 작용이다. 여기서의 감정은 인간의 윤리적 본성을 저버리는 도구적 이성에 대한 반감일 것이다. 사람들이 느낀 것은 고통스러움이지만 그것은 어떤 숭고한 인간다움에 대한 감정적 기제의 산물이다.

그처럼 능동적 감정의 기제가 작용하는 이성은 도구적 이성보다 한 차원 우월한 이성이다. 흥미롭게도 감정에 우열이 있듯이 이성에도 우열이 있는 것이다. 도구적 이성은 쾌락 원리(열등한 감정)를 위해 모든 것을 거는 열등한 이성이다. 반면에 칸트의 실천이성은 쾌락원리를 넘어서 보다 능동적인 감정(욕망)을 실천하려는 우월한 이성이다.[22] 열등한 이성 아래 약한 감정의 기제가 있다면 우월한 이성에는 강한 감정의 기

---

[22] 전자가 윤리적 감정에 냉담하다면 후자는 쾌락원리에 대해 초연하다.

제가 작용한다. 윤리적 감정에 냉담한 전자가 자기중심적 이성이라면, 능동적 감정과 연관된 후자는 타자를 배려하는 이성이다.

또 하나 유의할 것은 칸트의 실천이성이 분석적인 이성이 아니라는 점이다. 앞의 예들에서 우리는 이성적으로 분석한 후에 판단하고 행동하는 것이 아니다. 우리는 거의 직관적으로 판단을 내린 후에 사후적으로 검토를 하게 된다. 그 점에서 칸트의 실천이성은 직관과 감정을 포함한 이성이다.

직관과 감정의 기제에는 무의식이 중요하게 작용한다. 칸트의 실천이성에도 무의식의 기제가 포함되어 있다. 이성은 무의식이나 욕망을 억누르는 것인데 어떻게 칸트의 실천이성에서는 무의식이 작동하는 것일까.

타자를 도구로만 생각하면 무의식이 작용하지 않는다. 이 경우에 타자와 나 사이에는 경계선이 매우 분명하다. 반면에 칸트처럼 타자를 배려한다는 것은 자아의 경계선을 열어둔다는 뜻이다. 그처럼 타자를 위해 나의 경계를 여는 순간이 바로 **무의식**이 작용하는 순간이다. 내 안에 타자가 침투해 있다면 타자를 도구로 사용하는 순간 나 자신의 무의식이 상처를 입게 된다.

사람을 도구로 이용하지 않는다는 칸트의 윤리는 그런 **감정적** 상처를 피하기 위한 것이다. 그것은 타자와 자아가 뒤얽힌 인간의 본성을 지키려는 윤리인 점에서 이성이기보다는 이치에 가깝다. 이치는 능동적인 감정이나 욕망이기도 하다. 그 점에서 실천이성은 동양사상의 용어로 인이나 도와 배치되지 않으며 라캉의 순수욕망과도 조화된다.

그러면 칸트는 순수욕망이기도 한 윤리를 왜 이성으로 접근했을까. 그것은 윤리를 개인의 **자유**의 원리로만 설명했기 때문이다. 칸트는 자연의 세계와 자유의 세계를 분리함으로써 자유를 얻은 주체를 윤리(도덕)적 주체로 논의한다. 칸트는 자연을 동양사상이나 스피노자와는 달리 자연적 인과관계의 세계로 이해했다. 따라서 자연에서 벗어난다는 것은 현상계의 인과관계에서 해방되는 것을 의미한다.

그처럼 칸트는 현상계(상징계)를 넘어설 때 자유의지를 지닌 윤리적 주체가 나타난다고 생각했다. 자유를 (칸트적 의미가 아닌) 좁은 의미로 이해하면 자아가 타자를 이용해 자신의 자유를 즐기는 도구적 이성으로 흐르기 쉽다. 그런 일은 자연의 세계나 상징계에서는 빈번히 일어날 수 있다. 왜냐하면 자연세계나 상징계에는 윤리의 법칙(법) 같은 것은 없기 때문이다. 또한 우리 자신이 상징계의 규범에 의해 도구로 예속되기 쉬우며 그런 규범을 내면화한 주체는 타자를 도구로 대할 수 있다.

칸트의 자유는 그 같은 편협한 자유와 상반된다. 칸트는 타자를 도구로 대할 때 우리는 죄책감 때문에 자유롭지 않다고 생각했다. 칸트는 이 죄책감을 우리가 어떤 욕구에 의해 이성이 아닌 외부(자연, 현상계)의 인과율에 휩쓸려 들어간 때문으로 말했다. 즉 그 순간 자아는 욕구를 채우기 위해 이성을 침묵시키고 외부의 인과율을 이용한 것이다. 칸트에 의하면, 설령 의도적으로 타자를 해치지 않았어도 상징계(현상계)에 참여하고 있는 한 우리는 죄책감을 느끼게 된다. 일종의 게임의 법칙 같은 상징계의 인과관계가 게임의 세계에 있는 우리를 따라다니기 때문이다.

따라서 주체가 그런 죄책감에서 벗어나 자유롭게 되는 것은 상징계의 공백과 틈새에 위치할 때이다. 왜냐하면 그 지점이 게임의 법칙이 불가능해지는 지점이기 때문이다. 그래서 나의 자유를 말하는 것은 상징계의 모순과 틈새를 말하는 것과도 같다.

칸트는 상징계의 공백을 통해 물자체(실재계)를 향할 때 자유로운 주체가 나타난다고 생각했다. 게임의 법칙(인과관계)이라는 타율성에서 벗어나 자율성을 실천할 수 있기 때문이다. 그처럼 자유를 실천할 때 자아는 죄책감에서 벗어난 윤리적 주체가 된다.

그와 비슷하게 라캉은 상징계의 틈새를 통해 대상 a(실재계)를 향할 때 순수욕망(욕동)이 나타난다고 말했다. 라캉의 대상 a란 나의 일부인 동시에 타자인 어떤 것이다. 대상 a와 교섭하려는 충동(욕동)은 타자와 비억압적인 소통을 하려는 시도이다. 그런 대상 a는 도구적 관계(인과관계)에 지배되는 상징계에서는 발견하기 어렵다.

칸트 역시 물자체로 향하는 자유의 순간에 타자를 도구가 아닌 목적으로 대하게 된다고 말했다. 그런 대상은 현상계의 표상으로는 발견되지 않는다. 따라서 윤리적 주체는 대상을 향할 수 있지만 주체를 자유롭게 하는 원인은 대상이 아니라 현상계를 넘어서려는 어떤 충동이다. 그 같은 충동은 상징계적 대상이 없는 주체적 요소이다.

칸트는 그런 주체적 요소를 존경이라는 감정으로 설명하기도 한다. 존경은 모든 감정 중에서 현상계를 넘어선 단 하나의 감정이다. 존경의 감정은 순수 실천이성의 유일한 충동이다. 그리고 존경과 충동의 대상은 특정한 대상이라기보다는 충동의 여정에 가깝다. 그런 충동은 '우리 안의 물자체'인 무의식적 욕망, 마음의 소질(Gesinnung)의 혁명적 변화에 의해 나타난다.

칸트의 충동은 라캉의 순수욕망(욕동)과 일치한다. 윤리를 설명하기 위해 칸트 역시 충동과 존경의 감정을 말하지 않을 수 없었던 셈이다. 그러나 똑같은 것을 라캉이 욕망의 측면에서 말한 반면 칸트는 실천이성의 일부(충동과 존경의 감정)로 설명한다.

양자에는 어떤 차이가 있는가. 라캉의 경우 대상 a에 대한 **욕망**은 상호적인 교섭이다. 반면에 충동의 기제를 지닌 칸트의 실천이성은 주체적인 요소이다. 이처럼 주체적 요인을 앞세우는 것이 칸트의 윤리론의 핵심적 특징이다.

따라서 칸트의 윤리는 개인의 내면의 문제로 환원된다. 그 이유는 그의 경우 실재계 차원의 윤리를 발견했음에도 대상 a의 발견이 없었기 때문이다. 칸트는 현상계에는 충동의 대상이 없으며 충동의 대상은 그 여정과 일치한다고 말한다. 이 말은 라캉의 실재계적 대상 a에 대한 설명과 놀랍도록 유사하다. 그러나 칸트는 물자체 영역에서의 대상(대상 a)을 말하는 대신 주체의 충동의 기제를 지닌 실천이성을 말한다. 대상 a와의 교섭이란 타자성의 주체(레비나스)의 생성과정에 다름이 아니다. 윤리란 대상 a와 교섭하려는 욕망인 동시에 타자를 내 안에서 환대하려는 상호주체성이다. 그러나 칸트는 그와 똑같은 것을 자유로운 주체의 이성으로 환원시킨다. 전자에서 윤리란 상호적인 관계인 반면 후자에서는 주체의 의지와 의무감이다. 앞에서는 타자와의 끝없는 교섭을 통해 미래의 시간이 나타나지만, 뒤에서는 타자와의 관계와 시간이 개인 내면의 이성 속에 함축된다.

그런 한계에도 불구하고 칸트적 이성과 윤리는 오늘날 매우 중요하다. 칸트의 이성이 유효한 이유는 우리 시대가 도구적 이성에 지배되는 시대이기 때문이다. 근대인은 합리성의 기반을 버릴 수 없는데 합리성은 윤리의 통제를 받지 않는 한 빈번히 도구적 이성(합리성)으로 변질되기 쉽다. 합리적 질서인 법은 결코 도구적 이성을 막지 못한다. 도구적 이성을 저지할 수 있는 것은 법을 초과하는 윤리일 뿐이다. 그런데 칸트는 바로 그 근대의 본질적 병리인 도구적 이성에 대응하는 또 다른 이성에 대해 말하고 있는 셈이다. 이처럼 칸트의 윤리는 그 자체 속에 피할 수 없는 근대의 본질적 모순에 대응하는 원리를 포함하고 있다.

반면에 칸트의 윤리의 문제점은 다음의 두 가지이다. 하나는 윤리를 주체의 이성으로만 설명함으로써 개인에게 엄청난 부담이 되고 있다는 점이다. 또한 그로 인해 미래를 향한 삶의 지향에서도 타자와의 상호

주체적 관계성이 모호하다. 칸트의 삶의 목적은 자유이며 개인을 넘어선 공동체 차원에서의 삶의 이상 역시 그런 개인적 자유와 연관된다.

칸트의 이상인 '목적의 나라'는 순수이성 종교[23]와 함께 순수 실천이성에 근거한 것이다. 목적의 나라는 '타자를 수단이 아닌 목적으로 대하라'는 실천이성이 실현된 세계이며, 그런 도덕법칙은 자본주의에서는 실현될 수 없다. 그 점에서 가라타니 고진은 칸트가 자본과 국가를 지양하는 사회주의(어소시에이션이즘)를 예견했다고 말한다. 그런 목적의 나라는 이성을 구성적으로 사용하지 않고[24] 규제적으로 사용할 때 접근가능하다. 즉 목적의 나라란 결코 완전히 실현될 수 없는 가상이며 규제적 이성에 의해 끝없이 접근할 수 있을 뿐이다.[25]

이처럼 칸트는 자신의 도덕법칙에 기초한 목적의 나라를 구상하고 있다. 단번의 혁명에 의해 이상세계가 실현되지 않고 끊임없는 접근이 필요하다는 생각은 우리의 관점과도 비슷하다. 그러나 그가 순수이성 종교를 거론한 점에서 알 수 있듯이 자유이념으로 접근한 실천이성은 여전히 개인에게 막중한 부담을 주고 있다. 이는 윤리와 그에 기초한 공동체를 이성의 측면에서만 접근할 때의 한계이다.

그러면 윤리적 삶에 접근하는 또 다른 방식은 무엇일까. 칸트가 암시하고 레비나스가 보여준 주체와 타자의 교섭은 인위적인 세계(상징계)를 넘어선 보다 더 조화된 세계를 지향한다. 그런데 칸트가 명시하지 않은 것은 타자와의 상호주체적 관계성이다. 그에 기초한 공동체적 삶의 조화의 문제는 인위성을 넘어선 자연적 삶과 연관된 윤리에서 암시된다.

칸트는 자연 속에서의 자유를 말하지 않았다. 그것은 칸트가 자유의

---

23 순수이성 종교란 역사적 종교와 구분되는 이성으로 접근한 종교이다.
24 이성을 구성적으로 사용하면 사회가 목적에 따라 변화되는 과정이 폭력적이 된다.
25 가라타니 고진, 조영일 역, 『세계공화국으로』, 도서출판 b, 2007, 184~188쪽.

목적[26]을 지닌 이성을 자연보다 상위의 차원으로 생각했기 때문이다. 물론 칸트 역시 자유와 자연의 통일을 모색한다.[27] 그 이유는 자연(현상계)을 넘어선 자유의 세계는 경험적 내용으로 인식될 수 없기 때문이다. 경험적으로 인식불가능한 자유의 세계는 자연적 유비를 통해 알려진다. 또한 자유의 목적은 최초의 원인이 없는 기계론적 자연 속에 투입됨으로써 원인으로 작용할 수 있다. 이것이 칸트가 자유와 자연을 통일시킨 방식이다. 당연히 이 방식은 자유(목적)와 이성이 자연을 지배하는 형태의 통일이다.

반면에 **동양사상**과 **스피노자**에서는 자연이 자유의지보다 더 궁극적이다. 예컨대 스피노자에게 자유로운 선택 의지란 실상 자유가 아닌 무지의 상태일 뿐이다.[28] 칸트는 자유의지를 최상의 윤리적 원리로 말했다. 그러나 스피노자에 의하면 인간이 선택을 할 때 힘겨운 의지가 필요한 것은 선행하는 원인을 모르기 때문이다. 선행하는 원인이란 신 또는 자연이다. 물론 신이나 자연은 초월적 원인이 아니라 세계에 내재해 있는 원인이다. 우리는 무지의 상태에서 선택의지를 가질 때 자유로운 것이 아니라 내재한 자연(신)의 원인을 알 때 비로소 자유를 얻는다. 이것이 스피노자가 자연과 자유를 조화시키는 방식이다. 칸트에게 자유와 자연을 통일시킬 수 있는 원인은 이성과 **자유의 목적**이다. 반면에 스피노자의 자유의 궁극적 원인은 지성과 능동적 감정의 통일[29] 속에서 접근할 수 있는 **자연**이다.

---

26 칸트는 이성적 존재 자체가 목적이라고 말하고 있는데 이는 결국 자유를 목적으로 한 것으로 볼 수 있다. 순수 실천이성이란 '자유로워지라'는 명령을 내리는 것이기 때문이다.
27 칸트의 『판단력 비판』은 이것을 시도하고 있는 것으로 볼 수 있다.
28 조현진, 『에티카』, 책세상, 2006, 70~71쪽.
29 스피노자는 지성을 통해 산출되는 능동적 감정에 의해 자유가 가능해지며, 그 과정에서 자연에 대한 이해를 통해 자유에 이르게 된다고 말한다.

스피노자의 사유를 받아들일 때 우리는 칸트의 자유의 주체의 엄청난 부담을 덜 수 있다. 이성보다 앞선 원인인 자연(신)에 접근함으로써 주체가 혼자 감당했던 의무감이 경감되기 때문이다. 그렇다고 칸트의 사유가 전혀 무용한 것은 아니다. 칸트는 도구적 이성에서 벗어나려는 주체의 도덕적 의지를 말하고 있다. 그처럼 칸트의 윤리는 근대의 모순된 상황에 대응하는 원리로 수용할 때 가장 의미가 있다. 그리고 바로 그 지점에서 예기치 않게 스피노자와 접합될 수 있다. 스피노자는 자연(내재 원인)에 접근할 때의 자유라는 이상적 삶을 말하지만 여기에는 현실상황에 대한 대응이 없다. 그 때문에 칸트와 스피노자의 결합이 필요한 것이다. 즉 도구화된 삶에서 벗어나려는 이성적 대응(칸트) 속에 궁극적으로는 자연적 삶에 접근하려는 소망(스피노자)이 잠재한 것으로 생각하는 것이다. 이처럼 이성과 감성, 자유와 자연이 조화되는 가운데 이상적 삶으로 나아가려는 윤리가 나타날 것이다.

그 과정에서 내재 원인으로서의 자연은 현실상황을 변화시키려는 원인으로 작용한다. 우리의 무의식적 충동을 자극하는 자연이라는 내재 원인은 라캉이 말한 순수욕망의 원인과도 유사하다. 자연(신)이라는 내재 원인은 우리의 능동적 감정을 고양시키는 요인으로서, (원인을 모른 채) 수동적 감정에 이끌리는 일상세계에서는 알 수 없는 잔여물로 남겨질 것이다. 잔여물인 동시에 능동적 감정(욕망)을 고무하는 원인이란 바로 대상 a이다. 그런데 이제 그 내재 원인, 대상 a는 현실을 변화시키는 요인인 역사적 원인이 된다. 이것이 바로 제임슨이 말한 역사의 **부재 원인**이다.[30] 물론 역사는 실재계적 부재 원인에 의해서만 변화되지는 않는다. 상황에 대응하는 이성과 부재 원인에 의한 욕망이 둘 다 필요한

30 Fredric jameson, *The political Unconscious*, Cornell University Press, 1981, 35쪽.

것이다. 즉 칸트의 이성적 대응과 자연적 조화에 대한 소망이 통합되면서, 그 이성과 감성, 대서사와 미시서사의 통일 속에서 멈춰 선 역사가 움직이기 시작할 것이다.

7. 스피노자의 윤리와 라이프니츠의 울림

스피노자는 여러 면에서 동양사상과 유사한 논의를 전개했다. 그는 정신이 신체를 움직인다고 말한 데카르트와는 달리 그 둘이 평행적으로 작용한다고 생각했다. 정신과 신체는 동일한 것(실체)의 **평행하는** 속성들이다. 즉 어떤 것이 정신에서 움직이면 그것은 신체적 능동성으로 드러나며, 반대로 신체적 능동성에 상응하는 관념[31]이 바로 정신이다.

정신과 신체를 연결하는 것은 감정일 것이다. 현대 뇌과학은 감정이란 신체에 대한 뇌 속의 지도라고 말한다.[32] 즉 어떤 사건에 대한 신체적 대응은 뇌의 작용에 의한 감정으로 표현된다. 이를 예견하듯이 스피노자는 감정과 정신(지성)의 밀접한 상응성을 논의했다. 수동적 감정(정념)은 열등한 지성의 결과이며 능동적 감정은 '원인을 인식한 지성'의 산물이다. 이는 이치(혹은 도)를 깨달은 감정과 그렇지 못한 감정을 구분한 동양사상과 유사하다.

그런 점에서 스피노자가 말한 원인이란 동양사상의 이치나 도(道)와 비슷하다. 스피노자의 원인은 단순한 기계적인 인과율이나 목적론이

---

31 이는 의식보다는 무의식적 사유에 더 가깝다.
32 안토니오 다마지오, 임지원 역, 『스피노자의 뇌』, 사이언스북스, 2007, 19쪽.

아니다. 전통적인 서양사상은 자연의 기계적 인과율에 자유의지를 지닌 인간이 목적론적으로 개입하는 것으로 생각했다. 또한 인간이 통제할 수 없는 곳에 초월적 신(의인화된 신)의 목적론이 작용한다. 그러나 스피노자는 그런 자유의지나 목적론을 비판했다. **자유의지**란 선행하는 원인을 모르는 상태에서 자기가 원하는 것을 하려는 것이다. 그러나 이는 욕구를 의식하지만 그것의 원인을 알지 못한 상태에서 자유롭게 선택했다고 생각한 것에 불과하다. 그처럼 원인을 모르기 때문에 사람들은 자신에게 유용한 것을 하면서 그 과정에서 자연을 도구로 이용하게 된다. 사람들은 자연의 도구화에서 한발 더 나아가 이를 신학적으로 정당화하게 되고 여기서 신과 관련된 목적론이 나타난다.

그러나 신이 목적론을 지녔다는 것은 자신이 스스로 완전함을 부정하는 모순을 드러낸다. 스피노자의 신은 그런 자유의지와 목적론의 존재가 아니라 자기 원인으로 존재한다. 목적론적 신은 초월적으로 작용하는 원인인 반면 자기 원인의 신은 스스로 존재하며 **내재적**으로 작용한다.

내재적 원인은 다양한 인과율로 변형되지만 자연을 도구화하지 않으면서 사람들을 자기 원인으로 이끌 수 있다. 즉 우리는 원인을 알고 각자의 능력[33]을 증진시킬 때 자기 원인에 접근하면서 자유를 얻을 수 있다. 이 자유는 목적한 대로 할 수 있는 (자유선택의) 자유가 아니라 스스로 존재하는 자기 원인을 아는 자유이다. 전자는 자연을 도구화하면서 실제로는 진정한 목적에 이르기 어렵다. 반면에 후자는 자연을 그대로 유지한 채 스스로 존재하는 자유를 얻는다.

스피노자가 말한 스스로 존재하는 **자기 원인**이란 동양사상의 자연(스

---

33 이 능력이 윤리적 포텐차 혹은 역능이라고 할 수 있다.

스로 그러함)과 유사하다. 스피노자는 '생산하는 자연'(신)과 '생산된 자연'(자연계)을 구분한다. 전자는 자기 원인을 지닌 신인 반면 후자는 인과율에 지배되는 유한한 자연이다. 그러나 유한한 자연에도 자기 원인이 내재하며 원인과 결과 사이에는 공통적인 요소(속성)가 작용한다. 동양사상의 자연은 자기 원인이 내재하는 자연과 인간(자연의 일부)의 상태를 말한 것으로 볼 수 있다. 그런 자연의 경지를 알 때 우리는 자유로워진다.

반면에 인간의 이성이 **목적론적으로** 작용할 때 우리는 진정으로 자유로워지지 못한다. 즉 이성이 원인(신, 자연)을 알려는 것이 아니라 목적을 이루려는 명령으로 작용하면 이기심과 수동적 감정(정념) 때문에 자유롭지 못하게 된다. 그것은 자유를 목적으로 하는 경우에도 마찬가지이다. 자유는 원인(자연)을 앎으로써 능동적 감정을 가지게 될 때 그 감정으로 정념을 제어함으로써 얻어진다. 반면에 자유를 목적으로 하는 것은 원인에 대한 무지의 상태에서 목적에 얽매이는 것이다.

목적이란 실상 충동이며 목적론은 욕망에 대한 자의식에 지나지 않는다. 따라서 욕망을 해소하려면 자의식에서 벗어나 충동의 원인을 알아야 한다. 그러나 목적론은 무지의 상태에서 상상적으로 목적을 정하고 그 목적을 이루려는 행동을 하게 된다. 원인을 모르는 목적은 대상에 대해 일방적이 되기 쉽다. 즉 목적론은 어떤 대상에 욕망을 투영해 그 대상이 자신에게 맞는 욕망을 불러일으키는 것으로 생각한다.[34] 하지만 우리의 목적에 맞기 때문에 대상에서 욕망이 생기는 것이 아니라 어떤 원인에 의한 욕망 때문에 우리가 대상과 관계하려는 것이다. 그런데 목적론은 원인을 모른 채 자신의 상상적 목적에 따라 대상을 소유하거

---

34 이경식,『스피노자의 인식과 자유』, 한국학술정보, 2005, 122쪽

나 도구화한다.

설령 자유를 목적으로 해 도덕적 선을 지향하는 경우에도 문제는 비슷하다. 선악 관념은 이성의 명령에 따르는 것인데 그것에 의한 감정은 다른 정념(수동적 감정)에 비해 약할 수밖에 없다. 감정은 원인을 알 때 강해지며 상상적 대상에 대한 감정보다 눈앞의 대상에 대한 것이 더 강력하다.[35] 그런데 자유를 목적으로 한 선악 관념은 원인을 모르는 것이며 미래를 위한 상상적 관념이다. 따라서 선악 관념에 의한 정서는 현실의 온갖 정념을 통제하지 못하고 우리를 그 정념에 사로잡히게 한다.

우리가 정념에서 해방되는 것은 자유를 목적으로 할 때가 아니라 사물들에 내재한 원인을 인식할 때이다. 즉 이성을 자유라는 목적의 명령으로 사용하지 말고 사물들의 원인을 인식하는 것으로 사용할 경우이다. 전자는 상상적 관념에 의한 약한 정서만을 산출하지만 후자는 원인 인식을 통해 능동적인 감정을 생산한다. 그런 강한 능동적 감정에 의해서만 현실의 수동적 정념들이 제어될 수 있으며 그 때에만 우리는 자유로워진다.

이처럼 스피노자는 목적론에 지배되는 세계와 원인과 본질을 인식한 세계를 구분한다. 전자가 이성의 명령에 의존한다면 후자는 이성지(원인인식)와 직관지(본질인식)에 근거한다. 양자의 차이는 원인의 무지와 자각에 있다. 흥미롭게도 이런 구분은 라캉의 욕망의 원인에 대한 무지와 자각에 상응한다. 욕망의 원인(대상 a)을 모른 채 일상의 대상에서 욕망이 생겨난다고 여기는 환상이 상징계에서의 욕망의 회로이다. 이런 대상의 원인으로의 착각은 스피노자가 말한 목적론적 세계에서의 대상에 대한 추구와 비슷하다. 그 점에서 스피노자의 원인 인식은 실재계

---

35 이경식, 위의 책, 146쪽.

적 원인(대상 a)에 대한 탐구와 비슷하다. 스피노자의 신(자연)이란 목적론적 세계의 잔여물로서 실재계적 원인의 위치에 있다. 스피노자의 수동적 정념이 쾌락원리라면 원인을 아는 능동적 감정은 실재계적 순수 욕망(욕동)이다.

스피노자와 라캉의 차이는 후자의 '욕망의 원인'이 개인적인 것인 반면 전자의 '자기 원인'은 공동체에도 연관된다는 점이다.[36] 스피노자는 자기 원인으로서 신에 대한 사랑이 인간들 간의 유대를 강화시켜준다고 말한다. 말할 것도 없이 인간과 자연의 조화도 강화시켜 줄 것이다. 신에 대한 사랑은 여러 사람과 공유할수록 더 강렬해진다. 인간과 자연의 조화 역시 더욱 공고해질 것이다.

따라서 스피노자의 신에 대한 사랑은 대상 a로서의 자연에 대한 사랑이다. 그것은 원래 인간과 한 몸이었는데 지금은 잃어버린 것에 대한 사랑이다. 그 스스로 존재하는 것(자연)이 세계에 내재하는 원인임을 알 때 우리는 자유로워진다.

그러나 스피노자의 신-자연에 대한 사랑이 현대적인 윤리가 되려면 그것이 상징계의 상황에 대응하는 원리로 작용해야 한다. 현대는 신을 잃은 대신 결핍된 상황에 얽매이게 된 시대이다. 이 선험적인 고향 상실의 시대에, 우리는 신을 유보시키는 대신 운명 같은 모순된 상황에 대응하는 과제에 부응해야 한다.

현대의 윤리는 단지 상징계를 넘어서는 원리만으로는 부족하다. 그 이유는 현대(근대)의 삶이란 합리적 세계에 발을 딛은 상태에서 끝없이 그것을 초과하는 운동이기 때문이다. 윤리 역시 그런 상징계에 대응하는 초과의 힘으로 나타나야 한다.

---

36 라캉의 욕동(순수욕망)은 죽음충동과 연관된다. 그러나 스피노자의 신에 대한 사랑은 인간적 연대를 강화시킨다.

따라서 대상 a(자연)에 대한 사랑만큼이나 상황에 대응하는 이성적 작용이 중요하다. 자유는 원인을 알 때 얻어지지만 그런 자각은 상황의 모순에서 벗어나려는 판단과 함께 나타나야 한다. 그 같은 이성과 욕망의 통합 속에서 자유와 자연이 조화되는 것이 윤리적 순간일 것이다.`

신과의 관계에서 삶의 조화에 대해 생각하게 하는 또 다른 철학자는 라이프니츠이다. 스피노자의 핵심적 개념은 세계에 대한 내재적 원인이다. 세계에 내재하는 자기 원인을 이해할 때 우리는 능동적 감정을 갖게 되고 자유로워진다. 그에 상응하는 라이프니츠의 핵심 개념은 **주름**이다. 자기 원인이 스스로 존재하는 원인이라면 주름은 세계를 조화시키려는 목적인이다.[37] 세계에 내재하는 자기 원인을 이해할 때 능동적 감정이 생긴다면 주름을 펼치려는 힘에 의해서 개체의 욕동이 나타난다. 라이프니츠의 욕동은 스피노자의 능동적 감정에 상응한다.

스피노자와 다른 라이프니츠의 특징은 존재의 독립성을 강조한 점이다. 모든 존재들은 '창문 없는 모나드'인데 이처럼 존재의 독립성을 강조한 것은 개인주의 사회의 산물이다. **모나드**는 내적 주름을 갖고 있으며 그 서로 다른 주름에 의해 특이성이 생겨난다. 주름이란 내장된 소우주로서 모나드는 그에 의해 하나인 동시에 내적 복수성을 지니게 된다. 모나드는 주름을 펼치면서 물질적 개체가 되며 다른 존재와의 관계 속에서 세계가 나타난다. 이 과정은 신이 스스로 설계한 프로그램을 펼치며 세계를 조화시키는 과정에 상응한다.

모나드의 주름(접힘)과 펼침의 관계는 세계의 원인-이치와 물질적 존재-힘의 관계에 상응한다. 동양사상으로 보면 모나드의 주름은 이(理)

---

37 주름은 작용인과 목적인의 일치로써 예정조화를 이루게 하는 설계도이다. 라이프니츠의 한계는 스피노자와 달리 목적인을 말함으로써 신을 내재적 원인이 아닌 초월적 존재로 말하게 된다는 점이다.

이며 욕동은 기(氣)로 볼 수 있다. 신이 설계한 각 모나드의 주름(理)이 펼쳐지며 조화된 세계가 나타나는 점에서 라이프니츠는 주리론자라고 할 수 있다.

그러면 서로 다른 모나드가 어떻게 조화된 삶을 이룰 수 있을까. 스피노자는 이기심과 목적론에서 벗어나 세계에 내재된 원인을 이해할 때 사람들의 유대와 조화된 삶이 가능한 것으로 보았다. 반면에 라이프니츠는 각 모나드의 주름에 이미 다른 존재를 만날 설계도(소우주)가 포함되어 있는 것으로 보았다. 그래서 주름을 펼칠 때 각 개체들이 조우할 공가능성(convenir)에 의해 세계가 조화된다고 생각했다. 즉 개체들이 주름을 펼치며 지각을 표상(표현[38])할 때 다른 개체의 표상들과 조화롭게 접합되며 세계가 나타나는 것이다. 개체들은 서로가 서로를 거울처럼 표현하며 증식과 울림을 통해 조화된 세계를 이룬다.[39] 이 모든 과정은 우주에서 신의 프로그램(理)이 펼쳐지는 과정에 상응한다.

이처럼 주리론에서는 신의 명령문(理)에 의해 미리 설계된 조화의 세계가 나타난다. 그러나 신의 본질이 퇴색한 시대에는 조화된 설계도 역시 빛을 잃는다. 따라서 라이프니츠의 모나드론은 현대적 관점에서 주기론으로 전환시킬 필요가 있다. 물질성을 중시하는 주기론으로 해석하면 주름은 실재계적 존재(氣)에 잠재된 것으로 이해된다. 잠재된 주름을 펼치는 힘과 욕망에 의해 세계의 운동이 나타나는 것이다. 그러나 이제 공가능성의 보증은 어디에도 없다. 잠재된 주름이 다르듯이 각 개인의 지각도 다르며, 세계가 조화될 가능성도 각자가 주름을 펼치는 과정에 맡겨져 있는 것이다.

조화된 울림(공가능성)을 미리 예정하는 설계도가 부재하기 때문에, 개인

---

38 라이프니츠의 경우에 표상은 표현이기도 하다.
39 이정우, 『주름, 갈래, 울림』, 거름, 212~219, 221~223쪽.

주의 시대의 사람들은 자신의 위치에서 서로 다르게 지각을 표상할 수 있다. 따라서 신이 부재한 시대의 사람들은 마치 자신만의 세계를 영화처럼 보고 있는 것과도 같다. 오직 사랑과 대화를 통해 울림이 나타날 때만, 각자의 영화가 짜 맞춰지며 조화된 세계, 잃어버린 신의 영화가 나타난다. 이때의 세계는 내재적 주름, 즉 원인(스피노자)에 접근한 이(理)[40]와 도(道)가 실현되는 것에 다름이 아니다. 그것은 또한 '실재계와 접촉하는 순간'의 세계이기도 하다.

이런 제2의 현실(실재계적 현실)[41]은 혼자서는 볼 수 없으며 울림의 순간에만 가능하다. 이 순간의 타자와의 울림은 개인주의적 상징계를 넘어설 때 가능하다. 즉 개인이 타자와 교섭하며 울림 속에서 상징계를 넘어설 때 비로소 세계가 나타난다.

이처럼 주기론적 세계에서는 울림이 각 개인에게 맡겨져 있다는 점이 매우 중요하다. 개인은 이질적인 타자와의 교섭을 통해 어렵게 울림을 시도할 수 있다. 신을 상실한 시대에 우리 스스로 실천해야 하는 그런 울림의 시도가 바로 사랑과 윤리이다.

라이프니츠는 울림에 의한 조화를 음악의 화음에 비유했다. 라이프니츠의 울림은 영혼과 육체 사이에서, 우주와 미세지각 사이에서, 그리고 모나드들 사이에서 울려 퍼진다. 라이프니츠는 이 예정조화의 울림을 바로크 음악의 미세한 음의 집합들과 악기들 간의 합주에 비유했다. 즉 울림은 멜로디가 화성으로 상승하고 미세 음들이 집합되어 화음화하는 것, 그리고 서로 다른 악기들이 교감하며 합주하는 양상과도 같다.

모나드들 간의 교감은 창문이 없음에도 불구하고 조화를 이루는데 이는 각기 동일한 우주를 표상하기 때문이다. 그것은 마치 악기들이 서

---

40 여기서의 이(理)는 매번 변화되는 가변적인 이(理)이다.
41 바흐친, 김근식 역, 『도스또예프스키 시학』, 정음사, 1989, 72~73쪽.

로 듣지도 보지도 못하면서도 각각 자신의 악보에 따라 완전한 화음을 연주하는 것과도 같다. 그래서 청중이 흡사 악기들 사이에 무슨 연관이 있는 듯이 놀라움을 금치 못할 만큼 조화를 이룬다.[42]

이 우주의 오케스트라의 연출자와 지휘자는 신일 것이다. 그러나 오늘날은 무대 위의 지휘자가 사라진 시대이다. 지휘자는커녕 악기의 악보도 완전하지 않다. 이제 연주자들은 기억 속의 선율과 화음들을 떠올리며 스스로 울림을 만들어내야 한다. 이 신과 악보(주름)를 대신하는 울림이 바로 윤리이다.

라이프니츠의 울림은 작용인과 목적인을 결합한 조화의 프로그램이었다. 그러나 이 설계도를 주기론적으로 전환시키면 신의 조화의 명령은 각 개체들의 내재적 주름(원인)이 된다. 또한 신의 목적인은 스스로 자족하는 자기 원인이 된다. 그런 내재적 주름과 자기 원인에 접근하려는 윤리적 충동은 스피노자의 자연(신)을 이해하려는 능동적 감정과 상충되지 않는다. 또한 기억 속의 화음을 상기하려는 욕망은 잃어버린 자연과 교감하려는 충동과 다르지 않다. 한 때 신의 명령이었던 울림의 연주가 지금은 화해(조화)의 기호(자연)를 소망하는 유전자처럼 나의 내부의 주름으로 잠재하는 것이다. 라이프니츠의 아름다운 울림은 잃어버린 낙원이 되었으며 이제 그 명령은 우리의 윤리적 유전자로 접혀져 있다. 오늘날의 자본주의는 숨겨진 윤리적 유전자를 펼치기 어려운 사회이다. 음악이란 그 접혀진 윤리적 유전자를 증언하려는 울림의 향수에 다름이 아니다. 음악으로만 들을 수 있는 상실한 울림에 대한 기억으로 인해, 내 안에 비쳐진 타자에 대한 조화의 소망으로 우리는 파편화된 세계(상징계)를 넘어서는 것이다.

---

42 라이프니츠, 「아르노에게 보내는 편지」, 1687년 4월, 들뢰즈, 이찬웅 역, 『주름』(문학과지성사, 2004), 242쪽에서 재인용.

라이프니츠는 근대 사회의 모순에 대응하는 논리를 전개하지는 않았다. 그러나 그의 모나드론은 결국 개인주의를 넘어서려는 윤리적 소망에 다름이 아니다. 창문 없는 모나드처럼 개인주의가 될 수밖에 없는 시대에 울림에 대한 향수는 우리의 윤리적 본능을 증언한다.

8. 윤리에 대한 향수로서의 음악 – 윤후명과 김중혁의 소설

라이프니츠가 예정조화설을 펼칠 수 있었던 것은 신과 이성에 대한 믿음이 있었기 때문이다. 또한 근대 세계가 근원적 결핍을 지닌 사회적 상징계 속에서 전개됨을 간과한 탓이다. 근대 세계는 조화된 울림의 결핍으로 사회 환경 속에서의 삶이 불투명하며 개인들 간의 완전한 화해도 불가능하다.

그처럼 울림의 소망이 충족될 수 없기 때문에 우리는 늘상 결여를 경험한다. 이제 끝없는 욕망의 잔여물을 남기는 그런 사회 세계를 초과해 나타나는 것은 신이 아니라 윤리이다. 윤리는 불화의 상징계를 넘어서려는 울림에 대한 소망에 다름이 아니다. 하지만 윤리는 법과는 달리 사회적 권력을 지니지 못한다. 상징계의 권력 내부에서 우리의 윤리적 본능(유전자)은 늘상 접혀 있다. 그 때문에 윤리는 빈번히 **미적 형식**을 통해 우리의 심금을 울리려 한다. 그렇지 않으면 **사건**(도전적 서사)을 통해 우리에게 충격을 주고 사회적 삶을 반성하게 한다.

미적 형식과 사건은 윤리가 우리에게 호소할 수 있는 가장 강력한 방법들이다. 미적 형식과 도전적 서사는 우리가 스스로 상징계를 넘어서며 윤리적 유전자를 펼치게 만든다. 이제 그 두 가지 방법을 통해 접혀진 윤리가 회생되는 과정을 살펴보자.

라이프니츠가 예를 든 음악의 화음은 울림에 대한 미적 표현이었다. 그러나 오늘날의 세계는 더 이상 그런 아름다운 화음으로 연주되지 않는다. 음악회에 가야만 들을 수 있는 화음은 이제 삶에서 연주되지 않는 울림에 대한 향수이다. 그것은 사회적 상징계에서 결핍된 윤리에 대한 향수이기도 하다.

물론 조화된 음악은 악기로만 연주되는 것은 아니다. 음악소리는 각 개인들의 영혼으로부터도 울려나온다. 영혼이란 간신히 살아남은 윤리적 유전자일 것이다. 한 때는 신에 의해 우주 속에서 연주되었던 음악소리는 이제 고독을 느끼는 사람만이 들을 수 있는 영혼의 선율이 되었다.

윤후명의 「모든 별들은 음악소리를 낸다」(1983)는 그런 내면의 음악에 대한 소설이다. 이 소설의 '나'는 법을 전공하라는 아버지의 권유를 뿌리치고 시를 쓰는 길을 선택한다. 아버지가 삶을 상징계의 질서로 이해했다면 '나'는 그 곳에서 결핍을 느낀 사람들의 소망을 생각한 것이다.

이 소설의 인물들은 삶의 외로움과 고통에 시달린다. 변호사 출신 아버지는 사기를 당하고 빚더미 속에서 세상을 떠난다. 월남한 큰아버지는 불안정한 삶을 쓸쓸히 살아간다. 그리고 외로움에 지쳐 계간(鷄姦)까지 하는 떠돌이 청년, 단 한 번 인연으로 스쳐간 절집 딸, 시를 쓰지만 패배자의 넋두리만 남기게 된 '나' 등등.

이처럼 자본주의적 상징계의 삶은 결핍되어 있다. 그 속의 사람들은 서로가 서로를 비추면서도 울림을 느끼지 못한다. 하지만 음악의 화음 같은 울림에 대한 소망이 사라진 것은 아니다.

나는 나도 모르게 눈물이 그렁그렁해졌다. 천신에게 어떤 기원이 전해짐과 함께, 나는 하나의 별이었다. 아버지도 , 어머니도, 큰아버지도, 동생들도, 떠돌이 청년도 제가끔 하나의 별이었다. 절집 딸도 하나의 별이었다. 모든 사람들은 하나의 별이었다. 우리는 영원히 서로 만날 수 없어서 어둠 속에 눈빛을 반짝이며 알 수 없는 소리로 노래하고 있는 것이었다. 개도, 닭도, 토끼도, 돼지도 모두들 하나의 별이었다. 모든 생명은 하나의 별이었다. 그리고 그 모든 별들은 견딜 수 없는 절대 고독에 시달려 노래하고 있는 것이었다.[43]

'나'의 별에 대한 상상은 라이프니츠의 음악의 은유와 조화된다. 신의 은총에 의해 영혼의 음악이 연주되는 점도 흡사하다. '나'는 라이프니츠를 회생시킨다. 세상의 모든 음악이 한꺼번에 들리면 불협화음이 될 수도 있지만 뜻밖에 우주의 운행처럼 조화될 것이라는 생각도 그와 같다.

우리의 상식을 넘어서고 배반해서 뜻밖에 아주 듣기 좋은 자장가 같은 협화음의 음악이 될 지도 모른다. 빛의 삼원색을 합치면 희색이 되리라고 상상할 수 없는 것과 같이. 그리하여 실제로 음악은 우리의 모든 생명을 늘 고양시키며 깊은 뜻을 불어넣고 있는지도 모른다. 그렇다면 그 음악은 누가 지휘를 하길래 우주의 운행처럼 훌륭한 조화를 이루고 있는가. 그 누구를 신(神)이라고 하는가. 과연 신은 있는가.[44]

'나'와 라이프니츠와의 차이는 ('나'의 경우) 신에 대한 믿음이 확실하지 않다는 점이다. '나'는 신 대신 자연 속의 별들의 비밀을 확신한다.

---

43 윤후명, 「모든 별들은 음악소리를 낸다」, 『모든 별들은 음악소리를 낸다』, 민음사, 2005, 262~263쪽.
44 윤후명, 위의 책, 235쪽.

신은 직접 우주를 설계하지 않고 자연의 비밀을 통해 '내'게 울림을 전해준다. 그 때문에 '나'는 자연과 교감하는 서정적 순간에만 음악소리를 들을 수 있다. 절대 고독을 넘어선 화음 역시 그 때에만 가능하다.

이제 신은 자연을 통해서만 음악을 들려준다. 그처럼 사회 세계에서 들리지 않는 음악을 자연 속에서 대신 듣는 것이 바로 서정적 순간이다. 그리고 그런 영혼의 고양에 힘입어 사회 세계의 모순을 넘어서려는 소망이 윤리이다.

서정성은 자연과 교감할 때의 영혼의 연주이다. 그런데 그런 영혼의 교감은 서사적 삶 속에서의 고통을 전제로 할 때만 아름다움을 얻는다. 라이프니츠에서처럼 현실의 삶도 화음을 이룬다면 서정성은 나타나지 않는다. 신을 상실한 시대에는 사회 세계의 고통스러운 삶을 넘어서려는 소망을 지닐 때만 서정적 아름다움이 나타난다. 신을 대신하는 윤리도 그와 마찬가지이다.

영혼이 남루한 삶을 장식하듯이 서정적 음악소리는 고독에 지친 사람들을 고통에서 견디게 만든다. 서정적 화음은 조화를 상실한 시대에 기억 속에 되돌아오는 울림의 순간의 아름다움이다. 그런 아름다움의 형식은 무의식의 고양 속에서 우리의 영혼을 상승시킨다.[45] 영혼의 상승이란 숨겨진 윤리적 유전자의 회생에 다름이 아니다.

아름다움과 함께 윤리를 회생시키는 것은 도전적 서사이다. 도전적 서사는 우리가 습관적인 세계에서 벗어나 삶의 모순에 대해 윤리적 질문을 하게 한다. 예컨대 김중혁의 소설들은 부조화의 시대에 조화된 음악이란 무슨 의미가 있는지 질문한다. 음악이 윤리적 울림에 대한 향수라면 김중혁의 질문은 윤리적 의미를 내포한 셈이다.

---

45 미적 형식의 역할이 무의식의 고양이라면 윤리는 그런 고양을 통해 삶의 모순을 넘어서려는 지향이다.

니체는 음악이 없다면 인생은 하나의 오류라고 말했다. 그러나 김중혁은 음악이 있다고 해서 오류뿐인 인생을 바로 잡을 수 있는지 질문한다.[46] 서정적 내면의 음악은 순간적인 영혼의 울림이지만 실제로 연주되는 음악은 그 떨림을 다 담지 못한다. 더욱이 연주회의 음악은 조화로운 울림을 잃어버린 우리의 일상을 결코 보상하지 못한다. 누군가에게 음악을 들려준다는 것은 우리가 영혼을 연주하지 못하게 된 것에 대한 궁색한 대안일 뿐이다.

서정적 순간의 '내면의 음악'과는 달리 실제의 음악은 울림에 대한 향수일 뿐이다. 그래서 김중혁은 기존의 음악 대신 영혼의 연주로서 소통될 수 있는 또 다른 음악을 찾는다. 라이프니츠가 말했듯이 우리의 영혼이란 창문 없는 특이성의 존재이다. 오류투성이의 세계란 특이성의 울림이 불가능해진 사회이다. 그런 세계에서 존재의 울림이 타자에게 소통되기 위해서는 아스라이 먼 곳에서 울려와 소멸되는 음악을 만들어야 한다. 따라서 「자동피아노」의 비토 씨는 '음악은 생성되는 것이 아니라 소멸되는 것'이라고 말한다. 또한 연주회보다 휴대전화를 통해 피아노 연주를 들려주는 것을 좋아한다. 「악기들의 도서관」에서 조화된 연주보다 한 악기 소리에 심취하는 사람들이 많아진 것도 그 때문이다. 울림을 상실한 고독한 시대에는 시타르의 현 하나를 뜯었을 때의 쓸쓸한 소리가 더 마음에 와 닿는 것이다. 김중혁이 탐색하는 음악은 영혼의 향수에 불과한 음악회의 음악이 아니라 삶 속에서의 음악이다. 김중혁은 조화를 잃어버린 쓸쓸한 영혼의 음악을 통해 특이성의 해방을 소망한다.

조화를 포기하면 쓸쓸함만 남고 울림을 시도하면 오류가 생기는 것

---

46 김중혁, 「자동피아노」, 『악기들의 도서관』, 문학동네, 2008, 10쪽.

이 우리 시대의 모순이다. 라이프니츠의 조화된 낙원을 상실함에 따라, 현대는 존재의 울림이 타인에게 엇박자로 소통될 수밖에 없는 시대이다. 자신으로서는 최선의 연주이지만 타인에게는 음정이 틀린 소리로 들리는 것이다. 아무리 노래를 잘 불러도 영혼이 소통되지 않는 점에서 모든 사람은 타인에게 음치인 셈이다. 「엇박자 D」에서 음치인 엇박자 D는 그 사실을 뼈아픈 상처로 깨달은 인물일 뿐이다.

'나'와 같은 고등학교 합창단원이었던 엇박자 D는 음치였다. 특활시간에 엇박자 D는 다른 단원들과는 달리 가장 열성적으로 활동했다. 하지만 그가 박치이자 음치임을 알아챈 음악선생은 축제 때의 공연에서 빠질 것을 요구했다. 엇박자 D의 간청에 따라 참석은 허용되었지만 음악선생은 공연 때 입만 벙긋거릴 것을 명령했다. 공연이 시작되자 엇박자 D는 1절 동안 립싱크를 했다. 그러나 갑자기 왠지 모를 자신감이 생겨 그는 입을 열었고, 음악을 망친 후 음악선생은 그의 뺨을 후려쳤다.

그 후 20년이 지나 '나'는 엇박자 D의 전화를 받는다. 무성영화를 전공한 그는 '내'게 자신이 준비한 공연의 기획 컨설팅을 부탁했다. 공연 주제는 무성영화와 인기그룹 더블더빙의 만남이었다. 마침내 공연이 끝날 무렵 엇박자 D는 친구들에게 한 이벤트를 선물한다. 20년 전의 노래를 22명의 음치들이 부르는 노래였다.

노래는 아름다웠다. 서로의 음이 달랐지만 잘못 부르고 있다는 느낌은 들지 않았다. 마치 화음 같았다. 어둠 속이어서 그럴지도 모른다. 음치들의 노래는 어두운 방에서 전원 스위치를 찾는 왼손처럼 더듬더듬 어디론가 내려앉았다. 아무도 웃지 않았다. 몇몇 관객은 후렴을 따라 부르기까지 했다. 1절이 끝나자 피아노 소리가 들렸다. 그리고 조명이 꺼졌다. 더블더빙이 〈오늘 나는 고백을 하고)의 간주를 연주했고 관객들의 박수가 터져 나왔다. 몇몇은 휘파람을 불었고, 누군가는 브라보를 외쳤다.

음치들의 노래 2절이 시작되자 더블더빙은 다시 연주를 멈췄다. 악기를 연주하면 그들의 노랫소리가 이상하게 들릴 것이 분명했다. 22명의 노래가 미묘하게 어우러지는 이유는, 아마도 엇박자 D의 리믹스 덕분일 것이다. 22명의 노랫소리를 절묘하게 배치했다. 목소리가 겹치지만 절대 서로의 소리를 해치지 않았다. 노래를 망치지 않았다.

(…중략…)

20년 전과 달리 이번에는 우리들이 립싱크를 하고 있었다. 음치들의 노랫소리에 맞춰 우리는 입을 벙긋거렸다. 노래를 따라 부르긴 했지만 입 밖으로 소리를 내지는 않았다. 그저 입만 벙긋거렸다. 다른 친구들도 모두 그러는 것 같았다. 우리는 그것이 엇박자 D에 대한 예의라고 생각하고 있었다.[47]

엇박자 D의 합창이 감동적인 것은 서로 교감이 불가능한 상황에서 조화를 만들고 있기 때문이다. 20년 전 음악선생의 합창은 현실에서는 불가능한 울림의 대안이었다. 그러나 그것의 아름다움은 부조화된 현실에 대한 무관심을 대가로 한 것이었다. 그런 식의 합창은 울림의 기억인 동시에 부조화에 대한 망각이다. 그 때문에 윤리에 대한 향수인 음악이 엇박자 D라는 타자를 억압하는 비윤리가 되고 만다.

반면에 엇박자 D의 합창은 울림이 불가능한 조건에서 울림을 시도하는 윤리적 연주이다. 부조화된 사회에서는 어떤 합창도 영혼의 모방일 뿐 진정한 교감은 아니다. 음악은 아름답지만 현실에서는 연주되지 않으며 현실에서 각자 소리를 내면 엇박자가 되는 것이다. 음치가 아니

---

47 김중혁, 「엇박자 D」, 『악기들의 도서관』, 위의 책, 280~281쪽.

라도 나의 목소리가 타인에게 엇박자가 될 수 없는 것이 현대인의 운명이다. 엇박자 D의 리믹스는 그처럼 교감이 어려워진 조건에서 울림을 만들려는 윤리적 실험이다. 노래를 망치지 않기 위해 목소리가 겹치지만 절대 서로의 소리를 해치지 않게 배치한 것이다.

그 같은 부조화의 조화 앞에서 이번에는 내가 립싱크를 한다. 그러나 지금은 그 때의 강압적인 엇박자 D의 립싱크와는 다르다. 과거에 립싱크를 하던 엇박자D는 폭력적인 부조화를 느꼈을 것이다. 하지만 지금 심금을 울리는 엇박자 D와 교감하는 순간, '나'는 이미 (의지와 상관없이) 내면에서 묘한 화음을 경험하고 있다. 그 화음 같은 울림의 경험은 소리 없는 노래를 부르고 있는 것과도 같다. 그처럼 '나'는 립싱크를 하면서 영혼의 노래를 부르고 있는 것이다. 그것은 향수어린 음악을 넘어선 또 다른 음악이다. 바로 그 소리 없는 음악이 현대의 윤리이며, '나'는 '타자에 대한 예의'를 통해 엇박자를 조화로 전환시키는 윤리적 순간을 경험한다.

이 소설에서 그런 윤리적인 순간은 두 가지 도전적인 사건을 통해 나타난다. 하나는 조화로운 음악이 오히려 폭력이 되는 아이러니이다. 다른 하나는 '내'가 엇박자 D의 립싱크를 반복함으로써 소리 없는 울림을 만드는 또 다른 아이러니이다. 폭력의 희생물인 엇박자 D의 립싱크와는 달리, '나'의 립싱크는 자아를 연기(延期)함으로써 이질적 타자를 수용하려는 행위이다. 이 두 가지 사건은 현대의 울림이 타자의 특이성을 존중하는 것을 전제로만 가능함을 알려준다.

현대 사회는 가짜 조화를 통해 특이성을 억압하는 시대이다. 마치 음악선생의 합창처럼 엇박자를 억압하고 조화를 강조하지만, 이런 시대야말로 영혼의 울림이 불가능한 부조화의 시대이다. 특이성을 해방시키기 위해서는 가짜 조화를 넘어서서 이질적인 타자들의 교감을 만들어야 한다. 그 교감이 바로 유사낙원인 상징계를 넘어선 실재계 차원의 윤리이다. 음악을 통해 끝없이 표현되는 강렬한 울림의 소망을 실현키 위해서는, 「엇박자 D」에서처럼 '나' 자신을 연기함으로써 틈새의 영역[48]에서 타자와 교감해야 한다. 그 순간의 영혼의 연주를 통해서만 전설처럼 잊혀진 윤리적 유전자의 울림이 회생될 것이다.

9. 신을 대신하는 윤리

스피노자와 라이프니츠는 신에 접근한 세계를 최고의 삶의 상태로 여겼다. 레비나스 역시 타자와의 관계를 통한 상승된 삶에서 초월적 영성을 찾았다. 세 사람의 경우 신의 의미는 각기 다르지만 모두 인간의 삶의 최고의 가치와 연관된다.

지복의 삶(스피노자), 조화된 울림(라이프니츠), 무한의 차원(레비나스)은 신의 완전성이 실현된 인간의 삶이다. 흥미로운 것은 세 사람이 그런 최고의 삶의 상태를 윤리와 연관시킨 점이다. 윤리는 무거운 책임감이 아니라 한 차원 상승된 인간의 삶인 것이다.

세 사람이 윤리를 설명하기 위해 신의 개념을 빌린 것은 세속 보다 상승된 삶을 말하기 위해서였을 것이다. 우리는 응당 그런 지고의 삶을 원하지만 그 삶의 가치는 신의 권위를 빌려야 힘을 얻을 수 있었다. 그 이유는 윤리적 삶, 즉 한 차원 상승된 삶은 두 가지 측면을 지니기 때문

---

48 틈새의 영역이란 상징계와 실재계 사이의 공간이다.

이다. 하나는 일상에서는 생각할 수도 없는 최고의 행복한 삶의 상태이다. 그러나 다른 한편 그런 삶에 이르기 위해서는 일상적 행복에 대한 집착에서 벗어나야 한다. 물론 이 두 가지 측면은 인간의 이중성 때문이다. 즉 인간은 신이 내린 선물 같은 아름다운 삶을 소망한다. 하지만 다른 한편 그에 이르기 위해서는 일상적 존재의 탈각이 요구된다.

신을 잃어버린 시대에는 두 번째 문제가 더욱 중요해졌다. 조화된 신의 설계도를 상실한 현대에는 그것의 흔적으로 남은 우리의 윤리적 본능을 발현시켜야 하는 것이다. 이제 윤리를 장식해 주던 신의 은총은 빛이 바랬다. 오로지 인간 자신의 윤리로써 텅 빈 신의 자리를 대신해야 하는 것이다.

현대인이 흔히 윤리를 유보시키려 하는 것은 그 고독한 부담감 때문이다. 그러나 윤리는 잃어버린 신의 개념 못지않은 현대의 개념으로 다시 옹호될 수 있다. 윤리적 순간에 우리는 일상의 쾌락과는 비교할 수 없을 정도의 엄청난 행복감을 느낀다. 인간의 비밀의 회로인 뇌에서 분비되는 어떤 물질에 의해서이다. 윤리는 이성이나 의지이기도 하지만 또한 행복에 대한 욕망이기도 하다. 이제 윤리를 변호해주는 것은 신이 아니라 인간의 뇌의 비밀이다.

현대인의 윤리적 충동은 태초의 '인간의 비밀'[49]에서 비롯되었다. 인간의 비밀이란 호모 사피엔스 이전의 존재와 구분되는 현생인류의 비밀이다. 인류학에 의하면 네안데르탈인은 현생인류 못지않게 논리적 사고력이나 대상에 대한 인지능력이 발달해 있었다. 그들의 뇌는 마치 큰 방에 대형 컴퓨터들이 분리되어 배치되어 있는 것과도 같았다. 그러나 그들은 예술도 종교도 탄생시킬 수 없었다. 현생인류에 이르러서야

---

49 나카자와 신이치, 김옥희 역, 『예술인류학』, 동아시아, 2009, 242쪽.

뇌 안의 혁명에 의해 각 지식의 컴퓨터들을 횡단하는 유동적 지성이 발생했다.[50]

유동성 지성은 '대상에 대한 사고'가 아니라 인지영역들을 연결하고 중첩시키는 '사고에 대한 사고'이다.[51] 이 사고 자체에 대한 사고는 인지 대상에 얽매였던 뇌를 인지 불가능한 물자체와 실재계의 차원으로 이동시켰다. 바로 그 한 차원 상승된 영역에서 신화와 음악, 무의식이 발생했다.

인류학에서는 그런 유동성 지성의 능력을 초월적 사고에 연관시킨다. 초월적 사고는 신을 발명하고 종교를 탄생시켰다. 그러나 유동적 지성은 결코 인간을 초월하는 영역에 의미가 있는 것이 아니다. 인간 너머에 신을 만드는 순간 절대적 권력관계 속에서 '인간의 비밀'은 퇴색한다.

신이란 인간과 자연에 내재하는 원인(스피노자)이며 개체들의 상호 증식과 울림의 원인(라이프니츠)이기도 하다. 신을 이처럼 인간에 내재하는 동시에 한 차원 상승된 영역의 원인으로 해석하면, 물자체와 실재계를 중심으로 한 사유가 나타난다. 물자체와 실재계는 흔히 외부라고 불리지만 그것은 사물의 불가해한 잔여물, 내재적인 외부이다. 스피노자와 라이프니츠는 이 한 차원 상승된 영역에 이르는 사유를 윤리(에티카, 도덕 공동체)라고 불렀다. 음악은 윤리에 대한 향수이며 신이란 윤리의 장식물이다. 자연은 화해된 낙원에 대한 윤리적 기억이고 무의식이란 윤리가 작용하는 수면 밑의 영역이다. 현대적으로 해석하면 모든 인간적 사유와 가치의 본령인 '인간의 비밀'이란 초월적 사고가 아니라 윤리인 것이다. 윤리란 단순한 인지 활동과 구분되는 지식들을 횡단하는 유동적인 사유이며, 그로부터 나타난 한 차원 상승된 가치들에 대한 사유이다.

---

50 나카자와 신이치, 김옥희 역, 『신의 발명』, 동아시아, 2005, 63~64쪽.
51 나카자와 신이치, 위의 책, 66~67쪽.

인간은 오랫동안 신의 이름으로 윤리적인 사유를 해왔다. 신을 내재적 원인인 자연으로 생각한 동양사상의 경우 철학은 곧 윤리학이었다. 또한 신과 윤리를 같은 차원으로 여겼던 스피노자와 라이프니츠는 전근대와 근대, 서양과 동양의 틈새에 있었던 셈이다.

근대 이후 인간은 초월적 절대성에 근거한 신분적 권력에서 해방된 대가로 신의 비밀을 잃어버렸다. 그 후 신의 이름으로 옹호되었던 인간의 비밀은 무관심하게 방기되었다. 물론 모든 것이 하루아침에 사라진 것은 아니다. 신의 은총을 잃은 윤리는 소설을 통해 입증되는 비밀로 간신히 살아남았다. 또한 니체와 마르크스, 프로이트 등에 의해 유동적 지성은 꾸준히 자기의식적으로 학문화되었다. 뿐만 아니라 잃어버린 낙원(대상 a)에 대한 열망으로 인해 학문화된 유동적 지성을 펼치려는 실천이 끝없이 시도되었다. 대상 a에 대한 열망, 근대의 끝없는 자기갱신은 잃어버린 인간의 비밀에 대한 숨겨진 충동에 다름이 아니다.

근대의 끝없는 변혁의 충동, 대상 a에 대한 열망을 뇌과학에서는 열락의 엔돌핀으로 설명한다. 그 중에서도 윤리적 엔돌핀과 다이돌핀[52]은 모든 영역의 뉴런들을 관통하는 총체적 열락을 제공한다. 윤리적 엔돌핀과 다이돌핀은 단순한 화학물질이 아니다. 그것은 근대의 모순이 만든 족쇄로부터 인간의 비밀이 해방되는 순간의 자유의 황홀경이다.

그러나 21세기는 신을 상실한 것 이상의 또 다른 충격이 연출된 시대이다. 마치 신의 빈 자리를 채우듯이 이제 인간이 세계를 감시하고 연출하게 된 것이다. 예전에는 신만이 모든 것을 알고 있었다. 그러나 지금은 감시권력의 인간만이 그것을 알고 있다. 정보통제 사회는 인간의 신의 모방에 다름이 아니다.

---

52 엔돌핀의 4000배 되는 효과가 있는 호르몬. 다이돌핀은 우리가 삶이나 예술에서 감동을 받을 때 분비된다.

또한 과거에는 신이 세계를 통제한다고 생각했었다. 그러나 이제는 인간이 세계를 영화처럼 편집할 수 있는 시대가 되었다. 예컨대 9.11 사태에서 이라크전으로의 발전은 재난영화의 전반부에 후반부를 이어붙인 연출이었다.

유전자 공학, 인터넷의 가상공간, 시뮬라크르의 연출 등은 신을 닮아가는 인간의 모습을 상징한다. 다만 인간은 세계를 조화시키고 자연과 화해시키는 신의 능력만은 모방하지 못하고 있다. 그 결과 인간의 지성은 유례없이 오만한 유일신[53]에 접근하고 있다. 여기에는 동양의 자연의 신은 물론 내재적 원인(스피노자)도 예정조화의 설계도(라이프니츠)도 없다. 한 차원 상승된 지성인 윤리는 사라져 가고 있다.

가능세계를 현실화하는 능력을 개발한 인간은 그 능력을 윤리화하는 뇌만은 사용하지 못하고 있다. 그 대신에 그것을 통해 유사낙원과 가짜정의를 창안해 낼 뿐이다. 이는 지성의 두 층위 중에서 아래층에 낙원을 설계하고 있는 셈이다. 또한 뇌의 세 층위[54] 중에서 파충류와 포유류의 뇌로 하락하고 있는 것과 같다. 인간의 비밀의 몰락, 이것이 현대문명의 최대의 아이러니이다.

오늘날 우리의 뇌는 보이지 않는 독재자에게 립싱크를 강요당하고 있다. 그럴수록 다양한 뉴런들을 횡단하려는 '유동적 지성'의 힘은 폭발할 듯이 들끓고 있다. 이제 뇌 안에서의 또 한 번의 혁명이 필요한 것이다. 전에는 진화에 의한 혁명이었지만 이번에는 기억[55]에 의한 혁명이다. 잃어버린 낙원에 대한 기억으로 화해의 기호를 되찾으려는 윤리적

---

53 동양의 비오이디푸스적인 자연의 신과 구별되는 오이디푸스적인 아버지 같은 신을 말한다. 오이디푸스적 신과 비오이디푸스적 자연 / 신에 대해서는 나병철, 『가족로망스와 성장소설』(문예출판사, 2007), 124~219쪽 참조.
54 파충류의 뇌, 포유류의 뇌, 인간의 신피질을 말한다.
55 이 기억은 순수기억으로서 일종의 무의식이다.

충동이 황폐해진 뉴런들을 물들일 것이다. 이 뇌 안에서의 혁명은 무의식을 현실화하려는 일상에서의 혁명이기도 할 것이다,

10. 레비나스와 바디우의 윤리 — 존재의 이중성과 서사적 윤리

레비나스와 바디우는 윤리적 주체를 회생시키려는 대표적인 현대 철학자들이다. 이들의 공통점은 인간의 '존재의 이중성'을 통해 주체를 부활시킨다는 점이다. 존재의 이중성이란 이성적 주체와 탈이성적 주체의 양면성을 말한다. 이들은 이성중심적 주체와 해체된 주체를 모두 거부한다. 윤리적 주체는 이성과 탈이성의 양쪽을 횡단하는 모험 속에서만 생성될 수 있기 때문이다.

그 같은 모험은 내부와 외부, 상징계와 실재계를 가로지르는 일이기도 하다. 그 점에서 그것은 상이한 인지영역들을 횡단하며 '대상에 대한 사고'에서 '물자체의 사고'로 이동하는 유동성 지성과도 유사하다. '유동적 지성'이란 다양한 뉴런들을 횡단하며 상이한 지성들 간의 통로를 형성하는 사유를 말한다. 즉 유동적 지성은 각 지적 영역들 간의 통로를 흐르는 방식으로 인지적 사고의 경계를 넘어선다. 그래서 각각의 뉴런들의 인지작용이 그것들을 관통하는 흐름과 연결될 때 한 차원 상승된 혁명적 사유가 나타난다. 윤리적 사유 역시 그와 마찬가지이다.

실제로 윤리에 대한 철학적 논의들은 그런 유동적 사유를 보여준다. 예컨대 스피노자는 내재적 원인인 자연–신에 접근할 때 윤리적 삶이 실

현된다고 말했다. 내재적 원인이란 일상적 존재도 초월적 신도 아니다. 그것은 세계의 내부를 관통하는 동시에 일상의 삶을 넘어서는 요인이다. 그런 자연–신은 삶에 내재하지만 일상적 존재가 아닌 점에서 부재 원인이기도 하다. 따라서 그것은 안과 밖을 횡단하는 존재이며 있으면서(유) 없는(무) 존재이기도 하다. 그 같은 경계를 넘어서는 유동적 사유를 통해서만 우리는 자연–신을 이해하고 윤리적 삶에 이를 수 있다.

라이프니츠 역시 안과 밖을 횡단하는 유동적 사유를 보여준다. 라이프니츠의 모나드는 창문이 없기 때문에 바깥의 다른 모나드와 직접 소통하지 못한다. 그러나 모나드는 하나이면서도 소우주인 복수성을 갖고 있다. 그 복수성의 주름이 펼쳐질 때 각 개체는 서로의 타자를 비추며 울림을 얻는다. 그처럼 모나드는 폐쇄된 내적 존재이면서도 증식(비춤)과 울림을 통해 타자와 관계를 맺는다. 이 때의 조화된 삶이 라이프니츠의 최고의 윤리적 상태(도덕적 공동체)이다. 라이프니츠 역시 '창문 없는 존재'와 '울림의 교감'이라는 불가능한 개념들을 접합시키는 사유를 통해 윤리에 대해 말하고 있다.

이 같은 유동적 사유를 보다 현대적으로 변형시킨 사람은 레비나스와 바디우이다. 두 사람이 스피노자나 라이프니츠와 다른 점은 '사건'의 개념을 도입한 점이다. 스피노자와 라이프니츠의 경우 안과 밖의 분리가 기묘하게 접합되지만 그 둘의 차이를 강조하지는 않는다. 반면에 레비나스와 바디우는 내부와 외부의 차이 및 틈새를 중요하게 설명한다. 스피노자와 라이프니츠가 안과 밖의 연결을 자연스럽게 설명한 것은 신의 개념을 도입했기 때문이다. 그러나 신의 개념이 없는 레비나스와 바디우는 분리된 양쪽을 횡단하는 계기를 사건이라고 부른다. 특정한 사건의 순간에 우리는 내부와 외부를 동시에 경험한다. 그 순간은 존재의 이중성을 경험하는 때인 동시에 양 측면을 횡단하는 유동적 사유가 홀러넘치는 순간이기도 하다. 우리가 윤리적 충동을 경험하는 것 역시 그때이다.

사건의 개념을 도입한 것은 내부와 외부에 차이가 있으며 일상에서는 양쪽을 동시에 경험하기 어려움을 뜻한다. 이는 근대 이후의 삶이 신을 상실한 대가로 내부의 삶에 편향된 점과 연관이 있다. 내부의 질서를 유지하려는 것이 법이며 한 차원 상승된 위치에서 조화를 소망하는 것이 윤리이다. 우리는 일상에서도 윤리적 소망을 갖지만 내부와 외부를 관통하는 사건의 순간에 강렬하게 윤리적 충동을 경험한다.

이처럼 사건을 도입한 철학은 **존재의 이중성**과 양쪽의 횡단을 중시한다. 존재의 이중성을 중시한다는 것은 이성과 탈이성의 어느 한쪽도 간과하지 않는다는 뜻이다. 그 같은 양면성을 존중하는 철학은 또한 양쪽을 가로지르는 사건의 순간을 중요시한다. 그리고 그 점에서 양자 중 어느 한쪽에 편중된 주체철학과 해체론을 둘 다 넘어선다.

레비나스 역시 이성과 탈이성, 내부와 외부를 둘 다 중시한다. 레비나스가 합리성에 근거한 내부의 삶을 존중한다는 것은, 사건을 경험하고 상승된 삶을 얻은 후에도 여전히 내재성이 상실되지 않음을 말하는 점에서 알 수 있다. 레비나스는 자기성에 근거한 내재적 삶의 중요성을 말하기 위해 먼저 하이데거의 존재 개념을 비판한다. 하이데거의 경우 존재자는 선행하는 존재에서 분리되지 못함으로써 존재의 주인이 될 수 없다. 존재에 얽매여 어둠을 경험하는 존재자를 '홀로 서게' 하는 것이 레비나스의 윤리적 주체의 출발점이다.

그러나 자기성과 내재성을 찾은 주체(존재자)는 그 대가로 고독과 유한성의 한계에 부딪힌다. 고독한 자아는 타자와의 관계를 통해서만 그 한계를 넘어서서 한 차원 상승된 삶을 얻게 된다. 이런 과정은 마치 라이프니츠의 모나드가 울림을 얻는 과정과도 비슷하다. 그러나 레비나스의 경우에는 라이프니츠와는 달리 타자와의 울림이 저절로 조화롭게 이루어지지 않는다. 신에 의해 예정된 설계도가 없기 때문에 타자는 알 수 없는 외부(실재계)로부터 나에게 출현한다. 그처럼 자아와 타자 사이에는 내부와 외부, 유한(상징계)과 무한(실재계) 사이의 심연 같은 것이 있는 것이다. 그런 낯선 공간에서 타자가 내 앞에 출현할 때, 내가 그 공간을 횡단하는 것은 유한에서 무한으로 상승하는 하나의 사건이다. 그것은 인류학자가 말한 '유동성 지성'의 흐름에 의해 '인간의 비밀'이 드러나는 순간이기도 하다.

그 같은 사건의 순간은 상징계와 실재계 사이를 횡단하는 순간이라고 할 수 있다. 상징계에는 자아와 타자의 진정한 관계의 원리가 없기 때문에 우리는 타자와 만나는 (사건의) 순간[56] 실재계를 경험한다. 더욱이 레비나스가 말하는 타자는 고통 받는 타자이며 상징계의 외곽에 있는 존재라고 할 수 있다. 그렇기 때문에 자아와 타자의 교섭 과정에서 실재계에 접촉하는 순간이 더 풍부하게 나타난다. 이 순간에 자아는 타자의 출현에 의해 자신의 자유와 자족성을 심문받게 된다. 그 대신 타자를 내면에 받아들임으로써 역동적인 교섭을 통한 만남을 얻게 된다. 이처럼 타자에 의해 자아를 의문시하면서 만남을 이루는 것이 레비나스의 윤리이다.

라이프니츠의 윤리(도덕 공동체)는 조화로운 울림의 결과이다. 반면에 그런 예정조화가 불가능한 상황에서, 레비나스의 윤리는 상징계에서 고독하게 자족하는 자아에 대한 질문이며, 그것을 통해 타자와 만나는 상승의 과정이라고 할 수 있다. 전자와는 달리 후자에는 주체의 능동적 개입이 있다. 레비나스는 그 능동성의 근거를 신비와 영성으로 설명하지

---

56 이때의 만남은 상징계의 규범을 매개로 한 일상적 만남을 넘어서는 만남이다.

만 이를 재해석하면 라캉의 열락(향락)과도 비슷한 것이라고 할 수 있다.

또 하나 중요한 것은 신비와 영성, 열락 자체가 윤리는 아니라는 점이다. 타자와의 만남이 윤리적 의미를 지니는 것은 상징계에 놓인 자아에게 상승된 차원에서 질문의 공간(틈새)을 열어 놓기 때문이다. 그 같은 윤리적 질문은 내부와 외부, 상징계와 실재계 사이를 횡단하는 사건의 순간에 나타난다. 윤리적 주체는 그처럼 안과 밖을 횡단하는 순간에 자아의 동요에 의해 출현한다.

그 같은 윤리적 주체는 양쪽을 관통하는 시간에 의한 서사적 과정에서 나타난다. 상징계에 머무르는 고독한 주체에게는 미래를 향한 시간의 차원이 없다. 이질적 타자가 출현함으로써 합치될 수 없는 차이를 조화시키려는 무한한 과정에서 비로소 시간이 나타난다. 그런 무한한 시간의 과정은 한 차원 상승된 삶을 가능하게 한다.

그러나 윤리적 주체는 단 한 번의 사건에 의한 상승이 결코 아니다. 그 같은 상승은 도나 해탈, 영성이라고 불릴 것이다. 그와 달리 윤리적 주체는 안과 밖, 상징계와 실재계를 횡단하는 운동을 끝없이 계속한다. 그 이유는 사건에 의해 윤리적 순간을 경험했더라도 상징계가 한 순간에 모두 변화되는 것은 아니기 때문이다. 자아의 자족성과 상징계의 동일성을 질문하지만 그런 윤리적 질문에 의해 변화를 겪은 후 우리는 변혁된 상징계로 다시 돌아온다. 또 다른 차원의 세계란 끝없이 연기되는 미래형이기 때문이다. 따라서 우리는 안과 밖을 횡단하는 윤리적 모험을 존재의 이중성(이성과 탈이성)을 통해 끊임없이 지속시켜야 한다. 그 지속의 힘은 라이프니츠의 주름의 흔적인 우리의 윤리적 본능(유전자)[57]에서 나올 것이다.

---

[57] 이 윤리적 본능은 라캉의 대상 a에 대한 열망과 연관이 있다. 주름의 흔적은 실재계 차원의 주름이다.

레비나스의 존재의 이중성이 내재성과 외재성이라면 바디우의 경우는 일자(하나)와 다수성(복수성)이다. 일자는 존재의 상징계 차원이며 다수성은 실재계 차원이다. 라이프니츠의 복수성은 모나드(理)의 주름이지만 바디우의 다수성은 실재계(氣)의 주름이다. 바디우의 논의는 라이프니츠의 주리론을 주기론으로 전환시킨 것이라고 할 수 있다.

라이프니츠의 경우 일자(모나드) 자체가 내적인 복수성(주름)을 갖고 있으며 주름이 펼쳐지면서 울림을 통해 복수성이 실현된다. 반면에 바디우에서는 존재의 출현이란 다수성이 상징계(구조)의 어떤 상황에서 일자로 작용하는 것이다. 전자에서는 일자가 울림을 통해 복수성을 실현하며 완전히 펼쳐지지만, 후자에서는 다수성이 제한된 구조(상징계)의 상황에서 일자로 작용한다.

이처럼 바디우의 현대적 특징은 상징계의 **상황**을 설정한 점이다. 또한 그로 인해 다수성은 늘상 완전히 실현되지 않고 어떤 상황에서 일자로 작용한다. 라이프니츠에서 존재의 실현은 신에 의한 조화로운 울림을 통해서 가능해진다. 반면에 바디우의 경우 신이 부재한 상징계에서 울림이 결핍된 채(상황) 다수성(주름)이 일자로 작용한다.

이처럼 현대의 상징계란 신의 부재의 대가이다. 그리고 상징계의 상황이란 조화가 결핍된 상태이며, 개체들의 다수성은 모두 출현하지 않고 잔여물(실재계)을 남긴다. 드러나지 않은 잔여물로서의 실재계(대상 a)가 드러나기 위해서는 어떤 **사건**이 필요하다.

사건이란 상황에 부과된 잉여적인 것이다. 그것은 상황의 맥락에서 파악할 수 없는 공백이며 지식의 장에 생긴 구멍이다. 요컨대 사건이란 상징계를 관통하는 구멍에 의해 실재계와 대상 a가 드러난 것이다.

사건은 실재계를 드러내며 진리를 발생시킨다. 진리란 (완전히 펼쳐지지 않은) 실재계의 다수성(주름)과 교섭하면서 부조화된 상황에 대응하는 것이다. 진리는 상황의 부조화(그리고 상징계의 비일관성)를 드러내며 그런 상황에서의 존재방식을 변화시키도록 한다. 그 같은 진리 과정은 조화에 대한 욕망으로 인해 역동적이 된다. 즉 다수성이 완전히 펼쳐지도록 잔여물(대상 a)과 교감하려는 욕망에 의해서이다. 결여된 상황에 대응토록 하는 그 조화에 대한 욕망이 바로 윤리이다.

바디우는 진리를 내재적 단절이라고 말한다.[58] 이는 스피노자의 '내재적 원인'처럼 안과 밖의 통로를 흐르는 '유동성 지성'의 개념이다. 진리는 상황 속에서 전개되지만 상황의 용법으로는 사고할 수 없는 단절(사건)이기 때문이다. 진리를 파악하기 위해서는 안과 밖의 횡단이 필요하다. 진리는 합리적으로 소통될 수 없으며 횡단을 통한 만남에 의해서만 가능하다.[59] 즉 진리의 교감은 상징계에서의 이성적 소통 대신 상징계와 실재계 사이(틈새)에서의 (타자와의) 진정한 만남을 요구한다.

따라서 진리의 과정과 윤리는 존재의 이중성에 의해 펼쳐진다. 즉 탈이성을 통해 실재계(다수성)와 교섭하면서 이성(일자)을 통해 상황에 대응하는 작용이다. 이런 이중적 과정은 끝없이 계속된다. 만일 한 번의 사건으로 다수성을 펼치려는 실재계적 욕망이 상황을 모두 변화시킨다면 라이프니츠가 예언한 유토피아가 도래할 것이다. 그러나 그런 사건의 기획은 신만이 가능하다. 우리는 사건에 따라 상황을 변화시킨 후 신이 부재한 공간, 변혁된 상징계로 돌아와야 한다. 다만 신을 대신하는 윤리에 의해 유토피아를 소망하는 진리의 서사적 과정이 끝없이 계속될 것이다.

---

58 바디우, 이종영 역, 『윤리학』, 동문선, 2001, 56쪽.
59 바디우, 위의 책, 67쪽.

11. 욕망과 조화된 윤리 — 앙티 오이디푸스적 윤리

이제까지 칸트와 라캉, 스피노자와 라이프니츠, 레비나스와 바디우의 윤리론을 살펴보았다. 이들의 공통점은 일상보다 한 차원 상승된 위치에서 윤리를 논의한 점이다. 그것을 위해 그들은 안과 밖을 횡단하는 유동적 지성으로서 '인간의 비밀'을 윤리의 핵심으로 말하고 있다.

안과 밖이란 현상계와 물자체, 상징계와 실재계를 말한다. 또한 상징계는 이른바 오이디푸스 구조를 뜻한다. **오이디푸스적 상징계란 오이디푸스 콤플렉스를 지닌 아버지와 아들의 관계와도 같은 삶의 구조이다.**[60] 오이디푸스 구조는 대립과 동일성의 양가적 관계로 되어 있으며 이 구조에서는 자아와 타자의 완전한 조화가 불가능하다. 여기서는 아버지 같은 권력에 예속되는 동시에 잠재적인 반항을 포함하는 (오이디푸스적) 관계가 지속된다. 그 같은 오이디푸스적 상징계는 법에 의해 질서화되지만 늘상 원환 같은 공동체를 이룰 수 없는 모순(비일관성)을 드러낸다. 그 모순을 해결하고 조화된 공동체를 이루려는 실재계 차원의 지향이 바로 윤리이다.

이 점에서 우리가 살펴본 윤리론들은 모두 오이디푸스 구조를 넘어서려는 원리를 윤리라고 말한 셈이다. 따라서 우리는 그런 윤리를 **앙티 오이디푸스적 윤리** 혹은 **비오이디푸스적 윤리**라고 부를 수 있을 것이다. 오이디푸스적 구조는 서양사회에서 특징적이며 특히 근대 자본주의 사회에서 본격화된다. 반면에 동양에서는 서양에 비해 상대적으로 오이디푸스적 구조가 뚜렷하지 않았다고 할 수 있다. 도교. 불교, 유교 등

---

60 나병철, 『가족로망스와 성장소설』, 앞의 책, 18~19, 24~29, 91~100쪽.

의 동양사상이 비오이디프스적 사유였던 점, 그리고 동양의 경우 학문이 비오이디푸스적 윤리학의 성격을 띤 점은 이를 보여준다.

서양의 오이디프스적 사유를 비판하고 앙티 오이디푸스를 주장한 사람은 들뢰즈이다. 들뢰즈는 오이디푸스 구조를 넘어서는 탈주의 욕망을 강조했다. 비슷한 맥락에서 우리는 앙티 오이디푸스적인 **탈주의 윤리**를 말할 수 있을 것이다. 탈주의 윤리는 **욕망과 조화된 윤리**이다.

탈주의 욕망과 윤리는 둘 다 상징계를 넘어선다. 양자의 차이점은 욕망이 실재계적 대상 a에 대한 충동인 반면 윤리는 상징계의 모순(비일관성)에 대응하며 조화를 소망한다는 점이다. 욕망과 윤리는 둘 다 대상 a와 교감하려는 리비도를 에너지로 한다. 즉 그 둘은 결국 같은 방향의 벡터에 의해 움직인다. 그러나 욕망은 이성의 한계를 넘어서는 창조와 조화의 충동이다. 반면에 윤리는 이성과 탈이성이라는 존재의 이중성이 작용하는 판단과 조화의 소망이다. 우리가 앞에서 윤리란 안과 밖을 횡단하는 유동적 사유임을 강조한 것은 그 때문이다.

들뢰즈의 탈주의 욕망은 당연히 양가성을 지닌 프로이트의 오이디푸스적 욕망과 구분된다. 그 점에서 들뢰즈의 앙티 오이디푸스적 욕망은 반프로이트적이다. 그와 비슷하게 우리의 앙티 오이디푸스적 윤리 역시 프로이트의 도덕론과 구분된다.

프로이트는 『토템과 타부』에서 모든 서구문화의 기원을 오이디푸스 콤플렉스와 연관시켜 논의한다. 프로이트에 의하면, 오이디푸스적 양가성은 이미 태초부터 나타났으며 원시인은 지배자에 대해 감정적 애착과 적의를 갖고 있었다. 지배자에 대한 적의는 권력에 의해 억제되고 있는 개인들의 욕망과 연관이 있다. 그런 적의의 감정은 터부의 금제에 의해 저지되지만 금지에 의해 욕망이 완전히 통제되지 않으므로 사람들은 불안한 죄의식을 갖게 된다. 그 같은 무의식적 양심의 불안으로서의 죄의식이 바로 **도덕**의 기원이다.

그런데 이 경우 양심과 도덕에 의해 억제되고 있는 욕망 역시 금지를 어길 수 있다는 불안과 죄의식을 수반한다. 즉 사람들은 욕망이 떠오르는 순간 이미 죄의식을 느끼게 되는 것이다. 금제에 따르는 내적 판단인 도덕은 욕망을 완전히 통제 못하는 탓에 죄의식을 느끼며, 억제되고 있는 본능적 욕망 역시 금제를 범할 듯한 죄의식에 물들어 있는 것이다. 이처럼 금제(법)를 앞세운 오이디푸스 구조에서는 도덕과 욕망이 모두 죄의식과 연관을 갖는다.[61]

프로이트의 경우 도덕과 욕망은 똑같이 금지에 대한 반작용적 형식이다. 즉 우리의 도덕과 욕망은 인간이 지닌 원래의 것이 아니라 금지와 연관된 반작용으로만 나타난다. 이 경우 도덕과 욕망이 작용하는 순간은 금지와 연관된 죄의식을 느끼는 순간이기도 하다.

이런 결과는 프로이트가 금제(법)의 형식을 지닌 오이디푸스 구조를 인간의 본성에서 기인된 것으로 생각한 때문이다. 프로이트는 오이디푸스 콤플렉스를 보편적인 인간의 무의식적 본성으로 논의한다. 그처럼 우리가 오이디푸스 구조를 피할 수 없다면 우리의 도덕과 욕망은 죄의식에서 벗어날 수 없다.

그러나 프로이트가 논의한 도덕과 욕망은 우리가 살펴본 윤리와 욕망과는 구분된다. 양자의 차이는 무엇인가. 프로이트는 분명히 개인 주체의 자기중심성을 인간 본성의 중요한 한 축으로 삼고 있으며, 그에 상응하는 것이 오이디푸스 구조이다. 여기서 전체의 질서를 위한 금제에 반응하는 도덕의식은 그 권력구조가 낳은 산물이다. 이 도덕은 인간 본

---

61 죄의식은 오이디푸스적 양가감정에서 생긴 갈등의 표현이며 오이디푸스 구조에서 탈주하지 않는 한 사람들은 어떤 경우에도 죄의식에서 벗어날 수 없다. 프로이트도 「문명 속의 불만」에서 이점을 지적하고 있다. 프로이트, 「문명 속의 불만」, 『문명 속의 불만』, 열린책들, 1997, 325쪽.

성의 다른 측면, 즉 보다 상승된 가치의 요소를 포함하지 않는다. 즉 프로이트의 도덕은 내재적 원인의 이해(스피노자)나 울림(라이프니츠) 이전의 차원이며 타자와의 교섭(레비나스)과도 무관하다. 또한 물자체에 대한 탐구(칸트)나 실재계적 대상 a(라캉)에 대한 교감이 부재하다. 말하자면 프로이트의 도덕에는 한 차원 상승된 유동적 사유의 작용이 없는 것이다. 그것은 '인간의 비밀'보다 낮은 차원의 사유인 점에서 인간의 본질과 연관되어 있지 않다. 그 점은 프로이트가 논의한 죄의식에 물든 욕망 역시 마찬가지이다. 요컨대 프로이트의 도덕과 욕망은 상징계 차원의 작용들인 것이다.

상징계란 인간의 자연적 본성이 아니라 이차적이고 인위적인 것이다. 오이디푸스 콤플렉스나 오이디푸스적 상징계 역시 마찬가지이다. 그렇다면 사태는 프로이트의 생각과는 정반대일 것이다. 즉 오이디푸스 구조로부터 도덕과 윤리가 나타난 것이 아니라 원래의 욕망과 윤리에 그것을 왜곡시키는 오이디푸스 구조가 부과된 것이다. 프로이트가 말한 욕망과 도덕은 그런 변질된 내용일 뿐이다. 동양사상이란 그 변질된 욕망과 윤리를 원래의 자연상태의 삶으로 되돌리려는 시도이다. 예컨대 도(道)나 기(氣)는 인위적 상징계에서의 왜곡된 삶에서 벗어나 원래의 것으로 회귀하는 생성과정이다. 그것은 **욕망인 동시에 윤리**이기도 하며 죄의식과는 아무런 상관이 없다. 스피노자의 내재적 원인의 이해(윤리)와 능동적 감정(욕망), 라이프니츠의 울림(욕망, 윤리), 라캉의 대상 a와의 교감(욕망, 윤리) 역시 그와 마찬가지이다. 다만 프로이트만이 선후를 뒤바꿔 인위적인 오이디푸스 구조를 앞에 놓는다. 그 결과 그런 구조에 의해 왜곡된 죄의식에 물든 욕망과 윤리가 나타난다.

프로이트는 「문명 속의 불만」에서 『토템과 타부』와는 조금 다른 도덕론을 말한다. 윤리는 문명의 약점을 치료하려는 노력으로서 주체 내면의 초자아의 구성에 근거한다.[62] 문명의 약점이란 인간의 공격본능에 의해 나타난 질서의 파괴 같은 것이다. 또한 초자아란 문명적 집단의 질서를 담당하는 권위자가 개인에게 내면화된 것이다.

그런데 초자아는 인간의 본능을 억제할 뿐 그로 인해 생긴 행복의 감소에는 관심을 갖지 않는다. 인간은 윤리적 초자아와 본능적 자아의 갈등에 의해 죄책감을 갖게 된다. 이 죄책감은 초자아에 대한 반항과 존중이라는 오이디푸스적 양가감정의 필연적 산물이다. 문명의 발달이란 가족과 부족에서 공동체로 오이디푸스 구조가 확대되는 발전에 다름이 아니다. 따라서 문명이 발달할수록 초자아와 자아의 갈등이 증폭되고 죄책감도 증가한다. 프로이트는 이 죄책감, 초자아에 대한 불안을 문명 속의 불만이라고 불렀다.[63]

문명은 문명 자체의 발달로 해결하지 못한 약점을 초자아에게 맡기고 윤리를 치료책으로 제시한다. 그러나 초자아의 명령인 윤리는 본능의 실현인 행복과 결코 조화되지 못한다. 프로이트에 의하면, 그 결과로 현대에는 문명과 인류 전체가 신경증에 걸렸을 수도 있다. 죽음의 본능의 일종인 파괴본능이 증폭되었지만 초자아가 그 약점을 치료하는 데 한계를 지니기 때문이다. 프로이트는 대안적 치유책으로 아직까지 잘 밝혀지지 않은 에로스라는 인간의 또 다른 본능에 기대를 걸고 있다.

프로이트가 말한 문명의 약점이란 오이디푸스적 상징계의 모순에 다름이 아니다. 상징계적 권위의 내면화인 초자아는 그 모순을 해소하려 하지만 다시 욕망의 저항에 부딪힌다. 그 점에서 초자아의 구성이란 근본적 해결책이 아닌 약점을 가리는 스크린에 불과하다. 오늘날의 용어로 초자아는 개인이 자발적으로 모순을 은폐하게 만드는 이데올로

---

62 프로이트, 위의 책, 337쪽.
63 프로이트, 위의 책, 329쪽.

기적 도구일 뿐이다. 이데올로기는 초자아를 내면화해 개인 스스로 명예롭게 모순을 극복한 듯이 보이게 만든다. 따라서 초자아에 근거한 윤리란 자발적으로 권력에 현혹되는 가짜 윤리에 불과하다.

이데올로기와 가짜 윤리는 욕망이 상징계 차원을 넘어서지 못하게 만드는 역할을 한다. 그렇게 함으로써 약점을 지닌 상징계를 그대로 유지하게 만드는 것이다. 물론 프로이트가 지적했듯이 초자아는 결코 욕망을 성공적으로 억제하지 못한다. 그로 인해 현대에는 불안한 죄책감이 갈수록 커져가는 것이다. 문명이 발달할수록 '문명 속의 불만' 역시 증대된다.

그러나 프로이트는 문명에 대한 반항을 죄책감으로 제시하는 데 그친다. 불안과 불만의 감정인 **죄책감**은 오이디푸스적 구조(상징계)에 갇힌 약한 감정일 뿐이다. 죄책감은 욕망이 통제되지 않는다는 신호이지만 또한 상징계를 넘어설 수 없다는 자인이기도 하다. 그런 죄책감, 현대인의 신경증을 극복할 수 있는 것은 초자아도 이성도 아니다.

현대인의 죄책감은 초자아를 거부하는 욕망이 상징계를 넘어설 수 없는 차원의 것임을 암시한다. 말하자면 그것은 쾌락원리에 얽매인 개인적인 감정이다. 혹은 초자아에 **반작용**하는 과정에서 본능이 수동적 욕망으로 **변질**된 산물이다.[64] 결국 그 같은 쾌락원리나 수동적 욕망이 '문명에 대한 불만'을 약한 죄책감으로 만들고 있는 것이다. 이 약한 감정으로서의 죄책감은 더 강한 감정에 의해서만 극복될 수 있다. 강한 감정이란 상징계를 넘어선 **상승된 가치**의 욕망을 포함한 감정이다. 죄책감은 그런 능동적 욕망으로만 극복될 수 있으며, 그 한 차원 상승된 욕망만이 상징계 차원의 문명의 약점을 극복할 수 있다. 쾌락원리를 넘어선 이

---

64 초자아에 불만을 가지면서도 그것을 넘어설 수 없다는 생각이 자신의 욕망을 상징계 차원의 수동적 욕망으로 강등시키는 것이다.

능동적 욕망은 문명의 약점의 치유책인 점에서 윤리이기도 할 것이다.

능동적 욕망을 포함한 윤리란 프로이트가 잠깐 암시한 에로스 같은 본능과 연관된다. 그것은 내재적 원인, 울림, 타자와의 교감을 포함하며, 여기에는 오이디푸스 구조나 죄책감이란 존재하지 않는다. 죄책감이 없는 이유는 에로스적 본능을 왜곡시키는 오이디푸스 구조를 넘어서서 타락 없는 '인간의 비밀'을 회생시키키 때문이다. 문명의 약점을 치유하는 이 새로운 방식은 윤리이면서도 결코 욕망을 억압하지 않는다. 오히려 오이디푸스 구조를 넘어서려는 능동적 욕망을 증진시켜 약한 죄책감을 극복하고 한 차원 상승된 문명을 생성시킨다. 이처럼 능동적 욕망을 강화시키는 방식으로 문명의 약점을 치유하는 새로운 윤리가 앤티 오이디푸스적 윤리이다.

프로이트의 딜레마는 오이디푸스 구조를 문명의 피할 수 없는 숙명으로 이해한 데 있다. 그 이유는 이 권력구조가 근대 자본주의 시대에 와서 정점에 이르렀기 때문이다. 하지만 지금부터의 문화의 발전이란 오히려 그런 구조를 끝없이 변화시키는 과정일 것이다. 기존 문명의 약점을 불안하게 봉합하는 오이디푸스적 윤리는 이 여정에 도움이 되지 않는다. 가치의 상승을 통해 오이디푸스 구조를 넘어서는 앤티 오이디푸스적 윤리만이 새로운 문화를 예언할 것이다.

12. 가짜욕망과 유사정의 시대의 윤리
　－박민규의 소설과 이창동의『시』

　　프로이트는 문명의 마지막 작업인 초자아가 사람들의 행복에 관심을 가지지 않는다고 말한다. '문명 속의 불만'은 그처럼 인간의 본능에 대한 외면에서 생겨난다. 20세기 후반에는 그런 불만으로 신경증에 시달리는 사람들을 달래기 위해 욕망을 증진시키는 권력의 장치가 생겨났다. 이렇게 해서 문명의 발전은 전과 다른 새로운 국면으로 접어든다.

　　프로이트가 말한 문명이란 오이디푸스 구조에 다름이 아니다. 또한 초자아란 그 권력구조의 약점을 봉합하는 이데올로기적 명령이다. 초자아의 금지의 명령은 개인들이 자발적으로 따르게 만드는 방식이었지만 결코 욕망의 동요를 잠재울 수 없었다. 이처럼 욕망을 억제하는 방식의 실패를 보완하는 것이 새로운 권력의 욕망의 장치이다.

　　푸코가 말한 '성적 욕망의 장치'란 그처럼 욕망을 억제하는 대신 나누어 주는 방식이다. 이 욕망의 장치가 권력의 목적을 수행하려면 사람들을 달래는 한편 그들의 욕망이 상징계를 넘어서지 못하게 만들어야 한다. 이제 자본주의적 상징계의 약점을 보완하는 동시에 사람들이 경계를 넘지 못하게 하기 위해, 부르주아적 질서에 부합하는 욕망을 퍼뜨리는 방식으로 가짜낙원이 만들어진다.

　　부르주아적 욕망이란 **상품화된 욕망**이다. 상품화된 욕망이란 어떤 대상이 거울처럼 나의 욕망을 비추는 듯 느끼게 만드는 환상이다. 이 환상적 욕망은 상품에 대한 나의 욕망처럼 일방적이다. 인간적인 교감이 없는 이 욕망은 결코 진정한 인간관계를 만들지 못한다. 그러나 우리는 권력이 만든 그런 환상의 장치에 현혹되어 마치 욕망이 충족된 듯 경계 내부로 돌아온다. 대상 a에 대한 욕망은 상호적인 교감이며 경계를 넘어섬으로써 상징계에 전복적인 위협을 준다. 반면에 상품화된 욕망은 환상의 장치를 통해 부르주아적 질서에 순응하게 만든다.

욕망을 통제하는 방식으로 상징계의 경계를 지키는 초자아는 일종의 **가짜윤리**이다. 그와 비슷하게 욕망을 확대하는 방식으로 되돌아오게 만드는 상품 같은 환상적 욕망은 **가짜욕망**이다. 전에는 우리의 내면 속에 파수꾼을 만들었다면 지금은 경계 내부에 욕망의 환상들을 설치해 놓은 것이다. 양자의 공통점은 모순을 지닌 상징계를 넘어서지 못하게 만든다는 점이다. 그 점에서 그 둘은 상징계와 실재계를 횡단하는 '인간의 비밀'의 불구적 형식들이다.

모순을 지닌 상징계를 유지하는 또 다른 방식은 사람들의 불만을 다른 곳으로 돌리는 방식이다. 프로이트는 인접국과 반목함으로써 공격 본능을 해소시키고 자국의 구성원을 단결시키는 예를 들고 있다.[65] 이 예는 상징계의 모순에 대한 불만을 다른 곳에 전가시키는 이데올로기적 기제의 대표적인 예이다. 여기서 악의 대상을 응징함으로써 사람들을 열광시키는 원리는 **유사정의**라고 할 수 있다.

이데올로기가 종료됐다고 말하지만 **유사정의**는 오늘날 여전히 건재하고 있다. 오히려 그런 연출이 영화 같은 환상적인 방식으로 발전했다고 할 수 있다. 그 때문에 유사정의를 앞세운 이데올로기는 더 이상 이데올로기로 보이지도 않는 것이다.

오늘날의 이데올로기는 현실 그 자체와 구분되지 않는 시뮬라크르의 연출이다. 전에는 파시즘에서처럼 희생양에 대한 공격뿐만 아니라

---

[65] 프로이트, 『문명 속의 불만』, 앞의 책, 303쪽.

위반자에 대한 폭력을 필요로 했다. 반면에 지금은 정의를 앞세운 영웅적인 무용담을 통해 한 편의 영화와도 같이 사람들을 매료시킨다. 가령 9.11 사태에서 아프간·이라크 전으로 이어진 전개는 아메리칸 히어로의 영화이자 일종의 리얼리티쇼였다. 즉 그것은 영화를 모방한 현실이며 연출이자 실제였던 것이다.

이 같은 유사정의 드라마의 진화는 우리를 모순된 상징계에서 더욱 벗어나지 못하게 만든다. 그런 점에서는 초자아의 방식에서 가짜욕망의 방식으로의 진화 역시 마찬가지이다. 프로이트의 에로스적 본능에 대한 기대는 여지없이 무너졌다. 다만 에로스의 **가면을 쓴** 파괴본능이 더욱 위력을 떨치고 있을 뿐이다.

오늘날의 유사정의와 가짜욕망은 이미지와 욕망의 방식으로 진화한 권력의 가면을 보여준다. 물론 그것은 여전히 약한 사유와 수동적 욕망에 머물고 있을 뿐이다. 다만 윤리와 욕망이라는 '인간의 비밀'의 교묘한 가면을 쓰고 있을 뿐이다.

지젝은 현대의 이데올로기가 단순한 허위의식이 아니라 현실 자체를 구조화하는 환상의 차원에서 작동된다고 말한다. 즉 유사정의와 가짜욕망은 일종의 환상(가면)의 형식인데, 그 환상은 현실을 구조화하는 토대로서의 작용하고 있다. 예컨대 유사정의는 슈퍼히어로(슈퍼맨 등)의 잉여향락을 통해 상징계를 넘어서려는 우리의 윤리적 충동을 대신 만족시켜준다. 이 유사정의가 불러일으키는 환상적인 충족감은, 상징계의 모순을 비판하는 윤리를 중화시키면서 모순이 은폐된 새로운 현실을 만들어낸다.

그러나 슈퍼히어로의 영웅담은 불만을 희생양에게 전가시키는 서사의 진화된 형식일 뿐이다. 즉 정의의 용사의 이야기는 지구적 자본주의에 동참하지 않는 제3세계인을 악당(악의 축)으로 만드는 시나리오에 의해 작동된다. 제3세계인의 위치에서 보면 그 같은 유사정의란 자본주의적 권력과 욕망을 위해 연출되는 환상서사일 뿐이다. 이 환상서사는 지구적 자본주의에 의해 행복이 보장되지 않는 곳에서 공연될 때 모순과 폭력을 드러낸다.

예컨대 『지구영웅전설』(박민규)에서처럼 슈퍼히어로가 제3세계의 공간에 노출될 때이다. 이 소설에서 주인공 '나'는 사파티스타 반군 마르코스를 정의를 모르는 나쁜 무리라고 생각하면서 무의식적으로는 자신도 모르게 그의 배려심에 이끌리고 있다. 여기서는 오히려 외견상 신사적으로 보이는 부르스 배너(헐크, 아메리칸 히어로)가 폭력의 욕망으로 가득 차 있는 것으로 풍자된다. 이처럼 '나'는 슈퍼 히어로의 정의(유사정의)에 동참하는 것 같지만 은연중에 마르코스의 우정에 마음이 움직이고 있는 것이다. 이 소설은 유사정의와 그 이면의 열악한 욕망을 극복하려면 (권력이 아니라) 보다 우월한 감성인 우정과 사랑이 필요함을 암시한다. 그런 우정과 사랑이 바로 새로운 윤리의 근거이다.

가짜욕망의 환상 역시 능동적인 감정과 진정한 사랑에 의해서만 극복될 수 있다. 예컨대 『너에게 나를 보낸다』(장정일), 「고압선」, 「깃발」(하성란) 등에서는 상품화된 욕망과 나르시시즘에 사로잡힌 인물들에 의해 진정한 인간관계가 불가능해진 사회가 그려진다. 이런 가짜욕망에 물든 비윤리적인 세계는 환멸을 낳을 뿐인데, 그것을 극복할 수 있는 것은 능동적 욕망인 우정과 사랑이다.

가령 박민규의 「카스테라」와 「고마워, 과연 너구리야」는 따뜻한 사랑과 우정만이 비윤리적인 욕망을 넘어설 수 있음을 암시한다. 모든 것을 용서할 수 있는 부드러움과 따뜻함을 지닌 카스테라는 21세기의 감동적인 윤리의 상징이다. 물화된 욕망으로 더럽혀진 '나'의 몸을 닦아주는 너구리 역시 상호신체성[66]에 근거한 새로운 윤리를 암시한다. 이

두 소설은 나르시시즘적 환상과 구분되는 미학적 환상을 통해 그런 예언을 들려준다.

유사정의와 가짜욕망은 환상적인 스펙터클 장치에 의존한다. 그런 환상에 의해 구조화된 세계는 '외관상의 아름다움'에 지배되는 눈부신 사회이다. 하지만 바로 그 환상적인 스펙터클에 의해 부도덕과 비윤리로 가득 찬 세계가 눈앞에서 감춰지는 것이다. 그처럼 윤리적 감각을 마비시키는 스펙터클의 세계에서는 진정으로 아름다운 것이 보이지 않는다. 이런 세계에서 무감각해진 윤리를 회생시킬 수 있는 것은 '보이지 않는 것의 아름다움'이라고 할 수 있다.

영화 〈시〉는 그처럼 보이지 않는 아름다움을 보이게 만들려는 시도이다. 이 영화에서 '시'란 사물들의 비가시적인 핵심을 보이게 만듦으로써 아름다움을 되찾으려는 노력이다. 시 쓰기 강사(김용택 분)의 말, 즉 '사과를 사과 자체로 볼 때' 시를 쓸 수 있다는 말은 그 점을 시사한다. 이 영화는 그처럼 한 차원 상승된 '시'의 위치에서 사물과 삶을 바라봄으로써 상실된 아름다움과 윤리를 되찾으려 한다.

중학교 3학년 손자와 단둘이 사는 주인공 미자(윤정희 분)는 어려운 삶 속에서도 소녀 같은 감성을 잃지 않고 살아간다. 그녀가 노년임에도 시 쓰기에 열중하는 모습은 그런 순수한 심성을 보여준다. 그런데 어느 날 손자가 친구 여섯 명과 함께 같은 학교 소녀(아네스)를 성폭행해 그 애를 자살에 이르게 한다. 가해 학생들의 보호자가 모이고 500만원씩 3천만

---

66 몸이 단순한 물체와 다른 것은 만지는 몸 위에 만져지는 몸이 감기는 상호신체성을 지닌다는 점이다. 상호신체성을 통한 만남은 제3자(코드)의 매개가 없는 실재계에 접촉한 영역에서의 만남이다. 상호신체성에 대해서는 메를로-퐁티, 남수인·최의영 역, 『보이는 것과 보이지 않는 것』(동문선, 2004), 353쪽과 헤르도 파레트, 김성도 역, 「감성적 소통」, 한국기호학회 편, 『문화와 기호』(문학과지성사, 1995), 129~130쪽과 이재복, 『한국문학과 몸의 시학』(태학사, 2004), 21쪽 참조

원의 합의금으로 사건을 덮으려 시도한다. 미자는 돈도 없었지만 처음부터 그런 식의 해결방식에 아무런 의미를 느끼지 못했다. 오히려 그녀는 자살한 아네스에게 점점 관심을 기울이고 있었다. 보호자 대표(안내상 분)의 추궁에 미자는 어렵게 돈을 마련해 건네주며 사람들에게 이렇게 묻는다.

"이제 이대로 다 끝난 건가요? 완전히."

이 미자의 말은 그녀의 가슴에 여전히 앙금이 남아 있음을 뜻한다. 다른 보호자들에게는 아무 일도 없었던 듯이 일상으로 돌아가는 일이 긴급했다. 그러나 미자에겐 그 순간부터 그녀에게 남겨진 지울 수 없는 슬픔을 극복하는 과정이 시작된다. 흥미로운 것은 그 일이 비가시적인 것을 보려는 시 쓰기와 함께 진행된다는 점이다. 미자는 아네스의 죽음에 남겨진 것들을 생각하는 한편, 자신의 세계의 보이지 않는 부분을 시로 쓰기 시작한다.

아네스의 **남겨진 것**이란 실재계적 잔여물에 다름이 아니다. 합의금 삼천만 원으로 모든 것이 덮어지는 부도덕한 세계에서는 그것이 보이지 않는다. 그런 세계에서는 당연히 '시'가 아무런 의미를 지니지 못한다. 하지만 미자는 그 세계가 감추고 있는 바로 그 잔여물 때문에 괴로워한다. 그리고 그 아픔이 시 쓰기의 고통과 다른 것이 아님을 감지한다. 아네스로 인한 고통이란 일상에서는 안 보이는 바로 그것에 의한 슬픔이었기 때문이다. 그 보이지 않는 세계와 아네스가 남긴 것을 그린 것이 「아네스의 노래」이다.

미자가 시 쓰기를 통해 보게 된 것은, 부도덕한 세계에 대응하면서 자신의 슬픔을 극복하게 하는 어떤 것이다. 그 두 가지를 다 넘어서는 것은 바로 사랑이다. 손자의 왜곡된 행동과 어른들의 윤리적 무감각은 가짜욕망의 세계에서 빚어진 것이다. 그들은 욕망의 진정한 원인인 사랑을 알지 못하는 것이다. 미자는 그런 세계에서는 볼 수 없는 삶의 핵심인 사랑을 노래함으로써 상처를 차유하고 있다.

(…전략…)

나는 기도합니다.

아무도 눈물은 흘리지 않기를

내가 얼마나 간절히 사랑했는지

당신이 알아주기를

여름 한낮의 그 오랜 기다림

아버지의 얼굴 같은 오래된 골목

수줍어 돌아앉은 외로운 들국화까지도

내가 얼마나 사랑했는지

당신의 작은 노래소리에 내가 얼마나

가슴 뛰었는지

(…후략…)

이 시는 미자가 아네스의 입장에서 생애를 회상하는 형식을 취하고 있다. 그래서 아네스의 시선에 비쳐진 세계는 미자가 보았던 삶의 풍경과 혼성적으로 뒤섞인다. 아네스의 눈을 빌어 미자가 보고 있는 것은, 그 소녀에겐 '오지 않던 약속'이었고 그녀의 일상에서는 '비밀이었던' 사랑이다. 여기서 사랑의 대상은 '모든 사람과 자연'인 동시에 노래를 듣는 '당신'이다. 자연과 사람에 내재하는 것, 그리고 사랑의 원인이 되는 당신이란, 스피노자가 말한 내재적 원인에 다름이 아니다. 그것은 또한 진정한 사랑의 요인인 대상 a이기도 할 것이다.

미자가 당신(대상 a)에 대한 사랑을 노래할 수 있게 된 것은 타자인 아네스의 슬픔을 내면에 받아들이고 있기 때문이다. 다른 어른들은 돈으로 합의를 보는 데는 능숙하지만 결코 타자의 고통을 느끼지 못한다. 이런 사람들은 욕망의 진정한 원인(내재 원인)을 알지 못하며 한 차원 상승된 사랑에도 무감각하다. 그들에게는 '당신'(내재 원인)도 그에 대한 사랑도 없는 것이다.

반면에 미자는 아네스와 교감함으로써 희생자(타자)인 아네스를 자신의 일부로 받아들인다. 미자 내면의 아네스는 타자의 위치에서 사랑을 노래함으로써 가짜욕망의 세계를 넘어서고 있다. 아네스가 자신을 가해한 사람들까지도 염려하는 것은 그들과 달리 욕망의 진정한 원인을 알고 있기 때문이다. 욕망의 원인을 자기 안에서만 찾는 사람들은 나르시시즘적(자기중심적) 가짜욕망에 사로잡힌다. 그러나 아네스(미자)는 모든 사람들에 내재하는 자연 같은 사랑의 욕망을 노래함으로써 한 차원 상승된 지평에 이른다. 그래서 그녀는 '아무도 눈물은 흘리지 않기를' 기도함으로써 삶을 긍정하는 능동성을 얻고 있다. 미자의 시(「아네스의 노래」)는 아네스와의 교감을 통해 그런 능동적 감정에 이르는 과정이다.

아네스이기도 한 미자는 부도덕한 사람들은 모르는 슬픔을 느낄 뿐 아니라 그 슬픔을 사랑으로 극복하고 있다. 그 같이 부도덕으로 인한 슬픔을 넘어서는 점에서 이 사랑은 윤리적이라고 할 수 있다. 미자의 사랑은 약한 슬픔을 강한 사랑으로 극복하는 능동적 감정인 동시에 윤리적 감성인 셈이다. 그것은 가짜욕망에 사로잡힌 사람들은 알 수 없는 보이지 않는 아름다움의 윤리이다.

능동적 감정(스피노자)이란 안과 밖을 횡단하는 유동적 사유에 의한 감정이다. 〈시〉는 그것에 의한 사랑이 내부에 갇힌 가짜욕망에 맞서는 진짜윤리의 근거임을 보여준다. 이제 그런 사랑은 '오지 않는 약속'이 되었고 일상에서는 '끝내 비밀로' 남아 있다. 잃어버린 인간의 본성인 시적 사유를 통해, 〈시〉는 그 '인간의 비밀'의 본얼굴, 진짜를 보여주고 있다.

13. 윤리 회생의 프로젝트

인류학에서 말하는 '유동성 지성'은 인간의 고유한 본성이라고 말할 수 있다. 태곳적 주술시대에는 자연과의 교감 속에서 그 비밀스러운 능력이 발휘되었다. 반면에 동양사상이나 현대의 스피노자, 레비나스의 철학에서는 그것이 윤리적 사유로 표현된다.

그런데 고대인이 유동적 지성을 발휘할 수 있었던 것은 합리성의 미발달을 대가로 한 것이었다. 유동성 지성이란 안과 밖, 합리성과 탈합리성을 횡단하는 사유이다. 고대인은 합리적 내면(안)이 미약한 상태에서 보다 쉽게 바깥(물 자체)과 연결되는 사유를 표현했던 것이다.

반면에 현대인은 합리성이 발달한 대신 특별한 순간에만 유동적 지성을 실감한다. 즉 예술, 사랑, 무의식, 그리고 윤리적 순간을 통해 그것을 간신히 느낀다. 현대인의 사유가 이중적으로 중층화된 것은 그 때문이다. 현대인은 합리성의 세계에 살면서 늘상 무의식적으로 그 바깥을 그리워한다. 그리고 그런 갈망이 고조되는 순간, 합리성과 탈합리성, 상징계와 실재계, 안과 밖을 횡단하는 사유를 한다.

그처럼 내부의 삶을 살면서 끝없이 바깥에 접촉하려는 열망을 갖는 것, 이것이 바로 근대의 자기갱신의 원리이다. 끝없이 자기 자신을 혁신하려는 시도를 하지 않으면 우리는 모순된 삶의 영토(상징계)에 갇히고 만다. 근대인은 자기혁신의 운동을 통해서만 비로소 '인간의 고유한 본성'을 실현할 수 있는 것이다. 더욱이 거기서 벗어나려는 자기갱신은 끊임없이 계속되어야 한다. 혁명을 통해 도달한 바깥은 어느새 또 다시 내부가 되기 때문이다.

이같은 끝없는 양면성 때문에 근대인은 존재 조건 자체가 이중화된다. 고대인은 통과제의를 통해 '인간의 비밀'을 깨달은 사람만이 어른(인간)으로 인정받을 수 있었다. 인간의 비밀은 일상에서는 알 수 없으므로 세속에서의 분리와 전이를 필요로 했다. 그러나 통과제의를 겪은 후 공동체에 다시 결합함으로써 한 사람의 구성원이 된다.

반면에 근대 이후에는 어른이 된다는 것은 이중적 의미를 지닌다. 하나는 아이들에게 남아 있던 비밀의 흔적을 잃어버림으로써 순수성에 상처를 내는 과정이다. 이것이 (어른의 세계에 들어서기 위한) '악의 발견'으로서의 통과제의이다. 다른 하나는 '어른들은 모르는 비밀'을 발견함으로써 가치상승의 경험을 하는 것이다. 이는 「소나기」(황순원)나 『마리 이야기』(이성강), 『리버보이』(팀 보울러)의 통과제의이다.

전자의 통과제의는 세속적 일상에 입문하는 과정으로서, 이 세계에서는 윤리란 그리 중요하지 않다. 반면에 후자는 그런 세속적 세계에 대응하는 능력, 즉 '인간의 비밀'을 실현하려는 힘을 기르는 과정이다. 이는 윤리를 다시 회생시키기 위한 통과제의이다.[67]

---

67 현대의 윤리적 프로젝트는 실상 여기서부터 시작된다.

후자의 아이들이 청년이 되면 세속적 세계를 윤리적으로 회생시키기 위한 대응이 시작된다. 그 과정은 '일상으로부터의 탈주', '분열과 방황', 그리고 '청년들의 유대와 사랑'으로 나타난다. 이 청년들의 모험(성장과정)은 어른들의 성곽을 무너뜨리려는 도전적 과정이다. 이제 '인간의 비밀'은 더 이상 어른의 비밀이 아니다. 그 반대로 어른들의 세계를 끝없이 해체함으로서만 '어른이 상실한 비밀'이 실현되는 것이다. 어른이 되기 위해 어른에 도전해야 하는 것, 이것이 근대적 '성숙'의 아이러니이다.

근대 이전에는 인간의 비밀이 어른의 윤리인 동시에 공동체의 윤리였다. 그러나 이제는 더 이상 그런 윤리적 공동체를 기대하기 어렵게 되었다. 윤리란 기존의 공동체에 끊임없이 도전하는 과정에서만 나타난다. 그에 따라 윤리의 의미도 달라진다. 고대의 사유와 동양사상에서는 윤리란 '좋은 삶' 그 자체였다. 그러나 오늘날은 세계의 **모순**(부도덕성)에 대응하면서 끝없이 '좋은 삶'으로 나가려는 과정에서만 윤리가 나타난다.

이처럼 오늘날의 윤리의 의미는 근대의 자기갱신의 원리와 연관이 있다. 기존의 세계의 모순이란 우리의 윤리적 사유를 불가능하게 만드는 어떤 것이다. 윤리란 그에 맞서면서 기존의 세계를 넘어서서 가치의 상승을 경험하는 것이다. 이 과정에서는 좋은 삶이 무엇이냐에 못지않게 우리의 삶의 가치를 추락시키는 요인이 무엇인지를 파악하는 것이 중요하다.

좋은 삶이 무엇이냐는 이미 여러 사상가들에 의해 논의되었다. 도의 실현(도교), 해탈(불교), 내재적 원인의 이해(스피노자), 조화로운 울림(라이프니츠) 등이 그것이다. 그러나 그런 삶의 지향 자체가 현대적 윤리는 아니다. 현대의 윤리는 제한된 합리성의 삶을 살면서 그 세계에서 나타나는 모순에 대응해 그것을 넘어서는 것이다. 그처럼 합리성과 탈합리성을 횡단하는 순간 윤리가 나타난다.

현대인은 고대인과는 달리 개인적 자유의 영역인 합리성의 세계를 버릴 수 없다. 따라서 합리성의 발달은 어른이 되는 과정의 하나이다. 그러나 다른 한편 합리성의 한계와 모순을 넘어설 때만 우리는 진정으로 자유로워진다. 그에 대한 욕망은 또 다른 성숙의 과정이다. 이 같은 이중적 삶의 조건이 현대인의 운명이며 그 양면성은 **윤리의 실현**을 통해서만 해결된다.

그러면 현대인은 일상의 삶에서 왜 그토록 쉽게 윤리를 망각하게 되는 것일까. 그것은 아이러니하게도 개인의 자유를 위해 필수적인 합리성 그 자체 때문이다. 합리적 인지 능력을 얻어 어른이 되는 길이 반드시 윤리의 길은 아님은 분명하다. 그럼에도 사람들은 그것으로 충분하다고 생각하게 되고 그 점이 현대에 윤리가 망각되는 중요한 요인이다. 우리는 합리성을 버릴 수 없지만 합리성에만 근거한다면 **어떤 공동체도** 윤리적일 수 없다. 윤리적 이상을 소망하는 한 우리의 삶은 불가피하게 이중적이 된다. 우리는 합리성에 근거한 최상의 공동체를 기획하는 한편(법의 차원)[68] 끊임없이 그것을 넘어서는 차원(윤리적 차원)을 소망해야 한다.

칸트의 도덕론이 현대적 윤리로 의미가 있는 것은 그런 이중성을 간파한 때문이다. 즉 '타인을 수단으로 대하지 말라'는 칸트의 도덕은 합리성의 한계와 그것을 넘어서는 도덕을 말한 것이다. 개인의 자유를 위한 합리성은 일상에서는 도구적 합리성으로 변질되기 쉽다. 칸트는 그런 일상(현상계)을 넘어선 차원(물 자체)에서 진정한 자율성을 실천하는 것이 도덕이라고 생각한 것이다. 그런 도덕이 실천된 세계란 물자체의

---

[68] 하버마스의 의사소통 이론은 이 차원에 대한 기획이다.

차원이므로, 합리성에 근거해서는 구성될 수 없는 가상적 공동체일 수밖에 없다. 따라서 합리적 일상세계에서 그런 가상적 공동체에 끝없이 접근하는 것이 윤리적 삶인 셈이다. 이처럼 칸트는 현대인의 삶이 현상계와 물자체로 이중화되었음을 말하고 있다.

칸트의 윤리는 이성일 뿐만 아니라 현상계를 넘어서려는 충동이기도 하다. 당연히 그 충동의 대상은 현상계(상징계)에서는 발견되지 않는다. 그 때문에 칸트는 주체적 충동의 기제를 지닌 실천이성을 말한다. 이처럼 윤리를 주체적 요인으로만 논의하는 것이 칸트의 한계이다. 칸트는 윤리를 통한 주체적 상승을 말했지만 그것의 진정한 원인인 대상(대상 a)에 대한 발견이 없었던 셈이다.

라캉은 칸트를 보완하면서 **실재계적 대상 a의 위상학**을 말한다. 대상 a는 순수욕망의 원인이지만 윤리의 원인이기도 하다. 라캉의 윤리는 순수욕망의 차원이며 칸트의 실천이성을 보충한다.

대상 a란 원래 나의 것이었는데 잃어버린 어떤 것이다. 본래 나와 합체되어 조화되었던 것이 지금은 분리된 타자가 된 것이다. 그것은 나와 타자를 구분하는 합리적인 상징계가 출현한 때문이다. 합리성으로 인해 개체적 구분이 가능해졌지만 또 그 때문에 나와 타자의 교감이 불가능해진 것이다. 합리성을 넘어선 실재계적 대상 a에 대한 욕망은 그 잃어버린 '타자와의 교감'에 대한 욕망이다. 이것은 타자와의 진정한 조화의 욕망이며 그것이 바로 윤리의 근거이다.

그러나 주체는 합리적 세계를 버릴 수 없으므로 대상 a의 위상학은 다시 상징계로 돌아온다. 여기에는 상징계를 변혁하는 과정이 없다. 라캉이 그 같은 반복운동을 말한 것은 개인의 차원에서 대상 a를 말한 때문이다. 대상 a를 개인의 욕망의 원인으로 국한시키면 실재계에서 상징계로 다시 회귀하는 반복운동이 있을 뿐이다.[69]

하지만 대상 a가 진정한 욕망의 원인이라면 그것은 스피노자의 내재적 원인(자연)으로 확대될 수 있다. 상징계 차원에서는 흔히 욕망이 도구적 이성에 의해 작동된다. 그러나 진정한 욕망의 원인은 자연처럼 조화된 삶이며 그런 원인을 이해하는 것이 윤리의 순간이다.

이처럼 대상 a의 위상학을 은유적으로 확대하면 칸트와 라캉을 넘어선 윤리가 나타난다. 대상 a는 잃어버린 낙원일 수도 있고 칸트가 생각한 가상적 공화국일 수도 있다. 합리적 모순(도구적 이성)을 넘어서서 새로운 낙원과 가상공화국에 끝없이 접근하려는 욕망(이성)이 바로 윤리이다. 우리의 삶은 합리적 세계를 떠날 수 없으므로 윤리적 낙원은 일시에 성취될 수는 없다. 그보다는 윤리적 욕망에 근거해 세계를 끊임없이 변화시켜 나가야 할 것이다.

그 점에서 대상 a의 위상학이란 근대의 **자기갱신의 원리**에 다름이 아니다. 그런데 문제는 상징계의 자기모순으로서의 부도덕성의 기제가 단순하지 않다는 점이다. 사회 모순과 부도덕성은 고도의 복잡한 메커니즘을 갖고 있다. 오늘날은 (삶을 갱신하려는) 윤리적 충동을 무력화하는 그 고차적인 메커니즘과 운동이 극에 달한 시대이다. 윤리적 불감증을 확대시키는 상품물신화와 자본의 자기갱신의 운동이 바로 그것이다.

자본의 운동은 단순히 부도덕한 탐욕이 아니다. 문제의 핵심은 자본의 자기갱신이 윤리와 반대이면서도 아주 유사한 운동이라는 데 있다. 즉 그것은 자본 쪽에서의 대상 a의 위상학이다. 자본과 윤리는 비슷한 운동의 형식을 지닌 반대되는 벡터들인 것이다.

현대의 윤리란 끝없는 자기혁신의 순간들이다. 우리가 습관적인 세계에 젖어 있는 한 윤리란 무용지물이다. 그런데 자본주의 역시 끝없는

---

69 그렇지 않으면 죽음충동이 나타난다.

자기혁신으로 규정된다. 자본주의가 자기갱신을 하지 않는다면 그것은 더 이상 자본주의가 아니다.

대상 a란 상징화할 수 없는 실재계적 잔여물이다. 자본주의적 상징계는 과거의 공동체와는 달리 완전히 코드화되지 않으며, 그 구조적인 결여로 인해 잔여물(대상 a)에 대한 끝없는 충동이 나타난다. 자본주의가 그처럼 구조적 잔여물인 대상 a와 교섭하기 위해서는 구조 자체를 혁신하는 자기갱신이 필요하다.

그런데 이 자기혁신은 윤리적 혁신과는 달리 모든 것을 상품화하기 위한 운동이다. 기존의 상징계를 바꾸려는 운동인 점에서는 윤리적 충동과 비슷하지만, 자본을 넘어서는 것이 아니라 확대하는 점에서는 오히려 정반대의 운동이다. 현대의 삶은 그 같은 자본과 윤리라는 두 가지 운동과 복잡한 함수관계를 이루고 있다. 자본은 윤리마저 상품화하려 하며, 윤리는 자본이 생산한 테크놀로지를 이용하려 한다.

자본의 자기갱신 과정에서 나타난 테크놀로지적 혁신 자체는 상품화된 것이 아니다. 새로운 테크놀로지는 윤리적으로 중립상태에 있다. 그런데 자본의 회로 자체에서는 결코 테크놀로지를 위한 윤리적 관계가 생산되지 않는다. 자본은 윤리를 상품 속에 끌어들여 그 결핍을 보충하려 한다. 반면에 윤리는 중립적인 테크놀로지를 윤리의 해방을 위해 이용한다.

윤리를 무력화하는 자본의 핵심적 기제는 무엇보다도 잉여향락이다. 윤리란 상품이 주는 쾌락(상징계) 이상의 순수욕망(실재계)이다. 그런데 상품 자체에는 그런 상승된 차원이 결여되어 있다. 자본은 상품 자체의 그 같은 윤리적 결핍을 만회하기 위해 잉여향락을 생산한다. 잉여향락이란 기존의 상품이 주었던 쾌락을 넘어서는 향락이며, 자본은 그런 향락의 생산을 통해 윤리적 충동을 중립화시킨다.

잉여향락은 우리가 마치 새로운 세상에 들어선 듯한 환상을 갖게 한다. 자본주의적 자기갱신은 그런 새 세상을 여는 환상을 통해 윤리가 담당했던 상승의 충동을 대신한다. 그런 환상이 최고에 이르는 것은 테크놀로지의 혁신에 따라 통제할 수 있는 가상공간이 생산되는 순간이다. 가상공간을 손에 쥐는 순간 우리는 새로운 왕국에 대한 환상에 빠져든다.

  그러나 이 모든 것은 자본의 왕국이며 화폐의 왕국일 뿐이다. 잉여향락은 결코 우리를 상징계의 차원에서 날아오르게 하지 못한다. 세상에는 상품들이 전보다 엄청나게 더 많아졌을 뿐이다. 그 때문에 상품형식에 마지막으로 보태지는 것은 이야기와 윤리의 상품화이다. 또한 자본과 권력은 사람들의 실망감을 달래기 위해 자본의 왕국을 매혹적인 서사로 장식한다. 이 스펙터클의 시대에 이야기가 폭증하는 것은 모든 것이 상품화되었으며 상품 자체에는 이야기가 없기 때문이다. 흥미롭게도 자본 쪽에서조차도 이야기의 생산에 비상한 노력을 쏟을 수밖에 없게 되었다. 물론 자본 쪽의 이야기가 연출하는 것은 순수욕망(라캉)을 잠재우는 가짜욕망과 유사윤리일 뿐이다.

  과거의 자본과 비판세력의 대결은 '억압'과 '해방의 욕망'의 갈등이었다. 그러나 오늘날은 자본과 권력이 윤리를 훔치고 모방하는 시대이다. 그로 인해 상품화된 윤리와 순수윤리, 가짜향락과 진짜향락이 대결하는 시대가 되었다. 그런 대결은 거짓 이야기와 진짜 이야기의 대결이기도 하다. 그처럼 지금의 자본과 비판세력의 관계는 겉으론 구분하기 힘든 진짜와 가짜의 대결인 셈이다.

  그런 점에서 오늘날의 권력은 '연출가의 승리'(보드리야르)에 상당부분 승부를 걸고 있다. TV에서 보듯이 후기자본주의 시대의 핵심적 프로그램은 리얼리티쇼이다. '리얼~'이라는 이 시대의 프로그램은 TV의 안과 밖에서 비슷하게 방영된다. 순수욕망(라캉)과 순수윤리가 잠재워지는 사회는 현실이면서도 또한 연출이기도 한 것이다.

그러나 리얼리티쇼는 그 반대를 보여주기도 한다. 즉 연출된 것이지만 어느 순간 일시 진짜를 노출하기도 한다. 권력의 리얼리티쇼가 '연출의 승리'라면 이 반대의 리얼리티쇼는 진짜의 승리이다.

진짜의 승리란 실재계에 접촉하는 순간에 다름이 아니다. 이제 우리의 윤리적 충동은 진짜에 대한 욕망으로 전이되었다. 예컨대 우리가 〈나는 가수다〉에서 인생을 걸고 노래를 부르는 가수들의 절절함에 열광하는 것은 그 때문이다. 가짜의 시대에 절실한 진짜를 보여주는 점에서 그 순간의 가수들의 노래는 윤리적이다.

그러나 우리 시대에는 그보다 더 절박한 진짜가 있다. 예컨대 용산참사나 쌍용차 사태 같은 것들이다. 그런데 왜 우리는 이 고통스러운 진짜의 풍경에 공감하지 않는 것일까.[70]

우리 시대는 감동에 목마른 시대이다. 폭력적인 억압적 시대가 진실에 목마른 사회였다면 지금 같은 가짜욕망의 시대는 진짜 감동에 갈증을 느끼는 사회다. 감동이란 약한 감정을 넘어선 강한 능동적인 감정(스피노자)이다. 감동에 목마른 시대에는 진실이 능동적 감정을 통해 전달되어야 한다.

용산참사는 우리 시대의 하나의 상처이다. 그러나 그 상처는 비참함이라는 약한 감정을 통해 전해지기 쉽다. 오늘날처럼 나르시시즘적인 가짜욕망이 만연된 시대에는 더욱 더 그렇다고 할 수 있다. 가짜욕망은 우리를 자기중심적으로 만든다. 그에서 벗어나려면 상처는 하나의 사건으로 전달되어야 하며 그것을 위해서는 서사가 필요하다. 상처와 서사적 사건의 차이는 약한 감정에 머무느냐 강한 능동적 감정을 불러일

---

70 「한홍구–서해성의 직설 : 짤려도 행복합니다. 진짜를 보여줬으니까」, 『한겨레 신문』, 2011.4.21 참조.

으키느냐의 차이이다. 소설과 도전적 서사는 우리를 나르시시즘적인 욕망과 비참함에서 깨어나 순수욕망이라는 강한 감정을 갖게 만들 것이다. 따라서 용산참사 같은 사건이 일어나는 한 '소설의 종언'이란 직무유기일 뿐이다.

용산참사는 왜 소설화되지 않는가. 실제로 소설화되지 않더라도 그런 서사화의 심리가 사람들 사이에 생성되어야 한다. 용산참사에서 숨겨진 채 전달되지 않은 것은 피해자들의 행복에 대한 **순수욕망**이다. 순수욕망은 일상에서는 무의식적으로 작용해서 원래 쉽게 보이지 않는다. 라캉은 그런 욕망에 대해 절대로 양보하지 말라고 말했다. 이 경우에는 윤리에 대해서도 마찬가지일 것이다. 윤리란 나르시시즘적인 가짜욕망이 아닌 타인과 교감하는 순수욕망이기 때문이다. 우리는 비참함을 드러내는 것 못지않게 그 이면에 숨겨진 모두가 공감하는 행복에 대한 순수욕망을 보여주어야 한다. 그것은 다른 것이 아니라 식구끼리 단란하게 살아보겠다는 작은 욕망이다. 우리 시대에는 그 소박한 욕망이 모든 것이다. 바로 그 잘 보이지 않는 것의 절박함을 통해 사람들을 나르시시즘적인 가짜욕망에서 깨어나게 만들어야 한다.

윤리의 회생을 위해서는 비윤리성을 고발하는 것만으로 충분하지 않다. 그와 함께 타성이 된 가짜욕망의 세계에서 사람들이 깨어나도록 고통 받는 사람들의 순수욕망이 서사화되어야 한다. 권력의 이미지와 서사가 유사욕망을 생산한다면 **도전적 서사**는 그에서 벗어나 순수욕망을 자각하게 만든다. 우리 시대에는 그처럼 허위적 욕망에서 깨어나 순수욕망을 느끼는 순간이 중요한 **윤리적 순간**이다.

그 일을 위해 오늘날의 도전적 서사는 윤리가 행복에 대한 욕망이기도 함을 일깨워 줘야 한다. 화려한 가짜욕망 이외에 진짜욕망이 있는 것이다. 윤리적 열정이란 일종의 리비도이다. 그것은 가치 있는 삶을 위해 행복을 희생하는 것이 결코 아니다. 그 반대로 윤리의 실천 자체가 행복하기 때문에 우리에게 가치 있는 삶이 제공되는 것이다. 바로 그 가치상승의 순간의 행복에 대한 기억이 끝없는 윤리적 열정을 만든다고 할 수 있다. 도전적 서사는 그 상승의 과정에서 여전히 핵심적이다.

그러나 소설이 상품화되고 문학이 위기에 처한 시대에 윤리의 희생이 과연 가능할까. 모든 것이 상품화되고 상품화가 가짜욕망을 만든다면 윤리는 어디에 남아 있는가. 윤리는 상품의 회로에서 잔존할 수 있을까.

14. 21세기의 윤리의 역할과 도전적 서사의 새로운 힘

후기자본주의에서는 윤리 역시 우리도 모르게 상품화되고 있다. 예컨대 기업의 이미지 광고란 윤리의 상품화에 다름이 아니다. 모든 광고들에 덧붙여지는 이야기들은 윤리에 대한 향수에 불과하다. 피겨 여왕 김연아가 최고의 CF모델인 것은 그녀의 순수한 이미지 때문일 것이다. 광고는 우리의 무의식 속의 윤리적 향수를 채워줌으로써 상품의 가치를 증식시킨다. 다만 윤리의 상품화는 가치를 증식시키는 순간 질적 가치를 양적 가치로 바꿔버린다.

그러나 여기서도 반대의 역전이 일어난다. 즉 양적 가치로 바뀐 서사적 상품들에서 한 순간 질적 가치로의 초과가 나타나는 것이다. 예컨대 〈PD수첩〉, 〈대물〉, 〈싸인〉 등은 시청률이라는 양적 가치에 매여 있지만 어느 순간 윤리에 호소하는 서사로 상승된다. 윤리를 양적 가치로 바꾸는 것이 상품의 승리라면 그런 양적 가치를 다시 질적 가치로 상승시키는 것은 윤리의 승리일 것이다.

『PD수첩』, 드라마, 영화 등은 소설 같은 서사적 상품들이다. 이런 작품들에서 상품의 회로를 윤리의 회로로 역전시키는 것이 바로 도전적 서사의 힘이다. 그 서사적 힘은 또한 윤리적 무의식의 힘이기도 할 것이다. 루카치는 소설을 영혼을 입증하려는 모험이라고 말했다. 도전적 서사는 영혼이라는 윤리적 무의식을 통해 상품화의 외압을 넘어선다.

그렇다면 우리 시대는 상품의 회로와 윤리의 회로가 상호침투하며 전쟁하는 시대일 것이다. 그 둘은 모두 대상 a의 위상학이다. 양자는 (실재계적) 대상 a와 교섭하려는 열망에 의해 끝없이 운동하며 가치를 증식시킨다. 양쪽에서 각각 증식되는 것은 양적 가치와 질적 가치이며, 그 둘은 자본주의 왕국과 윤리의 나라를 향해 나아간다. 그러나 후자의 대상 a는 조화를 위한 내재적 원인(스피노자)과 역사적 부재원인(제임슨)으로 확대되지만, 전자에는 그런 확대가 없다. 즉 거기에는 자연 같은 조화도 역사도 없으며 시간을 멈추는 가짜낙원의 운동이 있을 뿐이다.

역사적 변혁을 지속시키는 후자의 동인은 윤리적 무의식이다. 윤리적 무의식이란 라캉의 순수욕망의 무의식이기도 하다. 윤리는 실제로 욕망과 똑같은 에너지에 의해 작동된다. 즉 윤리적 에너지는 성적 욕망이나 사랑의 열정, 더 나아가 열반이라는 향락의 충동과 다르지 않다. 그같은 에너지를 우리는 리비도라고 부른다. 다만 윤리는 개인의 차원을 넘어서서, 고통받는 타자와 교감하며, 인간관계를 왜곡시키는 모순에 맞서서 리비도의 해방을 추구한다.

리비도가 모두 소멸된 것이 바로 심리적 죽음일 것이다. 따라서 윤리적 에너지가 리비도라면 우리는 살아있는 한 무의식적으로 매순간 윤리적이다. 우리는 상징계적 삶을 살면서 늘상 실재계로 향하는 윤리적 무의식을 경험하는 셈이다. 또한 자기성의 삶을 유지하며 매 순간 타자와 조화된 삶을 꿈꾼다. 그런데 현대는 그런 리비도의 흐름을 왜곡시키는 권력의 장치들이 극에 달한 시대이다. 그로 인해 생기는 윤리의 상실이란 정신적 죽음과도 같은 참혹한 삶이 아닐 수 없다. 후기자본주의 시대의 윤리의 상실이란 마치 상품처럼 타자와 연관된 내재적 끈이 모두 끊겨진 상태와도 같다.

　우리는 일상의 삶의 모든 순간에 **의식적으로** 윤리적일 수는 없다. 오늘날과 같은 윤리의 상실의 시대에는 더욱 더 그렇다고 할 수 있다. 그러나 끊임없이 상징계를 넘어서는 윤리적 **무의식**이 전멸된 것은 아니다. 우리가 생존하는 한 리비도가 완전히 소멸되지 않듯이 윤리적 순수 욕망 역시 마찬가지인 것이다. 오늘날의 윤리적 무의식이란 상품의 세계를 넘어서서 끝없이 대상 a에 접근하려는 열망이다. 그것은 또한 나르시시즘적인 소비사회에서 깨어나 무의식적으로 타자와의 잠재적 끈을 붙잡으려는 열정이다.

　우리가 절망에서 벗어날 수 있는 것은 그 물밑의 끈이 완전히 소멸되지는 않았다는 점에서이다. 화려한 스펙터클과 가짜향락에 의해 윤리가 잠재워지는 지금 권력과 자본에 의해 '만들어진 유토피아' 이외에는 아무것도 보이지 않는다. 그처럼 자본의 외부는 없는 것이다. 하지만 그럴수록 물밑에서는 보이지 않는 네트워크가 조금씩 생성되고 있다.[71] 대상 a를 향한 리비도가 출구를 찾지 못해 수면 밑으로 흐르기 때문이다. 그것을 확인해 주는 것이 바로 〈도가니〉와 〈부러진 화살〉 같은 도전적 서사이다.

　이 서사들은 사회적인 비판에 앞서 우리의 윤리에 호소한다. 그래서

---

[71] 여기에 대해서는 앞의 2장 6절 '은유로서의 정치' 참조

사건에 포함된 낱낱의 사실들보다도 균열된 사회 전체에 대한 윤리적 비판이 중요한 것이다. 우리는 현실에서는 권력장치들의 방해로 잠재된 윤리적 네트워크를 잘 보지 못한다. 그러나 소설과 영화의 가상공간에 접속하면서 권력의 방해에서 벗어나 물밑의 동요를 느낄 수 있게 된다. 〈도가니〉와 〈부러진 화살〉은 그런 식으로 보이지 않는 물밑의 윤리적 그물망을 서로에게 보이게 만들었다. 그리고 인터넷은 그 네트워크를 점점 더 증식시켜 주었다. 그처럼 물밑의 네트워크를 고양시켜 사람들을 결집시키는 점에서 오늘날에도 도전적 서사의 위력은 여전하다. 다만 소설 뿐 아니라 영화와 인터넷이 가세했다는 점이 특징이다. 또한 윤리적 무의식에 호소한다는 점이 핵심이다. 그렇게 함으로써 특정한 사건에 대한 비판이 한 순간에 모든 영역으로 확산되게 하는 것이다. 그 점은 촛불집회 역시 마찬가지이다.

〈도가니〉와 〈부러진 화살〉의 사건은 실화이다. 그러나 현실에서는 아무도 그 사건에 대항하지 않았다. 권력의 다양한 장치들이 부드러운 방식으로 사건의 충격을 잠재우기 때문이다. 그러나 소설과 영화, 인터넷이 연합함으로써 새로운 방식으로 사람들의 잠재적인 네트워크를 동요시킬 수 있었다. 이것이 오늘날의 도전적 서사의 새로운 힘이다.

심연 속의 무의식을 동요시키는 **도전적 서사**는 여전히 윤리회생의 핵심적 프로젝트이다. 새로운 방식을 모색할 때 도전적 서사는 한 순간 권력과 상품화의 흐름을 역전시킨다. 그래서 윤리적 무의식과 연대망이 현실을 변화시키는 힘으로 고양되게 한다.

그처럼 오늘날은 윤리에 호소하는 서사가 더욱 중요해진 시대이다. 모든 것이 조화된 세계에 이르는 길은 하나가 아니며 사회가 다원화된 오늘날은 더 고도로 복잡한 설계를 필요로 한다. 그러나 **윤리적 낙원**을 꿈꾸는 일은 그런 복잡한 일이 아니다. 그것은 자연을 닮는 것이며, 이미 우리의 삶에 내재해 있는 원인을 깨닫는 것이다. 그런 윤리적 낙원에 대한 꿈으로 실패와 성공을 거듭하며 미지의 유토피아에 다가가는 것이 우리의 삶일 것이다. 현대의 삶이란 단번에 오지 않는 미래를 위해 안(상징계)과 밖(실재계)을 횡단하는 무한한 과정이다. 그런 기나긴 도정에서 지금처럼 미래를 설계하기 어려울수록 윤리가 출발점이 된다. 신의 설계도를 잃어버리고 인간의 역사적 기획마저 분명하지 않은 지금, 윤리는 상실된 유토피아를 향한 지난한 여정에 끝없는 열정을 제공한다.

제4장

청년의 회생

1. 청년의 탄생과 '윤리적 무의식'의 발견

근대의 특징 중의 하나는 청년의 성장이 두 가지 길로 나타난다는 것이다. 청년은 세속적 세계의 속악함을 경험하며 순수성을 잃은 대가로 어른이 된다. 그러나 다른 한편 청년은 악의 세계에 합류할 수 없다는 자각에 의해 성장하기도 한다. 전자의 성장이 악의 발견이라면 후자의 성장은 윤리의 발견이라고 부를 수 있다. 청년에 의해 새로 발견된 후자의 윤리는 도덕적 초자아와 구분되는 실재계적 무의식으로서의 윤리이다.

초자아와 구분되는 새로운 윤리는 법의 차원을 넘어서는 상승의 과정이다. 예컨대 『죄와 벌』의 라스콜리니코프는 법의 망을 벗어나는 순간 윤리적인 고통에 시달린다. 라스콜리니코프가 받은 벌은 법에 의한 것이기 이전에 윤리에 의한 것이었다. 그는 사랑의 힘에 의해 윤리적 벌을 감수할 용기를 얻음으로써 상승을 경험한다.

윤리를 발견한 청년은 결코 법의 차원에 예속되지 않는다. 법의 차원에 예속된다는 것은 은연중에 악의 세계를 용인한다는 것이다. 현대적 악의 본질은 법에 의해 해결될 수 없는 모순에서 발생하기 때문이다. 예컨대 『인간문제』(강경애)에서 첫째는 지주 덕호에게 반항하다가 법에 걸려 주재소에 붙들려 간다. 이후 첫째는 법이란 무엇인가를 질문하며 성장한다. 이 법(상징계)의 차원을 넘어선 첫째의 상승의 과정이 바로 윤리(실재계)의 길이라고 할 수 있다.

그 같은 윤리의 발견이 청년에 의해 이루어진다는 것이 근대의 핵심적 특징이다. 근대 이전에는 어른이 된다는 것은 윤리를 안다는 것과 같았다. 그 시대에는 학문 자체가 윤리를 중심으로 이루어져 있었다. 반면에 근대에 어른이 된다는 것은 합리성과 법을 안다는 것을 뜻한다. 그런데 합리성과 법은 사회의 본질적 모순을 근본적으로 해결하지 못한다. 그 같은 합리성과 법의 맹점지대에서 나타나는 것이 악의 세계이다. 이제 어른이 된다는 것은 그런 악의 세계에 대해 눈을 감음으로써 순수성을 상실하는 것을 의미한다. 그와 달리 세속적인 악에 대해 눈을 부릅뜸으로써 윤리를 발견하는 것은 청년뿐이다.

청년의 탄생은 이렇게 시작되었다. 근대의 세계가 속악해지지 않도록 끊임없이 질문하는 것이 바로 청년의 위치이다. 그것은 또한 윤리의 위치이기도 하다. 청년이란 윤리적 무의식을 입증하려는 모험을 하는 존재이다. 청년이 기존의 세계에 끊임없이 윤리적으로 도전하는 순간 삶은 역동적이 된다. 그 반대로 청년이 타락하면 근대적 삶은 속악한 세계가 된다.

우리 근대문학의 발전은 그런 청년의 모험이 전개되는 표본적인 과정이다. 예컨대『무정』의 청년들은 아직 윤리적 모험을 모르는 계몽(합리성)의 차원에 예속된 행동을 보여준다. 반면에「핍박」,「슬픈 모순」의 청년들은 합리성의 차원에서 해결되지 않는 모순에 대한 윤리적 울분을 드러낸다.「표본실의 청개구리」,「암야」,「만세전」역시 비슷한 분노를 보여준다. 이 시기 청년들의 우울증은 하강하는 식민지에서 윤리적 상승을 소망한 결과였다. 가령「만세전」의 이인화는 식민지 조선이 구더기가 들끓는 묘지 같다고 외치면서 우울한 환멸을 드러낸다. 갑갑증에 시달리는 이인화는 식민지 초기의 윤리적 무의식을 표상하는 인물이다.『무정』의 이형식과「만세전」의 이인화의 차이는 아직 윤리를 발견하지 못한 '계몽적 청년'과 만세운동을 눈앞에 둔 '윤리적 청년'의 차이이다.

3·1운동을 전후로 고조되었던 청년정신은 1923,4년 무렵 쇠퇴하기 시작한다.『너희들은 무엇을 얻었느냐』(염상섭, 1923~24),『재생』(이광수, 1924~25),「타락자」(현진건, 1922)에는 돈과 성적 욕망에 예속된 타락한 청년들이 등장한다. 이 시기의 청년의 타락은 윤리의 상실이자 사회적 무기력을 의미했다.

반면에 20년대 후반에서 30년대 중반까지의 리얼리즘의 발전은 청년의 회생을 상징한다. 이 시기는 윤리적 청년들이 역사를 변혁하려는 주체로 등장하는 과정을 보여준다.「낙동강」,『사랑과 죄』,「서화」,『고향』,『인간문제』등이 그런 작품들이다.

파시즘의 시기인 1930년대 중반 이후에는 다시 무기력한 청년들이 등장한다.「소설가 구보씨의 일일」,「날개」,「종생기」의 주인공들은 청년의 활력을 잃어버린 식민지 도시의 청년들이다. 우리로서는 아직 근대의 초기이지만 식민지의 청년들은 이미 정신적으로 노쇠했다. 박제가 되어버린 듯한 청년은 '자네는 노옹일세, 자네의 먼 조상일세' 라고 읊조린다. 이 시기의 청년들의 정신적인 병적 징후는 윤리적인 우울증에 시달리던 초기의 청년들보다 심각하다. 모더니즘의 출현과 함께 청년정신은 첫 번째 위기에 처하게 된다. 그런 중에도 '다시 한 번 날아보고' 싶은 상승의 욕망은 윤리적 무의식이 완전히 사라지지는 않았음을 암시한다.

2. 미적 청년의 의미와 청년들의 연대

서구문화의 수용을 통해 근대에 들어섰던 우리의 경우 청년의 탄생은 두 가지 길을 거쳐야 했다. 하나는 합리적 계몽을 통해 기존의 봉건적 문화에서 벗어나는 길이었다. 또 하나는 합리적 계몽을 넘어서서 식민지 현실에 대응하는 길이었다. 전자에서는 계몽적 청년과 유학생 청년이, 후자에서는 미적 청년[1]과 윤리적 청년이 출현했다.

이광수의 문학이 계몽적 청년을 대표한다면 김동인의 문학은 미적 청년을 표상한다. 김동인은 '도학선생의 대언자'를 비판하면서 이광수의 문학을 넘어서려 했다. 이광수를 염두에 두고 김동인이 비판한 '도학선생'이란 초자아로서의 도덕을 의미한다. 초자아란 상징계(식민지 사회)의 약점을 봉합하는 규율의 내면화이다. 이광수는 계몽적 청년을 통해 봉건사회를 비판할 수 있었지만 도학자적인 초자아로 인해 식민지

---

1 미적 청년의 개념에 대해서는 소영현, 『문학청년의 탄생』(푸른사상, 2008), 181~250쪽 참조

사회에 대한 비판은 할 수 없었다.

김동인의 미적 청년은 이광수의 초자아를 제거함으로써 현대사회의 약점을 드러내려 했다. 이에 대해 이광수는 자신의 '문사'를 기준으로 초자아에서 이탈한 미적 청년을 부랑청년의 이미지로 묘사했다. 즉 그들은 '반드시 연애를 담(談)하고 신경쇠약증 용모를 가진 불합리한 생활의 소유자들'이었다.[2] 그러나 미적 청년은 '현대인 다의 약함'[3]을 자각한 사람들이며 그에서 벗어나기 위한 상승의 욕망을 가지고 있었다. 그들이 약자의 위치에서 지향한 강한 진리는 참자기와 참사랑, 참예술이었다.

그러나 김동인은 현대의 약점을 강한 자아와 주관성으로 극복하려 함으로써 이광수의 실패를 반복한다. 김동인은 이광수의 초자아(도덕)를 제거했지만 그 자리에 또 다른 강한 진리(신성한 소설)를 놓음으로써 현실로부터 유리된다. 이광수의 실패의 요인이 계몽과 연관된 도덕적 절대성이었다면, 이번의 요인은 '신성한 소설'이라는 미적 절대성이었다.

김동인을 극복한 것은 염상섭과 현진건, 나도향이 보여준 또 다른 미적 청년들이었다. 이들 역시 도덕적 초자아를 제거했지만 자기 자신도 모르게 무의식으로서의 윤리를 발견한다. 도덕적 초자아가 사회적 약점의 봉합이라면 무의식으로서의 윤리는 약점에서의 상승의 지향이다. 초자아가 욕망을 억제하는 반면 무의식적 윤리는 순수욕망을 통해 상승을 지향한다. 순수욕망이란 탈주의 욕망(염상섭)이나 에로스적 사랑(나도향) 같은 것이다. 이 순수욕망은 식민지 현실에서의 상승의 의욕인 점에서 윤리적이기도 하다. 새로운 미적 청년들은 약한 정념 대신 강한 순수욕망을 발견함으로써 **욕망의 방식**으로 윤리적 무의식을 경험한다.

---

2 이광수, 「문사와 수양」, 『창조』 8호, 1921, 1쪽, 14쪽.
3 김동인, 「약한 자의 슬픔」, 『창조』, 1919, 2~3.

김동인 역시 약자(약점)를 발견했지만 그 위치에서 상승을 지향하는데 실패한다. 김동인은 참사랑과 참예술을 내세웠지만 그것은 대상이 불명확한 미적 주관성의 산물이었다. 반면에 염상섭, 현진건, 나도향은 순수욕망의 실재계적 대상(대상 a)을 발견함으로써 윤리적 상승을 지향한다. 후자의 작가들이 실재계적 대상을 발견할 수 있었던 것은 식민지에 동화될 수 없는 타자와의 만남 통해서이다. 즉 그들은 공포에 질린 청년(「만세전」)이나 고향을 상실한 민중(「고향」)과 만남으로써 잃어버린 대상 a(민족)를 발견한다. 김동인이 발견한 약자는 상징계의 외곽의 인물일 뿐이다. 반면에 염상섭, 현진건, 나도향이 발견한 타자는 상징계의 약자인 동시에 실재계적 대상이다. 이제 미적 청년들은 실재계적 대상 a에 대한 욕망을 통해 상승을 지향하는 윤리적 무의식을 확인한다. 이렇게 해서 유학생 청년은 미적 청년으로 분화되고 다시 윤리적 청년으로 출현하게 된다.

이처럼 청년의 탄생 과정은 윤리적 무의식의 발견과정과 일치한다. 또한 그것은 도전적인 서사로서의 소설이 탄생되는 과정과도 일치한다. 윤리적 무의식은 처음에는 자신도 모르는 병적 증상으로 감지된다. 예컨대 「핍박」, 「슬픈 모순」의 주인공들은 자신이 병에 걸렸다고 생각하며 고통스러운 핍박감에 시달린다. 또한 「표본실의 청개구리」의 '나'는 칠성판에 누워 진저리치는 개구리를 환영처럼 떠올린다.

이들의 예민한 심리는 소망이 충족될 수 없는 분열된 현실에서 무의식이 과잉되게 고양된 때문이다. 근대인은 현실에서 늘상 결핍감을 느끼며 그 잔여물에 대한 욕망으로 무의식적 분열 상태에 놓인다. 김동인은 그런 정신상태를 미적 청년을 통해 '현대인 다의 약함'으로 발견했다. 그는 그런 약함을 절대적 미학(소설)으로 치유하려 했다. 하지만 분열에 대응하는 미학은 또한 현실에 대응하는 윤리여야만 했다. 그만큼 현실의 결핍은 김동인의 생각보다 심각한 것이었으며 그로 인한 분열은 현실적으로 위급한 것이었다. 그것은 우리의 근대가 식민지의 공간에서 시작되었기 때문이었다.

식민지에서는 근대적 이상과 민족적 현실의 불일치로 인해 인격이 분열될 수밖에 없다. 식민지에서 해방되지 않는 한 그런 정체성의 분열은 결코 치유되지 않는다. 세 소설의 주인공들의 병적 증상 역시 그 같은 식민지라는 병적 현실에서 기인된 것이었다. 청년들은 근대적 이상을 소망하면 할수록 심리적 분열 속에서 무의식이 과잉되게 고양될 수밖에 없었다.

그러나 그들의 심리적 위급성은 단지 병리적인 것만은 아니다. 청년들의 무의식을 자극하는 진정한 소망의 원인인 대상 a란 잃어버린 민족이었다. 그들의 대상 a에 대한 순수욕망, 그 식민지 현실로부터의 상승의 욕망은, 사회현실의 모순에 대한 대응인 섬에서 **윤리적**이다. 사회적 모순이란 식민지 이전에 사람들이 소망했던 인류적 공동체의 파탄에 다름이 아니다. 근대계몽기에 유행했던 민요 〈아리랑〉의 가사는 그것을 보여준다. 세 소설의 주인공들은 윤리적 무의식의 상승 속에서 식민지를 인류적 공동체의 암흑으로 경험했던 셈이다. 더욱이 염상섭은 식민지 현실이 묘지와도 같음을 폭로함으로써 현실의 변혁을 소망하는 도전적 서사로서의 소설을 출발시킨다.

이 같은 식민지의 근대소설의 전개는 제국 본토의 서구소설과는 구분된다. 우선 **미적 청년**이 초기부터 나타나는 점은 서구소설의 경우와는 다르다. 예컨대 서구의 교양소설은 시민성과 예술성의 균형을 통해 근대사회에 대응했다. 이 경우 예술가 주인공은 교양소설의 청년의 형식이 쇠퇴하는 말기에 출현한다. 그러나 청년들이 타협할 시민사회가 부재했던 우리의 경우 초기부터 미적 청년들에 의해 근대 극복의 소망[4]

이 표현된다.

미적 청년들과 윤리적 청년들은 내면고백체나 성장소설을 통해 윤리적 모험을 시도했다. 예컨대 내면고백체는 식민지 현실에서 분열된 인격을 통해 영혼(윤리적 무의식)을 입증하려는 시도였다. 갑갑증이라는 청년들의 신경증적 증상은 (해소 불가능한) 식민지적 분열로 인해 윤리적 무의식이 한도 이상 고양된 탓이었다. 그 점은 성장소설에서도 마찬가지였다. 성장소설의 청년 주인공은 아버지의 부재로 인해 분열과 방황을 경험한다. 서구 교양소설은 아버지에 대한 반항과 타협이라는 양가성을 드러낸다. 그러나 우리에겐 물려받을 아버지의 교양이념이 일천했던 것이다. 서구 교양소설이 아버지의 시민사회를 수정하려는 이념이라면 우리 성장소설은 변혁의 소망을 암시한다.

시민사회가 부재한 식민지에서는 흔히 지식인 청년들이 민중들과의 만남에서 윤리적 순간을 경험한다. 그만큼 식민지의 타자들이란 대부분 민중들이었던 것이다. 서구에서는 볼 수 없는 민중적 성장소설(「행랑자식」, 「민촌」, 「서화」)이 출현한 것도 그 때문이다.

아버지의 부재 속에서 분열과 방황을 경험하던 청년들은 점차로 사랑과 연대를 시도한다. 그리고 그 같은 연대는 민중들과의 연대로 이어진다. 청년들의 사랑과 연대는 변혁의 소망의 표현에 다름이 아니다. 이제 윤리적 무의식의 주체였던 청년들은 역사적 변혁을 시도하는 서사의 주체가 된다. 그리고 이 단계에서는 청년들의 연대가 사회를 변혁하려는 민중들의 연대와 겹쳐진다.

청년들의 연대를 보여주는 대표적인 지식인 소설은 『사랑과 죄』이다. 이 소설에서 예술가이자 지식인인 이해춘은 민중적인 지순영과의

---

4   현대인 다의 약함을 극복하려는 소망을 말한다.

사랑을 통해 새로운 연대를 암시한다. 이해춘은 그런 지식인과 민중의 연대와 함께 또한 (김호연과의 관계를 통해) 민족운동과 사회운동의 연대를 보여준다. 이 같은 청년들의 사랑과 연대는, 식민주의에 예속된 죄의 길 바깥에서의 연대였으며, 식민지적 오이디푸스 구조[5] 외부에서의 연대였다.

청년들의 연대와 민중적 연대를 함께 보여주는 것은 「서화」, 『고향』, 『인간문제』[6] 등이다. 이 소설들의 공통점은 사회주의적 소설이면서도 민족적 상징들이 중요하게 그려진다는 점이다. 또한 민중적 변혁운동과 함께 청년들의 사랑이 아름답게 부각되고 있다.

이 소설들에서 변혁의 욕망과 사랑의 욕망은 별개의 것이 아니다. 그것은 둘 다 식민지 오이디푸스 구조에서 탈주하려는 욕망에 근거하고 있기 때문이다. 오이디푸스 구조란 아버지의 상징계에 예속된 사회와 가족의 권력구조를 말한다. 오이디푸스 구조는 식민화의 구조이며 식민지에서는 더욱 병리적으로 나타난다. 그 이유는 오이디푸스적 식민화를 수정할 좋은 아버지가 부재하기 때문이다.

민중적 연대와 청년들의 사랑은 식민지 오이디푸스 구조에 대한 공적·사적 차원의 저항이었다. 그처럼 청년들의 사랑은 축소된 변혁운동이었던 것이다. 예컨대 「서화」에서 돌쇠와 이쁜이의 사랑은 죄의식을 모르는 앙티 오이디푸스적 욕망을 보여준다. 또한 『고향』에서 인동과 방개, 『인간문제』에서 첫째와 선비의 사랑 역시 변혁의 욕망과 같은 방향의 벡터로 나타난다.

청년들의 연대와 민중적 연대는 소설뿐만 아니라 임화의 이야기시에

---

5   식민지적 오이디푸스적 구조에 대해서는 나병철, 『가족로망스와 성장소설』(문예출판사, 2007), 29~34쪽 참조.
6   「서화」와 『인간문제』는 민중적 성장소설로 볼 수 있다.

서도 나타난다. 흥미로운 것은 사회주의자 임화가 민중보다도 청년의 표현을 더 많이 사용하고 있는 점이다. 임화의 시에서는 청년에 관계된 모든 표현들이 나타난다. 가령 오누이 구조, 유학생 청년, 청년들의 사랑과 연대, 민중적 청년('청년의 근로하는 연인') 등등. 여기서도 오누이 구조나 청년들의 사랑은 민중적 연대처럼 앙티 오이디푸스적이다. 임화의 오빠-누이 구조는 계몽적 연대 속에서 오이디푸스 구조로 환원되는 이광수의 오누이 구조와는 구분된다. 당연히 임화의 오빠-누이는 가족주의에 얽매인 약한 감정을 넘어서고 있다. 오누이는 임화 시에 나타나는 수많은 연대의 표현들 중의 하나로서 식민주의에 저항하는 비오이디푸스적 청년들의 연대의 상징이다.

3. 청년의 죽음과 회생 — 임화의 시

임화 시는 청년들의 연대를 암시하는 시적 수사와 장치들로 가득 차 있다. 오이디푸스 외부에서의 연대인 오빠-누이 역시 그 중 하나이다. 임화 시에 흔히 나타나는 남녀 간의 연정의 표현도 단순한 연애담을 넘어서서 (비오이디푸스적) 연대의 밀도를 짙게 만든다.[7] 또한 임화는 '오빠의 친구들, 용감한 청년들'[8] 등의 반복되는 관계의 표현을 통해 청년들의 유대를 강조한다. 더 나아가 '근로하는 모든 여자의 연인, 그 청년'[9]

---

7 이는 사적 차원의 감정이 공적 차원의 연대로 상승하기 때문이다. 김신정, 「임화시에서 '청년'의 의미와 역할」, 『한국문학의 근대와 근대극복』, 소명출판, 2010, 413~416쪽.

8 임화, 「우리 오빠와 화로」, 『임화 문학예술 전집』1, 소명출판, 2009, 56쪽.

등으로 청년들의 연대가 민중들의 연대임을 확인시킨다.

임화 시는 청자를 시 속에서 호칭하는 특이한 장치를 사용하는데, 이역시 청년인 화자-청자의 연대감을 증대시키는 중요한 방식이다. 이 모든 표현과 장치를 통해 임화는 청년들과 민중들의 연대감에 우리를 동화시키려 하고 있다. 임화 시에서는 오이디푸스 외부에서의 유대 자체가 핵심적인데, 만일 그런 유대가 없다면 청년과 민중은 분열을 경험할 것이기 때문이다.

그처럼 연대의 해체는 정신적 분열과 방황을 가져온다. 실제로 분열의 시대인 30년대 중반에 이르면 임화 시에서는 청년들의 해체를 암시하는 징조들이 나타난다. 이 시기의 시들에서는 화자-청자 간의 독특한 유대 대신 독백체의 형식이 많아진다. 또한 「현해탄」에서 보듯이 서사성이 약화되고 내성화된 표현이 나타난다. 소설이나 시에서 서사성의 강화는 공고한 청년들의 연대에 상응한다. 반면에 30년대 중반 임화의 내성화된 시들에서는 '청년의 죽음'을 암시하는 시어들이 등장하기 시작한다.[10] 예컨대 「주리라 네 탐내는 모든 것을」, 「옛 책」, 「다시 네거리에서」, 「현해탄」 등이다.

임화 시에서 **청년의 죽음**은 청년들의 연대가 해체되었음을 알리는 암시이다. 청년정신이 현실의 변혁에 있다면 그 정점은 연대가 튼튼해진 시점일 것이다. 연대의 해체는 청년을 내성화시킬 뿐 아니라 정신적 죽음의 위협까지도 생각하게 만드는 것이다. "주리라! 죽음의 악령이여! 네 탐내는 모든 것을…"(「주리라 네 탐내는 모든 것을」), "지금 / 우리들 청년의 세대의 괴롭고 긴 역사의 밤 / 이것이 청년인 내 죽음의 자장가인가"

---

9 임화, 「네거리의 순이」, 『임화 문학예술 전집』 1, 위의 책, 52쪽.
10 김신정, 「임화시에서 '청년'의 의미와 역할」, 『한국문학의 근대와 근대극복』, 앞의 책, 410~411쪽 참조.

(「옛 책」) 등에서처럼.

30년대 중반 이후 청년들의 시대는 저물었다. 이 시기에 청년의 쇠퇴와 죽음은 사회주의자뿐만 아니라 모더니스트에 의해서도 감지되었다. 예컨대 이상 문학에서 나타나는 죽음충동은 폭력적 현실에 대한 정직한 고백이었다. 임화와 이상은 사회적 문학과 개인적 문학이라는 상반되는 예술세계를 갖고 있었지만 청년의 죽음을 고백한 점에서는 서로 일치한다. 두 사람은 비슷하게 상승에 대한 욕망 속에서 추락하는 시대의 '청년의 운명'을 예감한다. 임화는 역사를 통해, 이상은 내면을 통해 그것을 감지한다. 임화가 연대의 해체를 통한 역사적 죽음을 응시했다면, 이상은 개인의 자유에 대한 윤리적 죽음을 예감한 셈이다. 이처럼 파시즘의 시기에 '청년의 죽음'은 역사적·윤리적 위기를 암시한다.

우리 문학에서 청년의 존재는 역사적·윤리적 전망의 시금석이다. 청년들의 연대가 활발해지면 사회적 변혁운동이 역동적이 된다. 반면에 청년들에게 그림자가 드리워질 때 사회와 개인은 위기를 경험한다.

30년대 중반 이후 위축되었던 청년정신은 해방 후 1970, 80년대에 와서야 활기를 되찾는다. 해방이 되었어도 전쟁을 경험한 1950년대는 험한 산의 나무들처럼 청년들이 '비탈에 선' 시대였다. 1960년에 4.19로 청년의 열정이 타올랐지만 군사정권 하에서 젊은이들은 다시 지하세계로 스며든다. 김승옥 소설은 이상 소설처럼 청년들이 죽음충동에 시달리거나 정신적으로 노쇠해진 시대적 풍경을 보여준다. 예컨대 「서울 1964년 겨울」에서 '안'은 '나'에게 '우리는 분명히 스물다섯 살짜리죠?' 라고 묻는다. 그러면서도 이상이 그랬듯이 김승옥 역시 '꿈틀거리고 날아오르고 싶은' 상승의 욕망을 잃지 않는다.

192,30년대가 그랬듯이 7,80년대의 리얼리즘 시대는 청년이 다시 회생한 시대였다. 리얼리즘은 현실이 역동적인 시기의 문학이다. 이 시기

의 역동성은 새로운 민중계급이 형성되고 청년정신의 부활하면서 변혁의 열기가 고조된 데 따른 것이다. 청년작가들은 50년대의 전쟁의 트라우마를 자신의 소년기의 체험으로 서사화해 극복한다. 이 소년 성장소설의 경험자아들은 20년 후 서술자아의 청년으로서 세상에 등장한다. 사랑의 갈증에 시달리던 소년들은 이제 청년정신과 윤리적 무의식을 통해 독재정권 하의 자본주의 사회를 비판하기 시작한다. 이 시기 리얼리즘의 작가인 청년들은 대중문화의 차원에서 이미 청년들의 연대를 모색했다. 청년들의 연대와 민중들의 연대는 장편 분단소설과 진보적 리얼리즘의 시대인 80년대에 정점에 이른다.

그리고 1930년대 후반처럼 1990년대는 다시 청년정신이 위기에 처한 시기였다. 역설적인 것은 이 무력한 시기에 다양한 성장소설이 시도된 점이다. 성장소설은 청년의 형식을 지향한다. 서구와 달리 우리의 경우 청춘이 빛바랜 시기에도 청년소설이 시도된 것이다. 물론 신세대 성장소설은 무력한 청춘을 그릴 수밖에 없었지만 중견작가들은 회상의 형식으로 청년정신을 되살리려 시도했다. 그것은 과거 임화가 청년의 죽음을 암시하면서 은연중에 청춘을 찬미한 것과도 유사하다.

임화의 경우 청년의 죽음의 시대는 죽은 청년을 회상하는 시대이기도 했다. 죽은 청년을 회상한다는 것은 기억의 형식을 통해 그를 무덤으로부터 일으켜 세우는 것[11]을 말한다. 끊어진 목숨을 손잡아 일으키는 것, 이것이 임화의 **청년**의 **죽음**의 두 번째 의미였다. 임화는 종달새 우는 오월 푸른 하늘 아래서 죽은 벗의 손을 잡겠다고 말했다. 그것은 불길이 타서 숯등걸이 되었을 때 다시 일어나 새 불이 되는 것과도 같다.[12] 청년이 무력해진 시대에 다시 성장소설이 시도되는 이유도 그와 같을 것이다.

---

11 임화, 「세월」, 『임화 문학예술 전집』 1, 앞의 책, 101쪽.
12 임화, 위의 책, 101쪽

벤야민은 현재의 시간을 과거의 시간의 파편들이 별자리처럼 박혀 있는 것으로 말한다. 미래는 그 별들로부터, 과거로부터 온다. 예컨대 4. 19는 다시 귀환한 3.1운동이다. 5.18은 되돌아온 4.19이다. 이 시간들은 눈부신 청춘의 계절에 청년들의 연대가 꽃피었던 때이다. 그 푸르렀던 순간들은 지금 염주알 같은 달력의 시간으로 돌아가지 않는 순수기억[13] 의 시간이 되었다. 그것은 푸른 하늘 아래서 죽어간 청년들 역시 마찬가지이다. 우리의 매 순간의 현재 속에는 그 청춘의 순수기억의 파편들이 별자리처럼 박혀 있다. '살아서 죽는'[14] 시대에도 그런 시간의 성좌를 바라보는 사람들은 미래에 부활할 청년들의 연대를 예언할 것이다. 청년의 시대가 저문 후에도 성장소설이 끝없이 시도되는 것은 어둠을 뚫고 불멸하는 청춘의 별들이 빛나고 있기 때문이다.

4. 21세기의 청년의 회생

1990년대 이후 변혁운동이 쇠퇴한 것은 다양한 사회운동의 총체적 결집력이 약화된 때문이다. 그러나 사회적 연대 이전에 청년들의 연대가 해체된 것이 핵심적 요인이다. 사회적 연대가 변혁의 주체와 연관된다면 청년정신은 윤리적 주체의 표현이다. 청년들의 사랑과 연대가 와해되었음을 알리는 신호는 90년대의 첫 폭설의 밤을 그린 「샤갈의 마을

---

13 베르그송의 용어임. 순수기억은 존재론적 기억으로서 우리의 무의식을 형성한다. 베르그송, 박종원 역,『물질과 기억』, 아카넷, 2005, 147~171쪽, 218~254쪽, 439~440쪽.
14 임화, 「주리라 네 탐내는 모든 것을」,『임화 문학예술 전집』 1, 앞의 책, 102쪽.

에 내리는 눈」(박상우, 1990)에 잘 나타나 있다.

샤갈의 마을에는 폭설이 내리고 있었다. 청년들은 흩어지고 마지막 두 명과 화실(샤갈의 마을)의 여자만 남았다. '나'는 샤갈의 몽환적인 그림의 풍경만을 떠올리고 있었다.

생각해 보면 80년대의 마지막 밤 회합 때부터 '내일에 대한 기대감'은 이미 사라졌다. 이제 누구도 정치의 '정'자도 꺼내지 않았다. 그 대신 고스톱과 포커, 포르노와 폭력물, 이탈리아 국회의원이 된 포르노 여배우 치치올리나를 입에 올렸다.

폭설을 빌미로 우리는 다시 만났지만 결국 결별을 하듯이 하나씩 손을 흔들며 떠나갔다. 마지막에 우리는 둘만 남았고 카페에서 여자를 만나 그녀의 화실 '샤갈의 마을'로 향한다. 그 화실의 여자는 이성보다 감성이 강한 여자였다. 그녀는 그곳에서 혼자서 술을 마시며 '춥고 배고파. 그리고 남자와 자고 싶어' 라고 중얼거린다.

이제 불꽃같던 청년의 시대는 지나갔다. 그러나 그녀는 아직도 눈 내리는 그곳에서 누군가를 기다리고 있다. 그리고 남은 사람은 비록 둘이지만 여전히 '우리'로 잔존함을 기억하기 위해 안간힘을 썼다. '붉은 태양과 흰 염소, 한 다발의 꽃과 두 여인, 올망졸망하게 눈 덮인 마을과 헐벗은 겨울나무의 풍경', 샤갈의 그림이 아득하게 떠올랐다. 마침내 우리 중 하나가 탁자 밑으로 손을 뻗어 나머지 하나의 손을 필사적으로 거머쥐었다.

눈 내리는 샤갈의 마을은 '고립된 청년'과 '잔존하는 연대의 꿈'을 동시에 암시한다. 샤갈의 그림은 오래 전부터의 무의식적 소망이 지금도 몽환적으로나마 남아 있음을 내비친다. 청년들의 연대는 이미 깨어졌다. 그러나 아직도 '우리'는 꿈속에서처럼 탁자 밑으로 손을 잡기 위해 안간힘을 쓰고 있는 것이다.

이것이 90년대 청년들의 이중적 풍경이다. 정치의식이나 사회운동 같은 연대의 버팀목이 사라졌지만 청년들의 가슴에는 아직 '우리'의 소망이 잔존하는 것이다. 다만 그것을 샤갈의 그림 같은 몽환을 통해서 간신히 감지할 수 있게 되었다.

만나지 않고도 서로를 강렬하게 의식할 수 있었던[15] 전과 달리 청년들은 지금은 만나서도 각자의 사이에서 공백을 느낀다. 그러나 그들은 또한 무의식의 탁자 밑으로 끝없이 손을 내밀고 있다. 90년대에 성장소설이 끊임없이 시도된 것 역시 그 때문이다. 즉 이 시기의 성장소설은 문학을 통한 탁자 밑에서의 만남의 손짓이다.

1990년대 이후의 후기자본주의 사회는 예술 · 지식 · 인격성의 영역에까지 상품 논리가 침투한 시대이다. 인격성의 영역이란 사랑 · 욕망 · 무의식의 영역을 말한다. 이런 사회에서는 타자와의 진정한 소통을 포기한 나르시시즘적 인격이 성행한다. 나르시시즘적 인격이란 외부세계에서 애정의 대상을 찾는 것이 불가능해졌을 때 리비도가 자기 자신에게로 향하는 심리이다. 일반적으로 상품적인 소비문화가 팽만한 이미지 사회에서는 그런 심리 성향이 만연한다.[16] 「샤갈의 마을…」이 암시하듯이, 후기자본주의에서는 정치마저 스펙터클화되어 비판적 사고가 마비되고 모두들 진정성의 표현 대신 퍼포먼스('파티')에 몰두한다. 그 결과 타인에 대한 열정이 식고 세상을 연극처럼 살며 자기 자신에게 과도하게 집착하는 인격성이 나타난다.

그러나 우리의 경우 소비문화에 매몰된 서구의 나르시시스트와는 구분되는 특징을 드러낸다. 90년대에 성장소설이 쓰여진 것은 불티로

---

15 이것이 청년들 사이의 잠재적 네트워크라고 할 수 있다. 197,80년대에는 그런 청년들 사이의 잠재적 연대가 형성되어 있었던 시기이다.

16 크리스토퍼 라쉬, 최경도 역, 『나르시시즘의 문화』, 문학과지성사, 1989; 황종연, 『비루한 것의 카니발』, 문학동네, 2001, 53~58쪽, 285~286쪽 참조.

남은 청년정신에 대한 안타까운 향수이다. 청년들은 나르시시즘적 인격성을 드러내면서도 진정한 유대를 바라는 진짜 나를 가슴에 숨기고 있는 것이다. 예컨대 『아담이 눈뜰 때』에서 '나'(아담)는 대학입학을 포기하고 진짜 글(성장소설)을 쓰려 한다. 또한 「프린세스 안나」에서 안나는 환상적으로 핑크와 연대하며 청년정신에 대한 향수를 내비친다. 그처럼 '가짜낙원'에서 섹스를 소비하며 순수고독에 탐닉하면서도 진정한 사랑과 연대에 대한 열정이 잔존하는 것이다.

청년들은 무의식 속에서 아직도 폭설을 뚫고 올 누군가를 기다리고 있다. 그리고 탁자 밑으로 서로의 손을 잡기 위해 필사적으로 손을 내밀고 있다. 기억 속의 사랑을 기다린다고 아직도 숨겨진 여음처럼 말하고 있는 것이다.

그런 청년의 향수를 잠재우기 위해 권력은 금방이라도 왕자가 올 것 같은 환상을 연출한다. 그리고 슈퍼히어로가 모든 문제를 해결해 줄 것 같은 서사를 보여준다. 하지만 성장한다는 것은 '빛이 들지 않는 모퉁이를 돌아서는 것'이다.[17] 결국 왕자는 오지 않을 것이다. 그리고 슈퍼맨은 어디에도 없다.

그 같은 환상과 환멸의 동거가 바로 후기자본주의의 일상이다. 그런 날들을 살아가는 중에, 우리의 21세기는 더 큰 환멸과 함께 시작되었다. 2001년, 새천년의 기적은 없었다. IMF 이후 우리는 오히려 「그렇습니까? 기린입니다」에서처럼 산수의 세계의 냉엄함을 절감하게 되었다. 박민규의 소설에서 포스트모던의 방식으로 리얼리즘이 부활한 것은 그런 산수의 충격과 연관이 있다.

산수의 세계는 계산이 불가능해진 순간 인간의 눈빛을 계산기의 꺼

---

[17] 배수아, 「프린세스 안나」, 『바람인형』, 문학과지성사, 1996, 111쪽.

진 액정으로 만든다. 그런 점에서는 IMF 사태나 '아버지의 산수'나 마찬가지였다. 아버지의 가냘픈 산수 탓에 '나'는 우주(무의식)의 고요 속에서 아버지와 눈을 마주치지 못하는 매듭 같은 것을 갖고 있었다. 그런데 꺼진 액정의 잿빛 눈빛인 점에서는 아버지나 '나'나 다름없었다.

과거의 성장소설과는 달리 이제 아버지는 단지 없는 듯한 존재가 아니다. 산수가 불가능해진 아버지는 청년의 새로운 연대의 대상이 된다. 거울에 비친 '나'의 잿빛 눈동자에서 아버지의 눈빛이 스쳐간 것이다.

1997년 IMF 이후 몰락한 것은 특정한 한 세대가 아니다. 아버지 세대는 파산자가 되었으며 청년 세대는 실직자가 되었다. 그처럼 아버지와 '나'(청년)는 똑같이 양극화의 한 축이 된 것이다. 이 시기에 한국 사회 최초로 아버지에게 연민을 보내는 신드롬이 일어난 것은 그 때문이다. 그러나 가족주의적인 '아버지의 귀환'은 결코 새로운 '산수의 세계'를 극복하는 길이 아니었다. 「그렇습니까? 기린입니다」에서처럼 아버지에게 도시락을 건네주고 열악한 산수를 건네받는 일만이 일어날 것이기 때문이다.

이 소설에서도 '나'는 사라진 아버지가 집으로 되돌아오길 빌고 있다. 그러나 기린이 된 아버지는 이제 산수가 불가능해졌음을 알리는 잿빛 눈동자를 보여줄 뿐이다. '그렇습니까? 기린입니다'라는 아버지의 말은 되돌아갈 수 없음을 알리는 앙티 오이디푸스적 선언이다. 그러면서도 아버지–기린은 자신의 앞발을 '내' 손 위에 포개고 있다. 이처럼 아버지와 '나'는 자본주의적 산수의 외부, 그 오이디푸스 구조 바깥에서 상호신체적 교섭을 보여준다.

환상 속에서 손을 잡는 것은 실상은 수면 밑에서 연대의 고리를 확인하는 것이다. 기린과 '나'의 손의 포갬, 그것은 단순한 아버지와 아들의 가족적 연대가 결코 아니다. 그와 달리 아버지와 '나'는 파산자와 청년으로서 세상의 바깥에서 만나고 있는 것이다. 그러면서도 단순한 분열적 탈주가 아닌 따뜻한 사랑의 손길로 만나고 있다.[18] 이 순간 아버지에 대한 연민은 앙티 오이디푸스적 사랑의 연대가 된다. 그런 상호신체적 연대가 더 발전된다면 청년과 실직자, 파산자, 노숙자, 비정규직과의 연대가 될 것이다. 그 단계에 이르면 청년의 연대는 다중의 연대가 될 것이다.

과거의 성장소설들은 청년들의 연대가 민중의 연대로 발전됨을 보여줬다. 반면에 박민규의 소설은 청년의 연대의 소망이 다중의 연대로 발전될 것임을 암시한다. 「그렇습니까? 기린입니다」에서는 아버지와의 앙티 오이디푸스적 연대를 통해 그 가능성을 시사한다. 또한 「아, 하세요 펠리컨」에서는 파산자·이주노동자·주부와의 연대가 '오리배 연합'의 다중적 연대로 생성될 것임을 암시한다.

이제 청년은 가난한 학생이거나 실업자가 되었다. 한 때 청춘의 꿈을 품었었고 자유분방한 신세대이기도 했던 청년은 파편화된 취향과 불안을 지닌[19] '실업'의 상징이 되었다. 그러나 그 어둠의 나락이 오히려 나르시시즘을 넘어서는 에너지의 근원이 되기도 한다. 나르시시즘은 얼마간이든 소비문화에 탐닉할 수 있을 때 성행한다. 하지만 IMF와 양극화는 그 이전부터 감지되던 환멸을 피할 수 없는 현실로 경험하게 만들었다. 이제 몽환적인 손짓은 보다 절실한 사랑과 연대의 갈망이 되었다. 21세기의 청년은 어둠 속에서 회생한다. 나르시시즘적 청년들이 연대에 대한 향수를 보여줬다면 암울한 시기의 청년들은 현실을 넘어서려는 보다 도발적인 상상력을 보여준다. 후자의 상상력은 현실을 극복

---

18 이 만남은 들뢰즈의 분열증적 탈주를 넘어서는 만남이다.
19 한윤형, 「월드컵 주체와 촛불시위 사이, 불안의 세대를 말한다」, 『문화과학』, 2010 여름, 89~91쪽.

하려는 연대와 사랑에 대한 소망이기에 긍정적 정서를 통해 표현된다. 예컨대 박민규와 김애란은 환상적 표현을 통해 그 소망을 드러낸다. 박민규는 인생의 파산자들인 '보트피플'이 날아오르는 환상을 통해, 김애란은 아버지가 청년처럼 달리는 모습을 통해 그것을 암시한다. 이들의 환상적인 긍정적 상상력은 촛불시위에 참여한 청년들의 상상력과 다르지 않다. 전자가 물밑의 네트워크의 암시라면 후자는 그것이 고양된 청년들과 다중의 연대이다.

박민규와 김애란의 환상은 단지 몽환적인 꿈이 아니다. 그들 소설의 긍정적인 정서(스피노자)와 환상은 청년들의 윤리적 무의식에 근거한 것으로 여기에는 은연중에 연대에 대한 열망이 포함되어 있다. 거기서 한 발 더 나아가 현실 속에서 그 꿈을 펼친 것이 바로 촛불집회이다. 촛불집회야말로 21세기의 청년들의 회생이다. 그것은 동시에 실직자, 파산자, 비정규직의 회생이기도 하다. 여기에는 테크놀로지와 상상력의 결합, 윤리적 무의식(청년정신)과 연대의 소망의 접합이 있다. 회생을 소망하는 청년들과 파산자들, 그들의 새로운 복수적인 연대가 바로 다중일 것이다. 청년 실업자와 파산자들은 이제 과거의 민중을 대신하는 연대의 기표가 되었다. 민중이 어떤 중심을 전제로 한다면 새로운 연대는 탈중심적이다. 탈정치화된 시대에 중심이 빈 다양한 사람들을 결속시킨 것은 파산자들의 위기의식과 청년들의 윤리적 무의식이었다. 이 21세기의 신개념의 연대의 방식은 변혁 자체를 변혁하려는 청년들의 새로운 발명품에 다름이 아니다.

5. 변혁을 변혁하는 청년

청년정신이란 윤리적 무의식의 상징이다. 기성세대와는 달리 청년은 그 시대의 모순에 맞서서 청춘을 다 바칠 각오가 되어 있는 존재이다. 매 시대마다 그런 자기변혁을 끝없이 지속하는 원리를 바디우는 윤리라고 말했다. 그런데 윤리의 지속성은 특정한 한두 세대에 의해 계속되는 것이 아니다. 각 시대마다 새롭게 나타나는 청년들, 자기 시대에 청춘을 고스란히 바친 청년들에 의해 비로소 윤리의 지속성이 형성되는 것이다.

역사적으로 각 시대는 매번 다른 방식의 대응을 필요로 한다. 그러나 자기 시대에 '역사와 인간에 대한 예의'를 지키는 윤리의 원리는 일치한다. 윤리에 호소함으로써 우리는 매 시대마다 새롭게 출발하며 변혁을 지속시킬 수 있는 것이다. 그처럼 새로운 방식으로 변혁을 지속시키는 존재가 바로 청년이다.

그런데 윤리는 일종의 무의식적인 순수욕망(라캉)이다. 순수욕망이란 상징계에 예속된 세속적 욕망을 넘어서는 욕망을 말한다. 순수욕망이 무의식적이라는 말은 일상적 행동에서는 매 순간 윤리적일 수는 없다는 뜻이다. 우리는 늘상 세속적 쾌락과 무의식적 순수욕망의 이중성을 경험한다. 그 점은 윤리적 무의식의 상징인 청년 역시 마찬가지이다.

그 같은 이중성은 1990년대 이후에 한층 증대된다. 그 이유는 이 시기에 권력의 전략이 억압적인 방식에서 욕망(가짜욕망)의 방식으로 변화되었기 때문이다. 욕망의 방식의 권력의 대표적인 형식이 상품화된 소비문화이다.

소비문화는 윤리를 무디게 하는 쾌락을 제공한다. 90년대 이후 문화는 제도나 콘텐츠의 차원을 넘어선 감성적인 삶의 양식이 되었다.[20] 물론 이는 대부분 문화와 예술의 상품화의 결과였다. 90년대의 신세대가 나르시시즘적 성향을 갖게 된 것은 그런 상품화된 소비문화와 연관이 있다.

그러나 신세대 역시 나르시시즘과 잠재적인 연대의 욕망의 이중성을 갖고 있다. 신세대에 잠재된 윤리적인 연대의 욕망은 그 시대의 성장소설을 통해 암시된다. 여기서 중요한 것은 그 숨겨진 윤리적 욕망이 전 시대의 금욕주의를 넘어선 새로운 방식을 요구한다는 점이다.

따라서 다시 변혁운동이 회생한다면 그것은 전 시대의 변혁운동을 변혁하는 것이 될 것이다. 이처럼 은연중에 변혁의 변혁을 요구한 점에서 신세대 역시 청년정신이 아주 소멸된 것은 아니었다. 다만 그 문화적 변혁을 대가로 너무 많은 것을 잃어버린 셈이었다.

신세대의 청년들은 '소비문화적 취향'과 '잠재적 변혁'을 대변하는 이중적 존재였다. 이는 새로 등장한 세대의 독특한 특징이다. 90년대 이후 '청년'보다는 '…세대'라는 말이 많이 성행하게 된 것은 그 때문이다. 가령 신세대, X, N, G세대, IMF세대, 88만원세대, 웹 2.0세대, 촛불세대라는 말들이 생겨났다.

소비문화는 자본주의의 잉여향락의 갱신에 의해 놀라운 변화를 보여주고 있다. 그러나 흥미롭게도 자본주의가 낳은 테크놀로지들은 단지 자본에만 예속되지는 않는다. 예컨대 인터넷과 휴대폰은 오락과 게임뿐 아니라 변혁운동의 도구이기도 하다. 신세대의 이중성은 이런 양가성[21]과 긴밀한 연관이 있다.

소비문화의 광속도의 변화와 청년의 양가적 대응의 변화에 의해 '세

---

20 심광현, 「세대의 정치학과 한국 현대사의 재해석」, 위의 책, 26쪽.
21 권력이 문화적으로 작용하는 시기에는 이런 양가성이 매우 중요해진다.

대'의 명칭 역시 수시로 달라졌다. 90년대 이후 신세대라는 명칭은 곧 X세대로 대치된다. X세대는 1993년 12월 아모레 퍼시픽이 X세대 감성 남성화장품이라고 광고한 '트윈엑스'에서 유래했다. 이 광고에 나왔던 이병헌과 같은 시기 여성화장품의 모델 신은경은 X세대의 아이콘이 되었다.[22] X세대의 특징은 '나'에 대한 집착과 변화와 자유의 욕망이었다. 이런 새로운 감각은 신세대처럼 소비문화와 연관되면서도 또한 문화적 변혁의 욕망과도 관련되는 양가성을 지니고 있었다.

그러나 IMF 이후 X세대의 문화적 환상은 환멸로 바뀌고 후기자본주의적 현실의 냉혹함이 드러났다. X세대에서 IMF 세대로의 변화는 나르시시즘적 성장소설에서 박민규의 성장소설로의 이행에 상응한다. 박민규 소설이 보여준 '산수의 세계'는 소위 문화의 시대란 자본주의가 전사회 영역으로 확산된 것에 불과함을 암시한다. 박민규의 포스트모던적 리얼리즘은 문화적 미시서사의 시대에도 여전히 자본주의의 대서사가 작동하고 있음을 드러낸다. 따라서 신세대(X세대)의 감각으로 현실을 리얼리즘적으로 그리는 박민규 소설은 미시적 전략과 함께 새로운 비판적 대서사의 기획이 필요함을 시사한다.

박민규는 90년대 이후의 리얼리즘의 귀환을 보여준다. 박민규의 리얼리즘의 귀환은 청년소설과 도전적 서사의 귀환이기도 하다. 물론 이 귀환은 오디세이가 아닌 아브라함의 방식으로 된 창조적 귀환이다. 박민규의 성장소설은 후기자본주의에 대응하는 새로운 포스트모던적 방식의 리얼리즘이기 때문이다. 즉 박민규의 소설에서는 리얼리즘적 풍자·해학과 포스트모던적 환상이 혼종적으로 접합된다.

또한 박민규는 과거와 달리 새로운 연대의 방식을 암시한다. 90년대

---

22 이재원, 「시대유감, 1996년 그들이 세상을 지배했을 때」, 『문화과학』, 앞의 책, 92쪽.

이전에는 청년의 윤리적 무의식이 민중을 중심으로 한 연대로 연결되었다. 반면에 박민규 소설의 청년은 실직자, 파산자, 이주노동자의 연대의 필요성을 암시한다. 전자에서는 윤리가 민중의 중심으로 전이되지만 후자에서는 연대의 빈 중심에 윤리가 자리하고 있다. 이 점에서 그의 소설에서는 변혁을 변혁하려는 청년정신이 시사되고 있다고 할 수 있다.

이런 리얼리즘의 귀환에 상응하는 변혁운동의 귀환이 바로 촛불집회이다. 촛불집회는 2002년에 시작되었지만 2008년에 보다 창조적인 모습을 보여준다. 그래서 2008년 촛불에 참여한 청년을 웹 2.0세대 혹은 촛불세대라고 부르기도 한다. 촛불집회는 문화적 욕망을 추구하는 신세대의 감각과 현실의 변혁을 소망하는 리얼리즘적 정신이 결합된 운동이다. 이제 과거와 달리 인터넷 등의 새로운 테크놀로지가 중요한 도구가 되었다. 또한 현실의 모순에 대한 저항만큼이나 대립의 논리를 넘어서는 문화적 표현이 중요해졌다. 새로운 문화적 표현이란 긍극적으로 배타적 논리를 극복한 상승된 차원의 윤리적 무의식의 표현에 다름이 아니다. 촛불집회는 화염병 대신 촛불로 상징되는 '총체성을 향한 영혼(윤리적 내면)'의 입증을 무기로 한다. 과거에 소설의 주인공이 아이러니적 모험을 통해 보여주었던 것을 촛불은 보다 긍정적인 연대의 표현으로 드러낸다. 이 새로운 긍정적 연대는 예전의 민중적 구심력을 대신하는 각각의 영혼을 지닌 특이성들의 다중적인 결속이다. 이 다중의 연대야말로 스피노자의 윤리적인 내재적 원인이자 제임슨의 역사의 부재 원인(실재계)의 표현일 것이다. 일상에서는 볼 수 없는 부재 원인이 광장이라는 틈새의 공간에서 기적처럼 눈앞에 나타난 것이다. 여기서 스피노자의 자연-신에 대한 사랑은 수많은 촛불들의 사랑으로 전이된다. 촛불시위에서 결핍, 분노, 고통 등이 축제와도 같은 긍정적 정서로 상승되는 것은 그 때문이다.

촛불에서 이 긍정적 정서의 주체 다중과 집단지성은 새로운 이론의 산물이 아니다. 우리의 경우 촛불은 이론(네그리, 하트) 이전에 웹 2.0세대[23]의 청년들의 윤리적 모험에 의해 발명되었다. 그것은 예전의 '영혼을 입증하려는 도전적 서사'의 계승이자 후기자본주의적 현실에 대응하는 새로운 창조이기도 하다. 후기자본주의에 도전하는 윤리적 무의식, 그리고 변혁을 변혁하려는 청년정신에 의해 촛불 공간이 열린 것이다. 문학과 소설의 임무는 그 공간에서 표현된 윤리적 무의식을 서사 속에 담아냄으로써 미래의 연대를 예비하는 일일 것이다. 그것을 통해서만 끝없는 자기 변혁이라는 청년정신이 불멸을 얻을 것이다. 이제 다시 밝혀질 또 다른 촛불을 준비하기 위해, 후기자본주의에 대한 도전적 모험으로서 촛불의 서사화와 새로운 소설의 귀환이 필요한 때이다.

6. 아픔에 반항하니까 청춘이다

근대의 상징 중의 하나가 청년소설이지만 청년은 결코 완전한 존재가 아니다. 청년의 존재는 미결정적이며 오히려 그것으로 인해 역동성의 표상이 된다. 청년의 역동성은 근대가 불확정성으로 인해 끝없는 자기갱신을 하는 원리와도 같다.

자기갱신의 원리는 윤리적 상승에 있다. 그 점은 청년이나 근대나 마찬가지이다. 세속적 세계에서 상승하는 윤리에 의해 끝없는 자기갱신

---

23 웹 2.0을 사용하는 세대라는 뜻의 용어이다. 웹 2.0은 사용자가 직접 데이터를 다룰 수 있는 참여자 중심의 인터넷 환경을 말한다. 『문화과학』, 위의 책, 58쪽 참조.

이 계속되는 것이다.

　청년의 미결정적 불안은 세속적 시간(상징계)과 윤리적 시간(실재계)의 불일치에 있다. 청년은 세속적 시간으로는 미성숙하지만 윤리적으로는 성인보다 더 정점에 있다. 청년의 세속적 시계가 아침이라면 윤리적 시계는 한낮이다.

　『아프니까 청춘이다』에서는 청춘의 시간을 아침 7시 12분이라고 말하고 있다. 평균수명을 80세로 치면 24세는 하루 중 아침 7시 12분이다. 또한 은퇴하고 노년을 준비하는 60세는 저녁 6시이다.[24]

　그러나 그런 양적인 인생의 시계는 세속적 삶(상징계)의 시간일 뿐이다. 양적으로 균등화할 수 없는 윤리적 시계는 청춘이 정점이며 그 이후 오후의 햇볕처럼 퇴락한다. 세속적 시간을 알려주는 것이 일상의 삶이라면 윤리적 시간을 알려주는 것은 소설과 문학이다.

　청년의 불안과 아픔은 미성숙 때문이기보다는 세속적 시간이 윤리적 시간을 뒤따르지 못하는 때문이다. 세속적 삶을 받아들여 어른이 되면 윤리적 햇볕은 희미해지고 일상의 시간은 한낮이 된다. 이때는 세속적 세계에 익숙해진 대신 일상과 윤리의 마찰이 적어지므로 가장 왕성한 활동이 가능해진다. 그러나 그런 어른의 삶이 우리가 소망하는 가장 좋은 삶이라고 볼 수는 없다.

　청년은 미숙함으로 인해 어른의 안내를 필요로 한다. 하지만 안내자인 어른이 윤리적 멘토가 될 수는 없음을 발견한다. 청년은 윤리적 한낮의 태양과 아직 희미한 인생의 여명 속에서 갈등한다. 그 아픔과 갈등은 단순히 어른이 되기 위한 통과의례인 것만은 아니다. 청춘의 아픔은 오히려 무감각해진 어른의 윤리(무의식)에 자극을 줌으로써 일상과 윤리

---

24 김난도, 『아프니까 청춘이다』, 샘앤파커스, 2010, 18~20쪽.

가 일치된 삶(총체성)에 대한 소망을 고양시킨다. 그런 아픔의 기록이 바로 소설의 도전적 서사이다.

청년의 윤리적 시간이 '한낮'임은 문학작품에서 쉽게 발견된다. 예컨대 「날개」에서 '나'는 일상을 캄캄한 밤중 같은 시간 속에서 보낸다. 그러나 결말에서 정오의 태양이 내리쬐는 한낮 불현듯 날고 싶은 상승의 욕망을 느낀다. 이는 윤리와 세속이 일치된 삶에 대한 소망이다. 그러나 '나'의 청춘의 시간은 한낮이지만 세속적 활동의 시간은 아직 어두운 골방 속에 있는 것과도 같다. 이 점에서 「날개」는 날 수 없는 청춘의 상실에 대한 소설이라고 할 수 있다.

임화의 「봄이 오는구나」(1929)에서도 청춘의 시계는 봄의 태양을 향하고 있다. 이 시의 화자는 봄이 와도 '부드러운 햇발'을 갖지 못하는 현실을 서러워하고 있다. 잃어버린 '고운 봄의 태양'이란 존재와 당위가 일치되지 않는 식민지의 삶에 다름이 아니다. 그러나 화자는 지금은 만날 수 없는 동무를 생각하며 목숨을 던져서라도 청춘의 태양을 갖겠다고 말하고 있다. 목숨을 주고라도 태양을 갖겠다는 것은 한낮의 청춘만이 들려줄 수 있는 윤리적인 고백이다.

이런 청춘의 윤리는 〈태양은 묘지 위에 붉게 타오르고〉(가요)에서도 반복된다. 이 노래에서 청년의 인생의 시간은 '아침이슬'이지만 서러움을 견디는 열정의 시간은 한낮이다. 여기서 태양이 붉게 타오르는 묘지란 염상섭의 어두운 묘지일 수도 임화의 동지의 무덤일 수도 있다. 화자가 한낮의 시련을 떨쳐낼 수 있는 것은 묘지 위에 태양이 타오르는 시간이다. 그 '서러움을 모두 버리고' 거친 세계로 나갈 수 있는 시간이 바로 청춘의 윤리적 시간이다.

이처럼 청년은 가장 순수한 윤리적 질문을 던지는 양지의 시간이다. 실제로 많은 소설과 영화, 드라마들이 그런 주제를 다루고 있다. 예컨대

〈젊은이의 양지〉(조지 스티븐스 감독)에서 주인공(조지 이스트먼)은 법적으로 무죄이지만 양심의 죄 때문에 사형선고를 인정하고 전기의자로 향한다. 이 영화에서도 청춘은 법보다 한 차원 상승된 윤리의 양지의 상징이다.

〈인디언 썸머〉(노효정 감독)라는 영화 역시 청춘의 윤리적 양지에 대한 주제를 담고 있다. 이 영화의 주인공 이신영(이미연 분)은 남편 살해혐의로 사형선고를 받지만 모든 변호를 거부하고 죽음을 기다린다. 이신영의 항소심 국선변호를 맡은 서준하(박신양 분)는 여느 피고인과는 다른 그녀의 차가운 눈빛을 잊지 못한다. 이신영의 윤리적 결백을 확신한 서준하는 그녀와 접촉하는 과정에서 특별한 감정을 느끼게 된다. 이신영 역시 극진한 서준하에 대해 사랑을 느끼며 살고 싶다고 생각한다. 그러나 그처럼 사랑을 확인한 순간 그녀는 가장 윤리적이 되어 서준하의 변호를 거부하고 법정에 선다. 그녀는 폭행을 일삼던 남편이 자살했음에도 불구하고 자신이 그의 죽음을 유도했다는 생각에 사형선고를 받아들인 것이다. 물론 이런 뜻밖의 행동은 자포자기했던 전과 달리 삶의 욕망의 한 부분이다. 눈물을 짓던 이신영은 얼핏 열린 문틈 사이로 서준하와 눈이 마주치자 희미한 웃음을 지어 보인다.

인디언 썸머란 겨울이 오기 전 가을의 끝에 찾아오는 여름처럼 뜨거운 날을 말한다. 그 뜨거운 날은 누구에게나 찾아오지만 모든 사람이 기억하지는 못하는 시간이다. 다만 겨울 앞에서 다시 뜨거운 여름이 와주기를 소망하는 사람만이 인디언 썸머를 기억한다.[25] 신이 선물한 그 짧은 기적의 햇살은 이신영과 서준하 사이의 윤리적 사랑의 순간에 다름이 아니다.

---

25 이 말은 영화의 마지막에 서준하의 독백으로 들려온다.

청춘의 뜨거운 윤리적 사랑은 〈청춘의 한낮〉이라는 드라마(박범신 원작, 이환경 연출)에서도 제시된다. 〈청춘의 한낮〉(1986)에서 유치원 교사 가희(이미진 분)는 왕자님 같은 부자집 아들 영우(박찬환 분)를 사랑한다. 두 사람 사이의 사랑은 아무 부족한 것이 없이 완벽에 가까웠다. 그런데 어느날 가희는 가난한 복싱선수 사빈(천호진 분)을 알게 된다. 가희가 사빈에게 느끼는 감정은 영우에게와는 다른 것이었지만 사빈은 점점 그녀의 가슴에 자리를 잡는다. 마침내 영우도 가희와 사빈의 관계를 알게 되고 가희에게 결정의 시간이 다가온다. 가희는 곤경에 처하는데 한 가지 변수는 사빈에게 큰 불행이 닥친 것이다. 사빈은 시합 도중 부상을 입어 시력을 잃을 위기에 처하게 된다. 한낮의 눈부신 태양이 내리쬐는 시간 가희는 두 사람의 사이에서 결정을 내린다. 가희는 햇볕에 녹을 듯한 아스팔트 위를 걸어 간신히 버티고 서 있는 사빈 쪽으로 향한다.

이 드라마에서 가희의 사랑의 결정이 한낮에 이루어진 것은 매우 상징적이다. 가희의 선택은 윤리적인데 만일 그녀가 청춘이 아니었다면 다른 결정이 내려졌을 수도 있다. 한낮의 태양은 가희의 청춘의 내면을 그대로 비춰 보여주고 있다. 타오르는 듯한 햇살이 가슴 저릿하게 느껴지는 것은 그것이 가희의 순수한 청춘의 열기로 감지되기 때문이다. 이처럼 윤리란 순수 열정이며 한낮의 시간의 청춘의 햇볕이다.

여기서 중요한 것은 가희의 선택이 단순한 동정에 의한 것이 아니라는 점이다. 가희의 결정은 윤리적으로 보이지만 그것은 또한 진정한 사랑이기도 하다. 레비나스는 타자에 대한 윤리의 대표적인 예로 에로스적인 사랑을 들고 있다. 윤리적 사랑은 결코 금욕적인 것이 아니며 순수 욕망 그 자체일 뿐이다. 윤리란 욕망과 모순되지 않으며 다만 한 차원 상승된 욕망과 사랑의 표지인 것이다.

오늘날은 그런 윤리와 사랑이 위기에 처한 시대이다. 윤리의 위기는 청춘의 위기이기도 하다. 많은 영화와 드라마들이 가난한 복싱선수 대신 왕자와의 사랑을 그리고 있다. 이제 사람들의 관심은 영혼을 입증하는 사랑 대신 한 차원 강등된 세속적 행복에 쏠리고 있다. 그에 따라 청춘은 빛나는 윤리적 시간 대신 미숙한 인생의 입문자로 조명될 뿐이다.

그래서 인생의 꽃은 봄에만 피는 것이 아니며 오히려 만년에 핀 꽃이 더 아름답다고 말하기도 한다. 물론 당연히 맞는 말이다. 그러나 청춘의 계절에 가장 눈부시게 피는 꽃, 그래서 인생이 깊어갈수록 삶 속에서 그 빛남을 소중히 간직해야 하는 꽃이 있다. 그것은 자연의 꽃을 닮은 청춘의 윤리의 꽃이다. 연륜이 더해져 우리 인생이 풍부해질 수 있는 것은 그 청춘의 꽃을 내면에 소중하게 지니고 있는 한에서이다.

자신의 인생의 멋진 스토리를 쓸 수 있는 것도 그런 청춘의 시간을 간직하고 있을 때이다. 청년기에는 아직 여백이 많으며 인생의 스토리의 초반에 있다. 그러나 이미 청년기에 인생의 이야기의 핵심 동력이 마련된다. 모든 서사의 추동력은 주인공의 욕망인데, 청년기는 그 욕망을 순수한 형태로 발견할 수 있는 때이다. **순수욕망**을 발견한다는 것은 자신이 진정으로 원하는 것이 무엇인지 안다는 것이다. 나이가 들수록 우리는 자신의 욕망보다는 부모나 사회(상징계)가 인정하는 일을 하게 된다. 그것은 나의 순수욕망이 아니라 권위를 지닌 타자(큰타자)의 욕망이다.

라캉은 욕망에 대해서 양보하지 말라고 했는데 그것은 순수욕망을 염두에 둔 말이다. 순수욕망은 나만이 할 수 있는 창조적 욕망이다. 그런 진짜 욕망이 좌절되었을 때 우리는 가장 큰 존재의 아픔을 느낀다. 후기자본주의 사회는 순수욕망의 실현을 어렵게 만드는데, 그 이유는 진짜로 욕망하는 일 대신 상품화가 가능한 일에 몰두해야 하기 때문이다. 이런 사회에서 순수욕망이 좌절되었을 때 우리는 진짜 아픔, 즉 순수고통을 느낀다. 양보할 수 없다는 생각, 그 아픔에 반항하는 것이 바로 윤리이다.

순수욕망과 창조력, 그리고 순수고통과 윤리가 추동력이 되는 서사는 우리를 감동시킨다. 그 이유는 그 힘이야말로 기존의 사회에 끝없이 도전하는 벡터이기 때문이다. 그것은 물러설 수 없는 청년정신의 벡터이기도 하다. 자기 자신의 욕망 대신 이미 만들어진 욕망 앞에 굴복할 때 청춘은 아픔을 느낀다. 양보할 수 없다는 순수욕망의 표지로서 아픔과 상처는 청년의 존재의 형식이다. 그러나 그것만으로는 충분하지 않다. 창조적으로든 변혁적으로든 아픔에 반항할 때 청년정신이 비로소 회생한다. 청춘의 아픔을 윤리로 상승시키는 일, 그것은 그대로 두면 타락해버리는 기존 사회에 충격을 주는 도전적 서사의 회생이기도 하다.

7. 청소년의 탄생

청년이 새로운 세대의 표상인 것은 순수욕망을 윤리적인 방식으로 표현해 기존 세대에 도전하기 때문이다. 청년은 욕망과 윤리를 일치시킬 수 있는 가장 빛나는 시간이다. 그런 청춘의 한낮은 1980년대까지 계속되었다.

1990년대 이후 청년정신은 시련에 직면한다. 그것은 상품화된 욕망이 만연되면서 순수욕망에 의한 세계와의 교섭이 어려워졌기 때문이다. 성장소설에서 진짜 나를 내면에 감추는 나르시시즘적 인물이 등장한 것은 그 때문이다.

그런 나르시시즘이 극복된 것은 IMF 이후이며 청년정신이 부활한 것은 2008년 촛불집회 때이다. 촛불세대나 웹 2.0세대의 특징은 쌍방향의 소통을 지향한다는 점이다. 또한 그들은 순수욕망을 윤리적으로 표현한다.

그런데 엄밀히 말하면 촛불세대나 웹 2.0세대는 10대들이며 청년이기보다는 청소년이다. 일반적으로 새로운 세대의 표상은 20대이지만 2008년에는 10대들이 등장했다. 10대들이 지난 시대의 20대까지 넘어서면서 새로운 세대로 등장한 것이다. 이 초유의 10대들의 반란을 **청소년의 탄생**이라고 부를 수 있을 것이다.

청소년의 반란은 문학에서도 나타난다. 『완득이』, 『위저드 베이커리』, 『마리이야기』 등은 21세기의 문학에 새로운 활력을 불어넣고 있다. 이제 청소년소설은 10대들을 교육하기 위한 청소년만의 문학이 아니다. 성인들조차 청소년소설에 매료되는 것은 후기자본주의의 무기력한 삶에 역동성을 제공하기 때문이다. 성인문학을 능가하는 청소년소설의 역동성은 웹 2.0세대나 촛불세대의 소통지향성과 무관하지 않을 것이다.

이제까지 성장소설에서 청소년의 출현은 청년형식의 후퇴로 여겨져 왔다.[26] 청소년은 사회적 현실에 대응하는 데 한계를 지니며 아직 정체성이 미완성된 단계에 있기 때문이다. 역설적인 것은 바로 그 점 때문에 청소년이 후기자본주의에 대응하는 미학적 표상으로 떠오른다는 점이다.

후기자본주의는 모든 영역을 상품화한다. 세대적 반란의 표상인 청년마저 나르시시즘에 빠지는 것은 그 때문이다. 그러나 청소년은 아직 사회에 발을 들여 놓지 않은 상태에서 정체성의 형성을 위한 가치적 경

---

26 Franco Moretti, *The Way of the World*, Verso, 1987, 232쪽.

험을 할 수 있다. 청소년에게는 후기자본주의라는 상품화의 그물망이 연기되어 있기 때문이다.

후기자본주의 사회의 성인들은 자신들끼리는 진정한 인간관계를 보여주기 매우 어렵다. 그러나 아직 현실의 예속에서 유보되어 있는 청소년과의 관계는 그와 다르다. 더욱이 『완득이』에서의 동주(교사)처럼 현실에서 주변화되어 있는 어른들은 청소년에게 은연중에 진정한 인간적 울림을 선물할 수 있다.[27] 청소년은 그 울림을 내면화함으로써 정체성을 형성한다. 이 경우 정체성의 형성이란 가치상승의 경험이며 후기자본주의의 일상을 넘어서는 윤리적인 것이라고 할 수 있다.

또한 청소년은 아직 상품화되지 않은 가상공간에서 능숙하게 활동할 수 있는 존재이다. 인터넷 등의 가상공간에서 청소년은 일방적인 자본의 논리를 넘어서는 쌍방향 소통을 통해 성장한다. 여기서의 정체성의 형성이란 타자와의 상호적 교섭을 통한 자아의 성장이다. 청소년은 자본주의적 자기중심주의 대신 타자와의 교섭을 통해 정체성을 형성하는 것이다.

후기자본주의가 청소년을 자극하는 또 다른 중요한 요인이 있다. 청소년은 현실문제에서 유보되어 있지만 교육과 성장에 관계된 영역에서는 현실에 대응한다. 교육마저도 상품화하려는 현실에 맞서서 청소년이 자신도 모르게 사회적 무대에 등장하게 되는 것이다. 후기자본주의는 스스로 비정치 세력(10대)을 정치화하는 아이러니를 연출한다. 청소년이 촛불집회에 참여하고 촛불소녀라는 아이콘을 만든 것은 모든 것을 상품화하는 후기자본주의에 대한 역습이다.

물론 청소년은 적극적으로 현실에 참여하지는 못한다. 그러나 아버지

---

27 나병철, 「청소년 성장소설에 나타난 대화적 담론의 문학교육적 의미」, 『한국어문교육』 제23집, 2011.4 참조.

세대의 파산자, 형 세대의 청년실업자들과 연대를 형성하게 될 것이다. 청소년은 형과 아버지의 불행을 미래형으로 경험하면서 아직 훼손되지 않은 긍정적 가치들을 두려움 없이 표현한다. 현실에 참여하면서도 가장 두려움이 적은 청소년은 새로운 연대의 희망의 표상이 될 수 있다.

청소년의 정치 참여는 새로운 연대의 방식이 문화적이고 윤리적인 형식을 지닌 점과 연관이 있다. 지난 시대처럼 정치투쟁을 앞세우는 연대에서는 청소년이 끼어들 여지가 적어진다. 그러나 촛불집회처럼 문화적 방식으로 긍정적 가치를 표현하는 형식은 청소년의 **가치상승의 미학**에 상응한다. 청소년의 집회 참여는 **미학의 정치화**의 아주 새로운 형식이다.

촛불집회는 참여자들이 연대 그 자체로서 가치상승의 경험을 표현하는 새로운 형식을 보여준다. 촛불집회는 정치적 비판을 포함하지만 그 이전에 한 차원 상승된 삶의 형식을 표현한다. 유모차에서부터 청소년, 주부, 청년, 성인에 이르기까지 사람들은 이상적인 삶의 관계의 형식을 통해 현실에 대응한다. 그 점에서 촛불은 미학적인 동시에 윤리적이다. 미학적인 이유는 모두가 소망하는 삶의 형식(이상)을 연출하며 현실을 보여주기 때문이다. 또한 윤리적인 이유는 사회적 모순에 대항하는 과정에서 가치적으로 상승된 차원을 경험하기 때문이다.

미학은 윤리적 상승을 경험하게 하지만 가치상승의 차원을 직접 보여주는 것은 특히 청소년 문학이다.[28] 성인문학에서는 주인공이 현실에 대응하는 과정과 가치지향의 과정이 서로 뒤섞여서 나타난다. 그 때문에 아름다운 가치의 지향이 직접 표현되지는 않는다. 반면에 청소년 문학에서는 현실에 대한 대응이 유보된 대신 가치상승의 과정이 직접

---

28 나병철, 「청소년 환상소설의 문학교육적 의미와 가치의 세계」, 『청람어문교육』 제42집, 2010.12 참조.

나타난다. 예컨대『완득이』에서 타자들(동주, 어머니, 삼촌, 아버지)로부터 울림을 얻는 과정이나『위저드 베이커리』에서 윤리적 선택의 감각을 얻는 과정, 그리고『마리이야기』에서 자연의 세계를 내면화하는 순간 같은 것들이다. 청소년 주인공은 그런 가치상승의 과정을 통해 정체성을 형성하고 미래에 현실에 대응할 주체가 된다.

가치상승의 과정이 직접 경험되는 점에서 촛불집회는 청소년 미학을 닮았다. 청소년은 절망 속에서도 이상을 향한 성장을 계속하는 점에서 어둠을 밝히는 촛불과 유사하다. 촛불소녀가 연대의 아이콘이었던 것은 결코 우연이 아니다. 물론 촛불의 미학은 청소년의 미학에서 한발 더 나아간다. 아버지 파산자와 형 실업자, 그리고 주부, 시민, 노동자 등이 연대의 주역으로 가세하기 때문이다.

청소년의 등장과 촛불소녀의 출현은 성인들의 잠자던 정치의식을 깨어 놓았다. 그 같은 청소년의 정치적 등장은 후기자본주의에 대한 중요한 반란이다. 과거의 청년들이 삶의 의미에 대해 질문했다면 오늘날 청소년은 가치에 대해 직접 질문한다. 가치에 대한 질문은 성장과 교육에 대한 물음이기도 하다. 청소년 문학은 교육이란 지식과 계몽이 아니라 미학적이고 윤리적인 상승의 경험임을 알려준다. 청소년은 현실문제에 적극적으로 대응하지는 못하지만 성인들에겐 모호한 가치론적 순간을 보여준다. 우리는 청소년으로 한발 물러서서 다 함께 앞으로 일어서는 호랑이의 도약을 시도해야 한다. 이것이 전망이 불투명한 후기자본주의 시대의 정치적 사건으로서 청소년의 탄생의 의미이다.

제5장

사랑과 혁명의 귀환

1. 사랑의 세 가지 유형 – 소유 · 낭만 · 타자성

우리는 윤리가 순수욕망이며 인간의 뇌 속에서 일어난 혁명임을 살펴봤다. 뇌 속의 혁명이 일상에서의 끝없는 변혁으로 이어지지 않는다면 태초에 얻은 인간의 비밀은 상실될 것이다. 우리는 사랑에 대해서도 비슷한 것을 말할 수 있다. 사랑에는 일상에서 반복되는 애정과 뇌 속의 혁명에 준하는 사랑이 있다. 전자는 결핍의 사랑이며 후자는 순수욕망의 사랑이다. 결핍의 사랑은 현실을 변화시킬 수 없지만 순수욕망의 사랑은 일상의 변혁으로 이어질 수 있다. 이런 차이는 사랑이 욕망처럼 사회 체계와의 관계 속에서 일어나기 때문이다.

사랑은 결코 진공상태에서 이루어지는 것이 아니다. 사랑은 정치권력과 윤리적 힘의 자장 속에서 꽃피워진다. 사랑은 우리를 도덕적으로 타락하게도 하지만 반대로 윤리적 혁신을 가져오기도 한다.

그 점에서 사랑이란 일종의 존재론적 정치학이다. 그러나 사랑은 정치 그 자체와는 달리 뇌 속에서의 감정적 혁명이므로 다양한 심리적 움직임이 매우 중요하다. 따라서 사랑의 정치학을 보다 세밀하게 살피기 위해 먼저 다양한 심리학적 유형들을 알아보자.

심리학적 차원에서 보면 사랑은 정욕과 낭만적 사랑, 애착으로 이루어진다. 정욕은 성적 결합을 갈구하는 욕망이며 낭만적 사랑은 한 개인에게 애정의 에너지를 치열하게 집중하는 열정이다. 또한 애착은 보다 차분해진 상태에서 삶에 깊이 얽혀 있는 사람과 행복감을 함께 느끼는 심리이다.

정욕은 어떤 사람의 강력한 성적 매력에 이끌리는 것이다. 반면에 낭만적 사랑은 특정한 사람을 선호하며 황홀경에 빠지는 심리이다. 낭만적 사랑을 할 때 우리는 도취감과 고양된 에너지, 떨림, 두근거림, 불면, 신경과민, 식욕상실, 또 때로는 광증, 두려움, 고민을 느낀다.[1] 낭만적 사랑이란 결국 감정적 결합의 강렬한 갈구이다. 낭만적 열정은 시간이 지나면 보다 차분해지면서 사랑이 깊어짐을 느끼는 애착의 단계로 접어든다. 애착은 이미 삶에 연루된 상대에게 편안함과 안락함을 느끼는 상태이다.

헬렌 피셔에 의하면 정욕과 낭만적 사랑은 서로 다른 뇌 부위에서 분비되는 호르몬과 연관된다. 정욕은 남녀 모두 테스토스테론과 관련이 있다. 반면에 낭만적 사랑을 할 때는 도파민과 노르에피네프린이 분비된다. 뇌 속에 도파민의 수치가 높아지면 상대에 대한 의존과 갈망이 증

---

1 헬렌 피셔, 정명진 역, 『연애본능』, 생각의나무, 2010, 89쪽.

대되는 일종의 중독 증상이 나타난다. 중독과도 같은 낭만적 사랑을 할 때의 불안감은 세로토닌의 감소와도 연관된다. 정욕과 낭만적 사랑은 복잡하게 얽혀 있으며 서로를 자극하기도 한다.

한편 사랑의 열정은 차츰 애착으로 바뀌는데 이때는 도파민 대신 옥시토신과 바소프레신이 분비된다. 편안한 행복감인 애착은 정욕이나 낭만적 사랑으로 된 애정과 구분된다. 그러나 애착이 정욕을 유발할 수도 있고 정욕이 애착을 불러일으킬 수도 있다. 또한 애무와 오르가즘의 순간에도 뇌 속에서 바소프레신(남자)과 옥시토신(여자)이 분비되며 애착을 느끼게 된다.

사랑의 세 가지 요소는 서로 얽혀 있지만 보통 낭만적 사랑은 애착으로 이행된다. 따라서 애착의 단계에서도 낭만적 사랑이 계속되는 것이 모든 사람의 꿈일 것이다. 흥미롭게도 헬렌 피셔는 그처럼 사랑의 열정을 지속시키는 비법을 소개한다. 즉 사랑하는 사람과의 공간을 남겨두라는 지브란의 말을 인용하면서, 보상이 지연될 때 열정의 세포의 활동이 연장된다고 말한다.[2]

헬렌 피셔의 사랑의 심리학은 뇌과학에 근거해서 인간 존재에 대한 해답을 암시한다. 그러나 그녀의 사랑학에는 한 가지 맹점이 있는데 그것은 사랑과 사회의 연관성이다. 사랑은 본능적인 것이지만 우리는 또한 사회적 조건에 따라 다른 방식의 사랑을 하기도 한다. 예컨대 근대 이전의 우리 사회에서는 낭만적 사랑보다는 애착의 변종인 정(情)이 애정의 중요한 요소였다. 서구적인 근대 사회에서는 당연히 낭만적 사랑이 우세해진다. 또한 후기자본주의에서는 정욕에 근거한 섹슈얼리티의 장치가 사회에 만연된다.

---

2 헬렌 피셔, 위의 책, 315쪽.

이처럼 사회적 변화에 따라 사랑의 형식이 달라지는 것은 우리의 사랑의 본능이 사회체계(상징계)의 요구에 따라 반응하기 때문이다. 예컨대 자본주의 사회에서는 자본의 소유의 원리에 상응해서 자기중심적인 사랑이 많아진다. 자본주의에서는 많이 소유한 사람이 행복을 느끼는 경향이 있으며 사랑의 행복마저도 그런 소유욕에 좌우되는 것이다. 물론 자기중심적인 소유의 사랑이 우리의 사랑의 본능을 충족시켜주지는 못한다. 라캉은 그 충족되지 못한 나머지 갈망이 무의식 속에서 계속 작용하는 것을 순수욕망이라고 불렀다. 순수욕망은 소유욕에 근거한 자본주의적 모순에 대항하는 반응이므로 윤리적이라고 할 수 있다. 순수욕망의 사랑을 되찾기 위해서는 신경전달물질의 작용을 바꾸는 뇌 속에서의 혁명이 필요하다. 우리는 그런 혁명을 위해 순수욕망에 근거한 사랑을 뇌과학적으로 설명할 수 있어야 한다.

사랑과 사회의 연관성에 따라 피셔의 애정론을 변형시키면 소유의 사랑, 낭만적 사랑, 타자성의 사랑을 논할 수 있다. 소유의 사랑은 자기중심적이고 일방적이 되는 경향이 있다. 낭만적 사랑은 서로를 존중하는 듯하지만 진정한 교섭보다는 상대에 대한 환상에 근거한다. 반면에 타자성의 사랑은 타자와 상호 교섭하는 관계이며 사회적(상징계적) 한계를 넘어서는 상승 속에서 가능하다.

소유의 사랑은 〈꽃보다 남자〉에서 구준표가 '난 내가 좋아하는 건 다 가질래'라고 말하는 사랑이다. 구준표는 순진한 자본가이다. 그는 어떤 이데올로기적 스크린도 사용하지 않고 자본의 욕망과 사랑의 욕망을 일치시킨다.

물론 자본가만이 소유의 사랑에 연연하는 것은 아니다. 사랑에 관한 〈내거 중에 최고〉라는 노래가 유행하는 것은 사랑이 소유욕과 긴밀하게 연관되어 있음을 암시한다. 우리는 누구나 사랑하는 사람을 '갖고 싶다'고 말한다. 이는 자본주의 사회에서의 일반적인 사랑의 수사학이다.

소유의 사랑은 상호 교섭 대신 상대를 예속시킨다는 점에서 진정한 사랑은 아니다. 소유의 사랑은 가치적 상승 속에서 분비되는 엔돌핀보다는 정욕의 테스토스테론에 더 좌우된다. 그 점에서 이 사랑은 남성중심적 사랑이라고 할 수 있다.

소유의 사랑의 더 나쁜 형태는 부르주아적 욕망인 푸코의 섹슈얼리티 장치이다. 성적 욕망(섹슈얼리티)의 장치는 타인을 성적 대상으로만 욕망한다. 이 욕구는 인간적 교섭 대신 자기 자신의 쾌감만을 추구하는 점에서 상품에 대한 욕망과 비슷하다. 상품화된 욕망은 나의 욕구를 거울처럼 비춰줄 대상을 찾는 나르시시즘적 욕망이기도 하다.

소유의 사랑은 상호적으로 교섭하는 진정한 사랑이 아닌 점에서 무의식적으로는 항상 결핍의 상태에 있다. 그 때문에 이 사랑은 늘상 상대에게 싫증을 느끼고 또 다른 사람을 찾는다. 그처럼 한 사람에게 만족하지 못한다는 점에서 소유의 사랑은 성적 다양성의 문제와 연관이 있다.

헬렌 피셔는 인간이 성적 다양성을 추구하는 이유를 진화심리학으로 설명한다. 즉 남성이 다른 여자와 바람을 피우는 이유는 수렵채집 생활에서 더 많은 여자를 임신시켜 많은 자손을 낳으려는 것과 연관이 있다. 반면에 여자의 외도는 여러 남성과의 관계에서 많은 자원을 얻을 수 있기 때문이다.[3]

후기자본주의 사회에서는 이런 진화론적 이유가 상품화된 욕망으로 전이된다. 남성은 다양한 상품에서 더 많은 쾌감을 느끼듯이 여러 성적 대상을 원하는 것이다. 반면에 여성의 경우는 자신의 성적 상품을 통해 교환가치(화폐)를 얻을 수 있기 때문이다. 혹은 그와 반대로 섹슈얼리티 장치에

---

3 헬렌 피셔, 최소영 역, 『왜 사람은 바람을 피우고 싶어 할까』, 21세기북스, 2009, 107~119쪽.

동화될 수 없는 여성이 진정한 사랑을 얻기 위해 다른 남자를 찾는 경우도 있다.

소유의 욕망은 일차적으로 정욕(성적 욕망)과 연관된다. 반면에 낭만적 사랑은 상대와 감정적으로 일치하는 황홀감을 추구하는 점에서 단순한 정욕과 구분된다. 그러나 낭만적 사랑 역시 상대로부터 환상을 찾는 점에서 진정한 상호적 교섭은 아니다. 물론 낭만적 사랑이 사랑의 대상을 완전한 이상형으로 보는 것은 아니다. 사랑에 빠졌을 때 우리는 상대를 온 세상의 중심으로 여기지만 또한 그의 결점도 인식한다. 그러면서도 우리는 마치 콩깍지라도 씌운 듯이 결점마저도 독특하고 매력적이라고 느낀다.[4]

헬렌 피셔는 이런 낭만적 사랑이 식으면서 애착으로 이어지는 것으로 설명한다. 하지만 후기자본주의 사회에서는 그런 사랑의 이행이 그리 순조롭지 못하다. 그것은 후기자본주의 사회는 사람들이 너무 쉽게 환상에 빠지게 되는 이미지 장치들로 둘러싸여 있기 때문이다. 이미지 사회에서 그런 과잉된 환상은 환멸과 표리를 이루게 마련이다.

후기자본주의 사회에서 사람들이 진정한 욕망을 갖게 되면 섹슈얼리티와 환상의 장치에 균열과 얼룩이 생겨난다. 따라서 진정한 사랑, 즉 순수욕망은 이미지 사회에서는 위험한 욕망이다. 이런 사회에서는 사랑의 환상이 진정한 사랑을 불가능하게 하는 스크린으로 작용한다. 진정한 사랑을 가로막는 그런 공허한 핑크빛 환상은 너무 빨리 깨져버린다. 그래서 후기자본주의 시대의 낭만적 사랑은 (환상의 과잉으로 인해) 애착으로 이어지기 전에 환멸을 경험한다.

진정한 사랑이란 라캉이 말한 대상 a와의 교섭이다. 대상 a란 소유욕

---

4 헬렌 피셔, 위의 책, 41~42쪽.

이나 낭만적 사랑으로 채울 수 없는 잔여물이자 물자체이다. 나와 다른 대상 a와 교섭할 때 비로소 일체가 되려는 미래로 향한 시간이 나타난다. 바소프레신과 옥시토신이 분비되는 애무와 오르가즘이란 그런 일체를 향한 미래로의 사건에 다름이 아니다. 시간적 과정을 획득한 이 사랑의 사건은 애정의 세 요소를 통합한다. 즉 그것은 열정인 동시에 애착이며 성욕이기도 하다.

낭만적 사랑이 일체에 대한 환상이라면 진정한 사랑은 화합을 위한 미래의 사건이다. 진정한 사랑은 소진되지 않는 대상 a와의 끝없는 교섭을 통해서만 가능하다. 반면에 낭만적 사랑은 사회체계에 예속된 타인에게서 대상 a의 환상을 본다. 그 때문에 낭만적 사랑은 사회적 장벽을 넘어서지 못한다. 그와 달리 진정한 사랑은 대상 a와 교섭하기 위해 저도 모르게 사회체계의 예속에서 탈주하려 한다.

소유의 사랑은 타자의 예속화이다. 또한 낭만적 사랑은 아직 오지 않은 미래를 환상 속에서 이루려는 열정이다. 전자는 내 안에서만 타는 것이며 후자는 환상 속에서 불붙는 것이다. 둘 다 나와 다른 타자와 일체가 되려는 존재론적 모험에 실패한다. 그것은 사회체계의 예속에서 벗어나지 못한 사랑의 실패이기도 하다. 순수욕망을 통한 타자성의 사랑만이 미래를 향한 시간의 과정 속에서 사랑의 역동성을 성취한다. 그것은 아직 시간의 차원을 갖지 못한 소유욕과 낭만적 사랑을 대신하는 뇌속에서의 감정적인 혁명이다.

2. 진정한 사랑에 이르는 방법

사랑은 내 안에 네가 들어왔을 때 시작된다. 사랑하는 사람은 나의 의지와 상관없이 자꾸 마음속에 떠오른다. 그런데 소유의 사랑은 내 안에 들어온 너를 소유물로 만들려 한다. 또한 낭만적 사랑은 완전한 결합을 위해 상대를 환상으로 만들어 버린다.

반면에 타자성의 사랑은 내 안에 들어온 너에게서 나와 다른 것을 발견한다. 그러면서도 네가 마치 잃어버린 나의 일부인 것처럼 애착을 버리지 못한다. 그처럼 나와 다른 타자(너)에게서 나의 일부인 것 같은 애착을 느끼는 것이 바로 타자성의 사랑이다.

타자성의 사랑에서는 나와 다른 너(타자)를 내 안에 두기 위해 나의 동일성을 유보시켜야 한다. 사랑을 하면 부드러워지는 것은 이처럼 나의 완결성을 보류하기 때문이다. 사랑을 하는 사람의 정체성은 닫힌 동일성이 아니라 열린 미결정성이다. 또한 너와 결합하려는 사랑의 열정은 낭만적 사랑처럼 일시에 평면적으로 집중되지 않는다. 나와 다른 너와 화합하기 위해서는 끝없는 교섭이 필요하며, 그것을 위해서는 미래를 향한 '시간의 새로운 차원'이 요구된다. 낭만적 사랑이 삼차원적이라면 타자성의 사랑은 사차원(4D)적이다. 이처럼 타자성의 사랑이란 나의 정체성과 삶의 시간이 새로운 차원으로 상승하는 경험이다. 그 같은 상승의 경험이 바로 뇌 속에서의 **감정적인 혁명**이다.

타자성의 사랑은 타자를 그 자체로 존중하는 점에서 윤리적이다. 그러나 윤리적이라고 해서 금욕주의적인 것은 아니다. 타자성의 사랑은 애무와 성적 결합이 매우 중요한 에로스적 사랑이다. 소유의 사랑에서 애무와 섹스는 더 많은 쾌락을 위한 것이다. 또한 낭만적 사랑에서의 섹스는 황홀경의 극치이다. 반면에 타자성의 사랑에서 애무와 오르가즘은 나와 다른 타자와 화합하려는 미래를 향한 모험이다.

소유욕은 테스토스테론의 작용이며 오르가즘 이후에 허무를 남긴다. 또한 낭만적 섹스에서는 도파민이 분비되며 중독성을 일으킬 뿐이다. 반면에 타자성의 사랑의 섹스에서는 바소프레신과 옥시토신, 엔돌핀이 작용하면서 미래를 향한 새로운 시간의 차원이 나타난다. 이 사랑을 통한 '뇌 속의 혁명'은 일상에서도 변혁의 욕망을 불러일으킨다.

소유욕이나 낭만적 사랑에서 벗어나 진정한 사랑에 이르는 방법은 무엇일까. 헬렌 피셔는 낭만적 사랑을 애착 단계에까지 지속시키는 방법을 말하면서 타자성의 사랑과 비슷한 결론에 이른다. 감정적 결합의 욕망인 낭만적 사랑이 지연되면서 애착의 단계에 이른다면 그 결과는 타자성의 사랑과 유사해진다.

헬렌 피셔가 인용하는 전문가들의 조언은 다음과 같다. 파트너에게 헌신하라. 능동적으로 귀를 기울여라. 질문을 던져라. 대답을 주라. 높이 평가하라. 매력적인 존재로 남아라. 지적으로 계속 성장하라. 상대의 프라이버시를 보장해주라. 당신에게 필요한 것을 이야기하라. 상대의 단점을 받아들여라. 상대를 존경하라. 논쟁은 건설적으로 하라. 그날그날 충실하며 절대 포기하지 말라.[5]

이 말들은 한마디로 '내 안의 너와의 끝없는 교섭'을 말하고 있다. 소유나 환상에는 그런 역동성과 미래를 향한 투사가 없다. 반면에 '끝없는 대화적 관계'인 타자성의 사랑은, 타자와 관계하며 자아의 경직성에서 탈피하는 사건인 점에서 '뇌 속에서의 혁명'이다. 또한 소유나 낭만적 환상에서 벗어난 미래를 향한 기획인 점에서 일상에서의 변혁이기

---

5 헬렌 피셔, 『연애본능』, 앞의 책, 314~315쪽.

도 하다.

헬렌 피셔는 '사랑하는 사람과의 공간을 남겨두라'는 지브란의 말을 인용하기도 한다. 사랑하는 사람과의 사이에 미스터리와 불확실성을 만들면 낭만적 사랑은 미래형이 된다. 보상이 지연되면 도파민 세포가 자극을 받아 뇌 속의 분비 활동이 연장되는 것이다. 물론 이것은 비단 '사랑의 기술'만은 아니며 연장되는 것은 낭만적 사랑만은 아닐 것이다.

지브란이 말한 틈새의 공간, 그리고 오스카 와일드가 말한 사랑의 불확실성이란 실재계적 영역에 다름이 아닐 것이다. 실재계적 영역은 일상에서는 보이지 않는 부분이 존재하는 곳이다. 틈새의 공간에서 타자와 만나는 것은 그를 끝없이 일상을 넘어선 존재로 교섭하고 있음을 뜻한다. 사랑하는 사람이 특별해 보이는 것은 바로 그 때문이다. 사랑하는 사람을 그처럼 상징계(일상)와 실재계의 틈새에 놓아둔다는 것은 그를 대상 a로 만나고 있음을 뜻한다.

대상 a와의 교섭은 일상에서는 볼 수 없는 잔여물에 접촉하려는 끝없는 열정을 불러일으킨다. 그 같은 열정이란 낭만적 도취감을 넘어서서 '인간의 비밀'에 접근하려는 모험심이다. 그렇다면 그 순간 분비활동이 연장되는 것은 단지 도파민만이 아닐 것이다. 도파민은 타자를 내 안에 끌어들이는 에너지일 뿐이다. 타자성의 사랑에서는 그것과 함께 바소프레신, 옥시토신, 엔돌핀, 다이돌핀이 분비되며 (타자와의) 교섭이 지속된다. 이것이 바로 자기중심적 소유욕과 낭만적 중독성을 넘어서는 뇌 속의 혁명이다. 그 순간 미래를 향한 시간의 차원이 나타나면서 인간의 사랑만이 경험할 수 있는 가치적으로 상승된 비밀에 접근한다.

따라서 피셔가 암시한 열정을 연장시키는 기술은 '사랑의 게임'을 넘어서는 존재론적 모험이다. 여기서 애무와 오르가즘은 소유의 충족감이나 도취의 황홀경을 넘어선다. 애무는 일상으로부터 끝없이 도망가는 것(대상 a)과의 놀이이며 미래에 와야 할 것과의 교섭이다.[6] 아직 오지 않은 것과의 놀이, 이 미래와의 관계는 습관적으로 반복되는 일상을 넘어선다.

진정한 사랑이 어려운 것은 상징계의 습관 세계가 타성적으로 소유욕이나 사랑의 환상에 빠지게 하기 때문이다. 지금 만연되어 있는 섹슈얼리티와 낭만적 환상은 실상 후기자본주의가 만든 아비투스의 산물이다. 진정한 사랑을 얻으려는 모험은 그런 타성적인 일상을 넘어서는 일에 상응한다. 그것은 습관적 세계의 타율적 욕망의 늪에서 탈주하는 하나의 사건이다. 테스토스테론의 남근적 지배와 도파민의 중독성을 탈피한 뇌 속의 혁명은 일상의 혁명만큼이나 모험적인 도발이 필요한 것이다.

3. 여성적 사랑과 에로스적 사랑 – 박완서의 「그 여자네 집」

레비나스는 타자와의 관계를 보여주는 미래적 사건의 대표적인 예가 여성과의 관계라고 말한다. 여성은 남성중심적 상징계에서 벗어나 실재계에 접촉하려는 열망을 갖고 있다. 레비나스가 말한 여성적인 타자성이란 이 실재계에 대한 갈망이라고 할 수 있다. 그런 여성과의 진정한 사랑은 타자성을 존중하는 사랑이다.

더욱이 여성 자신의 사랑이 타자성을 지향함은 더 말할 것도 없다.

---

6 레비나스, 강영안 역, 『시간과 타자』, 문예출판사, 1996, 109~110쪽.

일상의 대상에서 만족을 얻지 못하는 여성은 실재계적 대상과 교섭하려는 사랑의 열망이 강렬하다. 우리는 여성적 타자성에 근거한 그런 사랑을 여성적 사랑이라고 부를 수 있을 것이다.

남성적 소유욕과 구분되는 진정한 타자성의 사랑은 그 같은 여성적 사랑인 셈이다. 여성적 사랑은 흔히 낭만적 신비를 지닌 사랑으로 오해되어 왔다. 그러나 낭만적 사랑은 빈번히 남녀 연인 사이의 권력관계를 은폐한다.[7] 후기자본주의의 낭만적 애정은 사회적 권력관계에 속한 타인에게서 환상을 보는 것이다. 예컨대 오늘날 낭만적 사랑은 흔히 부유하고 권력을 지닌 남성과 그에 의해 행복을 얻는 여성 간의 사랑으로 나타난다. TV의 신데렐라 드라마나 배수아의 「프린세스 안나」는 그런 판타지 서사를 암시한다. 물론 신데렐라 드라마와 배수아 소설은 원래의 판타지를 조금 비틀거나 패러디해서 보여준다.

낭만적 사랑과는 달리 여성적 사랑은 남성중심적 사회에 예속되지 않은 타자성의 사랑이다. 여성적 사랑이 권력관계에서 벗어나 타자와의 관계를 존중할 수 있는 것은 여성의 주변화된 위치 때문이다. 얼마간이든 소유의 욕망을 누릴 수 있는 남성과는 달리 권력관계의 타자인 여성은 보다 더 진정한 사랑을 갈망한다.

더욱이 여성은 사회적 모순을 경험하기 이전에 이미 존재론적으로 타자성의 사랑을 추구하는 경향이 있다. 라캉이 말한 여성적 향유(향락)란 실재계 차원의 만족을 위해 사회적 상징계를 넘어서려는 충동을 말한다. 실재계 차원의 만족이란 상징계에서는 불가능한 대상 a와의 교감을 뜻한다. 남성의 소유욕이 상징계 차원의 욕망이라면 대상 a와 교감하려는 여성적 향락의 갈망은 실재계 차원의 충동인 셈이다. 부르스 핑

---

7 이재경 외, 『여성학』, 미래M&B, 2007, 154쪽.

크는 이 여성의 실재계적 만족의 충동을 여성적 사랑의 길이라고 부르고 있다.[8]

부르스 핑크가 말한 여성적 사랑은 타자성의 사랑이다. 타자와의 진정한 교감을 원하는 여성적 사랑은 실재계적 만족을 갈망하는 여성의 존재론적 충동의 핵심 요소이다. 그런 존재론적 충동을 지닌 여성이 남성중심적 상징계에서 느끼는 결핍은 매우 근원적이다.

자본주의적인 남근적 상징계에서는 남녀 모두 욕망이 완전히 충족될 수 없는 결핍을 경험한다. 그러나 남성은 사랑의 충족이 불완전하더라도 남근적 상징계 내에서의 다른 소유욕을 통해 그럭저럭 살아갈 수 있다. 반면에 실재계적 만족을 원하는 여성의 경우 상징계 내에서의 사랑의 결핍은 참기 어려운 존재론적 고통을 수반한다. 남성적 사랑은 소유욕의 하나이며 다른 대상이나 욕망을 통해 어느 정도 보충될 수 있다. 반면에 여성적 사랑은 실재계적 만족의 핵심 요소로서 남녀 간의 애정을 넘어선 대상 a와 교섭하려는 존재론적 충동이다.

남성적 사랑은 다른 사회적 욕망보다 더 중요하다고 볼 수는 없다. 그러나 여성적 사랑은 남녀 간의 애정일 뿐만 아니라 대상 a와 교섭하려는 모든 존재론적 충동이기도 하다. 그 때문에 여성의 경우 마치 모든 것이 사랑과 연관된 것처럼 보인다. 하지만 이는 여성이 사랑밖에 모르기 때문이 아니라 타자와의 모든 관계를 사랑의 관계처럼 대하기 때문이다.

따라서 여성적 사랑은 개인의 애정일 뿐만 아니라 타자와의 새로운 사회적 관계의 상징이다. 이런 타자와의 진정한 상호적 교섭을 헬렌 피셔는 **그물망 사고**라고 부르고 있다.[9] 그녀는 여성호르몬 에스트로겐이

---

8 부르스 핑크, 신형철 역, 「성적 관계 같은 그런 것은 없다」, 『성관계는 없다』, 도서출판 b, 2005, 64~65쪽.

그물망 사고를 통해 정서적 유연성과 타자와의 교감을 가능하게 한다고 말한다.

에스트로겐은 좌뇌와 우뇌를 연결하는 통로를 강화시킨다. 그 결과 뇌의 전역을 횡단하고 촘촘하게 연결하는 통합 작용이 강화된다. 그 점에서 그물망 사고는 인류학에서 유동성 지성(나카자와 신히치)이라고 부르는 뇌의 작용에 상응한다.

유동성 지성은 상상력과 창조력, 예술과 무의식적 사유를 가능하게 한 뇌 속의 혁명이다. 상상력, 무의식, 몸의 직감의 능력인 여성적 그물망 사유 역시 그와 유사하다. 피셔는 타자와의 교감의 욕망 또한 에스트로겐과 옥시토신의 작용이라고 말한다.[10]

피셔에 의하면, 여성적 사유(그물망 사고)는 모든 사람들을 특별하고 고유하게 느낀다. 이는 타자의 특이성(singularity)을 존중하는 타자성의 사유라고 할 수 있다. 또한 상반되는 두 가지 생각을 지닐 수 있는 정서적 유연성, 모호함과 불확실성을 견디는 힘 역시 타자를 존중하는 사유와 연관된다. 타자성의 사유란 나와 다른 타자를 내안에 받아들이는 유연성을 통해 타자와 끝없이 교감하는 불확실성의 사유이다.

여성적 사랑은 그런 타자성의 사유의 핵심적 형식이다. 여성적 사랑이 타자성의 사유의 상징인 것은 사랑의 힘으로 타자와의 교감을 끝없이 지속시키기 때문이다. 대표적인 타자성의 사유에는 대화(바흐친), 울림(라이프니츠), 여성적 사랑(레비나스) 등이 있다. 그 중 여성적 사랑은 내안에 들어온 타자에 대한 갈망과 애착이 가장 강렬한 경우이다. 타자와의 차이를 용인한 상태에서 육체적인 애무와 오르가즘에까지 이를 수 있는 것은 여성적 사랑뿐이다.

---

9 헬렌 피셔, 윤영삼·이영진 역, 『나는 누구를 사랑할 것인가?』, 코리아하우스, 2009, 191~192쪽.
10 헬렌 피셔, 위의 책, 203쪽.

여성적 사랑은 육체적 교섭을 긍정하는 에로스적 사랑이다. 에로스란 프로이트가 말한 '삶의 충동'인 동시에 '욕정과 낭만적 사랑의 결합'(헬렌 피셔)이기도 하다. 레비나스가 논의하는 여성적 에로스는 그런 일반적 개념에서 한 발 더 나아간다. 그가 말한 에로스는 헬렌 피셔가 말한 사랑의 세 요소에 타자와의 교섭까지 포함한다.

그 같은 에로스는 단지 사랑의 종합이라기보다는 성적 관계와 애착을 끝없이 지속시키는 한 차원 상승된 사랑이다. 레비나스의 에로스가 한 차원 상승된 욕망인 것은 정욕과 낭만적 사랑과는 달리 **미래를 향한** 시간이 나타나기 때문이다. 레비나스에 의하면, 에로스는 '모든 게 거기 있는 세상에서 거기 없는 것과의 관계'이다. 또한 애무는 어떤 다른 것, 미래와 와야 할 것과의 놀이이다.[11] 이 말은 에로스가 나와 다른 타자와의 교감이며, 서로 다른 두 육체와 정신이 교섭하기 위한 미래를 향한 사건이라는 뜻이다.

에로스에서는 나와 타자 사이에 상징계(라캉)나 욕망의 장치(푸코) 같은 제3의 매개항이 없다. 그 점에서 에로스적 사랑은 권력의 그물망에서 탈주하는 형식으로 타자와 교섭하는 끝없는 과정이다.[12] 에로스적 사건은 탈주의 순간인 동시에 타자와의 새로운 관계를 통해 나를 형성해 가는 과정이다. 여기서 생성되는 나는 상징계나 욕망의 장치에 예속되지 않은 진정한 주체이다.

따라서 에로스와 여성적 사랑은 탈주 속에서 진정한 **주체성**이 형성되는 과정을 보여준다. 들뢰즈의 탈주가 분열증적인 것은 개체의 차원에서만 주체를 생각하기 때문이다. 반면에 에로스는 탈주인 동시에 미래를 향한 타자와의 끝없는 교섭의 과정이다. 진정한 주체는 그처럼 타

---

11 레비나스, 『시간과 타자』, 앞의 책, 109쪽.
12 이 과정에서 권력에 저항하는 타자성의 그물망이 생겨난다.

자와의 미래적 관계, 그 끝없는 교섭과정을 통해서만 생성된다.

　그러면 여성적 사랑(에로스)은 나와 다른 타자와 어떻게 교섭하며 주체를 생성하는 것일까. 소유의 사랑은 타자를 예속화하는 자기중심적인 주체를 형성한다. 또한 낭만적 사랑은 상징계에 예속된 상태에서 환상을 통해 타자와 관계하는 주체가 된다. 반면에 여성적 사랑은 나와 다른 타자를 내 안에 들어오게 하기 위해 물러서는 태도를 취한다.

　여기서 물러선다는 것은 단지 수동적인 태도를 의미하는 것이 아니다. 그보다는 헬렌 피셔가 말한 정서적 유연성을 통해 이질적 타자를 나의 내부에 공존하게 하는 것을 말한다. 그래서 내 안에서 타자와의 끝없는 교섭이 진행될 때 나는 편협한 자기중심성에서 벗어나 자아의 가치 상승을 경험한다. 그 순간 나는 비로소 열린 정체성을 통해 미래를 향한 시간을 경험하며 진정한 주체가 된다. 자기를 주장하는 자아중심성보다 물러서는 여성성이 더 성숙하고 강렬한 주체를 생성하는 것, 이것이 여성적 사랑의 역설이다.

　여성적 사랑을 통한 주체성의 표현은 김소월과 한용운 시에서 잘 나타난다. 「진달래꽃」에서 떠나는 님에게 진달래꽃을 뿌리는 여성 화자는 물러서는 태도를 통해 강렬하게 자신의 사랑을 표현한다. 또한 「님의 침묵」에서 '님은 갔지만 님을 보내지 않았'음을 말하는 여성 화자 역시, 내 안의 님을 긍정하며 님과의 관계에서 나를 발견한다. 두 시는 님이 나의 내부에 공존하게 하면서, 내 안의 님과의 끝없는 교섭을 통해 주체성을 표현한다. 이는 님에 대한 의존도 소유욕도 아니다. 여기서의 여성적 사랑과 타자성의 주체는 예속성이나 자기중심성을 넘어선 가치상승의 순간을 드러낸다. 이 순간의 사랑의 표현은 개인의 차원은 물론 민족적 차원도 넘어선다. 두 시에서 여성적 사랑을 통한 가치적 상승은 식민지에서의 민족적 주체성의 표현 그 이상이다. 제국주의는 여성

화자가 응시하는 미래의 시간 속에서 이미 패배했다. 타자성을 통한 정서적 유연성과 열린 주체성은 제국주의의의 자기중심적 주체에 대한 윤리적 승리를 보여주기 때문이다.

이처럼 여성적 사랑은 남녀 간의 애정을 넘어서서 사회적 의미를 지닌다. 그 이유는 여성적 사랑이 타자와 관계하는 열린 주체성을 보여주기 때문이다. 자기중심성에서 벗어나 여성적 사랑에서처럼 열린 정체성으로 타자와 관계할 때 모두가 꿈꾸는 삶이 이루어진다.

예컨대 박완서의 「그 여자네 집」[13]은 그런 여성적 사랑의 의미를 매우 잘 보여준다. 이 소설에서 만득이와 곱단이의 사랑은 행촌리 마을 전체의 화초이자 꿈이기도 했다. 마을 사람들은 공동체의 삶이 그들의 사랑처럼 아름답길 소망했던 것이다.

1940년대의 두 사람의 사랑은 시골마을 사람들의 가슴을 두근거리게 하는 신식 연애였다. 그러나 그들의 사랑은 단순한 서구식 자유연애 이상의 의미를 갖고 있었다. '연애다리'에서 둘이 껴안는다는 소문을 노인들도 책하지 않은 것은 그들에 대한 공동체 모두의 애정 때문이었다. 두 사람의 사랑은 신식 연애이면서 '아름다운 한 쌍의 새가 부리를 비비는 듯한' 자연의 한 부분이기도 했던 것이다. 그처럼 그들의 사랑은 공동체가 꿈꾸는 자연을 닮은 삶(타자성의 열린 삶)의 상징이었다. 둘의 사랑이 꽃필 때 마을은 설레었으며 사랑의 좌절은 마을의 불행을 상징했다.

촌구석에서는 드문 인물들이었다. 만득이가 개천에서 난 용이라면 곱단이는 진흙탕에 핀 연꽃이었다. 누가 먼저랄 것도 없이 둘이 장차 신랑 각시가 되

---

13 이 소설에 대한 논의는 나병철, 「박완서 소설에 나타난 여성적 사랑의 의미」(『현대문학이론연구』 제43집, 2010.12) 참조.

면 얼마나 어여쁜 한 쌍이 될까 하는 소리가 저절로 나왔다. 이구동성으로 두 사람의 천생연분을 점친 것이다. 양가의 처지 또한 기울지도 넘치지도 않았고 어른들은 소박하고 정직하여 남들이 사윗감 며느릿감으로 점찍어준 아이들을 어려서부터 눈여겨보며 아름답고 늠름하게 자라는 걸 서로 기특해하며 귀여워하였다. 곱단이와 만득이는 우리 마을의 화초요 꿈이었다.[14]

만득이와 곱단이는 요샛말로 하면 마을의 마스코트라고나 할까. 둘 다 행복해지지 않으면 재앙이라도 내릴 것처럼 지켜주고 싶어했고, 만득이의 처사는 그런 소박한 인심에도 거슬리지 않는 최선의 것이었다.[15]

행촌리는 살구꽃이 흐드러지게 피고 자운영과 오랑캐꽃이 들판을 뒤덮는 아름다운 마을이다. 물론 1940년대는 엄혹한 시절이었다. 그러나 식민지 시대 사람들은 어떤 면에서 두 겹의 삶을 살고 있었다. 현실이 아무리 혹독해도 마을 사람들끼리는 '꽃대궐' 같은 공동체의 꿈을 잃지 않았던 것이다. 더욱이 자연 속에 파묻힌 행촌리 산골 사람들은 더 그랬다. 그들은 '내선일체'로도 빼앗을 수 없는 물밑의 공동체 의식[16]을 간직하고 있었다. 마스코트 같은 만득이와 곱단이의 사랑은 그런 공동체적 소망의 상징이었다.

그러나 어느덧 폭력적 현실은 그들에게도 덮쳐왔다. 만득이와 곱단이의 사랑이 깨진 것은 징병과 여자정신대 때문이었다. 그 식민지적 폭력은 모두에게 다가왔지만 만득이와 곱단이의 결별은 마을의 불행을

---

14 박완서, 「그 여자네 집」, 『그 여자네 집』, 문학동네, 2006, 194쪽.
15 박완서, 위의 책, 203~204쪽.
16 이 공동체 의식은 김유정 소설에 나타난 것과도 유사하다고 할 수 있다. 또한 그것은 현실의 어려움 속에서도 꽃대궐과 청년의 사랑으로 표현되는 **은유로서의 공동체 의식**이었다.

상징하는 사건이었다.

만득이는 징병으로 끌려 나가게 되자 사지로 간다고 생각하고 곱단이와의 혼사를 거부했다. 곱단이에게 상처를 주지 않으려는 만득이의 사랑은 상대를 배려하는 여성적 사랑이었다. 하지만 식민지 현실은 냉혹했다. 만득이가 떠난 후 곱단이는 여자 정신대를 피하기 위해 늙은 신랑과 혼사를 치렀다. 곱단이를 일본군에게 내주지 않기 위해 사람들은 마을의 마스코트 같은 그녀의 사랑을 파기할 수밖에 없었던 것이다. 혼사 날 곱단이는 죽은 사람처럼 표정이 없었다.

해방 후 만득이는 살아 돌아왔지만 삼팔선이 분단되어 신의주로 시집간 곱단이를 만날 수 없었다. 그 이듬해 봄 만득이는 행촌리 처녀 순애와 결혼했고 곧 서울로 이사했다. 6.25 이후 행촌리는 휴전선 북쪽이 되어 돌아갈 수 없는 고향이 되었다.

만득이는 식민지와 분단현실로 인해 사랑하는 사람과 고향을 잃어버렸다. 그러나 식민지의 상처와 분단의 장벽을 넘는 만득이의 그리움은 사라지지 않았다. 만득이의 그리움은 장벽 너머의 잃어버린 대상(대상 a)에 대한 갈망인 점에서 여성적 사랑에 가깝다고 할 수 있다.[17] 여성적 사랑의 특징은 경계를 넘어서려 끝없이 교섭한다는 점이다. 사회적 모순의 장벽을 의식하지 않았을 때 만득이는 한 순간 곱단이와 그 사랑을 꿈꿀 수 있었다. 하지만 식민지와 분단의 장벽으로 인해 만득이의 여성적 사랑은 이제 그리움으로만 남았다. 만득이의 사랑이 그리움에 그치는 것은 그 만큼 사회적 장벽이 경직되어 있기 때문이다.

만득이의 그리움이 해소되려면 식민지의 상처가 치유되고 분단의 벽이 무너져야 한다. 그것을 불가능하게 하는 현실의 장벽은 만득이의

---

[17] 만득이는 생물학적으로는 남성이지만 그의 사랑은 더없이 여성적이다.

울분의 대상일 뿐이다. 따라서 만득이의 사랑의 열정은 현실의 모순에 대한 분노와 표리를 이루고 있다. 그의 여성적 사랑이 강렬해질수록 사회적 장벽을 허물려는 행동의 가능성이 증폭될 것이다.

또한 현실 모순으로 인해 사랑의 열정이 그리움으로 변한 지금, 만득이의 갈망은 단순한 현존의 대상을 넘어선다. 즉 그는 지금 단지 곱단이라는 현존의 대상에 집착하는 것이 결코 아니다. 그의 그리움은 현실의 장벽으로 잃어버린 대상에 대한 것이며, 그것은 모순된 현실(상징계)에는 존재하지 않는 대상 a를 향한 것이다. 즉 만득이는 곱단이를 생각하면서 심연에서는 '꽃대궐' 같은 삶을 갈망하고 있는 것이다. 곱단이는 그의 내면의 아름다운 공동체를 환유하는 대상(부분대상)[18]으로 상기되고 있다.

이제 만득이에게 곱단이는 잃어버린 과거(기억)와 그것을 되찾으려는 미래의 시간 속에 있는 셈이다. 잃어버린 기억의 대상은 미래를 향할 때만 되찾을 수 있다. 만득이는 신의주에 격리되어 있는 그녀에게 집착하는 것이 아니라 해방된 공동체의 곱단이를 소망하는 것이다.

그처럼 잃어버린 것에 대한 기억이 미래의 갈망이 되는 것은 고향에 대해서도 마찬가지이다. 만득이가 곱단이와의 사랑을 꿈꿀 때 행촌리 사람들은 공동체의 행복을 소망했다. 만득이의 사랑이 좌절되면서 이미 그 고향의 꿈은 사라졌다. 이제 그가 잃어버린 고향은 사랑의 대상처럼 과거의 기억과 미래의 시간 속에 놓여 있다. 만득이는 결코 북쪽의 신의주나 행촌리에 연연하는 것이 아니다. 곱단이가 그리움의 대상이 된 지금, 만득이와 마을 사람들은 실상 둘의 사랑처럼 아름다운 공동체를 그리워하고 있는 것이다.

---

18 부분대상은 표상할 수 없는 대상 a(실재계)를 환유하는 상징계의 대상이다.

이처럼 여성적 사랑의 열정은 해방된 공동체의 소망과 연결되어 있다. 그것은 여성적 사랑이란 원래 대상 a에 대한 갈망이기 때문이다. 여성적 사랑은 모순된 사회에 예속된 대상이 아니라 그 사회적 장벽 너머의 실재계 차원의 대상(대상 a)을 갈망한다. 만득이의 경우 대상 a와의 교섭을 가로막고 있는 것은 식민지의 상처와 분단의 장벽이다. 만득이는 그 현실의 장벽에 대해 울분을 표현하면서 **미래로 열린** 시간 속에서 대상 a를 갈망하고 있다. 이 새로운 시간의 차원에서, 만득이의 갈망은 개인적 사랑인 것 같지만 실상은 그 사랑을 가능하게 하는 해방된 삶을 향해 있다.

그처럼 여성적 사랑은 미래의 시간을 여는 방식으로 해방된 삶에 대한 소망을 표현한다. 그리고 그 과정에서 사랑과 해방을 가로막는 장벽에 대한 비판과 분노를 드러낸다. 바로 이 지점에서 여성적 사랑은 존재론적 갈망을 통해 사회비판적인 남성적(이성적) 목소리와 결합한다. 여성적 사랑과 남성적 비판의식의 결합은 무의식적 열망과 이성적 비판의 결합이다. 그것은 또한 존재론과 인식론, 개인과 사회, 미시서사와 대서사의 결합이기도 하다.

4. 사랑과 혁명의 결합

여성적 사랑은 실재계적 갈망이지만 또한 모든 것이 현존하는 삶 속에서 의미를 지닌다. 사랑이란 일상의 삶 속에서 아직 존재로 떠오르지 않은 것(대상 a)에 접속하는 사건이다. 그 점에서 여성적 사랑은 삶 속에서 긍정적으로 접할 수 있는 유일한 실재계적 사건일 것이다.[19] 사랑과 오르가즘은 죽음의 경험이 아니라 삶 속에의 실재계적 경험이다.

삶 속에서 경험하는 또 다른 실재계적 사건은 바로 혁명이다. 사랑과 혁명은 놀랍도록 유사하다. 혁명이란 사랑처럼 삶 속에서 아직 오지 않은 것에 접속하는 사건이다. 한 번의 혁명은 한 번의 아찔한 사랑의 극치와 비슷하다. 혁명은 애무와 성교처럼 현존하는 것 속에서 현존하지 않는 것과 관계하는 것이기 때문이다. 그것은 현재에 경험하는 지금과는 다른 어떤 것, 미래에 와야 할 것과의 교섭이다.

혁명은 흔히 남성적인 것으로 생각되며 '목적된 삶'을 중시한다. 그러나 혁명에 대한 가장 큰 오해는 미래에 와야 할 것을 미리 말하는 것이다. 미래의 목적을 정하는 것은 중요하지만 그것에 (목적론적으로) 예속되면 실재계적 교섭은 상징계 차원으로 경직된다. 그와 달리 특정한 목적을 지닌 어떤 새로운 삶을 향해 끝없이 교섭할 때 혁명의 유연성이 유지된다.

들뢰즈가 말한 미시정치는 그런 유연성과 연관된 것으로 볼 수 있다. 들뢰즈와 우리의 논의의 다른 점은 '분자적인 대중' 대신 '타자와의 관계'를 중시한다는 점이다. 들뢰즈의 경우 경직된 몰적 선분과 탈영토화된 탈주선 사이에 유연한 분자적인 동요가 있다. 반면에 우리의 타자와의 관계는 미래를 향한 끝없는 교섭의 과정으로 나타난다.

들뢰즈의 탈주는 상징계의 경계를 돌파하는 것이다. 또한 분자적 선

---

19 「그 여자네 집」의 경우 사랑의 대상 자체가 격리되어 있지만 일반적으로 여성적 사랑은 현존하는 대상을 통한 현존하지 않는 것(실재계 차원)과의 관계이다. 전자의 경우도 대상이 현존하지 않는 것이 아니라 교섭하기 어려운 것이며 그 점에서는 후자와 마찬가지이다. 다만 「그 여자네 집」에서는 사랑을 불가능하게 하는 사회적 장벽이 분명하고 가시적일 뿐이다.

분이란 탈주선과 상징계의 경계 사이에서 동요하는 것이다. 반면에 우리의 타자성의 주체는 상징계를 변화시키면서 실재계에 접촉하는 일을 끝없이 계속하는 벡터이다.

그처럼 타자성을 지닌 유연한 미시적 차원이란 실재계와 교섭하는 일을 지속시키는 것을 말한다. 그 과정은 탈주와 새로운 유대[20]의 결합을 통해서만 가능하다. 물밑의 네트워크이든 표면으로 고양된 연대이든, 탈주와 함께 타자성의 네트워크가 생성되어야 한다. 그것을 통해서만 상징계를 넘어 한 차원 상승된 삶을 생성시킬 수 있다.

그런 상승의 과정[21]이 '타자와의 미래적 관계'(레비나스)라는 실재계적 사건의 본질일 것이다. 이점은 혁명뿐만 아니라 사랑 역시 마찬가지이다. 여성적 사랑이란 남성중심적 '목적된 사랑'과는 달리 미래에 와야 할 것과 끝없이 교섭하는 일이다.

사랑과 혁명의 차이는 후자의 경우 이성적 비판의식이 중요하다는 점이다. 물론 앞에서 우리는 여성적 사랑 역시 남성적 비판의식으로 연결됨을 살펴봤다. 박완서의 소설은 그것을 보여주는 표본적인 예이다. 리얼리즘은 흔히 남성적이라고 말하지만 박완서의 리얼리즘은 여성적 사랑과 존재론에 근거한다. 그런데 박완서의 여성적 리얼리즘 역시 「그 여자네 집」에서처럼 여성적 사랑과 남성적 비판의식의 결합을 보여준다.

혁명의 서사가 여성적 서사(박완서)와 다른 점은 처음부터 비판의식을 중시한다는 것이다. 그러나 혁명의 서사에서도 여성적 유연성과 결합할 때만 실재계와 교섭하는 끝없는 과정을 보여줄 수 있다. 여성적 사랑을 그리는 서사에서는 미시서사의 끝 부분에서 대서사와 연결되는 접합을

---

20 이 새로운 유대가 타자와의 관계인데 들뢰즈에게는 그런 논의가 부족하다.
21 이 상승의 과정이 바로 윤리이다.

보여준다. 반면에 혁명의 서사에서는 처음부터 미시서사와 대서사의 교섭이 나타난다.

실제로 변혁의 주제를 지닌 리얼리즘에서 여성적 사랑이 주요 모티프로 등장하는 것은 결코 우연이 아니다. 예컨대 「낙동강」, 「서화」, 『고향』, 『인간문제』 등에는 하나같이 주인공들의 여성적 사랑이 그려진다. 이 소설들은 박완서의 여성적 리얼리즘과는 반대되는 회로를 갖고 있다. 그러나 그 반대의 과정을 통해 비슷하게 남성적 비판의식과 여성적 미시서사의 결합을 보여준다.

「서화」의 돌쇠와 이쁜이, 『고향』의 인동과 방개, 『인간문제』의 첫째와 선비는 현실의 장벽 너머의 대상(대상 a)을 갈망하는 여성적 사랑을 드러낸다. 이들 소설에서 현실의 장벽은 식민지 자본주의 사회의 모순에 의한 것이다. 인물들의 열정은 그 장벽이 무너질 미래를 향해 있다. 가령 『고향』에서 방개로부터 '가슴 속 폭풍우'를 느끼며 봉화재 하늘을 바라보는 인동은, 안타까운 침묵 속에서 사랑의 불가능성을 감지한다. 그러나 그의 가슴 속의 열정은 미래에 와야 할 어떤 것에 대한 갈망으로 이어진다. 또한 『인간문제』의 선비는 몰라보게 억세진 첫째의 모습에 가슴이 뛰며 그의 손목을 쥐어보고 싶은 충동을 느낀다. 그런데 그 순간 미래를 향한 시간이 열리면서 현실의 장벽을 무너뜨리고 새 삶을 찾으려는 열정이 불끈 솟는다. 인물들은 사랑하는 사람에 대한 안타까움 속에서 미래의 시간을 향하며 식민지의 닫혀 있는 시간에 맞서는 것이다. 장벽에 부딪힌 그들의 사랑의 열정은 그것을 허물 새로운 시간의 차원에서 식민지의 모순에 대항한다. 이점에서 그들의 사랑은 축소된 변혁운동이다. 즉 미래와의 관계를 여는 그들의 사랑의 심리는 폐쇄적인 자기중심적 권력에 대항하는 변혁적 내면과 결코 다르지 않다.

사랑은 현실의 장벽 너머의 대상 a에 대한 갈망이다. 그 실재계적 대상, 타자에 대한 열정은 현실 모순에 대항하는 점에서 윤리적이다. 레비나스가 말했듯이 윤리적 주체의 가장 대표적인 예는 사랑의 주체인 것이다. 사랑이 감정적 열정이라면 윤리는 이성적 비판을 포함한 열정이다. 그러나 윤리 역시 사랑처럼 고독한 개인이 아니라 타자와의 관계에서만 얻어질 수 있다. 그 이유는 타자와의 관계란 유한에서 무한으로, 상징계에서 실재계로, 현재에서 '미래와의 관계'로 가치의 상승을 가능하게 하기 때문이다.

사랑과 윤리가 미시적 차원에서의 타자와의 관계라면 혁명은 사회적 차원의 연대를 요구한다. 혼자서 사랑을 할 수 없듯이 혁명 역시 타자와의 관계를 통해서만 시작될 수 있다. **사랑**이 타자에 대한 열정이라면 **혁명**은 그 열정을 근거로 모순된 현실을 변혁하는 것이다. 사랑의 관계에서는 무의식의 차원이 중요하다. 반면에 혁명은 그 무의식을 행동으로 옮기기 위한 현실의 변혁이다. 전자는 감정의 혁명이며 후자는 역사의 변혁이다. 무의식에 근거한 사랑과 윤리가 **미시적 차원**이라면 역사적 행동인 혁명은 **거시정치학**이다. 그러나 변혁운동 역시 타자와의 관계를 통해서만 목적론에서 벗어나 미래의 시간을 열 수 있다. 타자와의 관계, 그리고 사랑과 윤리의 차원(미시적 차원)이 결여된 변혁운동은 교조주의적이 된다.

혁명이 일방적 과정이 아니라 타자와의 사랑과 윤리에 근거한 것이라면 그것은 한 번의 운동에 의해 성취될 수 없다. 사랑과 윤리란 실재계로의 상승이며 혁명은 그것을 가능하게 하기 위해 상징계를 변화시키는 것이다. 그런데 전자가 아직 오지 않은 것과의 관계이듯이 후자 역시 미래와의 끝없는 관계인 것이다.

혁명은 사랑과 윤리를 꽃피우기 위한 무한한 과정이다. 물론 혁명에서는 사랑에서와는 달리 목표를 세우는 일이 매우 중요하다. 그러나 그 목표는 일시에 성취되지 않기 때문에 **사랑과 윤리**의 열정이 혁명을 지속시키는 추동력이 된다. 사랑이 대상 a에 대한 열정이라면 혁명은 새로운 사회에 대한 갈망이다. 이 양자의 접합, 미시정치학과 거시정치학의 접합 속에서 새로운 삶을 향한 운동은 끝없이 계속된다.

5. 타자성의 울림으로서의 사랑과 혁명

혁명의 끝없는 과정은 흡사 자본의 자기갱신과도 유사한 운동성을 지닌다. 양자는 모두 한 번에 성취되지 않으며 일종의 실재계적 잔여물인 **대상 a**에 의해 무한한 과정으로 나타난다. 그러나 혁명과 자본은 타자성과 동일성이라는 상반된 원리로 움직인다. 전자가 타자와의 관계를 위한 운동이라면 후자는 교환가치라는 동일성을 위한 운동이다.

그처럼 혁명이란 타자성의 끝없는 과정이므로 거기에는 역사적 시기마다의 부침이 있다. 즉 우리는 운동이 고조되는 시기와 정체된 시기, 다시 시작된 시기를 말할 수 있다. 흥미로운 것은 각 시기마다의 **사랑과 혁명**의 상응 관계이다. 사랑과 혁명은 똑같이 **타자와**의 관계를 위한 미래로의 운동이다. 진정한 사랑이 꽃피는 시기에 변혁운동이 고조되며 사랑이 상실되면 사회는 정체된다.

예컨대 1919년 이후 동인지 작가들은 진정한 사랑을 신비적으로 '참사랑'이라고 표현했는데 이는 3.1운동기의 변혁의 열망과 무관하지 않다. 이후 1923,4년 무렵 독립에 실패하고 사랑에도 실패한 청년들은 타락한 성과 자본에 예속되기 시작한다. 염상섭의 『너희들은 무엇을 얻었느냐』와 이광수의 『재생』은 그 시기의 우울한 정물화들이다. 이 시기는 '성적 자본주의'[22]의 시대였으며 '(타락한) 연애와 돈이 청년들의 정신을 지배하는 종교'[23]가 된 때였다.

다시 1920년대 후반 이후 청년들의 사랑의 열정이 뜨거워지면서 변혁의 열망이 고조된다. 염상섭의 『사랑과 죄』, 이기영의 「서화」, 『고향』, 강경애의 『인간문제』 등은 이 시기 청년들의 사랑과 연대를 그린 소설들이다. 이 소설들은 타자성을 통해 미래로의 상승을 지향하는 연애와 혁명의 결합을 보여준다.

반면에 1930년대 중반의 모더니즘은 연애의 병리화와 청년의 상실을 드러낸다. 그것은 타자와의 관계의 왜곡에 의한 윤리적 삶의 상실이기도 했다. 이상의 「날개」는 아내와의 관계가 절름발이가 되었음을 고백하면서 상승의 욕망의 좌절을 드러낸다. 타자성을 상실한 고독한 주인공에게는 미래로의 시간이 없는 것이다. 모더니즘의 시간의 공간화는 미래와의 관계가 단절되었음을 반성하는 고독한 내면에 상응한다.

모더니즘의 내러티브의 와해는 제도적 폭력에 의한 외상의 경험과 관련된다. 외상이란 정신적 충격에 의해 내러티브화가 불가능해진 기억을 말한다. 서사성을 와해시킨 또 다른 외상의 기록은 전쟁체험이다. 전쟁이란 타자성의 와해에 의한 대립의 격화와 미래의 상실이다. 전쟁의 반대편에는 타자성의 해방을 통해 미래로 향하는 변혁운동이 있다. 가령 좌우의 대결인 6.25의 정반대는 좌우합작으로 변혁운동을 가능하게 한 신간회일 것이다.

---

22 염상섭, 『너희들은 무엇을 얻었느냐』, 『염상섭전집』 1, 민음사, 1987, 246쪽.
23 이광수, 『재생』, 우리문학사, 1996, 306쪽. 이 시기의 연애의 풍속에 대해서는 이경훈, 『오빠의 탄생』(문학과지성사, 2003), 58~63쪽과 나병철, 『가족로망스와 성장소설』(문예출판사, 2007), 398~402쪽 참조.

전쟁체험으로 인한 외상의 경험은 오상원의 『백지의 기록』, 서기원의 「이 성숙한 밤의 포옹」, 황순원의 『나무들 비탈에 서다』 등에서 그려진다. 이 소설들은 서사화되지 않는 백지 같은 시간의 기억으로 인한 고통의 기록이다. 전쟁을 체험한 청년들은 그런 외상의 기억 속에서 사랑의 상실과 연대감의 부재로 고통스러워하고 있다.

　　전쟁체험의 내러티브화는 6, 70년대 성장소설에서 가능해진다. 그러나 이제하의 「스미스씨의 약초」나 김승옥의 「건」의 소년 주인공들은 아직 외상의 충격에서 벗어나지 못하고 있다. 또한 조선작의 「시사회」, 윤흥길의 「기억 속의 들꽃」, 이동하의 「장난감 도시」, 김원일의 『노을』은 소년들의 사랑의 갈증의 기록이다. 전쟁기에 소년들은 배고픔을 경험하지만 그보다 더 절실했던 것은 '배고픔 같은 그리움'이었다. 사랑의 갈증은 부재와 목마름의 경험이다. 그러나 그 그리움은 외상에서 벗어나 기억을 서사화하고 미래로의 시간을 여는 열정이기도 하다. 경험자아의 소년들이 서술자아인 작가로 성장한 1970년대에는 다시 청년들의 시대가 찾아온다. 이 시기에는 대중문화의 차원에서 이미 청년들의 연대가 나타났으며, 그것은 대립과 분단을 해체하는 다음 시기의 세력을 예고했다. 사랑의 열정과 변혁운동이 부활하는 청년들과 민중들의 연대는 1980년대에 다시 나타난다.[24]

　　사랑의 열기과 변혁의 열망의 관계는 그 시기(1970, 80년대)의 소설에서 재차 발견된다. 예컨대 「삼포 가는 길」, 「영자의 전성시대」, 「님」, 「강」, 「태양은 묘지위에 붉게 타오르고」 등에서는 사랑의 열정이 불타면서 청년들의 연대가 고조된다. 70년대 소설에서는 그 열정이 안쪽으로, 80년대 소설에서는 바깥으로 연소되고 있다.

---

24 나병철, 『가족로망스와 성장소설』, 위의 책, 337~340쪽, 469쪽.

그리고 90년대 이후 오늘날까지는 기나긴 사랑의 상실의 시대이다. 이제 사랑은 섹슈얼리티의 장치와 나르시시즘적 욕망으로 대체되었다. 욕망의 화려한 상품화로 인해 사랑은 원천봉쇄된 것이다.[25] 우리는 남녀 간의 연애는 물론 타자성의 윤리로서의 사랑이 변질된 비참한 사회에 살고 있다. 배고프고 억압받는 사회에서는 갈증과 그리움을 통해 변혁의 열망이 솟아오른다. 그러나 사랑을 상실한 사회는 아무 일도 일어나지 않는 가장 참담한 사회이다. 지금 우리가 살고 있는 눈부신 세계가 바로 그곳이다.

따라서 앞으로 단 한 번의 혁명이 일어난다면 그것은 사랑의 혁명이어야 할 것이다. 그리고 이제는 변혁운동 자체가 사랑의 형식을 지닐 것이다. 사랑의 형식이란 은밀하고 미세한 무의식적 욕망의 방식이다. 실상 그 미시적 욕망의 형식이 과거의 사회운동과 다른 촛불집회의 내재적 동력이다. 물론 미시적 욕망은 거시적 운동과 결합해야 힘을 얻을 것이다.

사랑은 개인적 관계인 것 같지만 순식간에 번지는 사회적 울림을 지닌다. 그 울림의 이름이 바로 **타자성**이다. 타자와의 진정한 관계를 통해 가치적으로 상승된 삶을 소망할 때 미래를 향한 변혁의 열망이 고조된다. 바로 그 순간 사랑의 미세한 울림은 전 사회를 뒤흔드는 아름다운 파문이 되는 것이다.

---

25 박노자, 「사람을 죽이는 사회」, 『한겨레 신문』, 2011.6.9.

6. 사랑과 윤리의 미시서사와 역사적 거대서사
─타자성의 사랑과 다중

사랑은 남녀 간의 연애뿐만 아니라 타자에 대한 윤리적 열망을 지칭하기도 한다. 그 두 가지 사랑에는 이미 윤리적인 요소가 포함되어 있다. 그러나 또한 사랑과 달리 현실모순에 대한 이성적 판단을 내포한 타자와의 관계를 흔히 윤리라고 한다.

남녀 간의 사랑은 두 사람의 관계이며 열애 중에는 도파민과 옥시토신, 에스트로겐이 작용한다. 또한 윤리적 사랑이나 윤리는 복수적 관계이며 엔돌핀의 분비 속에서 '인간의 비밀'에 이르게 된다. 그러나 이 셋의 공통점은 타자와의 관계 속에서 미래의 시간을 연다는 것이다.

사랑과 윤리는 모순된 상징계에서 벗어나는 탈주의 과정을 포함한다. 하지만 들뢰즈의 탈주와는 달리 사랑과 윤리에는 이미 타자와의 관계가 작용한다. 사랑과 윤리는 **탈주**와 새로운 **유대**(타자와의 관계)를 통해서만 가치적으로 상승된 차원을 얻게 된다.

들뢰즈의 탈주는 미학적인 사건이며 그 자체로는 새로운 주체를 생성시키지 못한다. 반면에 사랑과 윤리는 자아(혹은 타자)가 사건을 경험하며 **주체로 생성**되는 과정이다. 이 경우 사건은 흔히 유연한 선의 과정(연쇄) 속에서 일어나므로 그 과정은 서사적이라고 할 수 있다.[26]

사랑과 윤리에서는 대상 a에 대한 열망이 핵심적인 추동력이다. 그런

---

26 그 같은 서사적 과정에서 사건과 주체는 선후관계를 말하기 어렵다. 사건이란 타자와의 관계 속에서 실재계에 접촉하는 경험이다. 그런 사건에 의해 주체가 생성되므로 진정한 주체는 사건 이후에야 나타난다고 할 수 있다. 그러나 또한 자아와 타자(혹은 세계)의 만남 속에서 사건이 일어나므로 자기성을 지닌 잠정적인 주체에 의해 사건이 일어나고 타자성의 주체가 생성되는 것으로도 볼 수 있다.

사랑과 윤리 역시 일상을 뒤흔드는 일종의 사건이지만, 그것만으로는 역사가 변혁되는 일(사건)이 일어나지는 않는다. 따라서 사랑과 윤리는 내적인 사건이며 무의식의 작용이 중요한 **미시적** 차원의 서사라고 할 수 있다.

반면에 변혁운동은 그런 사랑과 윤리의 에너지(리비도)를 근거로 역사를 변화시키는 사건이다. 여기서는 실재계적 열망 이외에 이성적 판단이 매우 중요하며, 그런 변혁운동에 의한 역사적 사건은 **거시적** 차원의 서사이다.[27]

사랑과 변혁운동은 미시-거시 차원의 차이를 지니지만 양자를 연결하는 울림을 갖고 있다. 그 울림은 타자와의 관계라는 사건의 과정에서 생겨난다. 타자성이라는 울림에 의해 사랑은 불현듯 혁명으로 타오르며 혁명은 사랑하는 사람들을 만들어낸다. 이미 살폈듯이 사랑의 열정이 고양될 때 변혁의 열망 역시 고조되는 것은 그 때문이다. 흥미로운 것은 사랑을 상실한 시대에 오히려 더 사랑과 혁명의 밀접한 관계가 부각된다는 점이다. 그것은 사랑의 상실과 혁명의 종언은 둘 다 **울림**에 대한 목마름을 가져오기 때문이다.

사랑과 혁명은 똑같이 개인의 해방인 동시에 연대의 성취이다. 그 둘은 모두 하나이면서도 복수라는 역설을 성립시키는 사건이다. 예컨대 진정한 사랑은 하나됨이 아니라 **둘됨**이다. 변혁의 연대 역시 중심으로 뭉치는 것이 아니라 특이성들의 **복수성**의 해방이다. 양자에서 연대란 하나됨이 아니라 타자와의 관계(타자성)라는 울림을 통해 성취되는 사건이다. 이는 마치 각기 다른 악기들이 자신을 연주함으로써 다른 악기와 화음을 이루는 관계와도 같다. 악기들은 서로 서로 달라야만 전체의

---

27 이 거대서사에서도 주체와 사건은 선후관계를 말하기 어렵다.

화음을 만들 수 있다. 또한 다른 악기의 이질성을 받아들일 때만 자신의 음을 마음껏 표현할 수 있다. 이 관계는 타자와 합쳐진 타협물을 만드는 것이 아니라 오히려 타인의 이질성을 존중함으로써 자신을 연주해 화음을 이루는 과정이다. 그렇게 함으로써 가치적으로 한 차원 상승된 흐름이 나타나는 것이다. 이점에서 사랑과 혁명에서의 타자성은 라이프니츠의 울림과 유사하다.

그 둘 중 사랑은 이중주로 된 울림이다. 이중주에서는 다른 악기가 끼어들 수 없다. 사랑에서 제3자와의 관계가 없는 것은 배타적이라기보다는 울림의 형식(이중주) 자체의 특성이다. 그러나 두 개의 악기의 화음은 전체의 교향악 속에서 더 큰 울림을 만들 수 있다. 변혁의 연대는 바로 그 같은 오케스트라이다.

그런데 현대는 교향악의 연주를 통해 아름다운 화음을 들려주기 어려워진 시대이다. 오늘날은 신이라는 오케스트라의 지휘자는 물론 민중적 연대라는 울림의 중심마저 사라진 시대이다. 미시적 삶 권력에 의해 민중들은 사회의 전영역으로 해체되었다. 울림의 연대는 상품적 관계로 대체되었으며 어디에도 사랑과 울림은 부재한다. 우리는 음악회에 가야만 가까스로 향수어린 조화된 화음을 들을 수 있게 되었다. 그처럼 오늘날은 우리를 가치적으로 상승시켜주는 감동과 울림을 상실한 시대이다. 그렇다면 이제 울림은 마치 화석처럼 연주회의 형식 속에 갇혀버린 것일까.

울림이 부재한 사회에서는 조화를 소망하더라도 각자 소리를 내면 엇박자가 된다. 전사회의 자본주의화에 의해 삶의 중심을 상실한 사회에서는 그런 부조화가 더 심각해진다. 그럴수록 조화된 화음을 위해 불화의 세계(상징계)로부터 우리를 상승시켜주는 어떤 사건(도전적 서사)이 필수적이다. 또한 「엇박자 D」(김중혁)에서처럼 리믹스를 통해 엇박자의

음성들을 울림으로 만들려는 시도가 필요하다.[28]

불화의 세계에서 벗어나 상승된 차원의 열망을 갖는 것이 바로 사랑과 윤리의 사건이다. 또한 서로 중첩되면서도 각자의 자율성을 유지하게 만드는 리믹스의 방식이 **다중**의 기획이다. 다중이란 잃어버린 화음을 삶 속에서 되살리려는 기획이다. 특이성들이 해방되게 하는 다중의 화음은, 구심적 연대 대신 공통적인 것(사랑과 윤리)과 탈중심화의 기획에 의해 가능해진다. 삶의 다양화와 이질화로 인해 오늘날은 공통된 것, 즉 **사랑과 윤리**의 필요성이 더욱 절실해진 시대이다.

타자성의 화음으로서의 다중은 울림을 통해 연대의 힘을 얻는 점에서 과거의 사회운동과 구분된다. 예전에는 민족이나 민중이라는 중심에 집결함으로써 사회모순에 대한 대항이 가능했었다. 그처럼 같은 방향을 향하는 구심적 중심에 의해 손쉽게 울림이 형성될 수 있었기 때문이다. 그러나 지금은 탈중심화된 상태에서 개인들의 특이성을 해방시키며 울림을 형성해 사회모순에 대항한다.

각자가 자율적 주체가 되는 동시에 연대가 형성되는 이 과정은 타자성의 사랑에서와 유사하다. 이제 새로운 연대의 무기는 동일한 목표나 복수와 증오가 아니라 사랑과도 같은 아름다운 울림이다. 사랑의 울림을 회복하는 일과 사회를 변혁하는 일은 오늘날 더 이상 구분되지 않는다.

네그리는 다중이 특이성과 공통성의 역동적 관계에서 출현하는 주체성이라고 말한다.[29] 이 과정은 레비나스가 말한 타자와의 관계를 통한 주체의 생성과 다르지 않다. 공통성(네그리)과 타자성(레비나스)은 똑같이 나와 타자가 서로 다름을 유지하면서 관계를 맺는 방식이다. 그것

---

28 김중혁의 소설에서처럼 화음을 내기 위해 목소리가 겹치면서도 서로의 소리를 해치지 않게 배치하는 것이다.
29 안토니오 네그리 · 마이클 하트, 조정환 · 정남영 · 서창현 역, 『다중』, 세종서적, 2008, 245쪽.

은 사랑(레비나스), 상호신체성(메를로 퐁티), 윤리적 욕망(라캉), 울림(라이프니츠), 대화(바흐친)를 통한 **타자와의** 만남이다. 그런 타자와의 교섭(negotiation)을 통해 특이성이 해방된 **주체가** 출현하는 것이다.

그처럼 나와 타자, 그 특이성과 공통성이 교섭하는 새로운 공간은, 권력에서 해방된 축제적 다성성의 장소이다.[30] 그 곳에서 우리는 습관의 세계에서 수행성의 공간으로 이동한다. 그런데 그 공간은 미래와의 관계가 열리는 새로운 (서사적) 시간의 차원이기도 하다. 그처럼 우리는 다중을 통해 수행적이고 서사적 차원으로 이동하는 것이다.

또한 공통성(네그리)과 타자성(레비나스)은 권력의 예속에서 벗어나 잉여(흘러넘침)와 상승을 가능하게 하는 점에서 윤리적 사건을 발생시킨다. 사랑과 윤리는 우리를 예속의 공간에서 잉여적 공간으로 상승시키는 하나의 사건이다. 즉 그것은 우리를 습관에서 수행으로, 상징계에서 실재계(틈새)로, 폐쇄성에서 미래로의 시간으로 이동시킨다. 레비나스는 타자와의 만남을 통해, 네그리는 다중을 통해 그 사건을 설명한다.

네그리가 강조하는 사랑, 대화, 다성성, 수행성, 잉여성 등은 과거의 운동과의 차이를 암시한다. 즉 네그리의 다중은 과거의 운동 주체(민중, 민족)에 비해 수행성과 미시서사의 측면을 중시하는 셈이다. 이는 오늘날의 자본과 권력이 주로 미시전략으로 행사되는 데 따른 것이다. 매끄러운 공간[31]에서 행사되는 미시권력에 대응하기 위해 네그리는 다중이라는 탈중심화된 연대를 강조한다.

다중에 부족한 것은 미래로의 프로젝트의 측면이다. 사랑과 대화에

---

30 안토니오 네그리·마이클 하트, 위의 책, 258~260쪽.
31 매끄러운 공간은 원래 유목적 공간이지만 오늘날(후기자본주의)에는 자본의 권력 자체가 국가와 공장을 넘어서 매끄러운 방식으로 행사된다. 물론 홈패인 공간은 여전히 엄밀한 형식으로 살아남는다. 홈패인 자본은 영토와 국가를 넘나드는 복합체를 통해 매끄러운 자본으로 작용한다. 이진경, 『노마디즘』 2, 휴머니스트, 2002, 657쪽 참조.

는 기획이 필요 없지만 혁명은 그와 다르다. 네그리는 사랑과 대화를 강조함으로써 혁명을 현대적으로 변형시키는 데 성공하지만 그 대가로 기획의 측면이 느슨해진다. 미래로의 기획은 역사적 변혁의 목표를 포함한 거대서사의 측면이다.

물론 다중에 정치적 기획이 전혀 없는 것은 아니다. 하지만 그 프로젝트는 예전의 사회운동과는 구분된다. 네그리는 '다중을 형성하라'는 목적론 보다는 이미 존재하고 있는 정치적 경향을 포착할 것을 강조한다. 현재에 잠재적으로 존재하는 경향이란 다중의 **존재론적** 측면이다. 오늘날 그런 다중의 존재론이 부각되는 것은 전사회적·지구적 자본주의에 의해 산업노동보다 비물질노동과 감정노동이 확산된 점과 연관이 있다. 전에는 산업노동자가 투쟁의 중심이 되었지만 지금은 소통과 협동의 상호작용과 관련된 영역에서 '공통적인 것'의 열망이 생성된다.

공통된 것이란 라이프니츠의 울림이거나 스피노자의 **사랑** 같은 것이다. 산업노동자나 민중이 중심이 된 과거의 투쟁에서는 정치적 목표를 세우는 일이 중요했다. 왜냐하면 자본과 노동 사이의 수많은 중간세력들을 역사적 진보 쪽으로 향하게 하는 일이 긴요했기 때문이다. 스피노자가 말했듯이 목적이란 (중간세력이나 미각성된 사람들처럼) 욕망의 원인을 모를 때 필요한 것이다.

그러나 전사회에 편재하는 **사회적 노동자**가 앞장서는 지금은 사람들 자체가 전보다 훨씬 유동적이 되었다. 이 다양하고 유동적인 사람들에게는 목적에 대한 각성보다는 욕망의 진정한 원인을 이해하게 하는 것이 중요하다. 그리고 그들에게 욕망의 원인을 알게 하기 위해서는 그들 자신에게 잠재하는 자유에 대한 욕망을 포착하는 것이 중요하다. 이제 자본주의는 모든 사회적 존재에게 내면화되었다. 그럴수록 과거와 달리 구성원들의 원래의 존재론적 열망을 포착하는 일이 중요해진다. 자본주의가 완전히 내면화된 욕망의 시대에는 목표를 내세우기보다 스스로 욕망하게 만들어야 하는 것이다.

스피노자의 자유의 욕망 혹은 **사랑**이란 모든 존재에 내재하는 욕망의 원인과 연관된다. 욕망의 원인은 라캉의 대상 a와도 같은 것이지만 스피노자의 경우 그것과의 교섭은 공동체의 차원을 지닌다. 라캉의 대상 a와의 교섭은 사랑과 윤리의 열망이다. 반면에 스피노자의 경우 욕망의 원인과의 교섭이란 사회적 존재들의 소통과 사랑이며, 그것이 바로 지금 필요한 '공통된 것'이다.

하지만 다중의 정치학에도 보완되어야 할 점이 있다. 다중의 존재론에서 한 발 더 나아가 **역사적 다중**을 기획하는 것은 '공통된 것'을 확장하는 것이다. 그런데 네그리는 그런 정치적 기획에서도 목적의 측면을 강조하지 않는다. 혁명과 관련된 조직과 힘은 처음에 기획되는 것이 아니라 오직 그 과정의 끝에 나타난다.[32] 공통적이고 협력적인 결정의 축적을 통해 어떤 사건, 파열의 순간이 도래한다. 사랑의 정치적 행동 속에서 그 사건이 우리를 미래를 향해 화살처럼 쏘아 넣을 것이다.[33]

네그리는 존재론적 다중과 구분되는 역사적 다중을 말하지만 그 정치적 기획 역시 미시적 차원을 강조한다. 실제로 변혁운동이 진행되는 과정에서는 그처럼 '사랑의 정치적 행동'이라는 수행적 차원이 중요할 것이다. 그러나 네그리의 생각과는 달리 사회적 노동자들의 잠재적 욕망은 그리 쉽게 표면화되지 않는다. 자본의 미시권력 뒤의 완강한 거대권력이 온갖 욕망의 장치들로 우리를 회유하기 때문이다. 미시적 전략 이외에 어떤 목적을 지닌 정치적 기획의 차원이 필요한 것은 그 때문이다.

스피노자가 자유의지와 목적을 비판한 것은 사회적 권력에 대응하

---

32 안토니오 네그리 · 마이클 하트, 『다중』, 앞의 책, 422쪽.
33 안토니오 네그리 · 마이클 하트, 위의 책, 423~424쪽.

는 차원을 생략했기 때문이다. 권력을 비판하기 위해서는 (다중의 혁명에서도) 사랑의 정치학 이외에 목적을 지닌 정치적 기획이 필요하다. 물론 그 기획은 수행적 차원에서 끝없이 수정되며, 그 점에서 혁명의 조직이 끝에 온다고 말한 네그리의 말은 옳다. 그러나 어떻게든 변혁운동이 시작되려면 정치적 기획의 차원은 반드시 필요하다. 그 기획은 매순간 수정될 뿐 아니라 늘상 성공하는 것만도 아니다. 하지만 그것이 우리가 할 수 있는 최대한의 실천이다. 사랑과 윤리의 열망에 의해, 자본과 권력에 대항하는 운동은 이성적 기획과 감성적 열망 속에서 끝없이 계속된다.

사랑의 정치학에 의해 추동되는 것이 미시 차원이라면 미래로의 기획에 근거한 것은 거시 정치학이다. 거시적 기획은 수행적 차원에서 미시 정치학과 접합되면서 매번 수정된다. 그 둘이 접합되는 과정, 인간과 세계가 교섭하면서 사건과 주체가 발생하는 과정이 바로 서사이다.

이미 살폈듯이 서사에서는 사건과 주체의 선후관계를 말하기 어렵다. 그런 서사의 개념은 역사적 변혁이 어떻게 가능해지는지 잘 알려준다. 변혁운동은 저절로 일어나는 것도 의도적 계획에 의해 발생하는 것도 아니다. 잠재적 욕망과 의도적 기획은 둘 다 중요하지만 그것들은 세계와의 교섭 속에서 사건이 일어나게 하는 서사적 함수들일 뿐이다. 가장 핵심적인 것은 사건을 발생시키려는 끝없는 인간과 세계의 교섭, 그 서사적 과정이다. 우리는 사건을 발생시키려는 그런 서사를 **도전적 서사**라고 부른 바 있다. 도전적 서사는 소설과 영화뿐만 아니라 현실의 운동 과정에서도 나타난다.

과거의 사회운동은 정치적 기획과 운동주체를 중시하는 경향이 있었다. 그에 비해 다중은 사랑의 정치학과 잠재적 역능(포텐차)를 중시한다. 전자가 거대서사를 우선시한다면 후자는 미시서사를 앞에 놓는다. 어느 쪽이든 중요한 것은 사건을 발생시키는 도전적 서사가 계속 시도되어야 한다는 점이다.

심지어 사랑조차도 자발성이나 의도성[34] 어느 한 쪽에 의해 생겨나지 않는다. 사랑한다는 것은 사건이 일어났다는 것이며 그 일을 위해 서사가 계속되었음을 뜻한다. 사랑에는 사연과 이야기가 있으며 그 서사는 욕망과 의도에 의한 도전적인 과정이다. 그 점은 변혁운동에서도 마찬가지이다. 혁명은 사랑처럼 자생적인 것도 기획의 산물도 아니다. 변혁운동이 발생했다는 것은 사건이 발발했다는 것이며 그때까지 도전적 서사가 계속되었음을 암시한다.

서사에는 사랑의 과정을 포함하는 미시서사와 정치적 기획을 지닌 거대서사가 있다. 그 둘을 연결하면서 도전적 서사를 가능하게 하는 것은 바로 윤리이다. 거대서사가 사회의 모순에 대항하는 기획이라면 미시서사는 사랑을 흘러넘치게 하려는 정치학이다. 윤리는 그 둘을 연결한다. 일시에 무너지지 않는 모순된 사회에 대항하기 위해, 그리고 단번에 오지 않는 사랑의 세계를 위해, 윤리는 도전적 서사를 끝없이 계속되게 한다.

7. 서사적 주체와 새로운 혁명의 귀환

거대서사에서 미시서사로의 전환은 포스트모더니즘의 주제만은 아니다. 다시 귀환한 혁명에서도 비슷한 일이 일어난다. 물론 대서사는 사

---

34 이 둘은 서사의 함수들일 뿐이다.

라지지 않았으며 보이지 않는 차원으로 이동했을 뿐이다. 따라서 과거처럼 지금도 양자의 접합은 매우 중요하다. 그 둘을 연결하며 우리에게 숨어 있는 대서사의 차원을 알려주는 것은 바로 **윤리**이다.[35] 오늘날 잃어버린 대의(Cause)[36]의 옹호에 앞서 윤리의 회생이 강조되는 것은 우연한 일이 아니다.

사랑과 정치를 연결하는 윤리는 과거와 오늘의 사회운동의 미진함을 반성하게 한다. 즉 예전의 사회운동에 사랑의 정치학이 부족했다면 오늘날[37]은 정치적 기획이 부족하다. 하지만 그것은 어쩌면 자본주의의 변화에 따른 결과일 것이다. 과거에 경직된 자본에 대한 힘 있는 투쟁이 강조됐다면 오늘날은 매끄러운 자본의 출현으로 매끄러운 운동이 부각되는 것이다. 중요한 것은 미시적 차원의 운동에도 정치적 기획이 필요하며 그 모든 과정은 서사를 통해 이해된다는 점이다. 오늘날 부각되는 윤리[38] 역시 서사를 추동하는 핵심적 벡터이다.

따라서 우리의 논의의 핵심은 서사에 관한 것이다. 서사란 단지 소설 같은 이야기만을 말하는 것이 아니다. 서사는 이성적 추론과 해체적 논리를 넘어서는 제3의 사유를 말한다. 이성적 추론을 포함하는 동시에 해체하는 모든 사유들은 서사와 연관되어 있다. 서사적 사유의 단서를 제공한 사람들은 리오타르, 제임슨, 들뢰즈, 부르너 등이다. 하지만 리오타르는 대서사와 미시서사를 접합시키는 데 실패했다. 반면에 들뢰즈는 '사실'의 점과 구분되는 '사건'의 선을 말하며 미시정치학과 거시정치학

---

35 윤리는 사랑과 함께 미시서사의 차원이면서 또한 그 미시 차원을 거대서사에 연결하는 역할을 한다.

36 대의란 대문자 원인(Cause)이다. 대의에 앞서 윤리를 말하는 것은 순수욕망의 원인(대상 a)이나 내재 원인(스피노자), 부재 원인(제임슨)에 대해 말하는 것과 맥락을 같이 한다.

37 후기자본주의 시대를 말한다.

38 오늘날은 윤리를 상실한 시대인 동시에 재조명하는 시대라고 할 수 있다.

의 접합을 논의한다. 또한 제임슨은 역사를 실재계 차원(부재원인)으로 설명하며 서사를 역사에 접근하는 방법으로 주장한다. 교육철학자 부르너는 합리적 사고의 단일성을 넘어서는 서사적인 복수 관점의 사유를 통해 창조적 문화의 생성을 피력한다.

서사적 사유는 이성을 포함하면서 해체한다. 그런 서사적 사유의 핵심적 수사학은 아이러니, 대화, 전복이다. 실상 근대와 탈근대의 혁명적 사상가들은 은연중에 그런 서사적 사유를 드러내 왔다. 예컨대 마르크스는 자본주의가 자신의 필수물인 프롤레타리아에 의해 해체의 위험에 처해 있음을 논의했으며, 데리다는 동일성의 철학이 자신을 입증하는 과정에서 스스로 해체됨을 말했다. 그와 비슷하게 네그리는 삶권력(생체권력)이 행사되는 과정에서 틈새를 통해 다중의 삶 정치가 생성됨을 논의한다.

이들의 혁명적 사유의 근거인 아이러니와 전복은 근본적으로 서사적 사고와 연관된다. 마르크스는 자본주의 영토에서의 혁명에 대해 말했으며, 데리다는 철학적 개념들 사이의 혁명을 논의했다. 또한 네그리는 미시권력이 행사되는 후기자본주의에서의 미시혁명을 말한다. 이들의 혁명은 사건을 포함한 서사적 과정에 다름이 아니다. 마르크스는 대서사의 측면에서, 데리다와 네그리는 미시서사 쪽에서 그것을 보여주지만, 마르크스의 대서사에는 이미 미시서사가 작동하고 있으며 네그리의 미시서사에는 대서사의 기획이 침투해 있다.

우리는 미시서사와 대서사의 접합점에 윤리가 놓여 있음을 논의했다. 프롤레타리아는 상품화에서 벗어나 자율성을 되찾으려는 윤리적 욕망에 의해 움직인다. 네그리의 다중 역시 욕망의 장치에서 탈주해 사랑을 회복하려는 윤리적 갈망으로 동요한다. 또한 사회운동이 다양화된 오늘날 탈중심화된 중심에 위치하며 다양한 운동들을 연결하는 것

역시 윤리이다. 윤리는 지금까지 우리가 간과해 온 가장 중요한 혁명의 벡터이다.

혁명은 결코 저절로 일어나지 않는다. 그것은 광장에서의 혁명이든 종이 위의 혁명이든 마찬가지이다. 혁명은 상징계에 구멍이 뚫리는 사건에서 시작되며, 사건은 우리에게 습관화된 상징계를 갱신하게 한다. 데리다의 개념들의 혁명은 동일성 철학의 구멍이자 뇌의 소프트웨어를 갱신한 사건이었다. 네그리의 사랑의 혁명은 권력의 '욕망의 장치'의 틈새에서 윤리적 역능(포텐챠)이 흘러넘치는 사건이다.

사건이란 권력에 대한 반격의 시점이다. 그것은 일상에서의 끝없는 서사적 과정에서만 일어난다. 그 이유는 서사란 윤리적 무의식을 고양시키는 과정이기 때문이다. 그리고 운동을 미시차원에서 거시차원으로, 하나의 운동에서 다른 운동으로 전이시키는 것은 이념이 아니라 윤리이기 때문이다.

따라서 오늘날은 서사와 윤리가 어느 때 보다도 중요해진 시대이다. 우리가 주체나 객체, 목적 대신 서사라는 말을 사용하는 것은 사건은 논리적 인과율로 설명할 수 없는 복잡한 과정 속에서 일어나기 때문이다. 서사란 인간(행위자)과 세계의 부단한 교섭과정이며 여기서는 의식적 의도 못지않게 욕망, 무의식, 실재계 등이 중요하다.

사건은 단순한 목적에 의한 결과가 아니다. 또한 세계의 객체적 변화의 산물만도 아니다. 그 둘을 해체하는 탈구조주의적 관점은 우발성(가변성)을 중시했다. 그러나 가변성을 지니면서도 인간 행위자와 세계 간의 끝없는 교섭 속에서만 사건이 일어난다. 여기서 세계의 조건과 인간의 소망(의도와 욕망)의 부단한 교섭이 바로 서사인 것이다.

그리고 서사적 과정의 의미는 역사적 변혁보다는 윤리적 역능(포텐챠)의 상승에 있다. 우리는 변혁된 세계를 원하지만 사건과 혁명의 결과는 항상 미진하거나 실패인 경우가 많다. 어쩌면 우리는 '더 좋은 실패'를 위해 끝없이 앞으로 나아가는 것일 지도 모른다. 그러나 만일 윤리적 역능(힘)의 상승에 실패한다면 그 서사는 (이데올로기가 아니라면) 아무런 의미가 없을 것이다. 우리는 서사를 통해 사건을 기획할 수 없지만 윤리적 힘의 상승을 통해 사건의 발생을 소망할 수 있다. 그리고 윤리적 무의식에 근거해 완전히 실현되지 않은 변혁적 실천을 끝없이 계속되게 한다. 전사회와 전지구의 다양한 영역으로 운동들을 확산시킬 수 있는 것도 윤리의 힘이다. 이것이 바로 우리가 강조해온 **도전적 서사**의 의미이다.

서사에는 거시서사와 미시서사가 있으며, 오늘날은 그 둘의 관계를 재조명해야 할 시대이다. 이제 21세기의 새로운 혁명에 연관해 이 문제를 다시 검토해보자. 대서사란 목적을 지닌 담론이지만 그것의 전제는 대상 a의 열망이다. 또한 미시서사는 대상 a의 열망(사랑) 그 자체이다. 그렇다면 그 사이에서 윤리는 어떻게 작용하는가. 윤리란 현실상황에 연관된 대상 a의 열망으로서 미시–거시 차원을 연결하며 변혁을 유도한다. 이점을 좀 더 살펴보자.

거시서사는 대의(Cause)를 말하고 목표를 기획한다. 그러나 기획된 목표는 수행의 과정에서 항상 수정되므로 목적과 결과는 논리적 인과율로 나타나지 않는다. 지금의 시대가 대의를 잃어버린 시대로 생각되는 것은 그와 연관이 있다. 하지만 미시서사가 중요해진 시대에도 대의가 무용지물이 된 것은 결코 아니다.

거시서사가 대의(Cause)를 중시한다면 미시서사는 **욕망의 원인**에 의해 움직인다. 후자에서의 미시적 요인(cause)은 순수욕망의 원인(라캉)이거나 내재 원인(스피노자), 부재 원인(제임슨)이다. 미시서사는 대상 a(라캉)나 내재적 자기 원인(스피노자), 실재계(역사)적 부재 원인(제임슨)에 의해 운동한다.

그 두 가지 원인, 목적된 대의(Cause)와 욕망의 원인(cause)을 연결하는 것이 바로 **윤리**이다. 윤리란 세계의 모순에 대응하면서 자연(스피노자의 원인) 같은 화해된 삶을 욕망하는 것이다. 윤리의 이성적 차원은 거시서사로 발전하며 욕망의 차원은 사랑의 정치학으로 연결된다. 그 양자를 접합시키면서 윤리적 역능을 상승시켜가는 것이 바로 우리가 말한 서사이다.

물론 오늘날은 거시서사보다 미시서사가 우세해진 시대이다. 이 말은 그 둘의 접합이 필수적이지만 또한 미시 차원이 부각되는 시대 변화에 대응해야 한다는 뜻이다. 미시와 거시 차원의 접합을 강조하는 것은 사회적 변화를 간과해도 좋다는 말은 아닌 것이다. 그러면 어떤 변화가 필요한 것일까.

오늘날에도 거시적 기획은 여전히 중요하지만 그것에 대한 신뢰는 예전만 못하다. 그 대신 일상에서의 사소한 일들이 매우 긴요해졌다. 그리고 인터넷 같은 틈새의 공간을 이용하는 것이 필요하다. 이것이 권력과 정치가 미시화된 사회의 특징이다. 운동이 하나의 목표(중심)로 수렴되기 어렵지만 그 대신 일상에서의 한 가지 이슈가 전체로 확산되는 경향이 있는 것이다. 쇠고기 수입이나 반값 등록금 문제가 그 대표적인 예일 것이다. 두 이슈는 일상의 한 부분이지만 순식간에 전사회적 문제로 확대되었다.

그 이유는 전사회에 자본주의가 내면화된 반면 그에 대한 대항도 권력이 편재하는 도처에서 발생하는 때문이다. 모든 사회적 존재를 예속화하는 권력은 자본주의와 연결되어 있다. 그와 마찬가지로 예속된 존재들의 잠재된 윤리적 욕망은 모두 하나의 원인에 연결되어 있다. 그것은 대상 a, 내재 원인, 역사의 부재 원인이다. 그렇기에 부분적 이슈가 한 순간에 전체로 발화되는 것이다.

가령 그런 미시적 전략이란 이런 것이다. 보통 때는 동네나 인터넷에서 수다를 떠는 물밑 네트워크로 존재하다 직접적 이해관계가 얽힌 이슈나 정치적 상황이 나타나면 수면 위로 솟구쳐 촛불이 되는 것이다.[39] 이때 촛불은 특정한 이슈를 넘어 사회전체의 문제로 확산되는 경향이 있다. 이런 과정은 마르크스가 말한 두더지와 땅굴의 전략의 미시적 변형이다. 이번에는 땅굴 대신 인터넷이 물밑 공간으로 등장한 셈이다. 그리고 밖으로 나와 촛불을 들고 구체적인 다양한 이슈들을 정치권에 맡기지 않고 직접 행동한다.

미시적 운동은 광장에서의 행동에 국한되지 않는다. 즉 어떤 경우에는 직접 거리에 나서지 않아도 **도전적 서사**의 위력을 통해 곧바로 정치권에 영향을 주는 경우도 있다. 이는 인터넷 이외에도 우리들 사이에 은유적인 물밑의 네트워크[40]가 잠재하고 있기 때문이다. 우리의 윤리적 무의식은 네트워크를 이룰 때 비로소 힘을 발휘하는데, 그것을 형성하는 도전적 서사의 위력을 보여준 소설과 영화가『도가니』이다.

『도가니』는 단순히 장애인에 대한 서사가 아니다. 이 작품이 보여주는 것은 공공의 기관들의 총체적인 비윤리화이다. 공공기관이란 규율화된 기구이지만 때로는 규율에 대한 반작용을 보여주기도 한다. 그러나 이 작품이 드러내고 있는 것은 총체적인 비윤리적인 네트워크이다. 학교, 경찰, 변호사, 검찰, 법원은 기득권층을 비호하는 권력의 그물망을 이루고 있다. 더 이상 권력의 외부는 없는 것이다.[41] 미성년 성범죄

---

39 송채경화, 「시민정치운동 '제3의 물결'」, 『한겨레 신문』, 2011.6.10.
40 은유적인 네트워크란 물밑의 그물망을 말한다. 일상에서 수면 밑에 생성되는 네트워크를 '은유적'이라고 부르는 이유는, 그 잘 보이지 않는 그물망이 소설이나 인터넷 등의 가상공간을 통해 은유적으로 표현되기 때문이다. 나병철, 「식민지 근대의 공간과 탈식민 크로노토프」(『현대문학이론연구』, 제47집, 2011.12), 151~178쪽 참조. 우리 시대에 이런 물밑의 네트워크가 중요한 이유에 대해서는 앞의 제2장 6, 7절 참조.
41 이 작품에서는 시민단체만이 유일한 권력의 외부로 그려진다. 물론 권력의 외부에서는

에 대해 가벼운 판결이 내려진 후 신음처럼 울부짖는 청각장애인 학생들의 반항은, 권력의 외부가 부재하는 공간에서의 질식할 듯한 비명과도 같다. 그 신음 소리가 우리에게 공명된 것은 우리 역시 권력의 네트워크에 에워싸여 있는 것은 마찬가지이기 때문이다. 이 작품은 권력의 그물망과 윤리적 균열을 보여줌으로써, 우리를 동요시키고 사람들 사이의 윤리적 무의식의 네트워크를 고양시킨다. 인터넷의 글들은 그 은유적인 네트워크를 가시화함으로써 비판 의식에 불을 당긴 셈이다. 그런 방식으로 이 작품의 도전적 서사의 힘은 인터넷을 넘어 더 확산될 가능성을 지니고 있다. 정치권에서의 장애인 성범죄에 대한 새로운 입법은 그 범람을 막기 위한 최소한의 밀봉책일 뿐이다. 당연히 윤리적 균열은 결코 그것으로 봉합되지 않는다. 윤리적 욕망의 미시적 운동은 언제든지 다시 은유적 네트워크에서 인터넷으로, 그리고 거리와 광장으로 흘러넘칠 것이다.

　　은유적 네트워크나 인터넷, 촛불집회에서 볼 수 있는 것은 미시적 운동의 강력한 힘이다. 이런 운동의 미시화는 직접민주주의를 가능하게 한다. 물론 이 새로운 정치운동은 어떤 결정을 위해 시간을 따로 내 투표를 하는 전통적 직접민주주의와는 다르다. 사람들은 정책결정을 요구하며 직접 행동할 뿐만 아니라 모임 그 자체로서 새로운 사회적 관계를 창조해 나간다. 네그리는 이런 새로운 혁명을 삶권력(미시권력)에 저항하는 삶정치라고 불렀다. 삶정치는 정치적 요구를 외치기에 앞서 이미 존재론적으로 혁명적이다. 여기서는 인터넷과 광장에 모이는 것만으로도 일종의 무기가 된다.[42] 왜냐하면 모임 자체가 윤리적 네트워크

우리가 은유적인 네트워크라고 부르고 있는 잠재적인 물밑의 네트워크가 생성되고 있다. 따라서 권력의 그물망의 외부에는 실상 '보이지 않는 저항의 그물망'이 잠재하는 셈이다.
42 안토니오 네그리, 『다중』, 앞의 책, 412쪽.

의 표현이며, 이미 상호신체성 및 사랑과 윤리의 주장이기 때문이다.

특히 촛불집회는 직접행동과 자율적 운동이 결합된 새로운 정치운동의 형식을 잘 보여준다. 예컨대 2008년 촛불집회는 혁명이 생중계된 최초의 예였다.[43] 이는 촛불이 인간적 교감이 불가능해진 후기자본주의에 맞서는 소통과 교섭의 요구였음을 암시한다. 자율적 방식의 생중계는 혁명의 공간을 증식시킨다. 이것은 모든 사람과 소통하며 그들을 집회에 참여시키려는 욕망의 표현이다. 그처럼 촛불은 직접행동을 통한 새로운 형태의 직접민주주의의 시도였다. '대한민국은 민주공화국이다'라는 헌법 제1조가 당시의 주요 구호였음은 결코 우연이 아니다.

또한 촛불은 축제와 놀이의 마당이었으며 풍자와 해학의 공간이었다. 놀이와 풍자, 해학은 단순한 비판을 넘어선 고양된 무의식의 표현이다. 이는 울림과 사랑, 대화를 통한 잠재적 역능(포텐차)의 증대를 뜻한다. 이처럼 촛불은 정치적 저항에 앞서 사랑과 윤리의 자율적 표현이었던 것이다.

이런 미학적·존재론적 혁명에 미흡한 것은 이성적 판단에 근거한 정치적 기획이다. 촛불 이후는 어떻게 될 것인가. 다음의 촛불은 언제 켜질 것인가. 과거의 운동과 달리 촛불에 연관된 항시적인 조직은 없었다. 그럼에도 불구하고 우리는 촛불을 위한 보이지 않는 미시조직(네트워크)이 존재한다고 생각해야 할 것이다. 그것은 인터넷과 새로운 세대들, 그리고 촛불에 대한 모든 사람의 공통의 기억[44]이다.

촛불은 축제의 공간이지만 현장이 생중계될 때 우리는 그 장면들을 도발적인 서사로 받아들인다. 촛불이란 전사회적 차원의 사건이기 때

---

43 조정환, 『미네르바의 촛불』, 갈무리, 2009, 254~255쪽.
44 과거의 혁명이 기억되는 것이 진리와 정의에 의해서라면 촛불이 잊혀지지 않는 것은 사랑과 윤리의 희열에 의한 것이다.

문이다. 뿐만 아니라 사람들은 일상으로 돌아가서 촛불에 대해 이야기하고 또 이야기한다. 시간이 지나 그 이야기가 잊어지더라도 다음의 촛불이 켜질 때까지 무의식 속의 기억은 지워지지 않는다. 과거의 혁명처럼 새로운 혁명 역시 세상을 일시에 바꿀 수는 없기 때문에 이 과정은 끝없이 계속된다. 일상과 혁명의 반복은 예나 지금이나 다름이 없는 것이다. 그 연결과정은 마르크스가 말한 두더지와 땅굴의 전략일 수도 있고 오늘날처럼 인터넷과 촛불의 기획일 수도 있다. 또한 제임슨이 말한 정치적 무의식에 의한 일상에서의 지속적인 문화혁명[45]으로 나타날 수도 있다. 모든 경우에서 변혁의 과정들은 더 큰 혁명을 위한 존재론적 미시조직, 은유적인 네트워크를 전제로 한다.

존재론적 미시혁명과 더 큰 혁명의 항시적 과정, 우리는 그 끝없는 전개를 서사의 과정으로 이해했다. 그리고 그 서사의 핵심적 시간을 사건이라고 명명했다. 서사란 이성과 욕망을 지닌 자아가 세계와 끝없이 교섭하는 과정이며, 사건이란 기존의 존재와 세계에 대해 갱신을 요구하는 사태이다. 사건이 발생해야만 우리는 사랑을 할 수 있으며 윤리적 존재가 되고 혁명도 가능해진다. 서사란 사건을 발생시키려는 시도로서만 의미를 지니거니와 그 전체의 전개는 윤리적 힘의 증진 과정이라고 할 수 있다. 우리는 그런 의미 있는 서사를 특히 **도전적 서사**라고 명명했다.

권력과 정치가 미시화된 오늘날에도 도전적 서사가 필요한 것은 마찬가지이다. 우리가 소설의 귀환과 서사의 확장을 말해온 것은 그 때문이다. 소설이 종언되고 서사가 권력에 예속되면 우리가 잃어버리는 것은 미학이 아니라 윤리이다. 미학은 윤리 없이 살아남으며 그런 사회에

---

45 Fredric jameson, *The political Unconscious*, Cornell University Press, 1981, 95~98쪽.

서는 사랑과 혁명이 불가능해진다. 우리는 이제까지 사랑을 상실한 시대에 어떻게 혁명이 다시 돌아오는지 살펴보았다. 혁명은 그 스스로 사랑의 형식으로서 존재론적으로 귀환한다. 이 사랑의 혁명은 우리가 간신히 기억(순수기억)하고 있는 마지막 남은 비밀일 것이다.

　우리는 하나의 개체(종)로서의 인간의 능력이 고도로 발전한 사회에 살고 있다. 그러나 그 대가로 상실한 것은 개체들의 관계를 넘어선 전체로서 자연과 우주의 이해 능력이다. 스피노자는 그 능력을 사랑이라고 불렀다. 서사의 추동력으로서의 윤리 역시 그런 사랑에 근거한다. 오늘날 일상에서의 유례없는 이야기의 폭증은 필경 잃어버린 사랑과 윤리에 대한 향수일 것이다. 사랑 없는 세계는 죽음과도 같기 때문에 우리는 부서진 작은 이야기들일 망정 중단하지 않는 것이다. 그렇듯 서사는 사랑의 썰물에 응답하는 밀물로서 되돌아온다. 인류의 역사에서 가장 사랑이 결핍된 시대에 살고 있는 지금 도전적 서사의 귀환만이 향수어린 인간의 비밀을 되돌려줄 것이다.

찾아보기